浙江文献集成

主　编　刘正伟　薛玉琴
本卷主编　薛玉琴　祁小荣

夏丏尊全集

第七卷　翻译（教育）

浙江大学出版社
ZHEJIANG UNIVERSITY PRESS

在日本东京弘文学院普通科学习（1906）

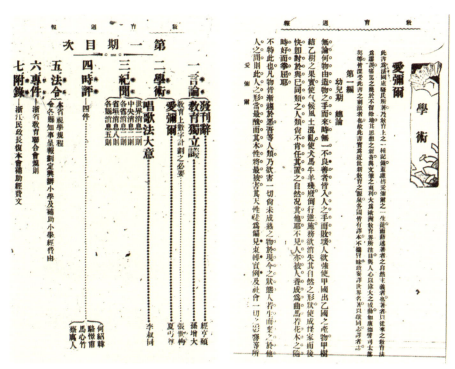

译作《爱弥尔》在《教育周报》连载（1913）

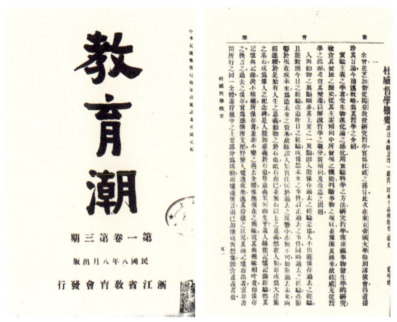

在《教育潮》发表译作《杜威哲学概要》（1919）

春晖中学春晖桥、西雨楼　　　　　　　浙江省立第四中学讲堂、乐群亭

译作《爱的教育》由开明书店出版
（1926）

丰子恺为《爱的教育》作"少年
笔耕"插图（1926）

译作《续爱的教育》由开明书店出版
（1930）

就《续爱的教育》的结构问题在《立报》答谢六逸（1936）

本卷说明

　　本卷收录夏丏尊翻译的教育类作品，包括法国卢骚的《爱弥尔》、日本帆足理一郎的《杜威哲学概要》、意大利亚米契斯的《爱的教育》和孟德格查的《续爱的教育》。上起1913年，下迄1930年。所收文章按发表的时间顺序编排。

目　　录

1913

爱弥尔

［法］卢骚著

此书为法国卢骚氏所著，乃教育上之一种记录。盖虚构爱弥尔之一生徒，而藉述著者之自然主义者也。著者以从来之教育法为谬误，痛骂之几于不留余地。其思想之新奇，与文笔之爽利，大为欧洲教育界所注目，与人心以伟大之感动。如康德、譬司太落契等，皆深受此书之刺激者也。故此书实为近世新教育之源泉，各国皆有译本。不揣冒昧，敢妄译世界名著，以献同志。译者志。

第一编　幼儿期　总论

无论何物由造物之手而来时，无一不良善者，皆入人之手而败坏。人欲强使甲国出乙国之产物，甲树结乙树之果实，使气候风土混乱，使犬马牛羊残废，倒行逆施，务欲消失其自然之形状，使成怪家而后快。即对于与己同类之人类，尚不肯任其置之自然，况其他耶，不见人亦被人养成为曲马，若花木之随时好而拳屈耶。

不特此也，凡物皆渐趋于恶。吾等人类，乃欲害一切尚未成熟之物于现今之状态，人若生而弃之于他人之间，则此人之形当最丑，而其本性将最被害，其天性徒为偏见、束缚、实例，及社会一切之影响等所灭亡。此外将毫无所得。盖此等关系，遍满周围，能吸入吾人，而吾人沉于其中自受影响。譬如道旁新萌芽之草木，经往来之足迹而左右垂倒，初则弯曲，移时遂即枯也。

慈爱之母乎,吾与汝言,汝当远离大路。且宜豫筹方策,使成长未完之嫩木不受人类社会之恶染。当此弱木尚未枯槁时,若能用心浇灌,则其后所结之果实,将大为汝可喜。汝欲守护小儿之心灵,宜豫筑堤。堤之周围广阔或可从他人之所定,至其栅栏,则汝宜自设之。(最初之教育,为最重婴,且实女子之务也。造物主若欲使男子任此,则亦当授男子以育儿之乳矣。故世之论教育者,常向女子而言。对于小儿之关系,女亲于男,支配小儿之机会,亦女多于男。女子对于小儿,不特影响大于男子,而其将来之结果,亦甚重大。如寡妇概挚爱其小儿,盖其教育法之善恶,关于其身者重也。法律多关系于外界之财产,少有关系于人格者。其目的在保持平和,非在增进道义,故法律上不与为母者以适当之权力。然为人母者可非难之处较父为少,为母之务,劳力实多,常倾注其全心全力于小儿。故为人子者,对于其父不敬或尚可恕,若腐心而至不敬其母,则虽人而实非人矣。成曰:母养小儿而害之,此为母者或不能无过。然汝等之害母,当不止此。凡为人母者,皆欲小儿之幸福。且欲早见其然。此为母之正道也。母之手段或有错误,为男子者应教而正之。父之名誉心、贪欲、暴虐、残忍、愤怒等较之母之姑息,其害小儿实百倍也。吾对于母之名词,犹欲加以若干之意义,后当述之。)

植物因培养而得品味,人因教育而得品味。人虽生而身长力强,若不习其用之之道,则虽身长力强何益。不特无益,且使他人不起与彼助力之思,于其身实为不利。又若无人与彼相关系,则彼亦将不自知其需要而死。人恒以小儿为烦累,若人不经过小儿之时期,则人类早绝灭矣。

吾等生时羸弱,不可不强壮之;吾等生时缺乏一切,不能不受助力;吾等生时鲁钝,不可不有悟性及判断力;吾等不持一物而来,凡成长时所不可缺者,一切皆唯教育是赖。

此教育或由天性而来,或由人而来,或由事物而来。能力及机关之由内部而发达者,天性之教育也;知此能力及机关之应用者,人之教育也;周围之事物,日相接触,而吾人渐积其经验者,事物之教育也。如斯,凡人皆为此三种教师所育成。若其所受之教课各相逆而不统一者,则其教育为不良。受此等教育之生徒当不能得内部之调和。若各教课一致进行,归向于同一之目的,此其教育为良善。受此教育者,乃能进于当行之道而度无矛盾之生涯也。

此三种之教育中,天性之教育,虽非吾人所易能为力,然事物之教育,由某方面而言,非无吾人为力之余地。至于人之教育,则似能随吾人之心意而变化,然此亦不过理论上之事。盖欲周围人人之言行,悉为小儿之良导究难望也。

若然,则当以教育为技术而实施时,其成功上一切必要之条件,无论谁何,得之盖难,得之若难,则教育之成功殆不可希望,唯细心努力以求接近于终局之目的而已,但即此亦不能不有待于良好之机会。抑斯所谓目的者何耶? 即天性所揭示者是也。三种教育之交互作用,为教育完备之必要。吾等对于天性之教育,既无能为力,则唯以其他之二者归向于此而已。然天性之语,其意义大不明了,故不得不试定其定义。

或曰:天性者习惯之谓也。然则习惯之意义如何? 世尽有由外部压迫而来之习惯,有时尚不能灭其天性者。譬如植物,植物向上之性,设有时被枉曲且成习惯,此植物复得自由时,虽仍保持被枉曲之倾向,然其循环于内之养液,不因此而变其本来之方向,故斯植物当继续成长时,恒再向上蕃延也。人性之倾向亦同于此。人当境遇不变时则由习惯之倾向而行,虽其倾向与天性相逆犹不变之,然外部之状态一变则其习惯忽止,而再归于天性矣。教育者,诚一种之习惯也。有难者曰:世有忘失教育者,亦有持续教育者,此区别何自来耶? 虽然,若解释天性为合于自然之习惯,则此种疑问自消去矣。

人于有生以后,即具感觉,对于周围之目的物,受种种之影响。及至能自意识感觉时,则于此感觉所自起之目的物,生求之或避之之倾向。最初虽只求其快者,避其不快者。然次则至求目的物之与自己一致者,而避其不一致者。终则遂至以由理性而来之幸福或圆满之理想为标准判断其目的物,因此判断而为趋避矣。此倾向随感觉识见之发达而愈进步,然为习惯所束缚时,亦与其人之意见,共受若干之变化。当此变化未起时,吾人称此倾向为人之天性。

若然,则凡事皆当以此原始之倾向为中心而补助之。但此事于三种教育全然相异时,可以行之。设此三者互相冲突,则当如何? 又设不为其人自身教育而为他人之要求而教育时,则当如何? 于斯时也,欲顾天性,则背社会之制度;欲随社会之制度,则伤天性,造人耶? 抑造公民耶? 二者不可不择其一。

自然之人,不依他而自全。彼盖数字之单位也,全数也,绝对的全数也。彼唯与其自己及其俦辈相关系而已。公民者,依于分母之分数的单位也,其价值由社会组织之一种全数而定。良善之社会制度,最适于害人之天性,且因欲得人之相对的生存而夺去其绝对的生存,置"我"于公共之单位中,使个人不自知其为单位而只觉为单位之一部,仅于全体之中得认识其存在。罗马之公民,非卞由司,乃路扣司也。路扣司抛弃自己之人格,内爱其本国,恰视来吴尔司为其胜利者卡尔太岳人之所有物,而献其身于此,虽至可着罗马赛奈脱之坐时,亦以外国人之资格而拒绝之。先则以非卡尔太岳人所命而不从,及至人欲救其生命之时,亦不喜就而贯其志,不惜受最后之苦痛,愿复归于卡尔太岳,以余所知,自然之人非全然如此者也。

拉赛代蒙人海大戴司思加入三百人之议员中,而为其候补者,不得其志,闻斯巴达有优于己之议员三百人,大喜而归。吾以为此事非伪,吾之此言,亦有种种之理由,斯盖真正之公民哉。

斯巴达之某妇,其子五人从军出战。妇渴望战耗。一日,有自战场来者,妇就问之,则答曰:汝之五子皆战死矣。妇从容曰:吾非此之问,问战之胜否耳? 既于妇乃急诣社殿,问神而行感谢,此盖真正女性之公民哉。

欲贯彻之本领,不可不坚守其决心,固定其方针,而行其所言。人当为人耶? 当为公民耶? 抑同时当兼此二者耶? 因欲解释此问题,吾你望此等奇异人物之出现。

因此互相冲突之目的,于是起两种性质全不相容之教育制度:一为公共的共通的,一如私人的家族的。人欲明公共的教育,则宜读柏拉图之《国家》(现多译为《理想国》——编者注),人或仅睹其名而以政治书目之,然此书非论政治,实从来教育书中最良者也。

人论空想国时，常持出柏拉图之教育案。吾以为若使利克尔岳司显其意见，则当更作空想的考案。柏拉图只洁人之心情，利克尔岳司则害人之天性。

公共的教育，现今无论何地，皆不得存在。何则？无本国则无公民故也。本国与公民二语，近世之用语中宜削去之。吾为此主张亦大有故，以尚及本论，不述于此。

世有所谓学寮者，此可笑之制度也。（数多之学校有吾亲爱之教师，殊于巴里大学尤然，彼等教授青年虽甚任胜，虽为规定之惯例所缚，吾于彼等中之一人，曾请其刊布改革案，窃以为其弊害尚未至于不可救治也。）吾不能认此为公共的教育之组织，亦不能重视世间之所谓教育。何则？此等教育皆追求相冲突之二目的，而终至无一得达者也，推其弊，将养成表面为人实求利己之二面人物，此虽为人人普通之妖术，非能欺人，然可惜徒费许多之努力也。（中略）

次就家庭教育即天性教育而述之，徒为其己而教育者，其对于他人将如何耶？若前之二目的能统一之于个人，则可止人生之矛盾，除幸福之障碍。吾人心中设欲悬想此种人物，则当于其圆满之状态观察其性向，追究其发达，约言之，即不可不知自然之人也。当欲为此研究，若能先读吾书或有所得。

欲陶冶如上所述之人物，其方法虽有种种，然先以隔离外界之作用为最重要。逆风行船，虽仅转帆已足，然波涛汹猛时，欲停止其船则当下锚导水之篙师乎？汝等宜宽其锚索，使锚不致悬空，恐小舟或将破坏也。

从社会之秩序，人各有固定之地位，皆关系于其地位而教育之，受此种教育者，一旦离其地位则将不能为一事，其教育之有益者，虽父母遗授之职业及资产无恙时而已，而于此外，即只增长生徒偏见之一端。其教育之弊已不堪言。在埃及等子必袭父业之国，其教育式应如是，而吾等之社会则虽阶级永续，其职业可自由移转。若关系于己所占之地位而教育其子，则不能谓其不夺其子之利益也。

由自然之秩序而言，人皆平等。各人共通之职分，先在为人。若能关系于此职分而教育之，则于随伴于此之各职分何往而不相关？吾之生徒,其将来立身之所或在军队,或在教会,或在法庭。此种欣虑,却非十分重大之事,父母未与彼以职业以前,自然先诏彼为人,使尽人生之义务,故彼者就吾以学生活之道者也。彼离吾手时,当非法官,当非军人,当非僧侣,实当先为人也。时机一至,任为何业,凡常人所能为者,彼等皆能为之。运命虽恶,亦无术以变其境遇,彼乃得常不失其地位矣。

人之真当研究者,人性是也。由吾之所见而言,愈能忍受此世之喜怒者,全为善受教育之人。故真正教育,不在言语之教训,而在行为之训练。吾等生活之初,教化已始,吾等之教育实始于吾等之始,乳母即最初之教师也。

吾等当注眼于一般,视吾等之生徒为普通之人,换言之,即当视彼等为将受一切人生变迁之人也。人若生而固着其土地,年中无春秋之移换,资产无多少之变化,则今世所行之教育法或有足取之处。然沧海桑田,世变无极,加以现世之改良的气运,一代一度必改换事物之顺序。苟熟思及此,即使小儿能不离其家族,若施彼以笼室的教育,亦属无识之事。受此种教育者,不幸一足蹈出户阈下,其阶段其心之不安恐慌,当如何?此非教小儿以忍耐苦痛,实使苦痛锐敏之教育法也。

世习仅知保护小儿,窃以此法为尚未安全。宜教练小儿,使于成长后能自保护,使忍受运命之打击,裕乏不动其心,冰原炎山之中,苟有必要亦能生活。夫人终不免死,豫忧其死而防之,将如何耶?即使此种姑息之手段不如小儿速死之,源其用心究有何益?如防小儿之死,不若教小儿以生活之道。生命不在呼吸,在活动,在使用身体之机关觉官及能力,即在使用吾人所以自觉生存之一切部分,世所谓生活最多者,往往即指年龄最高之人,然即年臻百龄,其生涯苟醉生梦死,无异死人,诚不如生前多所活动而青年入墓之为愈也。(未完)

(原载《教育周报》第 1、2、5 期,1913 年 4 月、5 月)

1919

杜威哲学概要

译日本帆足理一郎氏《民本主义与教育》叙文

[日]帆足理一郎著

一

余曾在芝加哥从马亚教授研究哲学，实为杜威之孙徒。此次在东京帝国大学特别讲演会，得直接聆其言论。今摘述概略，为其哲学之介绍。

实验主义之学者，受生物进化论之感化，用实验科学之方法研究哲学。常重视事物发生学的研究，检查其发展之历史，从其主要倾向中所发现之机能，判断事物之现状，并豫测其将来，故杜威先从哲学之起源，考查其变迁，以解说哲学之职分，新倾向，及改造之问题。

人与动物之异点颇多，其主要之一异点，即人能保存过去之经验是也。人不但能保存过去之经验，且能对照今日之经验，改造昨日之经验；或豫想未来之事件，订正过去之事件。同时过去之经验，亦影响于现在或未来，为造未来之资本。故虽谓人类实住居于过去之反响中，亦无不可。如斯过去未来，两相连续，于是始有人生之意义。动物之于石也，只石而已，并无石以上之意义。然在人类，则或为大建筑之基石，或为伟人之纪念碑，是人能加意义于石也。斯意义果何由生乎？盖人虽能记忆记录经验，然其记忆与记录，决不精确，所保存者，并非不变之过去全体，惟应现在之兴味，就其与兴味相叶者，而保存之。换言之，过去之保存，实为感情所支配。野蛮人炉边夜坐，述其狩猎之状况，其由记忆而出者，实非画间所行之同一全体。盖狩猎中之主要部分为活动,而炉边所言,则已加情绪与想像,即含意义者也。

如斯原始时代人民之生活虽单调,其思考决不正确,大都为欲望或想像所支配。彼等之信仰,或意见,皆由希望,恐怖,成功,或失败之经验而起。非由知的观察与思考而来者也。故彼等之思想,为诗的,宗教的,非科学的,哲学的。彼等与知的训练相接触,实极后世之事。当其生活于欲望想像时,俨如梦人而已。彼等自筑希望,恐怖,梦幻,妖魔,精灵,或神之世界。此种过去之经验,常由想像之力,及现在之兴味而改造。其经感情化之映像及观念,常无常不定。虽因多数人之共同经验,或惯习而为定形之传说,有指导民众生活之力。然多基本于地方的经验,种类非常驳杂。政治上欲统一民众之生活,有统一是等传说的信仰之必要。故神话的宇宙观道德观等以起。

惟是人之经验,虽能因想像兴味而创造其信仰恋慕之世界,然外界之自然的事实,常必然的闯入人之生活,而使人不能拒绝。水夫虽认风为风神之业,然苟无使用舵楫之机械的知识,行驶终不可能。他如日常生活上有用之技术,皆几经试验而成,概为科学的可确征测定之知识。此种事实上特殊之知识,渐渐蓄积,自与由习惯传说而来之诗的宗教的一般空漠知识相冲突。欲调和此冲突及习惯传说自身相互之矛盾,乃有哲学。然则哲学之字义,虽为 Love of wisdom(爱智慧),而其职分,宁在拥护与科学相逆之习惯传说之宗教的道义的信仰。柏拉图曾区别此科学的事实与道义的理想。例证之曰:"鞋工知如何制鞋,然何时何地应着鞋? 则非其所问也。医生知人之如何能生,如何则死,然何故而生? 何时当死? 则非其知也。欲解释此种问题,故有哲学。"哲学之起,盖欲由习惯传说,诠出道义的本质,欲与民众生活以规准,非拥护政治之权威,则应社会之要求者也。柏拉图,亚里士多德之哲学,直接反映希腊人生活之理想。中世纪之哲学,无非为基督教之辩护。十九世纪费仲底、海克尔之哲学,谓其由欲拥护德意志民族之生活与理想而生,亦无不可。

二

　　如斯哲学持有社会的职分。然何故抛离人类之实际生活,至从事于本体,绝对,超自然,超人等之考究耶？吾人对此事实,不可不先用历史的观察之,否则不能明解今日实验主义学者之见地。——如詹姆斯谓哲学如一种之幻想及臆说；又谓哲学须揭将来之理想为社会之指针。——从来所谓究极的实在者,实为观念上之事。若欲知此,试考察此实在观念所由起。

　　于过去之经验中,弃其不愉快不满足之记忆,而保存其愉快满足者,以期其再现,此人之常性也。人既自理想化其过去,集过去经验中之善美者,作观念的映像；生活上有不愉快不满足时,其嫌恶之情,常唤起空想,结合过去中之善美者,集空中之理想世界以自慰。凡现实之不能得者,皆思于理想上得之。事实上之有缺陷者,想像上常为完全之显现。于是遂以为必有完全圆满之世界。柏拉图、亚里斯多德、太来司、司譬诺赛、海克尔皆作是观,以完全合理理想的至善至高世界,为真之实在。

　　诗人叹美景之瞬逝；哲学家叹事物之变化,难以捉摸；道德家叹世人之弱志而无节操。彼等见变转的一时之事状,皆多种多样,无统一,无调和,为矛盾冲突缺陷所充满,皆无价值意义之可言。以为此外必尚有完全圆满调和之境地,于是遂起现实与理想之二世界观,而认与现实反对者为理想之世界。如柏拉图以现实界为非实在之世界,理想界为实在之世界。以为现实之世界,邪恶充满,完全之善美,唯于实在之世界求之而已。

　　从来既认不变不动完全圆满为实在,故于知识上,亦认永久不变的实在之知识为真知识。譬如由樫实而成樫木,其间变化不绝,但知此变化变转之现象,非真知识。所谓真知识者,实樫之不变不动之型式,事实上之樫,不过此型式之不完全之模造而已。事实上之境界,皆不完全。完全之境界,但可于知识上求之。故从来认哲学为只思索静观之业,以为关于行为者,皆动变无极,不能完全。完全之境界,必由静思潜究而得。于是其所谓知识者,亦自分阶级。政治的知识,不知工匠之技术知识之易受直接事物的变化,故处高位。然政治的知识,究关人类之行动,较之与变化之行为全无关系之纯知,位置自低。最高之知识,必与行为全无关系,超然独立,自己充足者也,中世纪之思想,亦与此同样。当时所谓人生之目的者,在知完全之实在。所谓完全之知识者,不外就此究极的完全不动之实在,沈思默考而已。此种哲学,实可谓之参禅的哲学。

自文艺复兴以来,人之兴味,归集于现实之世界,及实际生活之问题。又因科学研究之发达,不但不认变化为无价值,反生兴味于变化。以为欲知事物之本质,不可不用种种之实验,观其变化之过程。木工之所以为木工者,非以其知抽象的建筑之道,以其能加变化于木石铁等,而实际建筑也。如斯其所谓知识者,非思索的参禅的知识,乃实际的动的知识。把捉现实之事实,施以任意之变化,而决定其有益与有害,为实际变化之指导,不如中世纪人之视事物为恶而避遁,亦不作消极的默认。故杜威谓之活动的哲学。

活动的哲学,虽注重现实,然尚具有理想的方面。其所主张之理想,非超越世界之究极完全的实在,乃由现实之经验所选择之暗示或观念而成。于现存社会之改良上,有直接之意义。盖反抗参禅的哲学所想像之实体界,而揭实现可能之豫想者也。此理想界并非吾人之目的,不过为改造现实世界之手段与方便,即现实改造之图案而已。

哲学至斯,已以处理实际之问题,改良社会道德的恶弊为任务矣。科学在今日,虽亦以改良人类生活为事,然多用机械的方法。而哲学则欲用人类的社会的或道德的手段,以除世之祸害。故一切祸害,自因人种阶级贫富权力不同而起之争斗,以及人生之要求目的传习等之矛盾,活动的哲学,皆欲调和整顿之。虽不能得究极极对之方法,然总思寻觅包括的一般的共通的手段也。

三

活动的哲学(即实际主义之哲学),反抗参禅的哲学之见地,以指导社会处置现实问题之指针自任。其所以至此者，别有历史的社会的原因，今试略介绍之。

近代思想之先驱者，实为培根（1561－1626）。彼不认知识为参禅的静观，而认为实行之力。尝嘲亚里斯多德以来理知的论理之哲学。谓"此只能征服人心，不能征服自然。欲征服自然，图文明之进步，非发见多数之新事实不可。吾等从前所遵奉为真理者，多由头脑作成之议论。今则西半球发见，探险进取之气象，弥漫全世，从来未有之新事实，无限展开于吾等之眼前。重纯理之唯理主义的哲学者，恰如蜘蛛，从头脑纺出自己之世界，其用不过能捕偶来之蝇而已。重经验之现实派，恰如蚁，但知贮藏所寻得之事实，而不知精制改造以利用之。真正之哲学者，必须如蜜蜂之能改造精制，其所集合之事实，以备未来之用，作实际生活之力也"。

此蜜蜂之态度，实为实验主义者之态度。现代之理想主义，尚重视自造之蛛网。新现实主义者，谓心不过外界实在之再现，实不出蚁之态度。而吾实验主义，则以改造经验，用未来之豫见，指导生活为旨。培根之主张，虽为实际的，然于哲学改造之事实，贡献颇少。彼唯以归纳的研究法，鼓吹改造哲学之新精神而已。彼之所谓征服自然者，亦非以豫想改造自然之意，乃从自然而成之谓。此与现代之实际主义不同者也。

培根之贡献，尚有可注意者：亚里斯多德以来之哲学，皆以最高之知识，为神的，非人的，且认之为独自无双自己充足者。而在培根，则以知识为由民众共动的随时代蓄积而成，非出于一二之天才。此点颇有现代的色彩。至其以改善人间生活之情态，为知识之目的，则更近现代矣。培根虽非真正之实际主义者，然不失为实际主义倾向之豫言者也。

其次，十六世纪以来社会之激变，亦大有贡献于哲学之改造。新世界之发见，冒险探险旅行之增加及商业之发展，大促产业之革兴，授发明之刺激。无限之新事实，新观念，使人从因习传说解放。内则好奇心驱去往时之恐怖，生发见新事物之热情，改变从来之心理的态度；外则因资产之蓄积，及新市场之要求，产业之组织，突加扩张；蒸汽电气之利用，与大资本之运转，全改经济的状态，引起产业之革命。此产业之革命，与科学之进步,相互影响。近代机械工业,应用科学。科学因被应用于机械,遂为长足之进步。由政治上言之,封建时代之阶级制,至是已破,个人自由之主张大兴。虽因大国家之勃兴,有行帝王神权说者,然因习传说,已不能束缚个人,至有国家民约说之主张。民约说虽为无根据之假说,然于鼓吹国为民立之思想,贡献不少。同时宗教方面,亦盛行信仰之自由批判,起新教之运动,重良心之自由。变空漠彼世之实在观,回归其心向于现实之具体的事物,及人间之文物制度。从来超然客观之理想主义,渐变为内在主观,成日常生活直接有关系之经验的宗教。

四

更与哲学之改造,有直接关系者,即十七世纪以来之科学进步,使自然观与知识之方法彻底改变是也。自亚里斯多德至中世纪之思想,皆以自然为分量的有限之世界,不过由异性有限之阶级种属形式等而成而已。一切事物,因贵贱上下之关系而成秩序。例如土粗杂浑浊,故最处卑下;水较纯粹,故能化汽而上升;空气比水更高,火如太阳之热,更高于空气;至依太,则其纯粹非肉眼所能见。故在最高处。如斯自土地至天界,一切皆因清浊而具上下贵贱之体统。动植物较土自高,然樫自樫,蛎自蛎,人自人,毕皆具一定之形式。故变化只属份量上之事,并无性质上之变化,毫无价值意义之可言。樫实虽能变成樫木,然此非进化,不过向豫定之型,渐次成长之过程。盖樫实中有原可成樫木之素质,所谓变化者,唯实现其恒久不变之型而已。

此种自然观,乃封建制贵族制之反映。以为人有固定之阶级,种属,贵贱,贫富,职业等不可动摇之因习的区别,自然界亦应同样有此。然自十六世纪以来,因新世界之发现,及天文学之发达,知世界甚大,彼球不过众星之一,别尚有无数星体,合成宇宙。时间亦与空间同为无限。宇宙非常复杂,其内部之构造,多种多样,不可究极。又因人之兴味,渐归集于实际的生活,常以变化及运动测定实在,于是遂弃从来固定不动之实在观。法则之观念,亦随之而变。从来皆认法则支配事实,或事实服从法则,至是则一反此种封建的贵族的解释,只认法则为事物变化之次第顺序,非决定事物之上下关系,乃决定左右前后之关系。换言之,所谓法则者,不过复杂多样中之某一定的秩序关系而已。

封建时代,重视血族的关系。有门阀者,因有门阀而贵;无门阀者,因无门阀而贱。治者阶级,因家系而有内的统一,故代表普遍被治之下民,则因无此种家系,以为特殊的而轻蔑之。此等贵族平民之阶级,直接适用于自然观,成种属种类之固定的区别,及上下贵贱之价值的判断。然自封建制之颓废,自然界之上下贵贱的体统观,亦随之而破。地球为圆形以上,天之在下在上,皆不可定。又因知地与月日,同为星体,占平等之地位,于是遂认自然为同等无数之民众的世界矣。

由希腊人之审美观,则完全为有限之形,圆形即为完全之象征。以无限无一定之特质形象,遂以为不调和不完全。此种设想,至近代全变。近代认无限包藏未知,有进步发现之余地,不如从前之认自然有究极之目的。人可无限改造自然,无限利用自然,以为文化之贡献。按认自然无究极之目的,不但不使人类精神生活较前贫弱,反可使之较前丰富。何则?若认自然有究极之目的,则人为自然之器械,无论如何经营,不能出自然之外。今认自然为器械,用此器械,可以达人类自身之目的也。人类者,实如柏格森所言,造用具 Home fober 者也。自然无究极之目的,故人可自由征服自然。供达自造目的之用。豫见事物之将来,立所希望之理想而猛进,人之精神生活在此,道义生活亦在此也。如斯自然无究极目的之见地,增进人生理想之威严。近代之利用自然,无非以人类生活之向上发展,为其中心之要求而已。此种思想,已波及于政治经济的方面。由近代的见地言,政治制度,经济机关,皆为人类生活而存在,非人类生活为是等而存在。一切国家,学校,工场,会社,知识,财产,政治,皆个个人格发展向上之手段;而无限人格完成之理想,乃人自己创造之人生目的也。（未完）

（原载《教育潮》第 1 卷第 3 期,1919 年 8 月）

1926

爱的教育[1]

[意]亚米契斯著

目　次

---

[1]　以商务印书馆 1926 年初版为底本，参考开明书店 1926 年版校勘。

原　序

此书特别的奉献给九岁至十三岁的小学生们。

人也可以这样的题名此书："一个意大利市立小学三年级学生写的一学年之纪事"。——然而我说：一个三年级的小学生，我不能断定，他就能写成恰如此书所印的一般。他是本自己的能力，慢慢的笔记在校内校外之见闻及思想于一册而已。年终他的父亲为之修改，仔细地未改变其思想，并于可能内保留儿子所说的这许多话。四年后儿子入了中学，重读此册，并藉自己记忆力所保存的新鲜人物而又添了些材料。

亲爱的孩子们，现在读这书吧，我希望：你们能够满意，而且由此得益！

译者序言

这书给我以卢梭《爱弥尔》、裴斯泰洛齐《醉人之妻》以上的感动。我在四年前始得此书的日译本，记得曾流了泪三日夜读毕，就是后来在翻译或随便阅读时，还深深地感到刺激，不觉眼睛润湿，这不是悲哀的眼泪，乃是惭愧和感激的眼泪。除了人的资格以外，我在家庭中早已是二子二女的父亲，在教育界是执过十余年的教鞭的教师。平日为人为父为师的态度，读了这书好像丑女见了美人，自己难堪起来，不觉惭愧了流泪。书中叙述亲子之爱，师生之情，朋友之谊，乡国之感，社会之同情，都已近于理想的世界，虽是幻影，使人读了觉到理想世界的情味，以为世间要如此才好。于是不觉就感激了流泪。

这书一般被认为有名的儿童读物，但我以为不但儿童应读，实可作为普通的读物。特别地敢介绍给与儿童有直接关系的父母教师们，叫大家流些惭愧或感激之泪。

学校教育到了现在，真空虚极了。单从外形的制度上方法上，走马灯似地更变迎合，而于教育的生命的某物，从未闻有人培养顾及。好像掘池，有人说四方形好，有人又说圆形好，朝三暮四地改个不休，而于池的所以为池的要素的水，反无人注意。教育上的水是甚么？就是情，就是爱。教育没有了情爱，就成了无水的池，任你四方形也罢，圆形也罢，总逃不了一个空虚。

因了这种种，早想把这书翻译。多忙的结果，延至去年夏季，正想鼓兴开译，不幸我唯一的妹因产难亡了。于是心灰意懒地就仍然延阁起来。既而，心念一转，发了为纪念亡妹而译这书的决心，这才偷闲执笔，在《东方杂志》连载，中途因忙和病，又中断了几次。等全稿告成，已在亡妹周忌后了。

这书原名《考莱》(Cuore)，在意大利原语是"心"的意思。原书在一九零四年已三百版，各国大概都有译本，书名却不一致。我所有的是日译本和英译本，英译本虽仍作《考莱》，下又标《一个意大利小学生的日记》几字，日译本改称《爱的学校》（日译本曾见两种，一种名《真心》，忘其译者，我所有的是三浦修吾氏译，名《爱的学校》的）。如用《考莱》原名，在我国不能表出内容，《一个意大利小学生的日记》，似不及《爱的学校》来得简单。但因书中所叙述的不但学校，连社会及家庭的情形都有，所以又以己意改名《爱的教育》。这书原是描写情育的，原想用《感情教育》作书名，后来恐与法国佛罗贝尔的小说《感情教育》混同，就弃置了。

译文虽曾对照日英二种译本，勉求忠实，但以儿童读物而论，殊愧未能流利生动，很有须加以推敲的地方。可是遗憾得很，在我现在实已无此功夫和能力，此次重排为单行本时，除草草重读一过，把初刷误植随处改正外，只好静待读者批评了。

《东方杂志》记者胡愈之君，关于本书的出版，曾给与不少的助力；邻人刘薰宇君，朱佩弦君，是本书最初的爱读者，每期稿成即来阅读，为尽校正之劳；封面及插画，是邻人丰子恺君的手笔。都足使我不忘。

十三年十月一日丏尊记于白马湖平屋

作者传略

《爱的教育》的作者亚米契斯（Edmondo de Amicis）在一八四六年十二月二十一日生于意大利 Ligurla 州的 Oneglia 地方。在 Cuneo 和丘林（Turin）进过学校后，被送入 Modena 的陆军学校。一八六六年 Custozza 之战，他加入军队去打仗。在军营中间著了许多短篇小说，在 Italia Militare 上发表，这是他的著作生活的开始。他的 *Novelle* 和 Bozzetti Militari 第一次披露于该杂志时，就博得一时的欢迎。后来印成单行本，卖完了好几版。他因著作事业有望，便脱离军队，专心著述。以丘林为其文字业的大本营，后又漫游世界各地，著成游记多种。其中最著名的是《西班牙》（一八七三），《荷兰》（一八七四），《君士坦丁堡》（一八七七），《摩洛哥》（一八七九）这几部。一九零八年三月十二日因心脏病殁于 Bordighera。

亚米契斯的最初的作品是倾向于爱国主义的。在他的青年时代正在意大利民族独立战争中。他的最初的作品 Novelle 和 *Bozzetti Militari* 即以感时忧国，激励了许多的读者。但他的最好的作品，却都是游记。因为他所最擅长的是景物描写。由美国旅行回国后，他变成了社会主义者，*Sull Oceano* 一书便是他发表社会主义的见解的作品。

《爱的教育》（原名 Cuore）在他的作品中间算是销行最广的。而且在意大利学校儿童的读物中间，这一部也要算是最普遍的了。这书的目的，是打算写出儿童中间的友情，不为阶级及社会地位所阻隔的友情。他在这书里把小学生的世界活泼泼地映演在我们眼前了。成人了解儿童的心情本是不可能的事。但读了这几篇日记，谁都要把儿童时代的情感从新唤起。这是亚米契斯的最大成功处。当亚米契斯写这部书时他的心中便充满了青年之火。所以书内的辞藻与结构虽不讲究，但单是一种情绪就能使读者十分感动了。

与《爱的教育》同性质的，更有一部描写友谊的书，叫 *Gli Amicio*，是二大册的巨著，也非常动人。

　　Collsonmorley 的《近代意大利文学》*Modern Italian Literature* 三四一——三四二页里说："亚米契斯或者可以算得是最近半世纪来意大利最有名的作家了。他只有些少的创造力，他的作品的结构也很平常，而且他有一个弱点——就是为我们盎格鲁撒克逊人所不大喜欢的伤感的悲观主义。他写得最出色的是书中的几个小人物。他的描写，差不多和照相一般准确，可是又都有生色。他出了许多游记：*La Spagna*，*L'Marocco*，*Ricordi di Lonara*（一八八零年）等。这不过是些印象主义的旅行纪事，因此有人给他一个徽号，叫'文学的商业旅行家'（讥其旅行之目的专在作游记以赚钱也）。话虽如此，这些游记却又都是滑稽的，有时也略带感动的，而且滑稽和感动也都适乎其度。亚米契斯晚年变成一个社会主义者；他对于社会问题的见解，在 *L'romanzo di un maestro*（1890）、L'Oceano（1899）两部书上表见。*La Carrozza ditutti* 是一部长篇的动人的小品集，写电车中所见的丘林风物。亚米契斯自称为玛志尼的弟子，他的信仰，他的癖性，都属于玛志尼派，在 L'idioma gentile（1905）一书里，最足表见。他从玛志尼学得自然的，单纯的，朴素的作风，这种作风，很受时人的赞赏。"

第一卷　十月

始业日　十七日

今日开学了，乡间的三个月，梦也似地过去，又回到了这丘林（Turin）的学校里来了。早晨母亲送我到学校里去的时候，心还一味只想着在乡间的情形哩。不论那一条街道，都充满着学校的学生们；书店的门口呢，学生的父兄们都拥挤着在那里购买笔记簿、书袋等类的东西；校役和警察都拼命似地想把路排开。到了校门口，觉得有人触动我的肩膊，原来这就是我三年级时候的先生，是一位头发赤而卷缩、面貌快活的先生。先生看着我的脸孔说：

"我们不再在一处了！安利柯（Enrico）！"

这原是我早已知道的事，今被先生这么一说，不觉重新难过起来了。我们好容易地到了里面，许多夫人、绅士、普通妇人、职工、官吏、女僧侣、男用人、女用人，都一手拉了小儿，一手抱了成绩簿，在接待所楼梯旁满着，嘈杂得如同戏馆里一样。我重新看这大大的待息所（Enter-room）的房子，非常欢喜，因为我这三年来，每月到教室去，都穿过这室的。我的二年级时候的女先生见了我：

"安利柯！你现在要到楼上去了！要不走过我的教室了！"

说着，恋恋地看我。校长先生被妇人们围绕着，头发好像比以前白了。学生们也比夏天的时候长大强壮了许多。才来入一年级的小孩们，不愿到教室里去，像驴马似地倔强着，勉强拉了进去，有的仍旧逃出，有的因为找不着父母，哭了起来，做父母的回了进去，有的诱骗，有的叱骂，先生们也弄得没有法子了。

我的弟弟被编入在名叫代尔卡谛（Delcati）的女先生所教的一组里，午前十时，大家进了教室，我们的一级共五十五人。从三年级一同升上来的只不过十五六人。惯得一等奖的代洛西（Delcati）也在里面。一想起暑假中跑来跑去游过的山林，觉得学校里暗闷得讨厌。又忆起三年级时候的先生来：那是常常对我们笑着的好先生，是和我们差不多大的先生。那个先生的红而缩拢的头发，已不能看见了，一想到此，就有点难过。这次的先生，身材高长，没有胡须，长长地留着花白的头发，额上皱着直纹，说话大声，他钉着了眼一个一个地看我们的时候，眼光竟像个要透到我们心里似的。而且还是一位没有笑容的先生。我想：

"唉！一天总算过去了，还有九个月呢！甚么用功，甚么月试，多少讨厌啊！"

一出教室。恨不得就看见母亲，飞跑到母亲面前去吻她的手。母亲说：

"安利柯啊！要用心啰！我也和你大家用功呢！"

我高高兴兴地回家了。可是因为那位亲爱快活的先生已不在，学校也不如以前的有趣味了。

我们的先生　十八日

从今日起，现在的先生也可爱起来了。我们进教室去的时候，先生已在位上坐着。先生前学年教过的学生们，都从门口探进头来和先生招呼。"先生早安！""配巴尼（Pet boni）先生早安！"地大家说着。其中也有走进教室来和先生匆忙地握了手就出去的。这可知大家都爱慕这先生，今年也想仍请他教的了。先生也说着"早安！"去拉学生所伸着的手，却是不去看学生的脸孔。和他们招呼的时候，虽也现出笑容，额上直纹一蹙，脸孔就板起来，并且把脸对着窗外，注视着对面的屋顶，好像他和学生们招呼是很苦的。完了以后，先生又把我们一一地注视，叫我们默写，自己下了讲台在桌位间巡回。看见有一个面上生着红粒的学生，就把默写中止，两手托了他的头查看，又把手去摸他的额问他有没有发热。这时先生后面有一个学生乘着先生不看见，跳上椅子玩起人形来，恰好先生回过头去，那学生就急忙坐下，俯了头预备受责，先生只把手按在他的头上，只说："下次不要再做这种事了！"另外一点没有甚么。

默写完了以后，先生又沉默了看着我们，好一会，用了静而粗大的亲切的声音这样说：

"大家听我！我们从此要同处一年，让我们好好地过这一年罢！大家要用功，要规矩。我没有一个家属，你们就是我的家属，去年以前，我还有母亲，母亲死了以后，我全然只有一个人了！你们以外，我没有别的家属在世界上，除了你们，我没有可爱的人！你们是我的儿子，我爱你们，请你们也欢喜我！我一个都不愿责罚你们，请将你们的真心给我看看！请你们全班作了一家族，给我做慰藉，给我做荣耀！我现在并不是想你们用口来答应我，我确已知道你们已在心里答应我'肯的'了。我感谢你们。"

这时校役来通知放学，我们都很静很静地离开坐位。那个跳上椅子的学生，走到先生的身旁，战抖抖地说："先生！饶了我这次！"先生用嘴去亲着他的额说："快回去！好孩子！"

灾难 二十一日

本学年开始就发生了意外的事情。今晨到学校去，我和父亲正谈着先生所说的话。忽然见路上人满了，都奔入校门去。父亲就说：

"有了甚么意外的事体了！学年才开始，真不凑巧！"

好容易，我们进了学校，人满了，大大的房子里充满着儿童和家属。听见他们说："可怜啊！洛佩谛(Robetti)！"从人山人海中，警察的帽子看见了，校长先生的光秃秃的头也看见了。接着又走进了一个戴着高冠的绅士，大家说："医生来了！"父亲问一个先生："究竟甚么了？"先生回答说："被车子轧伤了！""脚骨碎了！"又一先生说。原来：名叫洛佩谛的一个二年级的生徒，上学来的时候，有一个一年级的小学生，忽然离了母亲的手，在街路上倒了。这时，街车正望他倒下的地方驶来，洛佩谛眼见这小孩将为车子所轧，大胆地跳了过去，把他拖救出来。不料因了来不及拖出自己的脚，反被车子碾伤了自己。洛佩谛是个炮兵大尉的儿子。正在听他们叙述这些话的时候，突然有一个妇人狂也似的奔到，从人堆里挣扎着进来，这就是洛佩谛的母亲。同时另外一个妇人跑近拢去，抱了洛佩谛的母亲的头颈啜泣。这就是被救出的小孩的母亲。两个妇人向室内跑去，我们在外边可以听到她们"啊！叙利亚(Giulia)呀！我的孩子呀!"的哭叫声。

立刻,有一辆马车停在校门口了。校长先生也就抱了洛佩谛出来。洛佩谛把头伏在校长先生肩上,脸色苍白,眼睛闭着。大家都静默了,洛佩谛母亲的哭声也听得出了。不一会,校长先生将抱在手里的伤人给大家看,父兄们、学生们、先生们都齐了声说:"洛佩谛!好勇敢!可怜的孩子!"靠近点的先生学生们,更去吻洛佩谛的手。这时洛佩谛开了他的眼说:"我的书包呢?"被救的孩子的母亲拿书包给他看,且流着眼泪说:"让我拿了罢,让我替你拿了去罢。"洛佩谛的母亲,脸上现出微笑了。这许多人出了门,很小心地把洛佩谛载入马车,马车就慢慢地开动,我们都默默地走进教室里去。

格拉勃利亚的小孩 二十二日

洛佩谛到底做了非拄了杖不能行走的人了。昨日午后,先生正在说这消息给我们听的时候,校长先生忽然领了一个蓦生的小孩到教室里来。那是一个黑色、浓发、大眼而眉毛浓黑的小孩。校长先生将这小孩交给先生,低声地说了一二句甚么话,就出去了。小孩用了他黑而大的眼,看着室中一切,先生携了他的手向着我们:

"你们大家应该欢喜。今天有一个从五百哩以外的格拉勃利亚(Galabria)的莱奇阿(Reggio)地方来的意大利小孩进了这学校了。因为是远道来的,请你们要特别爱这同胞。他的故乡是名所,是意大利名人的产生地,又是产生强健的劳动者和勇敢的军人的地方,也是我国风景名地中之一。那里也有森林,也有山岳,住民都富于才能和勇气。请你们亲爱地待遇这小孩,使他忘记自己是离了故乡的,使他知道在意大利无论到何处的学校里去,都是同胞。"

先生说着,在意大利地图上指格拉勃利亚的莱奇阿的位置给我们看。又用了大声叫:"尔耐斯托·代洛西!(Ernesto Deressi)"——他是每次都得一等赏的学生——代洛西起立了。

"到这里来!"先生说了,代洛西就离了坐位走近格拉勃利亚小孩面前。

"你是级长,请对这新学友述欢迎之辞！请代表了譬特蒙脱(Pied-mont)的小孩,表示欢迎格拉勃利亚的小孩!"

代洛西听见先生这样说,就抱了那小孩的头颈,用了明瞭的声音说:"来得很好!"格拉勃利亚小孩也热烈地吻代洛西的颊。我们都拍手喝采了。先生虽然说:"静些静些! 在教室内拍手是不可以的!"而自己也很欢喜。格拉勃利亚小孩也欢喜。一等先生指定坐位,那小孩就归坐了。先生又说:

"请你们好好记着我方才的话。格拉勃利亚的小孩到了丘林,要同住在自己家里一样。丘林的小孩到了格拉勃利亚,也应该毫不觉得寂寞。实对你们说,我国为此,曾战了五十年了的。有三万的同胞,为此战死。所以你们大家要互相敬爱,如果有因了他不是本地人,加无礼于这新学友的,那就是无资格来见我们的三色旗的人!"

格拉勃利亚小孩归到坐位,和他邻席的学生们,有送他钢笔的,有送他画片的,又有送他瑞士的邮票的。

同窗朋友 二十五日

送邮票给格拉勃利亚小孩的,就是我所最欢喜的卡隆(Garrone)。他在同级中身躯最高大,年十四岁,是个大头宽肩笑起来很可爱的小孩,却已有大人气。我已把同窗的友人认识了许多了,有一个名叫可莱谛(Coretti)的我也欢喜。他着了茶色的裤子,戴了猫皮的帽,常说着有趣的话。父亲是开柴店的,一千八百六十六年,曾在温培尔脱亲王(Prince Umberto)部下打过仗,据说还拿着三个勋章呢。有个名叫耐利(Nelli)的,可怜是个驼背,身体怯弱,脸色常是青青的。还有一个名叫华梯尼的(Votini),他时常穿着漂亮的衣服。在我的前面,有一个小孩绰号叫做"小石匠"的,那是石匠的儿子,脸孔圆圆的像苹果,鼻头像个小球,惯能装兔的脸孔,时常装了引人笑。他虽戴着破絮样的褴褛的帽,却常常将帽像手帕似地卷叠了藏在袋里。坐在"小石匠"的旁边的是一个叫做卡洛斐(Garoffi)的瘦长老鹰鼻的眼睛特别小的孩子。他常常把钢笔、火柴空盒等拿来买卖,写字在手甲指上,做种种狡猾的事。还有一个名叫卡罗·诺琵斯(Corlo Nobis)的高慢的少年绅士。这人的两旁,有二个小孩,为我所看得对的。一个是铁匠的儿子,穿了齐膝的上衣,脸色苍白得像病人,对于甚么都胆怯,永远没有笑容。一个是赤发的小孩,一只手有了残疾,挂牢在项颈里。听说:他的父亲到亚美利加去了,母亲走来走去卖着野菜呢。靠我的左边,还有一个奇怪的小孩,他名叫斯带地(Stardi),身材短而肥,项颈好像没有一样。他是个乱暴的小孩,不和人讲话。好像是甚么都不知道的,可是,先生的话,他总目不转睛地,蹙了眉头,闭紧了口听着。先生说话的时候,如果有人说话,第二次他还忍耐默着,一到第三次,他就要愤怒起来用脚来蹴了。坐在他的旁边的,是一个毫不知顾忌的有着狡猾相的小孩,他名叫勿兰谛(Franti),听说曾经在别校被除了名的。此外,还有一对很相像的兄弟,穿着一样的衣服,戴着一样的帽子。这许多同窗之中,相貌最好,最有才能的,不消说要算代洛西了。今年大概还是要他得第一的。但是我却爱铁匠的儿子那像病人的泼来可西(Perecssi)。据说,他父亲是要打他的,他非常老实,在和人说话的时候,或偶然触犯着别人的时候,他一定要说"对不住",他常用了亲切而悲哀的眼光看人。至于最长大的和最高品的,却是卡隆。

义侠的行为　二十六日

卡隆的为人,我看了今日的事情就明白了。今日我因为二年级时候的女先生来问我何时在家,到校稍迟,入了教室,先生还未来。一看,有三四个小孩聚在一处正在调排着那赤发的一手有残疾的卖野菜人家的孩子克洛西(Crossi)。有的用三角板打他,有的把栗子壳向他的头上投掷,说他是"残废者",是"鬼怪",还将手挂在项颈上来装他的样子给他看。克洛西一个人坐在位子里苍白了脸,用了好像要说"饶了我罢"似的眼光,看着他们。他们见克洛西如此,越加得了风头,越加戏弄他,克洛西终于怒了,红了脸把身子震着。这时那个脸孔很讨厌的勿兰谛,忽然跳上椅子,装出克洛西母亲挑菜担的样子来了。克洛西的母亲,因为接克洛西回去,平日时常到学校里来的,现在听说正病在床上。许多学生都曾知道克洛西的母亲的,看了勿兰谛所装的样子,大家笑了起来。克洛西大怒,突然将摆在那里的墨水瓶对准了勿兰谛掷去。勿兰谛很敏捷地避过,墨水瓶恰巧打着了从门外进来的先生的胸部上。

大家都逃到坐位里,怕得不作一声,先生变了脸色,走到教桌的旁边,用了严厉的声音问:"谁?"一个人都没有回答。先生更高了声说:"谁?"

这时,卡隆好像可怜了克洛西,忽然起立,用了很决心的态度说:"是我!"先生眼钉着卡隆,又转看正呆着的学生们,静静地说:"不是你。"

过了一会,又说:"决不加罚,投掷者起立!"

克洛西起立了,哭着说:"他们打我,调排我,我气昏了,不知不觉就把墨水瓶投去了的。"

"好的!那末,调排他的人起立!"先生说了,四个学生起立了把头俯着。

"你们欺负了无罪的人了!你们欺侮了不幸的小孩,欺侮弱者了!你们做了最无谓、最可耻的事了!卑怯的东西!"

先生说着,走到卡隆的旁边,将手摆在他的腮下,托起他俯下着的头来,注视了他的眼说:"你的精神是高尚的!"

卡隆附拢了先生的耳,不知说些甚么,先生突然向着四个犯罪者说:"我饶恕你们。"

我的女先生 二十七日

我二年级时候的女先生,准了约束,今日到家里来访我了。先生不到我家已一年,我们很高兴地招待她。先生的帽子旁仍旧罩着绿色的面幕,衣服极质素,头发也不修饰,她原是没有功夫来打扮这些的。她比去年似乎脸上的红彩薄了好些,头发也白了些,时时咳嗽着。母亲问她:

"那末,你的健康如何?先生!你如果不再顾着你的身体……"

"一点都没有甚么。"先生回答说,带着又喜悦又像忧愁的笑容。

"先生太高声讲话了,为了小孩们太劳了自己的身体了。"母亲又说。

真的,先生的声音,听不清楚的时候是没有的。我还记得:先生讲话,总是连续着一息不停,弄得我们学生连看旁边的功夫都没有了。先生不会忘记自己所教过的学生,无论在几年以前,只要是她教过的,总还记得起姓名。听说,每逢月考,她都要到了校长先生那里,去询问他们的成绩的。有时，又站在学校门口，等学生来了就叫他拿出作文簿给她看，调查他进步得怎样了。已经入了中学校的学生，也常常着了长裤子，挂了时计，去访问先生。今日，先生是领了本级的学生去看绘图展览会，回去的时候，湾到我们这里来的。我们在先生那班的时候，每逢火曜日，先生常领我们到博物馆去，说明种种的东西给我们听。先生比那时已衰弱了许多了，可是仍非常起劲，遇到学校的事情，就很快活地谈讲。二年前，我大病了在床上卧着，先生曾来望我过，先生今日还说要看看我那时所睡的床，这床其实已归我的家姊睡了的。先生看了一会，也没有说甚么。先生因为还要去望一个学生的病，不能久留。听说是个马鞍匠的儿子，发着麻疹卧在家里呢。她又挟着今晚非改削不可的课本，据说，晚饭以前，某商店的女主人还要到她那里来学习算术的。

"啊！安利柯！"先生临走向着我说，"你到了能解难问题、作长文章的时候，仍肯爱你以前的女先生吗？"说着，吻我。等到出了门，还在阶沿下再扬了声说："请你不要忘了我！安利柯啊！"

啊！亲爱的先生！我怎能忘记你呢？我虽成了大人，也一定还记得先生，到校里来拜望的。无论到了何处，只要一听到女教师的声音，就要如同听见你先生的声音一样，想起先生教我的二年间的事来罢！啊啊！那二年里面，我因了先生学会了多少的事！那时先生虽有病，身体不健，可是无论何时，都热心地爱护我们、教导我们的。我们书法上有了恶癖，她就很耽心。试验委员质问我们的时候，她耽心得几乎坐立不安。我们写得清爽的时候，她就真心欢喜。她一向像母亲样地爱待我。这样的好先生，叫我怎样能忘记啊！

贫民窟　二十八日

昨日午后，我和母亲，雪尔维（Sylvia）姊姊三人，送布给新闻上所记载的穷妇人。我拿了布，姊姊拿了写着那妇人住址姓名的条子。我们到了一处很高的家屋的屋顶小阁里，那里有长的走廊，沿廊有许多室，母亲到最末了的一室敲了门。门开了，走出一个年纪还青，白色而瘦小的妇人来。是一向时常看见的妇人，头上常常包着青布。

"你就是新闻上所说的那位吗?"母亲问。

"呃,是的。"

"那末,有点布在这里,请你收了。"

那妇人非常欢喜,好像说不出答谢的话来。这时我瞥见有一个小孩,在那没有家具的暗腾腾的小室里,背向了外,靠着椅子好像在写字。仔细一看,确是在那里写字,椅子上摊着纸,墨水瓶摆在地板上。我想,这样暗黑的房子里,如何写得来字呢? 忽然看见那小孩长着赤发,穿着破的上衣,才恍然悟到:原来这就是那卖菜人家的儿子克洛西,就是那一只手有残疾的克洛西。乘他母亲正收拾东西的时候,我轻轻地将这告诉了母亲。

"不要作声!"母亲说,"如果他觉到自己的母亲,受朋友的布施,多少难为情呢? 不要作声!"

可是,恰巧,这时克洛西回过头来了。我不知要怎样才好,克洛西对了我微笑。母亲背地里向我背后一推,我就进去抱住克洛西,克洛西立起来握我的手。

克洛西的母亲对我母亲说:

"我只是娘儿两个。丈夫这七年来一直在亚美利加,我又生了病,不能再挑了菜去卖,甚么桌子等类的东西都已卖尽,弄得这孩子读书都为难,要点盏小小的灯,也不能够,眼睛也要有病了。幸而,教科书、笔记簿有市公所送给,总算勉强地得进了学校。可怜! 他到学校去是很欢喜的,但是……像我这样的不幸的人,是再没有的了!"

母亲把钱囊中所有的钱都拿出来给了她,吻了克洛西,出来几乎哭了。于是对我说:

"安利柯啰! 你看那个可爱的孩子! 他不是很刻苦地用着功吗? 像你,是甚么都自由的,还说用功苦呢! 啊! 真的! 那孩子一日的勤勉,比了你一年的勤勉,价值不知要大多少呢! 像那小孩,才是应该受一等赏的哩!"

学校 二十八日

爱儿安利柯啊! 你用功怕难起来了,像你母亲所说的样子。我还未曾看到你有高高兴兴勇敢地到学校里去的样子过。但是我告诉你：如果你不到学校里去，你每日要怎样地乏味，怎样地疲倦啊！只要这样过了一礼拜，你必定要合了手来求恳把你再送入学校里去罢。因为游嬉虽好，每日游嬉，就要厌倦的。

今日世界中，无论何人，没有一个不学的。你想！职工们劳动了一日，夜里不是还要到学校里去吗？街上店里的妇人们、姑娘们劳动了一礼拜，礼拜日不是还要到学校里去吗？兵士们日里做了一日的勤务，回到营里，不是还要读书吗？就是瞎子和哑子，也在那里学习种种的事情，监狱里的囚人，不是也同样地在那里学习读书写字等的功课吗？

每晨上学去的时候，你要这样想想：此刻，这个市内，有和我同样的三万个小孩都正在上学去。又，同在这时候，世界各国有几千万的小孩也正在上学去。有的正三五成群地经过着清静的田野罢。有的正行着热闹的街道罢。也有沿了河或湖在那里走着的罢。在猛烈的太阳下走着的也有，在寒雾蓬勃的河上驶着短艇的也有罢。从雪上乘了撬走的，渡溪的，爬山的，穿过了森林，渡过了急流，蹴躅行着冷静的山路的，骑了马在莽莽的原野跑着的也有罢。也有一个人走的，也有两个人并着走的。也有成了群排了队走着的。著了各种的服装，说着各样的国语，从被冰锁住的俄罗斯以至椰子树深深的亚拉伯，不是有几千万数都数不清楚的小孩，都挟了书学着同样的事情，同样地在学校里上学吗？你想像想像这无限数小孩所成的团体看！又想像想像这大团体怎样在那里作大运动！你再试想：如果这运动一终止，人类就会退回野蛮的状态了罢。这运动才是世界的进步，才是希望，才是光荣。要奋发啊！你就是这大军队的兵士，你的书本是武器，你的一级是一分队，全世界是战场，胜利就是人类的文明。安利柯啊！不要做卑怯的兵士啊！

——父亲——

少年爱国者（每月例话）　**二十九日**

做卑怯的兵士吗？决不做！可是，先生如果每日把像今日那种有趣的话讲给我们听，我还要更加欢喜这学校呢。先生说，以后每月要讲一次像今天样的高尚的少年故事给我们听。并且叫我们笔记了。下面就是今天所讲的少年爱国者之话：

一只法兰西轮船从西班牙的巴赛洛那（Barcelona）开到意大利的热那亚（Genoo）来。船里乘客有法兰西人、意大利人、西班牙人，还有瑞士人。其中有个十一岁的少年，服装褴褛，离远了人们，只像野兽似地用了白眼把人家看着。他的用这种眼色对人，也不是无因。原来他是于二年前被他在乡间种田的父母，卖给戏法班了的，戏法班里的人打他，蹴他，叫他受饿，强他学会把戏，带了他到法兰西、西班牙一带跑，一味虐待，连食物都不十分供给他。这班戏法班到了巴赛洛那的时候，他因为受不起虐待与饥饿，终于遁出，到了意大利领事馆去求保护。领事很可怜他，叫他乘入这只船里，且给他一封到热那亚的出纳官那里的介绍书，意思是要送他回到残忍的父母那里去。少年遍体受着伤，非常衰弱，因为是住着二等舱的，人都以为奇怪，大家对了他看。人和他讲话，他也不回答，好像是把一切的人都憎恶了的。他的心已变歪到这步田地了。

有三个乘客种种地探问他，他才开了口。他用了在意大利语中夹杂法兰西语和西班牙语的乱杂的言语，大略地把自己的经历讲了。这三个乘客虽不是意大利人，却也听懂了他的话，于是就一半因了怜悯，一半因了吃酒以后的高兴，给他少许的金钱，一面仍继续着和他谈说。这时有大批的妇人，也适从舱室走出，来到此地，她们听了少年的话，也就故意要人看见地拿出若干的钱来掷在桌上，说："这给了你，这也拿了去！"

少年低声答谢了，把钱收入袋里，苦郁的脸上，到是才现出欢喜的笑容。他回到自己的床位里，拉拢了床幕，卧了静静地自己沈思：有了这些钱，可以在船里买点好吃的东西，一饱二年来饥饿的肚腹，到了热那亚，可以买件上衣，换去褴褛，又拿了钱回家，比空手回去，也总可以多少见好于父母，多少可以得着像人的待遇。在他，这金钱竟是一注财产。他在床位上正沈思得高兴，这时那三个旅客围牢了二等舱的食桌在那里谈论着。他们一壁饮酒，一壁谈着旅行中所经过的地方情形。谈到意大利的时候，一个说意大利的旅馆不好，一个攻击火车。酒渐渐喝多了，他们的谈论也就渐渐地露骨了。一个说，如其到意大利，还是到北极去好。

意大利住着的都是拐子土匪。后来又说意大利的官吏是不识字的。

"愚笨的国民！"一个说。"下等的国民！"别一个说。"强盗……"

还有一个正在说出"强盗"的时候，忽然银币铜币就雹子一般落到他们的头上以及肩上，同时在桌上地板上滚着，发出可怕的声音来。三个旅客愤怒了举头看时，一握的铜币又飞掷到他们的脸上了。

"拿回去！"少年从床幕里探出头来怒叫。"我不要那说我国坏话的人的东西。"

烟突扫除人　十一月一日

昨日午后，到近地一个女子小学校里去。因为雪尔维姊姊的先生说要看《少年爱国者之话》，所以就拿了去给她看。那学校有七百人光景的女小孩，我去的时候正是放课，学生们因为从明天起接连有"万圣节"（The holy day of all saints）"万灵节"（The holy day of all souls）两个祭日，正在欢喜高兴地回去。我在那里看见了一件很美的事：在学校那一边的街路角里，立着一个脸孔墨黑的烟突扫除人，他还是一个小孩，一手靠着了壁，一手托着头，在那里啜泣。有二三个三年级女学生，走近去问他："甚么了？ 为甚么这样哭的？"但是他总不回答，仍旧哭着。

"来！快告诉我们，甚么了！ 为甚么哭的？"女孩们再问他，他才渐渐地抬起头来。那是一个像小孩似的脸孔，哭着告诉她们，说扫除了好几处烟突，得着三十个铜币，不知在甚么时候从袋的破洞里漏出了。说着又指破孔给她们看。据说，如果没有这钱是不能回去的。

"师父要打的！"他这样说着仍旧哭了起来。又把头俯伏在臂上，像个很为难的样子。女学生们围牢了看着他正在代他可怜，这时其余的女学生也挟了书包来了。有一个帽子上插着青羽的大女孩从袋里拿出两个铜币来说：

"我只有两个，再凑凑就好了。""我也有两个在这里。"一个着红衣的接着说。"大家凑起来，三十个光景是一定有的。"又叫其余的同学们："亚马里亚（Amalia）！ 璐迦（Luigia）！ 亚尼那（Annina）！ 一个铜币，你们那个有钱吗？ 请拿出来！"

果然,有许多人是为买花或笔记本都带着钱的,大家都拿出来了。小女孩也有拿出一个半分的小铜币的。插青羽的女孩将钱集拢了大声地数:

八个,十个,十五个,但是还不够。这时,恰巧来了一个像先生样的大女孩,拿出一个当十银币来,大家都高兴了。还不够五个。

"五年级的来了! 她们一定有的。"一个说。五年级的女孩一到,铜币立刻集起许多了。大家还都急急地向这里跑来。一个可怜的烟突扫除人,被围牢了立在美丽的衣服、随风摇动的帽羽、发丝带、卷毛(Curl)之中,那样子真是好看。三十个铜币不但早已集齐,而且还多出了许多来。没有带钱的小女孩,挤入大女孩的群中将花束赠给少年作代替。这时,忽然校役出来,说:"校长先生来了!"那女学生们就麻雀般的四方走散,烟突扫除人独自立在街路中,欢喜地拭着眼泪,手里装满了钱,上衣的纽孔里、衣袋里、帽子里,都装满了花。还有许多花在他的脚边散布着。

万灵节 二日

安利柯啊! 你晓得万灵节是甚么日子吗? 这是祭从前死去的人的日子。小孩在这日,应该纪念已死的人,——特别应纪念为小孩而死的人。从前死过的人有多少? 又,即如今日,有多少人正在将死? 你曾把这想到过吗? 不知道有多少做父亲的在劳苦之中失了生命呢? 不知道有多少做母亲的为了养育小孩,辛苦伤身,非命地早入墓下呢? 因不忍见自己小孩的陷于不幸,绝望了自杀的男子,不知有多少? 因失去了自己的小孩,投水悲痛,发狂而死的女人,不知道有多少? 安利柯啊! 你今日应该想想这许多死去的人啊! 你要想想:有许多先生因为太爱学生,在学校里劳作过度,年纪未老,就别了学生们而死的! 你要想想:有许多医生是为要医治小孩们的病,自己传染了牺牲而死的! 你要想想:在难船、饥馑、火灾及其他非常危险的时候,有许多人是将最后的一口面包,最后的安全场所,最后从火灾中逃身的绳梯,让给了幼稚的小灵魂,自己却满足于牺牲而从容瞑目的!

啊! 安利柯啊! 像这样死去的人,差不多数也数不尽。无论那里的墓地，都眠着成千成百的这样神圣的灵魂。如果这许多人能暂时在这世界中复活，他们必定要呼那自己将壮年的快乐，老年的平和、爱情、才能、生命贡献过的小孩们的名字的。二十岁的妻，壮年的男子，八十岁的老人，青年的，——为幼者而殉身的这许多无名的英雄——这许多高尚伟大的人们墓前所应该撒的花，靠这地球，是无论如何不够出的。你们小孩们是这样地被爱着的，所以，安利柯啊！在万灵节一日，要用了感谢报恩的心，去纪念这许多亡人。这样，你对于爱你的人们，对于为你劳苦的人们，自会更亲和，更有情了罢。你真是幸福的人啊！你在万灵节，还未曾有想起来要哭的人呢。

——母亲——

第二卷 十一月

好友卡隆 四日

虽只两日的休假,我像已有许多日子不见卡隆了。我愈和卡隆熟悉,愈觉得他可爱。不但我如此,大家都是这样,只有几个高慢的人,嫌恶卡隆,不和他讲话。这因为卡隆向不受他们压制的原故。那大的孩子们正在举起手来要去打幼的小孩的时候,幼的只要一叫"卡隆!"那大的就会缩回手去的。卡隆的父亲是铁道的机关司。卡隆小时曾有过病,所以入学已迟;在我们一级里身材最高,气力也最大。他能用一手举起椅子来;常常吃着东西;为人很好,人有请求他,不论铅笔、橡皮、纸类、小刀,都肯借给或赠与。上课时,不言、不笑、不动,石头般地安坐在狭小的课椅上,两肩上装着大大的头,把背脊向前屈着。我去看他的时候,他总半闭了眼给笑脸我看。好像在那里说:"喂,安利柯,我们大家做好朋友啊!"我一见卡隆,总是要笑起来。他身子又长,背膊又阔,上衣、裤子、袖子,都太小太短,至于帽子,小得差不多要从头上落下来;外套露出绽缝,皮靴是破了的,领带时常搓扭得成一条线。他的相貌,一见都使人欢喜,全级中谁都欢喜和他并坐。他算术很好,常用红皮带束了书本拿着。他有一把螺钿镶柄的大裁纸刀,这是去年陆军大操的时候,他在野外拾得的。他有一次,因这刀伤了手几乎把指骨都切断了。他不论人家怎样嘲笑他,都不发怒,但是当他说着甚么的时候,如果有人说他"这是谎说的",那就不得了了:他立刻火冒起来,眼睛发红,一拳打下来,可以击得椅子破。有一天土曜日的早晨,他见二年级里有一小孩因失掉了钱,不能买笔记簿,立在街上哭,就把钱给他。他在母亲的生日,费了三天工夫,写了一封有八页长的信,纸的四周,还曾用笔画了许多装饰的花样呢。先生常目注着他,从他旁边走过的时候,时常用手轻轻地去拍他的后颈,好像爱抚柔和的小牛的样子。我真欢喜卡隆。当我握着他那大手的时候,那种欢喜真是非常!他的手和我的相比,已像大人的手了。我的确相信：卡隆真是能牺牲自己的生命而救助朋友的人。这种精神，在他的眼光里很显明地可以看出，又从他那粗大的喉音中，也谁都可以听辨出他所含有的优美的真情的。

卖炭者与绅士　七日

昨朝卡罗·诺琵斯向培谛（Betti）说的那样的话，如果是卡隆，绝不会说的。卡罗·诺琵斯因为他父亲是上等人，很是高慢。他的父亲是个长身有黑须的沈静的绅士，差不多每日早晨伴了诺琵斯到学校里来的。昨天，诺琵斯忽和培谛口角相骂起来了。培谛是个顶年小的小孩子，是个卖炭者的儿子。诺琵斯因为自己的理错了，无话可辩，就说出："你父亲是个褴褛的叫化子！"培谛羞气得连发根都红了，不作声，只潓潓地流着眼泪。好像后来他回去哭诉了父亲了，他那卖炭的父亲——全身墨黑的矮小的男子——午后上课时，就携他儿子的手同到学校里来，把这事告诉了先生。我们大家都默着不响。诺琵斯的父亲正照例在门口替他儿子脱外套，听见有人说起他的名氏，就问先生说："甚么事？"

"你们的卡罗对了这位的儿子说：'你父亲是个褴褛的叫化子！'这位正在这里告诉这事呢。"先生回答说。

诺琵斯的父亲脸红了起来，对了自己的儿子问，"你，曾这样说的吗？"诺琵斯俯了首立在教室中央，甚么都不回答，于是，他父亲捉了他的手臂，拉他到培谛身旁，说："快道歉！"

卖炭的好像很对不住他的样子，说"不必，不必！"想上前阻止，可是绅士却不答应，仍对了他儿子说：

"快道歉！照我所说的样子快道歉：'对于你的父亲，说了非常失礼的话，这是我所不该的。请原恕了我。让我的父亲来握你父亲的手。'要这样说。"

卖炭的越发现出不安的神情来，好像在那里说"那不敢当"的样子，绅士总不肯答应，于是诺琵斯俯了头，用了断断续续的声音说：

"对于……你的父亲，……说了……非常失礼的话，这是……我所不该的。……请你……原恕我。让我的父亲……来握……你父亲的手。"

绅士把手向卖炭的伸去,卖炭的就握着大摇起来。还把自己的儿子推近卡罗·诺琵斯,叫用两手去抱他。

"从此,请叫他们两个坐在一处。"绅士这样向先生请求,先生就令培谛坐在诺琵斯的位上,诺琵斯的父亲等他们坐好了,就行了礼出去。卖炭的目注视着这并坐的两孩,立着沈思了一会,走到坐位旁,对了诺琵斯,好像要说甚么,好像很依恋,好像很对不起他的样子,终于甚么都不说,他张开了两臂,好像要去抱诺琵斯了,可是也终于没有去抱,只用了那粗大的手指,在诺琵斯的额上碰了一碰,等走出门口,还回头向里面一瞥,这才出去。

先生对我们说:"今天的事情,大家不要忘掉,因为这可算这学年中最好的教训了。"

弟弟的女先生　十日

我的弟弟病了,那个女教师代尔卡谛先生来探望。原来,卖炭者的儿子,从前是由这先生教过的,先生讲出可笑的故事来,引得我们都笑。两年前,那卖炭家小孩的母亲,因为她儿子得了赏牌,用很大的围身裙满包了炭,拿到先生那里,当作谢礼,先生无论怎样推谢,她终不答应,等拿了回家去的时候,居然哭了。先生又说,还有一个女人,曾把金钱装入花束中送去过。先生的话,使我们听了有趣发笑,弟弟在平日无论怎样不肯吃的药,这时也好好地吃了。

教导一年级的小孩,多少费力啊!有的牙齿未全像个老人,发音发不好;有的要咳嗽;有的淌鼻血;有的因为靴子在椅子下面,说"没有了"哭着;有的因钢笔尖头触痛了手叫着;有的把习字帖的第一册和第二册掉错了吵不灵清。要教会五十个有着软软的手的小孩写字,真是一件不容易的事。他们的袋里,藏着甚么甘草、纽扣、瓶塞、碎瓦片等等的东西,先生要去搜他们的时候,他们连鞋子里也会去藏。先生的话在他们是毫不听的,有时窗口里飞进一个苍蝇来,他们就大吵。夏天呢,把草拿进来,有的捉了甲虫在里面放;甲虫在室中东西飞旋,有时落入墨水瓶中,弄得习字帖里都溅污了墨水。先生代了小孩们的母亲,替他们整顿衣装；他们手指受了伤，替他们裹绷带；帽子落了，替他们拾起；替他们留心拿错外套；用尽了心叫他们不要吵闹。女先生真辛苦啊！可是，学生的母亲们还要来说不平：甚么"先生，我儿子的钢笔为甚么不见了的？"甚么"我的儿子一些都不进步，究竟为甚么？"甚么"我的儿子成绩那样的好，为甚么得不到赏牌？"甚么"我们配罗（Piero）的裤子，被钉穿破了，你为甚么不把那钉去了的？"

据说：先生有时对于小孩，受不住气闹，不觉举起手来，终于用齿咬住了自己的指，把气忍住了。她发了怒以后，非常后悔，就去抱慰方才骂过的小孩的。也曾把顽皮的小孩赶出教室过，赶出以后，自己却咽着泪。有时，生徒的父母要责罚他们自己的小孩，不给食物，先生听见了，总很不高兴，要去阻止的。

先生年纪正青，身材高长，衣装整饬，很是活泼。无论做甚么事都像弹簧样地敏捷，是个多感而柔慈易出眼泪的人。

"孩子们都非常和你亲热呢。"母亲说。

"这原是有的，可是一到学年完结，就大抵不顾着我了。他们到要受男先生教的时候，就以受教于女先生的事为耻哩。二年间，那样地爱护了他们，一旦离开，真有点难过。那个孩子是一向亲热我的，大概不会忘记我罢。心里虽这样自忖，可是一到放了假以后，你看！他回到学校里来的时候，我虽'我的孩子，我的孩子！'地叫着走近他去，他却把头向着别处，睬也不睬你了哩。"

先生这样说了，暂时闭了口。又举起她的湿润的眼，吻着弟弟说：

"但是，你不是这样的罢？你是不会把头向着别处的罢？你是不会忘记我的罢？"

我的母亲　十日

安利柯！你当你弟弟的先生来的时候，对于母亲，说了非常失礼的话了！像那样的事，不要再有第二次啊！我听见你那话，心里苦得好像针刺！我记得：数年前你病的时候，你母亲恐怕你病不会好，终夜坐在你床前，数你的脉搏，算你的呼吸，耽心得至于啜泣，我以为你母亲要发疯了,很是忧虑。一想到此,我对于你的将来,有点恐怖起来,你会对了你这样的母亲说出那样不该的话!真是怪事!那是为要救你一时的苦痛不惜舍去自己一年间的快乐,为要救你生命不惜舍去自己生命的母亲哩。

安利柯啊!你须记着!你在一生中,当然难免要尝种种的艰苦,而其中最苦的一事,就是失了母亲。你将来年纪大了,尝遍了人世的辛苦,必有时候会几千次地回忆你的母亲来的。一分间也好,但求能再听听母亲的声音,只一次也好,但求再在母亲的怀里,作小儿样的哭泣:像这样的时候,必定会有的。那时,你忆起了对于亡母曾经给与种种苦痛的事来,不知要怎样地流后悔之泪呢!这不是可悲的事吗?你如果现在使母亲痛心,你将终生受良心的责备罢!母亲的优美慈爱的面影,将来在你眼里,将成了悲痛的轻蔑的样子,不绝地使你的灵魂苦痛罢!

啊!安利柯!须知道亲子之爱,是人间所有的感情中最神圣的东西,破坏这感情的人,实是世上最不幸的。人虽犯了杀人之罪,只要他是敬爱自己的母亲的,其胸中还有美的贵的部分留着;无论如何有名的人,如果他是使母亲哭泣,使母亲苦痛的,那就真是可鄙可贱的人物。所以,对于亲生的母亲,不该再说无礼的话,万一一时不注意,把话说错了,你该自己从心悔罪,投身于你母亲的膝下,请求赦免的接吻,在你的额上拭去不孝的污痕。我原爱着你,你在我原是最重要的珍宝,可是,你对于你母亲如果不孝,我宁愿还是没有了你好。不要再走近我!不要来抱我!我现在没有心来还抱你!

——父亲——

朋友可莱谛 十三日

父亲饶恕了我了,我还悲着。母亲送我出去,叫我和门房的儿子大家到河边去散步。在河边走着,到了一家门口停着货车的店前,觉有人在叫我,回头去看,原来是同学可莱谛。他身上流着汗正在活泼地扛着柴。立在货车上的人抱了柴递给他,可莱谛受了运到自己的店里,急急地堆积着。

"可莱谛,你在做甚么?"我问。

"你不见吗?"他把两手伸向柴去,一面回答我。"我正在复习功课哩!"他又这样接续着说。

我笑了,可是可莱谛却认真地在口中念着:"动词的活用,因了数——数与人称的差异而变化——,"一面抱着一捆的柴走,放下了柴,把他堆好了:"又因动作起来的时而变化——,"走到车旁取柴"又因表出动作的法而变化。"

这是明日文法的复习。"我真忙啊! 父亲因事出门去了,母亲病了在床上卧着,所以我不能不做事。一壁做事,一壁读着文法。今日的文法很难呢,无论怎样记,也记不牢。——父亲说过,七点钟回来付钱的哩。"他又向了车货的人说。

货车去了。"请进来!"可莱谛说。我进了店里,店屋广阔,满堆着木柴,木柴旁还挂着秤。

"今天是一个忙日,真的! 一直没有空闲过。正想作文,客人来了。客人走了以后,执笔要写,方才的货车来了。今天跑了柴市两趟,腿麻木像棒一样,手也硬硬的,如果画起画,一定弄不好的,"说着又用帚扫去散在四周的枯叶和柴屑。

"可莱谛,你用功的地方在那里?"我问。

"不在这里。你来看看!"他引我到了店后的小屋里,这室差不多可以说是厨房兼食堂,桌上摆着书册、笔记簿和已开手的作文稿。"在这里啊! 我还没有把第二题做好——用革做的东西。有靴子、革带——还非再加一个不可呢——及皮鞄。"他执了钢笔写着清爽的字。

"有人吗?"喊声自外面进来,原来买主来了。可莱谛回答着"请进来!"奔跳出去,秤了柴,算了钱,又在壁角污旧的卖货簿上把帐记了,重新走进来:"非快把这作文完了不可。"说着执了笔继续写上:"旅行囊,兵士的背囊——咿哟! 咖啡滚了!"跑到暖炉旁取下咖啡瓶:"这是母亲的咖啡。我已学会了咖啡煮法了哩。请等一等,我们大家拿了这个到母亲那里去罢。母亲一定很欢喜的。母亲这个礼拜一直卧在床上。——呃,动词的变化——我好几次因这咖啡瓶烫痛了手了呢——兵士的背囊以后,写些甚么好呢？——非再写点上去不可——一时想不出来——且到母亲那里去罢!"

可莱谛开了门,我和他同入那小室。母亲卧在阔大的床上,头裹包着白的头巾。

"啊! 好哥儿? 你是来望我的吗?"可莱谛的母亲看着我说。可莱谛替母亲摆好了枕头,拉直了被,加上了炉煤,赶出卧在箱子上的猫。

"母亲,不再饮了吗?"可莱谛说着从母亲手中接过杯子:"药已服了吗? 如果完了,让我再跑药店去。柴是已经卸好了。四点钟的时候,把肉来烧了罢。卖牛油的如果走过,把那八个铜子还了他就是了。诸事我都会弄好的,你不必多劳心了。"

"亏得有你! 你可以去了。一切留心些。"他母亲这样说了,还叫我必定须吃块方糖。可莱谛指他父亲的照像给我看。他父亲穿了军服,胸间挂着的勋章,据说是在温培尔脱亲王部下的时候得来的。相貌和可莱谛印板无二,眼睛也是活泼泼的,也作着很快乐的笑容。

我们又回到厨房里来了。"有了!"可莱谛说着又继续在笔记簿上写,"——马鞍也是革作的——以后晚上再做罢。今天非迟睡不可了。你真幸福,用功的功夫也有,散步的闲暇也有呢。"他又活泼地跑出店堂,将柴搁在台上用锯截断:

"这是我的体操哩。可是和那'两手向前!'的体操,是不同的了。我于父亲回来以前把这柴锯了,使他见了欢喜罢。最讨厌的,就是手拿了锯以后,写起字来,笔划要同蛇一样。但是也无法可想,只好在先生面前把事情直说了。——母亲快点病好才好啊! 今天已好了许多,我真快活! 明天鸡一叫,就起来预备文法罢。——咿哟! 柴又来了。快去搬罢!"

货车满装着柴,已停在店前了。可莱谛走向车去,又回过来:"我已不能奉陪你了。明日再会罢。你来得真好,再会,再会! 快快乐乐地散你的步罢,你真是幸福啊!"他把我的手紧握了一下,仍去来往于店车之间,脸孔红红地像蔷薇,那种敏捷的动作,使人看了也爽快。

"你真是幸福啊!"他虽对我这样说,其实不然,啊! 可莱谛! 其实不然。你才是比我幸福呢。因为你既能用功;又能劳动;能替你父母尽力。
你比我要好一百倍,勇敢一百倍呢! 好朋友啊!

校长先生　十八日

可莱谛今天在学校里很高兴,因为他三年级的旧先生到校里来做试
验监督来了。这位先生名叫考谛(Coatti),是个肥壮、大头、缩发、黑须
的先生,眼光炯炯的,话声响如大炮。这先生常恐吓小孩们,说甚么要撕
断了他们的手足交付警察,有时还要装出种种可怕的脸孔。可是,他其
实绝不会责罚小孩的。他无论何时,总在胡须底下作着笑容,不过被胡
须遮住,大家都看不出他。男先生共有八人,考谛先生之外,还有像小孩
样的助手先生。五年级的先生是个跛子,平常围着大的毛项巾,据说,他
在乡间学校的时候,因为校舍潮湿,壁里满了湿气,就成了病,到现在身
上还是要作痛哩。那级里还有一位白发的老先生,据说以前是曾做过盲
人学校的教师的。另外还有一位衣服华美,戴了眼镜,留着好看的颊须
的先生。他在教书的时候,又自己研究法律,曾得过证书,所以得着一个
"小律师"的绰号,这先生又曾著过《书简文教授法》的书。教体操的先
生,是一位军人样的人。据说曾经属过格里巴第(Garibaldi)将军的部
下,项颈上留着弥拉查(Milazzo)战争时的刀伤。还有一个就是校长先
生,高身秃头,戴着金边的眼镜,半白的须,长长地垂在胸前。平常穿着
黑色的衣服,纽扣一直扣到腮下。他是个很和善的先生。学生犯了规则
被唤到校长室里去的时候,总觉得是战战兢兢的,先生并不责骂,只是携
了那小孩的手,好好开导,叫他下次不要再有那种事,并且安慰他,叫他
以后做好孩子。因为他是用了和善的声气,亲切地说的,小孩出来的时
候总是红着眼睛,觉得比受罚还要难过。校长先生每晨第一个到校,等
学生的来,候父兄来谈话。别的先生回去了以后,他一人还自留着,在学
校附近到处巡视,恐防学生有被车子碰倒或在路上恶顽的。只要一看见
先生的那高而黑的影子,群集在路上逗留的小孩们,就会弃了玩具东西
逃散。先生那时,总远远地用了难过而充满了情爱的脸色,吓住正在逃
散的小孩们的。

据母亲说:先生自爱儿入了志愿兵死去以后,就不见有笑容了。现在校长室的小桌上,置着他爱儿的照像。先生遭了那不幸以后,一时曾想辞职,据说已将提出于市政所的辞职书写好,藏在抽屉里;因为不忍与小孩别离,还踌躇着未曾决定。有一天,我父亲在校长室和先生谈话,父亲向了先生:"辞职是多少乏味的事啊!"这时,恰巧有一个人领了孩子来见校长,是请求他许可转学的。校长先生见了那小孩,似乎吃了一惊,将那小孩的脸貌和桌上的照像比较打量了好久,拉小孩靠近膝旁,托了他的头,注视一会,说了一声"可以的",记出姓名,叫他们父子回去,自己仍自沉思。我父亲又继续着说:"先生一辞职,我们不是困难了吗?"先生听了,就从抽屉里取出辞职书,撕成二段,说:"已把辞职的意思打消了。"

兵士　二十二日

校长先生自爱儿在陆军志愿兵中死去了以后,课外的时间,常常出去观兵队的通过。昨天又有一联队在街上通过,小孩们都集拢了一处,合了那乐队的调子,把竹尺敲击皮袋或书夹,依了拍子跳旋着。我们也集在路旁,看着军队进行。卡隆著了狭小的衣服,也嚼着很大的面包在那里立着看。还有衣服很漂亮的华梯尼呀;铁匠店的儿子,穿着父亲的旧衣服的泼来可西呀;格拉勃利亚少年呀;"小石匠"呀;赤发的克洛西呀;相貌很平常的勿兰谛呀;炮兵大尉的儿子,因从马车下救出幼儿自己跛了脚的洛佩谛呀;都在一起。有一个跛了足的兵士走过,勿兰谛笑了起来。忽然,有人去攫勿兰谛的肩头,仔细一看,原来是校长先生。校长先生说:"注意!嘲笑在队伍中的兵士,好像辱骂在缚着的人,真是可耻的事!"勿兰谛立刻躲避到不知那里去了。兵士分作四列进行,身上都满了汗和灰尘,枪映在日光中闪铄地发光。

校长先生对我们说:

"你们不可不感谢兵士们啊!他们是我们的防御者。一旦有外国军队来侵犯我国的时候,他们就是代我们去拼命的人。他们和你们年纪相差不多,都是少年,也是在那里用功的。看哪!你们一看他们的面色,就可知道全意大利各处的人都有在里面:西西利人(Sicilians)也有,耐普尔斯人（Napolitans）也有，赛地尼亚人（Sardinioms）也有，隆巴尔地人（Lombards）也有。这是曾经加入过千八百四十四年战争的古联队，兵士虽然变更，军旗还是当时的军旗。在你们未生以前，为了国家在这军旗下战死过的人，不知多少呢！"

"来了！"卡隆叫着说。真的，军旗就在眼前兵士们的头上了。

"大家听啊！那三色旗通过的时候，应该行举手注目的敬礼的哩！"

一个士官捧了联队旗在我们面前通过，已是块块破裂褪了色的旗了，旗竿顶上挂着勋章。大家向着行了举手注目礼，旗手对了我们微笑，举手答礼。

"诸位，难得，"后面有人这样说。回头去看，原来是年老的退职士官，纽孔里挂着克里米亚（Crimean）战役的从军徽章，"难得！你们做了好事了！"他反覆着说。

这时候，乐队已沿着河转了方向了，小孩们的哄闹声与喇叭声彼此和着。老士官目注着我们说："难得，难得！从小尊敬军旗的人，大来就是拥护军旗的。"

耐利的保护者　二十三日

驼背的耐利，昨日也在看兵士的行军，他的神气很可怜，好像说："我不能为兵士了。"耐利是个好孩子，成绩也好，身体小而弱，连呼吸都似乎困苦的。他母亲是个矮小白色的妇人，每到学校放课时，总来接他儿子回去。最初，别的学生，都要嘲弄耐利，有的用了革囊去碰他那突出的背，耐利却毫不反抗，且不将人家以他为玩物的话告诉他母亲，无论怎样被人玩弄，他只是靠在坐位里无言哭泣罢了。

有一天，卡隆突然跳了出来对大家说：

"你们再碰耐利一碰看！我一个耳光，要他转三个旋子！"

勿兰谛不相信这话，当真尝了卡隆的老拳，果然一掌去转了三个旋子。从此以后，再没有敢玩弄耐利的人了。先生知道这事，使卡隆和耐利同坐在一张桌子里。两人很要好，耐利尤爱着卡隆，他到教室里，必要先看卡隆有没有到，回去的时候，没有一次不说"卡隆，再会！"的。卡隆

也同样,耐利的钢笔书册等落到地下时,卡隆不要耐利费力,立刻俯下去
替他拾起;此外,又替他帮种种的忙,或替他把用具装入革囊里,或替他

着外套。耐利平常总眼向卡隆,听见先生称赞卡隆,他就欢喜如同称赞自己一样。耐利到了后来,好像已把从前受人玩弄、暗泣,幸赖一个朋友保护的事,告诉了他母亲了,今天在学校里有这样的一件事:先生有事差我到校长室去,恰巧来了一个着黑服的小而白色的妇人,这就是耐利的母亲。"校长先生,有个名叫卡隆的,是在我儿子的一级里的吗?"这样问。

"是的。"校长回答。

"有句话要和他说,可否请叫了他来?"

校长命校役去叫卡隆,不一会,卡隆的大而短发的头,已在门框间看见了。他不知叫他为了何事,正露出着很吃惊的样子。那妇人一看见他,就跳了过去。将腕弯在他的肩上,不绝地吻他的额:

"你就是卡隆! 是我儿子的好友! 帮助我儿子的! 就是你! 好勇敢的人! 就是你!"说着,急忙地用手去摸衣袋,又取出荷包来看,一时找不出东西,就从颈间取下带着小小十字架的链子来,套上卡隆的项颈:

"将这给你罢,当作我的纪念! ——当作感谢你,时时为你祈祷着的耐利的母亲的纪念! 请你悬挂了!"

级长　二十五日

卡隆令人可爱,代洛西令人佩服。代洛西每次总是第一,取得一等赏,今年大约仍是如此的。可以敌得过代洛西的人,一个都没有,他甚么都好,无论算术、作文、图画,总是他第一。他一学即会,有着惊人的记忆力,凡事不费甚么力气,学问在他,好像游戏一般。先生昨日向着他说:

"你从上帝享受得非常的恩赐,不要自己暴弃啊!"

并且,他身材高大,神情挺秀,黄金色的发,蓬蓬地覆着头额。身体轻捷,只要片手一当,就能轻松地跳过椅子。剑术也已学会了。年纪十二岁,是个富商之子。穿着青色的金纽扣的衣服,平常总是高兴活泼,待甚么人都和气,试验的时候肯教导别人。对于他,谁都不曾说过无礼的言语。只有诺琵斯和勿兰谛白眼对他,华梯尼看他时,眼里也闪着嫉妒的光。可是他却似毫不介意这些的。同学见了他,谁也不能不微笑,他做了级长,来往桌位间收集成绩的时候,大家都要去捉他的手。他从家里得了画片来,如数分赠朋友,还画了一张小小的格拉勃利亚地图送给那格拉勃利亚小孩。他给东西与别人的时候,总是笑着,好像不以为意的。他不偏爱那一个,待那一个都一样。我有时候想到敌不过他,不觉难过,啊!我也和华梯尼一样,嫉妒着代洛西呢!当我拼了命思索宿题的时候,念到代洛西此刻早已完全做好,无气可出,常常要气怒他,但是一到学校,见了他那秀美而微笑的脸孔,听着他那可爱的话声,接着他那亲切的态度,就把气怒他的念头消释,觉得自己可耻,觉得和他在一处读书,是很可喜的了。他的神情,他的声音,都好像替我鼓吹勇气热心和快活喜悦的。

先生把明天的"每月例话"稿子交给代洛西,叫他誊清。他今天正写着。好像他大有感动于那讲演的内容了,脸孔烧得火红,眼睛几乎要下泪,嘴唇也颤着。那时他的神气,看去真是纯正!我在他面前,几乎要这样说:"代洛西!你甚么都比我高强,你比了我,好像一个大人!我真正尊敬着你,崇拜你着啊!"

少年侦探(每月例话) **二十六日**

千八百五十九年,法意两国联军因救隆巴尔地,与奥大利战争,曾几次打破奥军。这正是那时候的事:六月里一个晴天的早晨,意国骑兵一队,沿了间道徐徐前进,一壁侦察敌情。这队兵是由一士官和一军曹指挥着的,都嗓了口目注视着前方,看有没有敌军前哨的光影。一直到了在树林中的一家农舍门口,见有一个十二岁光景的少年立在那里,用小刀切了树枝削作杖棒。农舍的窗间飘着三色旗,人已不在了。因为怕敌兵来袭,所以插了国旗逃了的。少年看见骑兵来,就弃了在做的杖,举起帽子。是个大眼活泼而面貌很好的孩子,脱了上衣,正露出着胸脯。

"在做甚么?"士官停了马问。"为甚么不和你家族逃走呢?"

"我没有家族,是个孤儿。也会替人家做点事体,因为想看看打仗,所以留在此地的。"少年答说。

"见有奥国兵走过么?"

"不，这三天没有见到。"

士官沈思了一会，下了马，命兵士们注意前方，自己爬上农舍屋顶去。可是那屋太低了，望不见远处，士官又下来，心里想，"非爬上树去不可。"恰巧农舍面前有一株高树，树梢在空中飘动着。士官考虑了一会，把树梢和兵士的脸孔，上下打量，忽然，向了少年：

"喂！孩子！你眼睛亮吗？"

"眼吗，一哩外的雀儿也看得出呢。"

"你能上这树梢吗？"

"这树梢！我？那真是不要半分间的工夫。"

"那末，孩子！你可以上去替我望望前面有没有敌兵，有没有烟气，铳剑的光和马那种东西？"

"就这样罢。"

"应该给你多少？"

"你说我要多少钱吗？不要！我欢喜做这事。如果是敌人叫我，我那里肯呢？为了国家才肯如此。我也是隆巴尔地人哩！"少年微笑着回答。

"好的，那末你上去。"

"且慢，让我脱了皮鞋。"

少年脱了皮鞋，把带束紧了，将帽子掷在地上，抱向树干去。

"当心！"士官的叫声，好似要他转来，少年用了那青色的眼，回过头看见士官，似乎问他甚么。

"没有甚么，你上去。"

少年就像猫样地上去了。

"注意前面！"士官向着兵士扬声。少年已爬上了树梢，身子被枝条网着，脚虽因树叶遮住了不能看见，上身却可从远处望见，那蓬蓬的头发，在日光中闪作黄金色。树真高了，从下面望去，少年的身体缩得很小了。

"一直看前面！"士官叫着说。少年将右手放了树干，遮在眼上望。

"见有甚么吗？"士官问。

少年向了下面,用手圈成喇叭摆在口头问答说:"有两个骑马的在路上立着呢。"

"离这里多少?"

"半哩。"

"在那里动吗?"

"只是立着的。"

"别的还看见甚么? 向右边看。"

少年向右方望:"近墓地的地方,树林里有甚么亮晶晶的东西,大概是铳剑罢。"

"不见有人吗?"

"没有,恐是躲在田稻中罢。"

这时,"嘶"地弹子从空中掠了过来,落在农舍后面。

"下来! 已被敌人看见你了。已经好了,下来!"士官叫着说。

"我不怕。"少年回答。

"下来!"士官又叫,"左边不见有甚么吗?"

"左边?"

"唔,是的。"

少年把头转向左去。这时,有一种比前次更尖锐的声音就在少年头上掠来。少年一惊,不觉叫说:"他们射击起我来了。"枪弹正从少年身旁飞过,相差真是一发。

"下来!"士官着了急叫。

"立刻下来了。但是现在已有树叶遮牢,不要紧的。你说看左边吗?"

"唔,左边。但是,可下来了!"

少年把身体突向左方,大声地:"左边有寺的地方——"话犹未完,又一很尖锐的声音,掠过空中来。少年像忽然下来了,还以为他正在靠住树干,不料却张开了手,石块似地落在地上。

"完了!"士官绝叫着跑上前去。

少年仰天横在地上,伸了两手死了。军曹与二兵士,从马上飞跳下来。士兵伏在少年身上，解开了他的衬衫一看，见枪弹正中在右肺。"已无望了！"士兵叹息了说。

"不，还有气呢！"军曹说。

"唉！可怜！难得的孩子！喂！当心！"士官说着，用手巾抑住伤口，少年两眼炯炯地张了一张。头就向后垂下，断了气了。士官苍青着脸对少年看了一看，就把少年的上衣铺在草上，将尸首静静横倒，自己立了看着，军曹与二兵士也立视着不动。别的兵士注意着前方。"可怜！把这勇敢的少年——"士官这样反复地说了，忽然转念，把那窗口的三色旗取下，罩在尸体上当作尸衣，军曹集拢了少年的皮鞋、帽子、小刀、杖等，放在旁边。他们一时都静默地立着，过了一会，士官向军曹说道："叫他们拿担架来！这孩子是当作军人而死，可以用军人的礼来葬他的。"说着，向少年的尸体，吻了自己的手再用手加到尸体上，代替接吻。立刻向兵士们命令说："上马！"

一令之下，全体上了马继续前进，经过数时间之后，这少年就从军队受到下面样的敬礼：

日没时，意大利军前卫的全线，向敌行进，数日前把桑马底诺（San Martino）小山染成血红的一大队射击兵，从今天骑兵通行的田野路上作了二列进行。少年战死的消息，出发前已传遍全队，这队所取的路径，与那农舍相距只隔几步。在前面的将校等，见大树下的用三色旗遮盖着的少年，通过时皆捧了剑表示敬意。一个将校俯下小河的岸摘取东西散开着的花草，洒在少年身上，全队的兵士也都模仿了摘了花向尸上投洒，一瞬间，少年已埋在花的当中了。将校兵士都大家齐了口叫说："勇敢啊！隆巴尔地少年！""再会！朋友啊！""金发儿万岁！"一个将校把自己挂着的勋章投了过去，还有一个走近去吻他的额。草花仍继续地有人投过去，落雨般地落在那可怜的足上、染着血的臂上，黄金色的头上，少年包了旗横在草上，露出像笑样的白面，可怜！好像是听了许多人的称赞，把为国伤生的事自己满足了的！

贫民　二十九日

安利柯啊！像隆巴尔地少年的为国捐身，固然是大大的德行，但你不要忘记，我们此外不可不为的小德行，不知还有多少啊！今天你在我的前面走过街上时，有一个抱着瘦小苍白的小孩的女乞丐向你讨钱，你甚么都没有给，只看着走开罢了咧？那时，你囊中是应该有着铜币的。安利柯啊！好好听着！不幸的人伸了手求乞时，我们不该假装不知的啊！尤其是对于为了自己的小儿而乞丐的母亲，不该这样。这小儿或者正饥饿着也说不定，如果这样，那母亲的难过，将如何呢？假定，你母亲不得已要至于对你说"安利柯啊！今日不能再给你食物了呢！"的时候，你想！那时的母亲，心里是怎样？

给与乞丐一个铜币，他就会从真心感谢你，说："神必保佑你和你家族的健康。"听着这祝福时的快乐，是你所未曾尝到过的。受着那种言语时的快乐，我想，真是可以增加我们的健康的，我每从乞丐听到这些话时，觉得反不能不感谢乞丐，觉得乞丐所报我的比我所给他的更多：常这样抱了满足回到家里来。你碰着无依的盲人，饥饿的母亲，无父母的孤儿的时候，可从钱囊中把钱分给他们？单在学校附近看，不是已有多少贫民了吗？贫民所欢喜的，特别是小孩的施与，因为：大人施与他们时，他们觉得比较低下，从小孩受物，是觉得不足耻的。大人的施与不过只是慈善的行为，小儿的施与，于慈善外还有着亲切，——你懂吗？用譬喻说，好像从你手里落下花和钱来的样子。你要想想：你甚么都不缺乏，世间有缺乏着一切的，你在求奢侈，世间有但求不死就算满足的。你又要想想：在充满了许多殿堂车马的都会之中，在穿着美服的小孩们之中，竟有着无食的女人和小孩，这是何等可寒心的事啊！他们没有食哪！不可怜吗？说这大都会之中，有许多性质也同样的好，才能也有的小孩，穷得没有食物，像荒野的兽一样！啊！安利柯啊！从此以后，如逢有乞食的母亲，不要再不给一钱管自走开！

——父亲——

第三卷　十二月

商人　一日

　　父亲叫我于休假日招待朋友来家或去访问他们,以图彼此亲密。所以,这次日曜日预备和那漂亮人物华梯尼去散步。今天卡洛斐来访,——就是那身材瘦长,长着鸦嘴鼻,生着狡猾的眼睛的。他是杂货店里的儿子,真是一个奇人。袋里总带着钱,数钱的本领,要算一等。暗算的快,更无人能及他了,他又能贮蓄,无论怎样,断不滥用一钱。即使有五厘铜币落在坐位下面,他虽费了一礼拜的工夫,也必须寻得了才肯罢休。不论是用旧了的钢笔头、编针、点剩的蜡烛或是旧邮票,他都好好的收藏起来。他已费二年的功夫收集旧邮票了,成几百张地粘在大大的空簿上,各国的都有,说是粘满了就去卖给书店的。他常拉了同学们到书店购物,所以书店肯把笔记簿送他。他在学校里,也营着种种的交易;有时把东西向人买进,有时呢,卖给别人;有时候发行彩票;有时把东西和别人交换;交换了以后,有时懊悔了,还要依旧掉转。他善作投钱的游戏,一向没有输过。集了旧报纸,也可以拿到纸烟店里去卖钱。他带着一本小小的手册,把账目细细的记在里面。在学校,算术以外,是甚么功都不用的。他也想得赏牌,但这不过因为想不出钱去看傀偏戏的缘故。他虽是这样的一个奇人,我却很喜欢他。今天,我和他共行商卖游戏,他很熟悉物品的市价,秤戥也知道,至于折叠喇叭形的包物的纸袋,恐怕一般商店里的伙计,也及他不来。他自说,出了学校,要去经营一种新奇的商店呢,我赠了他四五个外国的旧邮票。他那脸上的欢喜,真是了不得,且还说明每张邮票的卖价给我听。我们正在这样玩着的时候,我父亲虽在看报纸,却静听着卡洛斐的话,他那样子,看去好像听得很有趣味似的。

　　卡洛斐袋里满装着物品,外面用长的黑外套罩了遮着。他平时总是商人似地在心里打算着甚么。他最看重的要算那邮票帖了,这好像是他的大大的财产,他平日不时和人谈及这东西。大家都骂他是鄙吝者,说他是盘剥重利的,但我不知道为甚么,却欢喜他。他教给我种种的事情,俨然像个大人。柴店里的儿子可莱谛说他虽到用了那邮票贴可以救母亲生命的时候,也不肯舍了那邮票贴的。但我的父亲却不信这话。父亲说:

"不要那样批评人,那孩子虽然气量不大,但也有亲切的地方哩!"

虚荣心　五日

昨日与华梯尼及华梯尼的父亲,同在利华利(Rivoli)街方面散步。斯带地立在书店的窗外看着地图,他是无论在街上,在何处也会用功的人,不晓得是甚么时候到了此地了的。我们和他招呼,他只把头一回就算,好不讲理啊!

华梯尼的装束,不用说是很漂亮的。他穿着绣花的摩洛哥(Morocco)皮的长靴,著了绣花的衣裳,衣扣是绢包裹了的,戴了白海狸的帽子,挂了时计,阔步地走着。可是,昨天的华梯尼,因了虚荣心却遭遇了很大的失败了:他父亲走路很缓,我们两个一直在前,向路旁石凳上坐下。那里已坐了一个衣服质素的少年,他好像很疲倦了,垂下了头在沈思。华梯尼坐在我和那少年的中间,忽然似乎记起自己的服装华美,想向少年夸耀了,举起足来对我说:

"你见了我的军靴了吗?"意思是给那少年看的,可是少年竟毫不注意。华梯尼放下了足,指绢包的衣扣给我看,一面眼瞟着那少年说:"这衣扣不合我意,我想换了那银的。"那少年仍不一顾。

于是,华梯尼将那白海狸的帽子用手指顶了打起旋来,少年也不瞧他,好像竟是故意如此的。

华梯尼愤然地把时计拿出,开了后盖,叫我看里面的机械。那少年到了这时,仍不抬起头来。我问:

"这是镀金的罢?"

"不,金的啰!"华梯尼答说。

"不会是纯金的,多少总有一点银在里面罢。"

"那里！那是没有的。"华梯尼说着把时计送到少年面前，向了他："你，请看！不是纯金的吗？"

"我不知道。"少年淡然地说。

"嘎呀！好骄傲！"华梯尼怒了大声说。

这时，恰巧华梯尼的父亲也来了，他听见这话，向那少年注视了一会，锐声地对自己的儿子："别作声！"又附近了儿子的耳朵："这是一个瞎了眼的。"

华梯尼惊跳了起来，去细看少年的面孔，见那眼珠宛如玻璃，果是甚么都不能见的。

华梯尼羞耻了，默然地把眼注视着地，过了一会，终于很难为情地这样说："我不好，我没有知道。"

那瞎少年好像已明白了一切了。用了亲切的、悲哀的声音：

"那里！一点没有甚么。"

华梯尼虽好卖弄阔绰，却全无恶意。他为了这事，在散步中一直都不曾笑。

初雪　十日

利华利街的散步，暂时不必再想，现在，我们的美丽的朋友来了——初雪下来了！从昨天傍晚，已大片把飞舞，今晨积得遍地皆白。雪花在学校的玻璃窗上，片片地打着，窗框周围也积了起来，看了是真有趣，连先生也揉着手向外观看。一想起做雪人呀，摘檐冰呀，晚上烧红了炉围着谈有趣的故事等等的事来，大家都无心上课。只有斯带地独热心在对付功课，毫不管下雪的事。

放了课回去的时候，大家多少高兴啊！都大声狂叫了跳着走，或是用手抓了雪，或是在雪中跑来跑去。来接小孩的父兄们拿着的伞，上面也完全白了，警察的帽上也白了，我们的书袋，一不顾着也转瞬白了。大家都喜得像发狂，永没有笑脸的铁匠店里的儿子泼来可西，今天也笑了；从马车下救出了小孩的洛佩谛，也拄了拐杖跳着；还未曾手触着过雪的格拉勃利亚少年，把雪团拢了，像桃子样地吃着；卖菜人家的儿子克洛西把雪装到书袋里去。最可笑的是"小石匠",我父亲叫他明天来玩的时候,他口里正满含着雪,欲吐不得,欲咽不能,只是默然地眼看着父亲的脸孔。大家见了都笑了起来。

女先生们也都跑着出来,也好像很高兴的。那我二年级时的可怜的病弱的先生,也咳嗽着在雪中跑来了。女学生们"呀呀"地从间壁的学校哄出,在敷了毛毡样的雪地上跳跃回环,先生们都大了声叫着说:"快回去,快回去!"他们看了在雪中狂喜的小孩们,也是笑着。

安利柯啊!你因为冬天来了快乐着,但你不要忘记!世间有许多无衣无履,无火暖身的小孩啊!因为要想教室暖些,在进出了血的冻疮手中拿着许多的薪炭到远远的学校里去的小孩也有;又,世界之中,全然埋在雪中样的学校也很多。在那种地方,小孩都震抖着牙根,看了不断下降的雪,抱着恐怖。那雪一积多,从山上崩倒下来,连房屋也要被压入了的。你们因为冬天来了欢喜,但不要忘了冬天一到世间,就有许多要冻死的人啊!

——父亲——

"小石匠" 十一日

今天,"小石匠"到家里来访过我们了。他著了父亲穿旧的衣服,满身都沾着石粉与石灰。他如约到了我们家里,我很快活,我父亲也欢喜。

他真是一个有趣的小孩。一进门,就脱去了被雪打湿了的帽子,塞在袋里,阔步地到了里面,用了那苹果样的脸孔,向一切注视。等走进食堂,把周围陈设打量了一会,看到那驼背的滑稽画,就装一次兔脸。他那兔脸,谁见了也不能不笑的。

我们作积木的游戏玩,"小石匠"关于筑塔造桥有奇样的本领,一遇到这种事情,就坚忍不倦地认真去做,样子俨若大人。他一壁玩着积木,一壁告诉我自己家里的事情:据说,他家只是一间人家的屋阁,父亲夜间进着夜学校,又说,母亲还替人家洗着衣服呢。我看,他父母必定是很爱他的。他衣服虽旧,却穿得很温暖,破绽了的处所,也很妥帖地补缀在那里,像领带那种东西,如果不经母亲的手,也断不能结得那样整齐好看的。他身形不大,据说,他父亲是个身体高大的人,进出家门,都须屈着身,平时呼他儿子叫"兔头"的。

　　到了四时,我们坐在安乐椅上,吃牛油面包。等大家离开了椅子以后,我看见"小石匠"上衣里黏着的白粉,染在椅背上了,就想用手去扑。不知为了甚么,父亲忽然抑住我的手,过了一会,父亲自己却偷偷地把他拭了。

　　我们游戏中,"小石匠"上衣的纽扣,忽然落下了一个,我母亲替他缝缀,"小石匠"红了脸在旁看着。

　　我将滑稽画册给他看,他不觉一一装出画上的面式来,引得父亲也大笑了。回去的时候,他非常高兴,至于忘记去戴他的破帽。我送他出门,他又装了一次兔脸给我看,当作答礼,他名叫安东尼阿·拉勃柯(Antonio Rabucco),年纪是八岁零八个月。

　　安利柯啊!你去扑椅子的时候,我为甚么阻止你的:你不知道吗?这因为在朋友前面如果扑了,那就无异于骂他说,"你为甚么把这弄龌龊了?"他并不是有意弄污,并且他衣服上所沾着的东西,是从他父亲工作时沾来的。凡是从工作上带来的,决不是龌龊的东西,不管他是石灰、是油漆或是尘埃,决不龌龊。劳动不会生出龌龊来,见了劳动着的人,决不应该说"啊!龌龊啊!"应该说"他身上有着劳动的痕迹。"你不要把这忘了!你应该爱"小石匠",一则,他是你的同学;二则,他是个劳动者的儿子。

——父亲——

雪球　十六日

　　雪还是不断地下着,今天从学校回来的时候,雪地里发生了一件可怜的事:小孩们一出街道,就将雪团成了石头样硬的小球来往投掷,有许多人正在旁边通过,行人之中,有的叱叫着说,"停止!停止!你们太恶顽了。"忽然,听见惊人的叫声,急去看时,有一老人落了帽子,双手遮了脸,在那里蹒跚着。一个少年立在旁边正叫着:"救人啊! 救人啊!"

人从四方集来,原来老人被雪球打伤了眼了! 小孩们立刻四面逃散,我和父亲立在书店面前,向我们这边跑来的小孩也有许多。嚼着面包的卡隆、可莱谛、"小石匠"、收集旧邮票的卡洛斐,都在里面。这时,老人已被人围住,警察也赶来了。也有向这里那里回环跑着的人。大家都齐了声说:"是谁掷伤了的?"

卡洛斐立在我旁边,颜色苍白,身体战抖着。"谁? 谁? 谁闯了这祸?"人们叫着说。

卡隆走近来,低声向着卡洛斐:"喂! 快走过去承认了,瞒着是卑怯的!"

"但是,我并不是故意的。"卡洛斐声音战恐了回答。

"虽非故意,但责任总须你负。"卡隆说。

"我不敢去!"

"那不成! 来! 我陪了你去。"

警察和观者的叫声,比前更高了:"是谁投掷的? 眼镜打碎,玻璃割破了眼,怕要变瞎子了。投掷的人真该死!"

那时的卡洛斐,我以为要跌倒在地上了。"来! 我替你想法。"卡隆说着,捉了卡洛斐的手臂,扶病人样地拉了卡洛斐过去。群众见这情形,也猜测知道闯祸的是卡洛斐,有个竟捏紧了拳头想打他。卡隆把他们推开了说:"你们集了十个以上的大人,来和一个小孩作对手吗?"人们才静了不动。

警察携了卡洛斐的手,推开人众,带了卡洛斐到那老人暂时睡着的人家去。我们也随后跟着走。走到了一看,原来那受伤的老人,就是和他的侄子同住在我们上面五层楼上的一个雇员。他卧在椅子上,用手帕盖住着眼睛。

"我不是故意的。"卡洛斐用了几乎听不清楚的低声,战抖抖地反复着说。观者之中,有人挤了进来,大叫:"伏在地上谢罪!"要想把卡洛斐推下地去。这时,另外又有一人用两腕将他抱住,说:"咿呀,诸位! 不要如此。这小孩已自己承认了,不再这样责罚他,不也可以了吗?"那人就是校长先生。先生向了卡洛斐说："快赔礼！"卡洛斐眼中忽然进出泪来，前去抱住老人的膝，老人伸手来摸卡洛斐的头，且抚掠他的头发。大家见了都说：

"孩子！去罢。好了，快回去罢。"

父亲拉了我出了人群，在归路上向我说，"安利柯啊！你在这种时候，有自白过失负担责任的勇气吗？"我回答他："我愿这样做。"父亲又重问我："你现在能对我立誓说必定这样吗？"我说："是的，立了誓这样说，父亲！"

女教师　十七日

卡洛斐怕先生责罚他，今天很耽心。不料先生今天缺席，连助手先生也没有在校，由一个名叫克洛弥（Signora Cromi）夫人的年龄最大的女先生来代课。这位先生有两个很大的儿子，其中一个正病着，所以她今天很有忧容。学生们见了女先生，就喝起彩来，先生用了和婉的声音说："请你们对我的白发表示些敬意，我不但是教师，还是母亲呢。"大家于是都静肃了，唯有那铁面皮的勿兰谛，还在那里嘲弄着先生。

我弟弟那级的级任教师代尔卡谛先生，到克洛弥先生所教的一级里去了，另外有个绰名"尼姑"的女先生，代着代尔卡谛先生教那级的课。这位女先生平时总穿黑的罩服，是个白色，头发光滑，炯眼，细声的人。无论何时，好像总在那里祈祷，性格很柔和，用那种丝一样的细声说话，听去几乎不能清楚。发大声和动怒那样的事，是决没有的。虽然如此，只要略微举起手指训诫，无论如何顽皮的小孩，也立刻不敢不低了头静肃就范，刹时间教室中就全然像个寺院了，所以大家都称她作"尼姑"。

此外，还有一位女先生，也是我所喜欢的。那是一年级三号教室里的年青的女教师。她脸色好像蔷薇，颊上有着两个笑涡，小小的帽子上插着长而大的红羽，项上悬着黄色的小十字架。她自己本是快活，学生也被她教得变成快活。她说话的声音，像银球转滚，听去和在那里唱歌一样。有时小孩喧扰，她常用教鞭击桌，或是拍手，来镇静他们。小孩从学校回去的时候，她也小孩似地跳着出来，替他们整顿行列，帮他们戴好

帽子，外套的扣子不扣的代他们扣好，叫他们不要伤风。恐怕他们路上
争吵，一直送他们出了街道。见了小孩的父亲，教他们在家里不要打扑
小孩，见小孩咳嗽，就把药送他，伤风的时候，把手套借给他。年幼的小
孩们缠牢了她。或要她接吻，或去抓她的面罩，拉她的外套，吵得她很
苦，但她永不禁止，总是微笑着一一地去吻他们。她回家去的时候，身上
不论衣服，不论甚么，都已被小孩们弄得很不好看，但她仍是快快活活地
回去。她又是在女学校教女学生绘画，据说，她用了一人的薪金，扶养着
母亲和弟弟呢。

负伤者访问　十八日

　　伤了眼睛的老人的侄子，就是帽上插红羽那位女先生所担任一级里
的学生。今天在他叔父家里看见过他了，叔父像自己儿子一样地爱着
他。今晨，才替先生抄清好下礼拜要用的每月例话《少年笔耕》，父亲说：
"我们到那五层楼上去望望那受伤的老人罢，看他的眼睛怎样了。"

　　我们走进了那暗沈沈的屋里，老人高枕卧着，他那老妻坐在旁边陪
着，侄子在屋角游戏。老人见了我们，很欢喜，叫我们坐，说已大好了，受
伤的并不是要紧地方，四五日内可全好的。

　　"真不过受了一些些伤。可怜！那孩子正耽心着罢。"老人说。又
说，医生立刻将来。恰巧门铃响了。他老妻说"医生来了"，前去开门，我
看时，来的却是卡洛斐，他着了长外套，立在门口，低了头好像不敢进来。

　　"谁？"老人问。

　　"就是那掷雪球的孩子。"父亲说。

　　老人听了："嗄！是你吗？请进来！你是来望我的，是吗？已经大好
了，请放心！立刻就复原的。请进来！"

　　卡洛斐似乎不看见我们也在这里，他忍住了哭脸走近老人床前去。
老人抚摩着他：

　　"谢谢你！回去的时候，告诉你父亲母亲，说经过情形很好，叫他们
不必挂念。"

　　卡洛斐立着不动，似乎像还有话要说。

"你还有甚么事吗?"老人说。

"我,也没有别的。"

"那末,回去罢。再会,请放心!"

卡洛斐走出门口,仍立住了,眼看着送他出去的侄子的脸。忽然从外套里面拿出一件东西交给那侄子低声地说了一句"将这给了你",就一溜烟去了。

那侄子将东西拿给老人看,包纸上写着"奉赠"。等打开包纸,我见了不觉大惊。那东西不是别的,就是卡洛斐平日那样费尽心血,那样珍爱着的邮票帖。他竟把他比生命还重视的宝物,拿来当作报答原宥之恩的礼品了。

少年笔耕(每月例话)

叙利亚(Giulio)是小学五年生,年十二,是个黑发白色的小孩。他父亲在铁路作雇员,在叙利亚以下,还有着许多儿女,一家营着清苦的生计,还是拮据不堪。父亲不以儿女为累坠,一味爱着他们,对于叙利亚,百事依从,唯有对于他的校课,却毫不放松地督促他用功。这因为想他快些毕业,得着较好的位置,来帮助一家生计的缘故。

父亲年已大了,并且因为一向辛苦,面容更老。一家生计,全负在他肩上,他于日间铁路工作以外,又从别处接了书件来抄写,每夜执笔伏案到很迟了才睡。近来,某杂志社托他写封寄杂志给定户的封条,用了大大的正楷字写,每五百条写费六角。这工作好像很辛苦,老人每于食桌上向自己家里人叫苦:

"我眼睛似乎坏起来了。那个夜工,要把我的寿命缩短呢!"

有一天,叙利亚向他父亲说:"父亲! 我来替你写罢。我也能写得和你一样地好呢。"

但是,父亲终不许可:"不要,你应该用你的功,功课,在你是大事,就是一小时,我也不愿夺了你的时间的。你虽有这样的好意,但我决不愿累你;以后不要再说这话了。"

叙利亚知道父亲的性质,也不强请,只独自在心里想法。他每夜夜半听见父亲停止工作,回到卧室里去。有好几次,十二点钟一敲过,立刻听到椅子向后拖的声音,接着就是父亲轻轻回卧室去的步声。一天晚上,叙利亚等父亲去睡了以后,起来悄悄地著好衣裳,蹑着脚步走进父亲写字的房子里,把洋灯点着。案上摆着空白的条纸和杂志定户的名册,叙利亚就执了笔,仿着父亲的笔迹写起来,心里既欢喜又有些恐怕。写了一会,条子渐渐积多,放了笔把手搓一搓提起精神再写。一面动着笔微笑,一面又侧了耳听着动静,怕被父亲起来看见。写到一百六十张,算起来值两角钱了,方才停止,把笔放在原处,息了灯,蹑手蹑脚地回到床上去睡。

第二天午餐时,父亲很是高兴。原来他父亲是一些不觉着的。每夜只是机械地照簿誊写,十二点钟一敲就放了笔,早晨起来把条子数目一算罢了。那天父亲真高兴,拍着叙利亚的肩说:

"喂!叙利亚!你父亲还着实未老哩!昨晚三小时里面,工作要比平常多做三分之一。我的手还很自由,眼睛也还没有花。"

叙利亚虽不说甚么,心里却快活。他想:"父亲不知道我在替他写,却自己以为还未老呢。好!以后就这样去做罢。"

那夜到了十二时,叙利亚仍起来工作。这样经过了好几天,父亲依然不曾知道。只有一次,父亲在晚餐时说:"真是奇怪!近来灯油突然多费了。"叙利亚听了暗笑,幸而父亲不更说别的,此后他就每夜起来抄写。

叙利亚因为每夜起来,不觉渐渐睡眠不足,朝起觉着疲劳,晚间复习要打瞌睡。有一夜,叙利亚伏在案上睡熟了,那是他生后第一次的打盹。

"喂!用心!用心!做你的功课!"父亲拍着手叫说。叙利亚张开了眼,再去用功复习。可是第二夜,第三夜,又同样打盹,愈弄愈不好:总是伏在书上睡熟,或早晨晏起,复习功课的时候,总是带着倦容,好像对于功课很厌倦了似的。父亲见这情形,屡次注意他,结果至于动气,虽然他是一向不责骂小孩的。有一天早晨,父亲对他说:

"叙利亚!你真对不起我!你和从前,不是变了样子了吗?当心!一家的希望都在你身上呢。你知道吗?"

叙利亚出世以来第一次受着叱骂,很是难受。心里想:"是的,那样的事不能够长久做下去的,非停止不可。"

可是,这天晚餐的时候,父亲很高兴地说:"大家听啊!这月比前月多赚六元四角钱呢。"又从食桌抽屉里取出一袋果子来,说是买来庆祝一家的。小孩们都拍手欢乐,叙利亚也因此把心重新振作起来,原气也恢复许多,心里自语道:"咿呀!还是再接续做罢。日间多用点功,夜里依旧工作罢。"父亲又接着说:"六元四角哩!这虽很好,只有这孩子——"说着指了叙利亚:"我实在觉得可厌!"叙利亚默然受着责备,忍住了要进出来的眼泪,但心里却觉得欢喜。

从此以后,叙利亚仍是拼了命工作,可是,疲劳之上,更加疲劳,终于难以支持。这样过了两个月,父亲仍是叱骂他,对他的脸色,更渐渐可怕起来。有一天,父亲到学校去访先生,和先生商量叙利亚的事。先生说:"是的,成绩好是还好,因为他性质原是聪明的。但是不及以前的热心了,每日总是打着呵欠,似乎要想睡去,心不能集注在功课上。叫他作文,他只是短短地写了点就算,字体也草率了。他原是可以更好的。"

那夜父亲唤叙利亚到他旁边,用了比平常更严厉的态度对叙利亚说:

"叙利亚!你知道我为了养活一家,怎样地劳力着?你不知道吗?我为了你们,是在把命拼着呢!你竟甚么都不想想,也不管你父母兄弟怎样!"

"啊!并不!请不要这样说!父亲!"叙利亚咽泪叫着说,正要想把经过一切声明,父亲又来拦住他的话头了:

"你应知道家里的境况。一家人要各自刻苦努力才可支持得住,这是你应该早已知道了的。我不是那样努力做着加倍的工作吗?本月我原以为可以从铁路局得到二十元的奖金的,已预先派入用途,不料到了今天,才知道那笔钱是无望的了。"

叙利亚听了把口头要说的话重新抑住,自己心里反覆着说:

"咿呀!不要说,还是始终隐瞒了仍替父亲帮忙罢。对父亲不起的地方,从别一方来补报罢。校课原是非用功使他及格不可的,但最要紧的,就是要帮助父亲,养活一家,略微减去父亲的疲劳。是的,是的。"

又过了两个月。儿子仍继续着夜工作,日间疲劳不堪,父亲依然见了他动怒。最可痛的是父亲对于儿子渐渐冷淡,好像以为此子太不忠实,是无甚么希望的了,不多向他说话,甚至不愿看见他,叙利亚见这光景,心痛的了不得,父亲背向了他的时候,他几乎要从背后下拜。悲哀疲劳,使他愈加衰弱,脸色愈苍白,学业也似乎愈不勤勉了。他自己也知道非停止夜工作不可,每夜就睡的时候,常自己对自己说:"从今夜起,真是不再夜半起来了。"可是,一到了十二点钟,以前的决心,不觉忽然宽懈,好像如果睡着不起,就是避了自己的义务,把家里的钱偷用了两角的样子,于是熬不住了仍旧起来。他以为父亲总有一日会起来看见他。或者偶然在数纸的时候会发觉他的作为的。到了那时,自己虽不声明,父亲自然会知道的罢。他这样想了仍继续着夜夜的工作。

有一天,晚餐的时候,母亲觉得叙利亚的脸色比平常更不好了,说:

"叙利亚!你不是不舒服吗?"说着又向着丈夫:

"叙利亚不知甚么了,你看看他脸色的青——叙利亚!你怎么了吗?"说时现很忧愁的样子。

父亲把眼向叙利亚一瞟:"即使有病也是他自作自受,以前用功的时候,并不如此的。"

"但是,你!这不是因为他有病的缘故吗?"母亲说了,父亲就这样说:

"我早已不管他了!"

叙利亚听了心如刀割。父亲竟不管他了!那个他偶一咳嗽就忧虑得了不得的父亲!父亲确实已不爱他,眼中已没有他的人了!"啊!父亲!我没有你的爱,是不能生活的!——无论如何,请你不要如此说,我一一说了出来罢,不再欺瞒你了。只要你再爱我,无论怎样,我一定像从前样地用功的。啊!这次真决心了!"

叙利亚的决心仍是徒然。那夜因了习惯的力,又自己起来了。起来以后,就想往几月来工作的地方作最后的一行。进去点着了灯,见到桌上的空白纸条,觉得从此不写,有些难过,就情不自禁地执了笔又开始写了。忽然手动时把一册书碰落到地,那时满身的血液突然集注到心胸里

其實，這時父親早已立在他的背後了。

来：如果父亲醒了如何！这原也不算甚么恶行，发见了也不要紧，自己也本来屡次想声明了的。但是，如果，父亲现在醒了，走了出来，被他看见了我，母亲怎样吃惊啊，并且！如果现在被父亲发觉，父亲对于自己这几月来待我的情形，不知要怎样懊悔惭愧啊！——心念千头万绪，一时叠起，弄得叙利亚震栗不安。他侧着耳朵，抑了呼吸静听，觉并无甚么响声，一家都睡得静静的，这才放了心，重新工作。门外有警察的皮靴声，还有渐渐远去的马车蹄轮声，过了一会，又有货车"轧轧"地通过，自此以后，一切仍归寂静，只时时听到远犬的吠声罢了，叙利亚振着笔写，笔尖的声音"唧唧"地响到自己耳朵里来。

其实，这时父亲早已立在他的背后了。父亲从书册落地的时候，就惊醒，等待了好久，那货车通过的声音，把父亲开门的声音夹杂了。现在，父亲已进那室，他那白发的头，就俯在叙利亚小黑头的上面，看着那钢笔头的运动。父亲忽然把从前一切的事都恍然了，胸中充满了无限的懊悔和慈爱，只是钉住样地立在那里不动。

叙利亚忽然觉得有人用了震抖着的两腕抱他的头，不觉突然"呀！"地叫了起来。及听出了他父亲的啜泣声，叫着说：

"父亲！原恕我！原恕我！"

父亲咽了泪吻着他儿子的脸：

"倒是你要原恕我！明白了！一切都明白了！我真对不起你了！快来！"说着抱了他儿子到母亲床前，将他儿子交给母亲腕上：

"快吻这爱子！可怜！他三个月来竟睡也不睡为一家人劳动！我还只管那样地责骂他！"

母亲抱住了爱子，几乎说不出话来：

"宝宝！快去睡！"又向着父亲："请你陪了他去！"

父亲从母亲怀里抱起叙利亚，领他到他的卧室里，把他睡倒了，替他整好枕子，盖上棉被。

叙利亚好几次地说：

"父亲，谢谢你！你快去睡！我已经很好了。请快去睡罢！"

可是，父亲仍伏在床旁，等他儿子睡熟，携了儿子的手说：

"睡熟！睡熟！宝宝！"

叙利亚因为疲劳已极，就睡去了。数月以来，至今才得安眠，梦魂为之一快。醒来朝日已高，忽然发见床沿旁近自己胸部的地方，横着父亲白发的头。原来父亲那夜就是这样过了的，他将额贴近了儿子的胸，还是在那里熟睡哩。

坚忍心　二十八日

像笔耕少年那样的行为，在我们一级里，只有斯带地做得到。今天学校里有二件事：一件是那受伤的老人把卡洛斐的那邮票帖送还他了，并且还替他黏了三枚瓜地玛拉(Guatemala)共和国的邮票上去。卡洛斐欢喜得非常，这是当然的，因为他已寻求了瓜地玛拉的邮票三个月了。还有一件是斯带地受二等赏。那个呆笨的斯带地居然和代洛西只差一等，大家都怪极！那是十月间的事，斯带地的父亲领了他的儿子到校里来，在大众面前对先生说：

"要多劳先生的心呢，这孩子是甚么都不懂的。"当他父亲说这话时，谁会料到有这样的一日？那时我们大家都以为斯带地是呆子，可是他却不自怯，说着"死而后已"的话。从此以后，他不论日里，夜里，不论在校里，在家里，在街路上，总是拼命地用功。别人无论说甚么，他总不顾，有扰他的时候，他总把他推开，只管自己：这样不息地上进，遂使呆呆的他，到了这样的地位。他起初毫不懂算术，作文时只写着无谓的话，读本也一句都不记得的。现在是算术的问题也能做，文也会作，读本熟读得和唱歌一样了。

斯带地的容貌，一看就可知道他是有坚忍心的：身子壮而矮，头形方方的像没有项颈，手短而且大，喉音低粗。不论是破报纸，不论是剧场的广告，他都拿来读熟。只要有一角钱，就立刻去买书，据说自己已设了一个小图书馆，邀我去看看呢。他不和谁闲谈，也不和谁游戏，在学校里上课时候，只把两拳摆在双颊上，岩石样坐着听先生的话。他得到第二名，不知费了多少力呢！可怜！

先生今天样子虽很不高兴，但是把赏牌交给斯带地的时候，却这

样说:

"斯带地!难为你!这就是所谓精神一到何事不成了。"

斯带地听了并不表示得意,也没有微笑,归到座位上,比前更认真地听讲。

最有趣的是放课的时候:斯带地的父亲到学校大门口来接,父亲是做针医的,也和他儿子一样,是个矮身方脸,喉音粗大的人。他不相信自己的儿子居然会得赏牌,等先生出来和他说了,才哈哈地笑了拍着儿子的肩头,声音里用了力说:

"好的,好的,竟看你不出,你将来会有希望呢!"我们听了都笑,斯带地却连微笑都没有,只是抱了那大大的头,复习他明日的功课。

感恩 三十一日

安利柯啊!如果是你的朋友斯带地,决不会派先生的不是的。你今天恨恨地说"先生态度不好",你自己对于你父亲母亲,不是也常有态度不好的时候吗?先生的有时不高兴是当然的,他为了小孩们,不是劳动了许多年月了吗?学生之中,有情义的固然不少,然也有许多不知好歹,蔑视先生的亲切,轻看先生的劳力的。平均说来,做先生的苦闷胜于满足。无论怎样的圣人,处在那样的地位,能不时时动气吗?并且,有时还要耐了气去教导那生病的学生,那神情的不高兴,是当然的。

应该敬爱先生:因为先生是父亲所敬爱的人,因为是为了学生牺牲着一生的人,因为是开发你精神的人。先生是要敬爱的啊!你将来年纪大了,父亲和先生都去了世,那时,你会于想起你父亲的时候也想起先生来罢,那时想起先生的那种疲劳的样子,那种忧闷的神情,你会觉得现在的不是罢。意大利全国五万的小学校教师,是你们未来国民精神上的父亲,他们立在社会的背后,以轻微的报酬,为国民的进步发达劳动着。你先生就是其中的一人,所以应该敬爱。你无论怎样爱我,但如果对于你的恩人——特别的是对于先生不爱,我断不欢喜。应该将先生看作叔父一样来爱他。不论待你好,或责骂你,都要爱他。不论先生是的时候,或是你以为错了的时候,都要爱他。先生高兴,固然要爱,先生不高兴,尤

其要爱他。无论何时,总须爱先生啊! 先生的名字,永远须用了敬意来
称,因为除了父亲的名字,先生的名字是世间最尊贵、最可怀慕的名字呢!

————父亲————

第四卷　一月

助教师　四日

父亲的话不错,先生的不高兴,果然是为了有病的缘故。这三天来,先生告假,另外有一位助教师来代课。那是一个没有胡须的像孩子样的先生。今天,学校里发生了一件可耻的事:这位助教师,无论学生怎样地说他,他总不动怒,只说,"诸位! 请规矩些!"前两日,教室中已扰乱不堪,今天竟弄得无可收拾了。那真是稀有的骚扰,先生的话声,全然听不清爽,无论怎样说谕,怎样劝诱,也都像耳边风一样,校长先生曾到门口来探看过两次,校长一转背,骚扰就依然如故。代洛西和卡隆在前面回过头来,向大家使眼色叫他们静些,他们那里肯静。斯带地独自用手托了头凭在坐位上沈思着,那个歪鼻的旧邮票商人卡洛斐呢,正向大家各索铜元一枚,用墨水瓶为彩品,作着彩票。其余有的笑,有的说,有的用钢笔尖钻着课桌,有的用了吊袜带上的橡皮弹掷着纸团。

助教师曾一个一个地去禁止他们。或是捉住他的手,或是拉了他去叫他立壁角。可是仍旧无效。助教师没了法,于是很和气地和他们说:

"你们为甚么这样? 难道一定要我来责罚你们吗?"

说了又以拳敲桌,用了愤怒而兼悲哀的声音叫:"静些! 静些!"可是他们仍是不听,骚扰如故。勿兰谛向先生投掷纸团,有的吹着口笛,有的彼此以头相抵触赌力,完全不知道在做甚么了。这时来了一个校役,说:

"先生,校长先生有事请你。"

先生现出很失望的样子,立起身匆忙就去。于是骚扰愈利害起来了。

卡隆忽然站起,他震动着头,捏紧了拳,怒不可遏地叫说:

"停止! 你们这些不是人的东西! 因为先生好说了一点,你们就轻侮他起来,倘然先生一用腕力,你们就要像狗一样地伏倒在地上哩! 卑怯的东西! 如果有人再敢嘲弄先生,我要打得他脱落牙齿! 就是他父母看见,我也不管!"

大家不响了。这时卡隆的风采,真是庄严:堂堂的立着,眼中几乎要怒出火来,好像是一匹发了威的小狮子。他从最坏的人起,一一用眼去钉视,大家都不敢仰起头来。等助教师红了眼进来的时候,差不多肃静得连呼吸的声音都听不出了。助教师见这模样,大出意外,只是呆呆地立住。后来看见卡隆怒气冲冲地立在那里,就猜到了八九分,于是用了对兄弟说话时的那种充满了情爱的声气说:"卡隆! 谢谢你!"

斯带地的图书室

斯带地家在学校的前面,我到他家里去,一见到他的图书室,就羡慕起来了。斯带地不是富人,虽不能多买书,但他能保存书籍,无论是学校的教科书,无论是亲戚送他的,都好好地保存着。只要手里有钱得到,都用以买书。他已收集了不少的书了,摆在华丽的栗木的书箱里,外面用绿色的幕布遮着,据说这是父亲给他的。只要将那细线一拉,那绿色的幕布就牵拢在一方,露出三格的书来。各种的书排得很整齐,书背上闪铄着金字的光。其中有故事、有旅行记、有诗集还有画本。颜色配合得极好,远处望去,很是美丽:譬如说,白的摆在红的旁边,黄的摆在黑的旁边,青的摆在白的旁边。斯带地还时常把这许多书的排列变换式样,以为快乐。他自作了一个书目,俨然是一个图书馆馆长。在家时只管在那书箱旁边,或是拂拭尘埃,或是把书翻身,或是检查钉线。当他用了那粗大的手指,把书翻开,在纸缝中吹气或是作着甚么的时候,看了真是有趣。我们的书都不免有损伤,他所有的书,却是簇新的。他得了新书,拂拭干净,装入书箱里,不时又拿出来去看,把书当作宝贝珍玩,这是他最大的快乐。我在他家里停了一点钟,他除了书以外,甚么都未曾给我看。

过了一会候,他那肥胖的父亲出来了。手拍着他儿子的背脊,用了和他儿子相像的粗声向我说道:

"这家伙你看怎样? 这个铁头,很坚实哩,将来会有点希望罢。"

斯带地被父亲这样地嘲弄了,只是像猎犬样地把眼半闭着。不知为了甚么,我竟不敢和斯带地嘲笑。他只比我大了一岁,这是无论如何几

乎不能相信的。我回来的时候,他送我出门,像煞有介事地说:"那末,再会罢。"我也不觉像向着大人似地说:"愿你平安。"

我到了家里,和我父亲说:"斯带地既没有才,样子也不好,他的面貌,令人见了要笑,可是不知为了甚么,我一见了他,就会有种种事情教我的。"父亲听了说:"这因为那孩子有真诚的处所的缘故啊。"我又说:"到了他家里,他也不多和我说话,也没有玩具给我看。可是我却仍喜欢到他家里去。""这因为你心服那孩子的缘故。"父亲这样说。

铁匠的儿子

是的,父亲的话是真的。我还心服着泼来可西。不,心服这话,还不足表示我对于泼来可西的心情。泼来可西是铁匠的儿子,就是那身体瘦弱,有着悲哀的眼光,胆子小小地向着人只说"原恕我原恕我",而却很能用功的小孩。他父亲酒醉回来,据说常要无故地打他,把他的书或笔记簿丢掷的。他常在脸上带了黑痕或青痕到学校里来,脸孔膨肿的时候也有,眼睛哭红的时候也有。虽然如此,他无论如何,总不说父亲是打他的。"父亲打过你了。"朋友这样说的时候,他总立刻替父亲包庇,说:"这是没有的事,这是没有的事。"

有一天,先生看见他的作文簿被火烧损了一半了。对他说:"这不是你自己烧了的罢。"

"是的,我把它落下在火里过了。"他回答。其实,这一定是他父亲酒醉回来把桌子或洋灯踢翻的缘故。

泼来可西的家族,就住在我家屋顶的小阁上。门房时常将他们家的事情,告诉给我母亲听。雪尔维姊姊有一天听得泼来可西哭。那时据说是他向他父亲乞买文法书的钱,父亲把他从楼梯上踢了下来哩。他父亲一味喝酒,不务正业,一家都为饥饿所苦。泼来可西时常饿了肚皮到学校里来,吃卡隆给他的面包,一年级时教他过的那个戴赤羽的女先生,也曾给他苹果吃过。可是,他决不说"父亲不给与食物"的话的。

他父亲也曾到学校里来过,脸色苍白,两脚抖抖的,一副怒容,发长长地垂在眼前,帽子是歪戴着的。泼来可西在街路一见父亲,虽战惧发震,可是就立刻走近前去。父亲呢,并不顾着儿子,好像心里另外在想着别的甚么似的。

可怜! 泼来可西把破的笔记补好了或是借了别人的书籍用着功。他把破了的衬衣用针贯牢了穿着,拖着太大的皮鞋,系着长得至于拖到地的裤子,穿着太长的上衣,袖口高高地卷起到肱肘为止:见了他那样子,真是可怜! 虽然如此,却很勤勉,如果他在家里能许他自由用功,必定可得善良的成绩的。

今天早晨,他颊上带了爪痕到学校里来,大家见了,说:

"这是你父亲罢,这次可不要再说'这是没有的事'了。把你弄得这步田地的,这一定是你父亲。你可告诉校长先生去,校长先生就会叫了你父亲来替你说谕他的。"

泼来可西跳立起来,红着脸,战抖了怒声说:"这是没有的事,父亲是不打我的。"

说虽如此,后来他究竟于上课时落泪在桌上,人去看他,他就把眼泪抑住。可怜! 他还要硬装笑脸给人看呢! 明天代洛西与可莱谛、耐利原定要到我家里来的,打算约泼来可西一块儿来。我想明天请他吃东西,给他书看,领他到家里各处去玩耍,回去的时候,把果物给他装入袋里带去。那样善良而勇敢的小孩,应该使他快乐快乐,至少一次也好。

友人的来访　十二日

今天是这一年中最快乐的木曜日。正好两点钟的时候,代洛西和可莱谛领了那驼背的耐利来了。泼来可西因为他父亲不许他来,竟没有到。代洛西和可莱谛笑了对我说,在路上曾遇见那卖野菜人家的儿子克洛西,据说克洛西提着大卷心菜,说是要把卖了的钱去买钢笔的。又说,他新近接到父亲不久将自美国回来的信,很欢喜着呢。

三位朋友在我家里留了两小时光景,我的高兴却是非常。代洛西和可莱谛是同级中最有趣的小孩,连父亲都欢喜他们。可莱谛穿了茶色的裤子,戴了猫皮的帽,性情活泼,无论何时总是非活动不可,或将眼前的东西移动,或是将它翻身。据说他从今天早晨起,已搬运过半车的柴,可是他却没有疲劳的样子,在我家里跑来跑去,见了甚么都注意,口也不住地谈说,完全像松鼠般地活动着。他到了厨房里,问下女柴每一束的买价,据说,他们店里每束是卖二角的。他欢喜讲他父亲在温培尔脱亲王部下从军柯斯脱寨(Custoza)战争时候的事。礼仪很周到。确像我父亲所说:这小孩虽生长在柴店里,但里面却含着真正贵族的血统的。

代洛西讲有趣味的话给我们听。他的熟悉地理,竟全同先生一样。他闭了眼说:

"我现在眼前好像看见全意大利。那里有亚配那英(Apennine)山脉突出在爱盆尼安(Ioniam)海中,河水在这里那里流着,有白色的都会。有湾,有青的内海,有绿色的群岛。"这样顺次把地名背诵,全然像个眼前摆着地图一样。他穿着金纽扣的青色的上衣,举起了金发的头,闭了眼,石像似地直立着的那种风采,使我们大家看了倾倒。他把明后日大葬纪念日所要背诵的三页光景长的文章,在一小时内记牢,耐利看了也在他那悲愁的眼中现出微笑来。

今天的会集真是快乐,并且还给我在胸中留下了一种火花样的东西。他们三人回去的时候,那两个长的左右夹辅着耐利,携了他的手走,和他讲有趣的话,使一向未曾笑过的耐利笑。我看了真是欢喜。回来到了食堂里,见平日挂在那里的驼背的滑稽画没有了,这是父亲故意除去的,因为恐怕耐利看见。

维多利亚·爱马努爱列(Vittorio Emanuele)王的大葬　十七日

今天午后二时,我们一进教室,先生就叫代洛西。代洛西立刻走上前去,立在小桌边,向着我们朗背那大葬纪念辞。开始背诵的时候,略微有点不大自然,到后来声音步步清楚,脸上充满着红晕:

"四年前今日的此刻,前国王维多利亚·爱马努爱列二世陛下的玉棺,正到着罗马太庙正门。维多利亚·爱马努爱列二世陛下,功业实远胜于意大利开国诸王,从来分裂为七小邦,为外敌的侵略及暴君的压制所苦的意大利,到了王的时代,才合为一统,确立了自由独立的基础。王治世二十九年,勇武绝伦,临危不惧,胜利不骄,困逆不馁,一意以发扬国威爱抚人民为务。当王的枢车,在掷花如雨的罗马街市通过的时候,全意大利各部的无数群众,都集在路旁拜观大葬行列。枢车的前面有许多将军,有大臣,有皇族,有一队的仪仗兵,有林也似的军旗,有从三百个都市来的代表者,此外凡是可以代表一国的威力与光荣者,无不加入。大葬的行列,这样地到了崇严的太庙门口,十二个骑兵奉了玉棺入内,一瞬间意大利全国就与这令人爱慕不能措的老王作最后的告别了,与二十九年来作了国父作了将军爱抚国家的前国王,告永久的离别了!这实是最崇高严肃的一瞬间!上下目送玉棺,对了那色彩黯然的八十旒的军旗掩面泣下。这军旗实足令人回想到无数的战死者,无数的鲜血,我国最大的光荣,最神圣的牺牲,及最悲惨的不幸来。骑兵把玉棺移入,军旗就都向前倾倒。其中有新联队的旗,也有曾经过了不少的战争而破碎不完的古联队旗。八十条的黑旒,向前垂下,无数的勋章触着旗竿丁冬作响。这响声在群众耳里,好像有千人齐了声在那里说:'别了!我君!在太阳照着意大利的时候,君的灵魂永远宿在我们臣民的心胸里!'

"军旗的头又抬到空中了,我们的维多利亚·爱马努爱列二世陛下,在灵庙之中永享着不朽的光荣了!"

勿兰谛的斥退 二十一日

代洛西读着维多利亚·爱马努爱列王的吊词的时候,笑的只有一人,就是勿兰谛。勿兰谛真讨厌,他确是坏人。父亲到校里来骂他,他反高兴,见人家哭了,他反笑了起来。他在卡隆的面前,胆小得发抖,碰见那怯弱的"小石匠"或一只手不会动的克洛西,就要欺侮他们。他嘲诮大家所敬服的泼来可西,甚至于对于那因救援幼儿跛了脚的三年生洛佩谛,也要加以嘲弄。他和弱小的人吵闹了,自己还要发怒,务必要对手负了伤才爽快。帽子戴得很低,他那深藏在帽缘下的眼光,好像含有着甚么恶意,谁都见了要恐怕的。他在谁的面前都不顾虑,对了先生也会哈哈大笑。有机会的时候,偷窃也来,偷窃了东西,却还装出不知道的神气。时常和人相骂,带了大大的钻刺到学校来刺人。不论自己的也好,人家的也好,摘了上衣的纽扣,拿在手里玩。他的纸类、书籍、笔记簿都是破污了的，三角板也破碎，钢笔干头都是牙齿咬过的痕迹，不时咬指甲，衣服非破则龌龊。听说，他母亲为了他，曾忧郁得生病，父亲已把他赶出过三次了。母亲常到学校里来探听他的情形，回去的时候，眼睛总是哭得肿肿的。他嫌恶功课，嫌恶朋友，嫌恶先生。先生有时也把他弃之度外，他有不规矩，只是装作不见。他竟因此愈坏起来，先生待他好，他反嘲笑先生；很凶地骂他呢，他用手遮住了脸装假哭，其实在那里暗笑。曾罚他停学三天，再来以后，更加顽强乱暴了许多。有一日，代洛西劝他：“停止，停止！先生怎样为难，你不知道吗？”他胁迫代洛西说：“不要叫我刺穿你的肚皮！”

今天，勿兰谛真个像狗一样地被逐出了。先生把每月例话《少年鼓手》的草稿交付卡隆的时候，勿兰谛在地板上放起爆竹来，爆发以后，声音震动全教室，好像枪声，大家大惊。先生也跳了起来：

“勿兰谛！出去！”

“不是我。”勿兰谛笑着假装不知。

“出去！”先生反覆地说。

“不情愿。”勿兰谛反抗。

于是，先生大怒，赶到他坐位旁，捉住他的臂，将他从坐位里拖出。勿兰谛虽咬了牙齿抵抗，终于力敌不过先生，被先生从教室里拉出到校长室里去了。

过了一会，先生独自回到教室里，坐在位上，两手掩住了头暂时不响，好像很疲劳的样子。那种苦闷的神气，看了也有些不忍。

“做了三十年的教师，不料竟碰到这样的事情！”先生悲哀地说着，把头向左右摇。

我们大家静默无语。先生的手还在那里震抖，额上直纹深刻得好像是伤痕。大家都不忍起来。这时代洛西起立：

“先生！请勿伤心！我们都敬爱先生的。”

先生听说也平静了下去，说：

“上功课罢。”

少年鼓手（每月例话）

这是千八百四十八年七月二十四日,柯斯脱寨战争开始第一日的事:我军步兵六十人光景的一队,被派遣到某处去占领一空屋,忽受奥大利二中队攻击。敌从四面来攻,弹丸雨样地飞落,我军只好弃了若干的死伤者,退避入空屋中,闭住了门,上楼就窗口射击抵御。敌军成了半圆形,步步包击拢来。我军指挥这队的大尉,是勇敢的老士官,身材高大,须发已皆白了。六十人之中,有一个少年鼓手,赛地尼亚人,年虽已过了十四岁,身材却还似连十二岁都不到,是个浅黑色,眼光炯炯的少年。大尉在楼上指挥防战,时时发出尖利如手枪声的号令,他那铁锻成般的脸上,一点都没有感情的影子。面相的威武,真足使部下见了战栗。少年鼓手脸已急得发青了,可是还能不手脚仓忙,跳上桌子,探头窗外,从烟尘中去观看白服的奥军近来。

这家屋是筑在高崖上的,向着崖的一面,只有屋顶阁上开着一个小窗,其余都是墙壁。奥军只在别三面攻击,向崖的一面是安然无事的。那真是很利害的攻击,弹丸如雨,破壁、碎瓦、天幕、窗子、家具、门户,一被击就成粉碎。木片在空中飞舞,玻璃和陶器的破碎声,轧啦轧啦地东西四起,听去好像人的头骨正在那里破裂。在窗口射击防御的兵士,一伤倒在地板上,就被拖开到一边。也有用手抵住了伤口,呻吟着在这里那里打圈子走的。在厨房里,还有被击碎了头的死尸,敌军的半圆形只管渐渐地逼近拢来。

过了一会,一向镇定自若的大尉,忽然现出不安的神情,带了一个军曹,急忙地出了那室。过了三分钟光景,那军曹跑来向少年鼓手招手。少年跟了军曹急步登上楼梯,到了那屋顶阁里。大尉正倚着小窗拿了纸条写字,脚旁摆着汲水用的绳子。

大尉折叠了纸条,把他那使兵士战栗的凛然的眼光注视着少年,并且很急迫地叫唤:

"鼓手!"

鼓手举手到帽旁。

"你有勇气吗!"大尉说,

"是的,大尉!"少年答时,眼炯炯地发光。

大尉把少年推近窗口:

"往下面看! 近那家屋处有铳剑的光罢,那里就是我军的本队。你拿了这条子,挂下窗去,快快地翻过那山坡,穿过那田坂,跑入我军的阵地,只要一遇见士官,就把这条子交给他。将你的皮带和背囊除了!"

鼓手去了皮带背囊,把纸条放入袋中。军曹将绳子放到窗口去,把一端在自己的臂上缠了。大尉将少年扶出窗,使他背向着外:

"喂! 这分队的安危,因了你的勇气和你的脚力而定哩!"

"凭我! 大尉!"少年回答着下去。

大尉和军曹握住了绳:

"下那山坡的时候,要把身伏倒了走的啊!"

"放心!"

"但愿你成功!"

鼓手立刻落到地上了。军曹取了绳子就去。大尉好像很不放心的样子,在窗畔踱来踱去,看少年下坡。

已经差不多快要到达成功了。忽然在少年前后数步间发出五六处的烟来,原来已被奥军发见,从高处把少年射击着。少年正拼了命跑,突然倒下在地。"糟了!"大尉咬着牙焦急了独语。正独语间,少年又好好地起立了。"啊,啊! 只是跌了一跤!"大尉说着,吐了一口气。少年虽拼命地跑着,可是一脚望去像有些跛。大尉想:"踝骨受了伤了哩!"接着烟尘又从少年的近旁起来,都很远,未曾中着。"好呀! 好呀!"大尉欢喜了独叫,目仍不离少年。一想到这是危机一发的事,不觉就要战栗:那纸条如果幸而送到本队,援兵就会来。万一误事,这六十人只有战死与被虏两条路了。

远远望去:见少年跑了一会,忽而把脚步放缓,只是跛着走。及再重新跑起,力就渐渐弱了下去,好几次地只是倒坐了休息。

"大概弹子擦过了他的腿了。"大尉一壁这样想,一壁目不转睛地注视少年的举动,慌急得身子发震。他用了要进出火星来的眼睛,测度着少年的所在地与因日光反射而发着光的枪刺间的距离。楼下呢,只听见弹子穿过东西声,士官与军曹的怒叫声,凄绝的负伤者的哭泣声,器具的碎声和物件的落下声。

一士官默默地跑来,说敌军依旧猛攻,已高举白旗劝诱降服了。

"不要睬他!"大尉说时,眼睛仍不离那少年。少年虽已走到平地,可是已经不能跑了,望去好像只把脚拖着一步一步地勉强走着。

大尉咬紧了牙齿,握紧了拳头:"走呀! 快走呀! 该死的! 畜生! 走! 走!"过了一息,大尉说出可怕的话来了:"咿呀! 没用的东西! 坐倒了哩!"

方才还在田坂中望得见的少年的头,忽然不见,好像已经倒下,隔了一分钟光景,少年的头重新现出,不久为篱笆所阻,已望不见了。

大尉于是急下楼梯,弹子雨一般地在那里飞舞,满室都是负伤者,有的像醉汉似地乱滚,扳住着家具,墙壁和地板上满污染着血迹,许多死骸堆在门口。副官已被弹打折了手臂,烟气和灰尘把周围的东西都包罩得不清楚了。

大尉高声鼓励着叫说:

"大胆防御,万勿退一步! 援兵快来了! 就在此刻! 当心!"

敌军渐渐逼近,敌兵的头脸,已可从烟尘望见,枪声里面又夹杂着可怕的哄生和骂声。这是敌军在那里胁迫:叫快降服,否则不必想活了。我军胆怯起来,从窗口退进。军曹又追赶他们,迫他们向前,可是防御军的火力,渐渐薄弱,兵士脸上,都表现出绝望的神情,再要抵抗,已是不可能的了。这时,敌军忽然把火力减弱,轰雷似地喊叫起来:"降服!"

"不!"大尉从窗口回喊。

两军的炮火重新又猛烈了。我军的兵士接续地伤倒,有一面的窗已没人守卫,最后的时期快到了。大尉用了似绞的声音:"援兵不来了! 援兵不来了!"一壁狂叫,一壁野兽似地跳踉,以震震的手挥着军刀,预备战死。这时军曹从屋顶阁下来,锐声说道:

"援兵来了!"

"援兵来了!"大尉欢声回答。

一听这声音，未负伤的，负伤的，军曹，士官都立刻突进窗口，重新去猛力抵抗敌军。

过了一会，敌军似乎气馁，阵势纷乱了起来。大尉急忙收集残兵，叫他们把刺刀套在枪上，预备冲锋，自己跑上楼梯去。这时听到震天动地的呐喊声，和杂乱的足步声。从窗口望去，意大利骑兵一中队，正用了全速力从烟尘中奔来。远见那明晃晃的枪刺，不绝地落在敌军头上、肩上、背上。屋内的兵士也抱了枪刺突喊而出，敌军动摇混乱，就开始退却。转瞬间，用了两大队的步兵与两门大炮，把高地占领了过来。

大尉率引残兵回到自己所属的联队里。战争依然继续，在最后一次冲锋的时候，他为流弹所中，伤了左手。

这天战斗的结果，我军胜利。次日起再战，我军虽勇敢对抗，终以众寡不敌，于二十七日早晨，退守泯契阿（Mincioo）河。

大尉负了伤，仍率部下兵士，徒步行进。兵士虽困惫疲劳，却没有一个说不平的。日暮，到了泯契阿河岸的哥伊托（Goito）地方，找寻副官。那副官是伤了手腕，被卫生队所救，比大尉先到了这地的。大尉走进一所设着临时野战病院的寺院，其中满住着负伤兵，病床分作两列，床的上面，还重设着床，两个医师和许多助手应接不暇地奔走，触耳都是幽泣声与呻吟声。

大尉一到寺里，就到处探寻副官，这时有人用了低弱的声音叫"大尉"。大尉近身去看，见是少年鼓手，他卧在吊床上，胸以下覆盖着粗的窗帘布，苍白而细的两腕露出在布外面，眼睛仍是宝石样地发着光。大尉一惊，锐声地对了他：

"你在这里？真了不得！你尽了你的本分了！"

"我已尽了我的全力。"少年答。

"你受了甚么伤？"大尉再问，一壁在眼看附近各床，寻觅副官。

"那是万不料的。"少年答说。他因了说话，把元气恢复了过来，在这时始觉得负伤在他是荣誉。如果没有这满足的快感，他在大尉前恐将无开口的气力了。"我拼命地跑，原是恐被看见，屈着上身的，不料竟被敌人看见了。如果不被射中，应该还可再快二十分钟的。幸而，逢着参谋大尉,把纸条交付了他。可是,在被射击以后,全然走不动,口也干渴,好像就要死去。要再走上去,是无论如何不能的了。愈迟,战死的人将愈多:我一想到此,几乎要哭起来。还好!我总算拼了命把我的目的达到了,不要替我耽心。大尉!你要留心你自己,你流着血呢!"

的确如他所说,滴滴的血,正从大尉臂下绷带里流下手指来。

"请把手交给我,让我替你包好了绷带,"少年说。

大尉伸过左手来,更用右手来扶少年。少年把大尉的绷带解开重新结好。可是,少年因离了枕,面色忽即苍白,不得不就卧下头去。

"好了,已经好了。"大尉见少年那样子,想把包着绷带的手缩回,少年还似不肯放。

"不要顾着我。留心你自己要紧!即使是小小的伤,不注意就要利害的。"大尉说。

少年把头向左右摇。大尉注视着他:

"但是,你这样困惫,一定是出过许多血了罢。"

"你说出了许多血?"少年微笑了说。"不但血呢,请看这里!"说着把盖布揭开。

大尉见了不觉吃惊退开了一步。原来,少年已失了一只脚了!他左脚已齐膝截去,切口用血染透了的布包着。

这时,一矮而胖的军医,着了衬衣走过,向着少年唧咕了一会,对大尉说:

"啊!大尉!这真是出于不得已,他如果不那样无理支撑,脚是可以保牢的。——起了非常的炎症哩!终于把脚齐膝截断了。但是,真是勇敢的少年!眼泪不流一滴,不惊慌,连喊也不喊一声。我替他行手术时,他以意大利男儿自豪哩!他家世出身一定是很好的!"军医说了急忙地走去。

大尉蹙了那浓而白的两眉,注视少年一会,替他依旧将盖布盖好。眼睛仍不离少年,不知不觉,就慢慢地举手到头边去除了帽子。

"大尉,"少年惊叫。"作甚么?对了我!"

一向对于部下不曾发过柔言的威武的大尉,这时竟用了说不出的充满了情爱的和声说道：

"我不过是大尉,你是英雄啊!"说着,张开了手臂,伏在少年身上,在他胸部吻了三次。

爱国　二十四日

安利柯啊!你听了少年鼓手的故事,既然感动,那末在今天的试验里,作"爱意大利的理由"题目的文字,定是很容易了。我为甚么爱意大利!因为我母亲是意大利人,因为我脉管里所流着的血是意大利的血,因为我祖先的坟墓在意大利,因为我自己的生地是意大利,因为我所说的话、所读的书都是意大利文,因为我的兄弟,姊妹,友人,在我周围的伟大的人们,在我周围的美丽的自然,以及其他我所见、所爱、所研究、所崇拜的一切,都是意大利的东西,所以我爱意大利。这对于祖国的感情,你现在也许尚未能真实理解,将来长大了就会知道的。从外国久客归来,倚在船沿从水天中望见故国的青山,这时,自会涌出热泪或是发出心底的叫声来罢。又,远游外国的时候,偶然在路上听到有人操我国的国语,必会走近去与那说话的接近罢。外国人如果对于我国有无礼的言语,怒必从心头突发,一旦和外国有交涉时,对于祖国的爱,格外容易发生罢。战争终止,疲惫的军队凯旋的时候,见了那被弹丸打破了的军旗,见了那裹着绷带的兵士高举着打断了的兵器在群众喝彩声中通过,你的感激欢喜将怎样啊!那时,你自能把爱国的意义真正瞭解罢。那时,你自会觉到自己与国家一体罢。这实是高尚神圣的感情。将来你为国出战,我愿见你平安凯旋——你是我的骨肉,愿你平安,自不必说。但是,如果你做了卑怯无耻的行径,偷生而返,那末,现在你从学校回来时这样欢迎你的父亲,将以万斛之泪来迎接你,父子不能再如旧相爱,终而至于断肠愤死罢。

——父亲——

嫉妒　二十五日

爱国题的作文,第一仍是代洛西。华梯尼这次满信自己必得一等赏——华梯尼虽有虚荣心,喜阔绰,我却欢喜他。一见到他嫉妒代洛西,就觉可厌。他平日想和代洛西对抗,拼命地用着功,可是究竟敌不过代洛西,无论那一件,代洛西都要胜他十倍。华梯尼不服,总嘲弄着代洛西。卡罗·诺琵斯也嫉妒代洛西,却是只是藏在心里,华梯尼则竟表出在脸上,听说他在家里曾说先生不公平呢。每次代洛西很快地把先生的问话圆满回答出的时候,他总板着脸,垂着头,装着不听见,还要故意地笑。他笑的样子很不好,所以大家都知道。只要先生一称赞代洛西,大家就去对华梯尼看,华梯尼必在那里苦笑的。"小石匠"时在这种时候,装兔脸给他看。

今天,华梯尼很难为情。校长先生到教室里来报告成绩:

"代洛西一百分,一等赏。"正说时,华梯尼打了一个喷嚏。校长先生见他那神情,就悟到了:

"华梯尼! 不要饲着嫉妒的蛇! 这蛇是要吃你的头脑,坏你的心胸的。"

除了代洛西,大家都向华梯尼看。华梯尼像个要想回答些甚么话,可是究竟说不出来,脸孔青青地;像石头般固定着不动。等先生授课的时候,他在纸上用了大大的字,写了这样的句子:

"我们不艳羡那因了不正与偏颇而得一等赏的人。"

这是他想写了给代洛西的。坐在代洛西近处的人,都互相私语,有一个竟用纸做成大大的赏牌,在上面画了一条黑蛇,华梯尼全不知道。先生因事暂时出去的时候,代洛西近旁的人,都立起身来,离了坐位,要想将那纸赏牌送给华梯尼去。教室中一时充满了杀气。华梯尼气得全身震抖。忽然,代洛西说:"将这给了我!"把赏牌取来撕得粉碎。恰好,先生就来,即继续上课。华梯尼脸红得像火一样,把自己所写的纸片,搓拢塞入口中,嚼糊了唾在椅旁。功课完毕的时候,华梯尼好像有些昏乱了,通过代洛西位旁,落掉了吸墨水纸,代洛西好好地代为拾起,替他藏入革袋,且结好了袋纽。华梯尼只是俯视着地,不能举起头来。

勿兰谛的母亲　二十八日

华梯尼的脾气,仍是不改。昨天早晨宗教班上,先生在校长面前问代洛西有否记牢读本中"无论向了那里，我都看见你大神"的句子。代洛西回答说不曾记牢。华梯尼突然说："我知道呢。"说了对着代洛西冷笑。恰好，这时勿兰谛的母亲突然走进教室里来，华梯尼于是没了背诵的机会。

勿兰谛的母亲屏了气息，白发蓬松了，全身都被雪打得湿湿的，把那前礼拜被斥退的儿子推着进来。我们不知道将有甚么事情发生，大家都咽着唾液。可怜！勿兰谛的母亲跪倒在校长先生面前，合掌恳求着说：

"啊！校长先生！请你发点慈悲，许这孩子再到学校里来！这三天中，我把他藏在家里，如果被他父亲知道，或者要弄死他的。怎样好呢！恳求你！救救我！"

校长先生似乎要想引了伊到外面去，她却不管，只是哭着恳求：

"啊！先生！我为了这孩子，不知受了多少苦楚！如果先生知道，必能怜悯我罢。对不起！我怕不能久活了，先生！死是早已预备了的，总想见了这孩子改好以后才死。确是这样的坏孩子——"伊说到这里，呜咽得不能即说下去，"——在我总是儿子，总是爱惜的。——我要绝望而死了！校长先生！请你当作救我一家的不幸，再一遍，许这孩子入学！对不起！看我这苦女人面上！"伊说了用手掩着脸哭泣。

勿兰谛好像毫不觉得甚么，只是把头垂着，校长先生看着勿兰谛想了一会，说：

"勿兰谛，坐在位上罢！"

勿兰谛的母亲把手从脸上放了下来，反覆地说了许多感谢的话，连校长先生要说的话，也都被遮拦住了。伊拭着眼睛走出门口，又很速捷地说：

"你要给我当心啊！——诸位！请你们大家原恕了他！——校长先生！谢谢你！你做了好事了！——要规规矩矩的啊！——再会，诸位！——谢谢！校长先生！再会！原恕了这可怜的母亲！"

伊走出门口，又回头一次，用了好像恳求的眼色对儿子看了一看才去。脸色苍白，身体已有些向前弯，头仍是震着，下了楼梯，就听到伊的咳嗽声。

全级复肃静了。校长先生向勿兰谛注视了一会,用了极郑重的调子说:

"勿兰谛!你在那里杀你母亲呢!"

我们都向勿兰谛看,那不知羞耻的勿兰谛还在那里笑着。

希望　二十九日

安利柯!你听了宗教的话回来跳伏在母亲的胸里那时候的热情,真是美啊!先生和你讲过很好的话了哩!神已拥抱着我们,我俩从此已不会分离了。无论我死的时候,无论父亲死的时候,我们不必再说"母亲,父亲,安利柯,我们就此永诀了吗!"那样绝望的话了,因为我们还可在别个世界相会的。在这世多受苦的,在那世得报;在这世多爱人的,在那世遭逢自己所爱的人。在那里没有罪恶,没有悲哀,也没有死。但是,我们须自己努力,使可以到那无罪恶无污浊的世界去才好。安利柯!这是如此的:凡是一切的善行,如诚心的情爱,对于友人的亲切,以及其他的高尚行为,都是到那世界去的阶梯。又,一切的不幸,使你与那世界接近。悲哀是可以消罪,眼泪是可以洗去心的污浊的。今日须比昨日好,待人须再亲切一些:你要这样地存心啊!每晨起来的时候,试如此决心:"今天要做良心赞美我的事体,要做父亲见了欢喜的事体,要做能使朋友先生及兄弟们爱我的事体。"并且要向神祈祷,求神给与你实行这决心的力量。

"主啊!我愿善良、高尚、勇敢、温和、诚实,请帮助我!每夜母亲吻我的时候,请使我能说'母亲!你今夜吻着比昨夜更高尚更有价值的少年哩!'的话。"你要这样的祈祷。

到来世去,须变成天使般清洁的安利柯:无论何时,都要这样存心,不可忘了,并且还要祈祷。祈祷的欢悦在你或许还未能想像,见了儿子敬虔地祈祷,做母亲的将怎样欢喜啊!我见你在祈祷的时候,只觉得实有甚么人在那里看着你,听着你的。这时,我能更比常时确信有大慈大悲至善的神存在。因此,我能起更爱你的心,能更忍耐辛苦,能真心宽恕他人的罪恶,能用了平静的心境去想着死时的光景。啊!至大至仁的神！在那世请使得再闻母亲之声，再和小孩们相会，再遇见安利柯——圣洁了而有无限生命的安利柯作永远不离的拥抱！啊！祈祷罢！时刻祈祷，大家相爱，施行善事，使这神圣的希望，牢印在心里，牢印在我高贵的安利柯的灵魂里！

——母亲——

第五卷　二月

赏牌授与　四日

今天,视学官到学校里来,说是来给与赏牌的。那是有白须著黑服的绅士,在功课将完毕的时候,和校长先生一同到了我们的教室里,坐在先生的旁边,对了三四个学生行了一会质问。把一等赏的赏牌给与代洛西。又和先生及校长低声谈说。

"受二等赏的不知是谁?"我们正这样想,一面只是默然地咽着唾液。既而,视学官高了声:

"配托罗·泼来可西此次应受二等赏。他宿题、功课、作文、操行,一切都好。"大家都向泼来可西看,心里都代他欢喜。泼来可西张皇得不知如何才好。

"到这里来!"视学官说。泼来可西离了坐位走近先生的案旁去,视学官用了怜悯的眼光,把泼来可西的蜡色的脸,缝补过的不合身材的服装打量了一会,替他将赏牌悬在肩下,口音中笼了深情说:

"泼来可西! 今天给你赏牌,并不是因为没有比你更好的人,并且并不单只因为你的才能与勤勉;这赏牌是对于你的心情、勇气及强固的孝行而给的。"说着又向了我们:

"不是吗? 他是这样的罢。"

"是的,是的!"大家齐了声回答。泼来可西动着喉好像在那里咽甚么,过了一会,用了很好的脸色对我们看,那脸上充满了感谢之情。

"好好回去,要更加用功呢!"视学官对泼来可西说。

功课已完毕了,我们一级比别级先出教室,走出门外,见接待室里来着一个不防到的人,那就是做铁匠的泼来可西的父亲。照例苍白着脸,歪戴了帽子,头发长得要盖着眼,脚震抖抖地立着。先生见了他,向视学官附耳低说,视学官就去找泼来可西,携了他的手;同到他父亲的旁边。泼来可西震栗起来,学生们都群集在他的周围。

"你是这孩子的父亲吗?"视学官对了铁匠,快活地发言,好像和熟识的朋友谈话一样。并且不等他回答,又接续地:

"恭喜! 你看! 你儿子超越了五十四个同级的得了二等赏了。作文、算术,一切都好。既有才,又能用功,将来必定有大事业可成的。他心情善良,为大家所尊敬,真是好孩子! 你见了也该欢喜罢。"

铁匠只是开了口听着,看看视学官,看看校长,一面又去看那俯首战栗着的自己的儿子。他好像到了这时,才觉得自己从来虐待过儿子,儿子总是振作地忍耐着的。脸上不觉露出茫然样的惊讶和不堪的情爱,急去把了儿子的头到自己的胸边来。我们都在他们前面走过。我约泼来可西在下礼拜四和卡隆、克洛西同到我家里来。大家都向他道贺:有的去抱他,有的用手去触他的赏牌,不论哪个,走过他旁边时,总有一点表示。泼来可西的父亲,用了惊异的眼色注视我们,他还是将儿子的头抱住在胸口,他儿子在那里啜泣着。

决心　五日

见了泼来可西的取得赏牌,我不觉后悔。我还一次都未曾得过呢。我近来不用功,自己固觉没趣,先生、父亲、母亲对了我也不快活,像从前用功时候的那种愉快,现在已没有了。以前,离了坐位去玩耍的时候,好像是已有一月不曾玩耍的样子,总是高兴跳跃着去的。现在,在全家的食桌上,也没有从前的快乐了。我心里现有着一个黑暗的影,这黑影在里面发声,说:"这不对! 这不对!"

一到傍晚,就看见许多的小孩杂在工人之间从工场回到家里去。他们虽很疲劳,神情却很快活。他们要想快点回去吃他们的晚餐,都急急地走,用了被煤熏黑或是被石灰染白了的手,大家相互拍着肩头高声谈笑着。他们都是从天明一直劳动到了现在的。其他,比他们还小的小孩,终日在屋顶阁上、炉侧,或是水中、地下劳动,只用一小片的面包充饥的,也尽多尽多。我呢,除了勉强做四页光景的作文以外,甚么都不曾做。想起来真是可耻! 啊! 我自己既没趣,父亲对我也不欢喜,父亲原要责骂我,不过因为爱我,所以还忍耐在那里呢! 父亲是一直劳动辛苦到现在了的,家里的东西,那一件不是父亲的力换来的? 我所用的、著的、吃的和教我的、使我快活的种种事物,都是父亲劳动的结果。我受了却一事不做,只让父亲在那里操心劳力,不去加以丝毫的帮助,啊! 不对! 这真是不对! 这样子不能使我快乐! 就从今日起罢! 像斯带地样地捏紧了拳咬了牙齿用功罢! 拼了命,夜深也不打呵欠,天明就跳起床来罢! 不绝地把头脑锻炼,真实地把惰性革除罢! 就是病了也不要紧,劳动罢! 辛苦罢! 像现在样的自己既苦而在别人也难过的这种怠倦的生活,决计从今日起停止啊! 劳动! 劳动! 以全心全力用功,拼了命! 因了此,再去得愉快的游戏和快乐的食事吧! 因了此,再去得那先生的亲切的微笑和父亲的亲爱的接吻吧。

玩具的火车　十日

今天泼来可西和卡隆一淘来了。就是见了皇族的儿子,我也没有这样的欢喜。卡隆是头一次到我家,他是个很沈静的人,身材那样长了,还是四年生,被人见了好像是很羞愧的样子。门铃一响,我们都迎出门口去,据说,克洛西因为父亲从美国回来了,不能来。父亲就去与泼来可西接吻,又介绍卡隆给母亲,说:

"卡隆就是他。他不但是善良的少年,并且还是一个正直重名誉的绅士呢。"

卡隆低了那平顶发的头,看着我微笑。泼来可西依旧挂着那赏牌,听说,他父亲已仍旧开始铁匠工作,这五日来滴酒不喝,时常叫泼来可西到工作场去协力劳作,和从前竟如二人了。泼来可西因此也很欢喜。

我们开始游戏了。我将所有的玩具取出给他们看。我的火车好像很中了泼来可西的意。那火车附有车头。只要把发条一开,就自己会动。泼来可西因为未曾见到这样的火车玩具过,见了只自惊异。我把开发条的钥匙交付了他,他只管低了头一心地玩。那种高兴的脸色,是我在他面上所一向未曾见过的。我们都围集在他身边去注视他那枯瘦的项颈,曾有一次出过血的小耳朵以及他的向里卷短的袖口,细削的手臂。在这时候,我恨不得把我所有的玩具、书物,都送给了他,就是把我自己正要吃的面包,正在穿着的衣服如数送他,也决不可惜。并且还想伏倒在他身旁去吻他的手。我想,"至少把那火车送他吧!"但是,又觉得这非和父亲说明不可,正踌躇间,忽然有人把纸条塞到我手里来,一看,原来是父亲。纸条上用铅笔写着:

"你的火车泼来可西见着很欢喜哩! 他是不曾有过玩具的,你不设法吗?"

我立刻双手捧了那火车,交在泼来可西的手中:

"把这送你!"泼来可西看着我,好像不懂的样子,我又说:

"是把这送给你的。"

泼来可西惊异起来,一壁向着我父亲、母亲那里看,一壁问我:

"但是,为甚么?"

"因为安利柯和你是朋友。将这送给你,当作你得赏牌的贺礼的。"父亲说。

泼来可西很难为情的样子:

"那末,我可以拿了回去吗?"

"自然可以的。"我们大家答他。泼来可西走出门口时,欢喜得嘴唇发振,卡隆相帮他把火车包在手帕里。

"几时,我引你到父亲的工作场里去,把钉子送你罢!"泼来可西向我说。

母亲把小花束插入卡隆的纽孔中,说:"给我带去送给你的母亲!"卡隆只是低了头大声地说:"多谢!"他那亲切高尚的精神,在眼光中闪耀着。

傲慢　十一日

偶然在走路的时候,和泼来可西相触,就要故意用手把袖拂拭的是卡罗·诺琵斯那家伙。他自以为父亲有钱,一味傲慢。代洛西的父亲也有钱,代洛西却一向不曾以此骄人。诺琵斯有时想一个人占有一长椅,别人去坐,就要憎嫌,好像于他有玷辱的。他目中看不起人,唇间无论何时,总浮着轻蔑的笑容。排了列出教室时,如果有人践踏着他的脚,那可不得了了。平常一些些的小事,他也要当面骂人,或是恐吓别人,说要叫了父亲到学校里来。其实,他对了卖炭者的儿子骂他的父亲是叫化子的时候,反被自己的父亲责骂过了的。我不曾见过那样讨厌的学生,无论那个,都不和他讲话,回去的时候,也没有人会对他说"再会"的。他忘了功课的时候,教他的连狗也没有,别说人了。他嫌恶一切人,代洛西好像更是他所嫌恶的,因为代洛西是级长。又因为大家喜欢卡隆的缘故,他也恶卡隆。代洛西就是在诺琵斯的旁边的时候,也向不留意这些。卡隆听见有人告诉他诺琵斯在背后说他的坏话时,就说:"怕甚么,他是甚么都不知道的,理他做甚么?"

有一天,诺琵斯见可莱谛戴着猫皮帽子,很轻侮地嘲笑他。可莱谛这样说:

"请你暂时到代洛西那里去学习学习礼仪罢。"

昨日,诺琵斯告诉先生,说格拉勃利亚少年践踏了他的脚。

"故意的吗?"先生问。

"不,无心的。"格拉勃利亚少年答辩。于是先生说:

"诺琵斯,你在小小的事情上动怒呢。"

诺琵斯像煞有介事地说:

"我会去告诉父亲的!"

先生怒了:"你父亲也一定说你错的。因为在学校里,评定善恶,执行赏罚,全是教师之权。"说了又和了声气,继续地:

"诺琵斯啊!从此改了你的脾气,亲切地待朋友罢。你也早应该知道,这里有劳动者的儿子,也有绅士的儿子,有富的,也有贫的,他们都大家像兄弟样地亲爱着,为甚么只有你不肯这样呢?要大家和你要好,是很容易的事,如果这样,自己也会快乐起来哩。如何?你还有甚么要说的话吗。"

诺琵斯依然像平时样冷笑了听着,先生问他,他只是冷淡地回答"不,没有甚么。"

"请坐下,无趣啊!你全没有情感!"先生向了他说。

这事总算完结了,不料坐在诺琵斯前面的"小石匠",回头来看诺琵斯,对他装出一个说不出的可笑的兔脸。大家都哄笑了起来,先生虽然喝责"小石匠",可是自己也不觉掩口笑着。诺琶斯也笑了,不过,却不是十分高兴的笑。

劳动者的负伤 十五日

诺琶斯和勿兰谛真是无独有偶的。今天,眼见着悲惨的光景而漠不动心的只有他们俩。从学校回去的时候,我和父亲正在观看那三年级淘气的孩子们在街路中伏了溜冰,这时街头尽处忽然跑来了大群的人,大家面上都现出忧色,低声地彼此不知谈着些甚么。人群之中,有三个警察,后面跟着两个抬担架的。小孩们都从四面聚拢来观看,群众渐渐向我们近来,见那担架中卧着一个皮色青得像死人的男子,头发上都黏着血,耳朵里口里也都有血,一个抱着婴儿的妇人跟在担架旁边,发狂似地时时哭叫:"死了! 死了!"

妇人的后面还有一个背革袋的男子,也在那里哭着。

"甚么了?"父亲问。据说,这人是做石匠的,在工作中从五层楼上落下来了。担架暂时停下,许多人都把脸避转,那个戴赤羽的女先生把几乎要晕倒的我二年级时女教师,用身体支持着。这时,有拍我肩头的人,那是"小石匠",他脸已青得像鬼一样,全身战栗着。这必是想着他父亲的缘故了。我也不觉记念起他父亲来。

啊! 我可以安心在学校里读书。父亲只是在家伏着案,所以没有甚么危险。可是,有许多朋友们就不然了,他们的父亲或是在高桥上工作,或是在机车的齿轮间劳动,一不小心,常要有生命的危险,他们完全和出征军人的儿子一样,所以"小石匠"一见到这悲惨的光景就战栗起来了。父亲觉到了这事,就和他说:

"回到家里去! 就到你父亲那里去! 你父亲是平安的,快回去!"

"小石匠"一步一回头地去了,群众继续行动,那妇人伤心叫着:"死了! 死了!"

"咿呀! 不会死的。"周围的人安慰她,她如不闻,只是披散了头发哭。

这时,忽然有怒骂的声音:"甚么! 你不是在那里笑吗?"

急去看时,见有一个绅士怒目向着勿兰谛,且用了手杖把勿兰谛的帽子掠落在地上:

"除去帽子! 蠢货! 因劳动而负伤的人正在通过哩!"群众过去了,血迹长长地划在雪上。

囚犯　十七日

这真是今年一年中最可惊异的事:昨天早晨,父亲领了我同到孟卡利爱利(Moncoliely)附近去寻借别庄,预备夏季去住。执掌那别庄的门钥的是个学校的教师,他引导我们去看了别庄以后,又邀了我们到他的房间里去吃茶。他案上摆着一个奇妙的雕刻的圆锥形的墨水瓶,父亲注意地在看,这先生说:

"这墨水瓶在我是个重宝,其来历很长哩!"他继续着就告诉我们下面的话:

据说:数年前这位先生在丘林时,有一次冬天,曾去到监狱里担任教囚犯的学科过。授课的地方在监狱的礼拜堂里,那礼拜堂是个圆形的建筑,周围有许多的小而且高的窗,窗口都用铁栅拦住。窗的里面各有一间小室,囚犯就在各自的窗口立了,把笔记簿摊在窗槛上用功,先生则在暗沈沈的礼拜堂中走来走去地授课。室中很暗,除了囚犯胡髭蓬松的脸孔以外,甚么都看不见。这些囚犯之中,有一个七十八号的,比其余的特别用功,感谢着先生的教导。是一个黑须的年青的人,与其说是恶人,毋宁说他是个不幸者。他原是个细木工,因为乘了愤怒,把刨子投掷一个虐待他的主人,不意误中着头部,致命而死,因此受了几年的监禁罪。他在三个月中,把读写都学会,每日读着书。学问进步,性情也因以变好,已觉悟自己的罪过,自己痛悔了。有一天,功课完了以后,那囚犯向着先生招手,请先生走近窗口去。说明天就要离开丘林的监狱,被转解到威尼斯的监狱里去了。他向先生告别,且用了笼着深情的亲切的语声,请先生让他一触先生的手。先生伸过手去,他就吻着,说了一声"谢谢"而去,先生缩回手时,据说手上沾着眼泪哩。先生以后就不再看见他了。

先生说了又继续着这样说:

"从此以后过了六年,我差不多已把这不幸的人忘怀了,不料前日,突然来了个不相识的人,黑须,渐花白的头发,粗下的衣装,向了我问:

"'你是某先生吗?'

"'你是那位?'我问。

"'我是七十八号的囚犯。六年前曾蒙先生教我读法写法过的。先生想还记得罢:在最后受课的那天,先生曾将手递给我的。我已满了刑期了,今天来拜望,想赠一纪念品给先生,请把这收下,当作我的纪念!先生!'

"我只是无言地立着,他以为我不受他的赠品罢,他那注视着我的眼色好像在这样说:

"'六年来的苦刑,还不足拭净这手的不洁吗?'

"他眼色中充满了苦痛,我就伸手过去,接收他的赠品,就是这个。"

我们仔细看那墨水瓶,好像是用钉子凿刻的,真不知要费去多少功夫哩!盖上雕刻着钢笔搁在笔记簿上的花样。周围刻着"七十八号敬呈先生,当作六年间的纪念"几个字。下面又用小字刻着"努力与希望"。

先生已不说甚么,我们也就告别。我在回到丘林来的路上,心里总是描着那礼拜堂小窗口立着囚犯的光景,那向先生告别时的神情,以及在狱中作成的那个墨水瓶。昨天当夜,就做这事的梦,到今天早晨还是想着。

不料,今天到学校里去,又听到出人意外的怪事。我坐在代洛西旁边,才演好了算术问题,就把那墨水瓶的故事告诉代洛西,将墨水瓶的由来,以及雕刻的花样,周围"六年"等的文字,都大略地和他说述了一番。代洛西听见这话,就跳了起来,看看我,又看看那卖野菜人家的儿子克洛西。克洛西坐在我们前面,正背向了我们在那里一心对付算术。代洛西注意我:"不要声张!"又捉住了我的手:

"你不知道吗?前天,克洛西对我说,他看见过他父亲在美洲雕刻的墨水瓶了。是用手做的圆锥形的墨水瓶,上面雕刻着钢笔杆摆在笔记簿上的花样。就是那个罢?克洛西说他父亲在美洲,其实,在牢里呢。父亲犯罪时,克洛西还小,所以不知道。他母亲大约也不曾告诉他哩。他甚么都不知道,还是不使他知道好啊!"

我默然地看着克洛西,这时代洛西正演好算术,从桌下递给克洛西,附给克洛西纸一张,且从克洛西手中取过先生叫他抄写的每月例话《爸爸的看护者》的稿子来,说替他代写。还把一个钢笔头塞入他的掌里,再去拍他的肩膀。代洛西又叫我对于方才所说,务守秘密。散课的时候,代洛西急忙地对我说:

"昨天克洛西的父亲曾来接他儿子的,今天也来着罢?"

我们走到大路口,见克洛西的父亲站立在路旁,黑色的胡须,头发已有点花白,穿着粗制的衣服,那无光彩的面上,看去好像正在沈思。代洛西故意地去握了克洛西的手,大声地:

"克洛西! 再会!"说着把手托在颐下,我也照样地把颐下托住。

可是,这时我和代洛西脸上都有些红了。克洛西的父亲虽亲切地看着我们,脸上却呈露出若干不安和疑惑的影子来,我们自己觉得好像胸里正在浇着冷水!

爸爸的看护者(每月例话)

正当三月中旬,春雨绵绵的一个早晨,有一乡下少年满身沾透了泥水,一手抱了替换用的衣包,到了耐普尔斯市某著名的病院门口。把一封信递给管门的,说要会他新近入院的父亲。少年生着圆脸孔,面色青黑,眼中好像在沈思着甚么,厚厚的两唇间,露出雪白的牙齿。他父亲去年离了本国到法兰西去做工,前日归到意大利,在耐普尔斯登陆后,忽然患病,遂进了这病院,一面写信给他的妻,告诉她自己已经回国,及因病入院的事。妻得信后虽很耽心,因为有一子正在病着,还有着正在哺乳的小儿,不能分身,不得已叫顶大的儿子到耐普尔斯来探望父亲。——家里都称为爸爸。少年是天明动身,步行了三十里的长途,才到了这里的。

管门的把信大略瞥了一眼,就叫了一个看护妇来,托她领了少年进去。

"你父亲叫甚么名氏？"看护妇问。

少年恐病人已有了变故，一壁暗地焦急狐疑，一壁震栗着说出他父亲的姓名来。

看护妇一时记不起他所说的姓名，再问：

"是从外国回来的老年职工吗？"

"是的，职工呢原是职工，老是未十分老的，新近才从外国回来哩。"少年说时越加耽心。

"几时入院的？"

"五日以前。"少年看了信上的日期说。

看护妇暂时记忆了一会，突然好像记起了的样子，说："是了，是了，在第四号病室中一直那面的床位里。"

"病得很利害吗？怎样？"少年焦急了问。

看护妇目注视着少年，不回答他，但说："跟了我来！"

少年跟看护妇上了楼梯，到了长廊尽处一间很大的病室里，其中病床分左右二排列着。"请进来，"看护妇说。少年鼓着勇气进去，但见左右的病人都青了脸骨瘦如柴地卧着。有的闭着眼，有的向上凝视，又有小孩似地在那里哭泣的。薄暗的室中，充满了药气，两个看护妇拿了瓶匆匆忙地东西循环走着。

到了室的一隅，看护妇立住在病床的前面，扯开了床幕，说："就是这里。"

少年哭了出来，急把衣包放下，将脸靠近病人的肩头。一手去握那露出在被外的手。病人只是不动。

少年起立了看着病人的状态又哭泣起来。这时，病人忽然把眼张开，注视着少年，似乎有些知觉了，可是仍不开口。病人很瘦，看去几乎已认不出是他的父亲不是，发也白了，胡须也长了，脸孔肿胀而青黑，好像皮肤要破裂似的。眼睛缩小了，嘴唇也加厚了，差不多全不像父亲平日的样子，只有面孔的轮廓和眉间，还似乎有些像父亲。呼吸已只有微微的一点。少年叫说：

"爸爸！爸爸！是我呢，不知道吗？是西西洛（Cicillo）呢！母亲自己不能来,叫我来迎接你的。请你向我看。你不知道吗? 说句话给我听听啊!"

病人对少年看了一会,又把眼闭拢了。

"爸爸! 爸爸! 你甚么了? 我就是你儿子西西洛啊!"

病人仍不动,只是苦苦地呼吸着。少年哭泣着把椅子拉了拢去坐着等待。眼睛牢牢地注视他父亲。他想:"医生想快来了,那时就可知道详情罢。"一面又独自悲哀地沈思,想起父亲种种的事体来,去年送他下船,在船上分别的光景,他说赚了钱回来,全家一向很欢乐地等待着的情形,接到病信后的母亲的悲愁,以及父亲死去的状态等,都一一想起,父亲死后,母亲穿了丧服和一家哭泣的样子,也在心中浮出了。正沈思间,觉有人用手轻轻地拍他的肩膊,惊着去看时,原来是看护妇。

"我父亲甚么了?"他很急地问。

"这是你的父亲吗?"看护妇亲切地反问。

"是的,我来服伺他的,我父亲患的甚么病?"

"不要耽心,医生就要来了。"她说着去了,别的也不说甚么。

过了半点钟,铃声一响,医生和助手从室的那面来了,后面跟着两个看护妇。医生按了病床的顺序,一一地诊察,费去了不少的功夫。医生愈近拢来,西西洛觉得忧虑也愈重,终于诊察到了邻接的病床了。医生是个长身而背微屈的诚实的老人。西西洛不待医生过来,就立起了身。及医生走到他身旁,他就哭了起来。医生向他注视。

"这是这位病人的儿子,今天早晨从乡下来的,"看护妇说。

医生把一手搭在少年肩上,向病人俯伏了检查脉膊,手摸头额,又向看护妇问了经过状况。

"也没有甚么特别变动,仍照前调理他就是了。"医生对看护妇说。

"我父亲怎样?"少年鼓了勇气,咽着泪问。

医生又将手放在少年肩上:

"不要耽心! 脸上发了丹毒了。虽是很利害,但还有希望。请你当心服伺他! 有你在旁边,真是再好没有了。"

"但是,我和他说,他一些不明白呢。"少年呼吸急迫地说。

“就会明白罢，如果到了明天。总之，病是应该有救的，请不要伤心！”医生安慰他说。

西西洛还有话想问，只是说不出来，医生就走了。

从此，西西洛就一心服伺他爸爸的病了。别的原不会做，或是替病人整顿枕被，或是时常用手去摸病体，或是赶去苍蝇，或是呻吟的时候，去看病人的脸上，看护妇送汤药来时，就取了调匙代为灌喂。病人时时张眼看西西洛，可是好像仍不明白，不过每次注视他的时间，觉渐渐地长了些起来，西西洛用手帕遮住了眼哭泣的时候，病人总是凝视着他的。

这样过去了一天，到了晚上，西西洛拿两只椅子在室隅拼着当床睡了，天亮，就起来看护。这天病人的眼色，好像已有些省人事了，西西洛说种种安慰的话给病人听，病人在眼中似乎露出感谢的神情来。有一次，竟把口唇微动，好像要说甚么话，暂时昏睡了去，忽又张开眼来查寻看护他的人。医生来看过两次，说觉得好了些了。傍晚，西西洛把茶杯拿近病人嘴边去的时候，那唇间已露出微微的笑影。于是西西洛自己也高兴了些，和病人说种种的话。把母亲的事情，姊妹们的事情，以及平日盼望爸爸回国的情形等都说给他听，又用了深情的言语，劝慰病人。懂吗？不懂吗？这样自己疑怪的时候也有，但总继续地和他说。病人虽不懂西西洛所说的话，似乎因乐闻西西洛的笼着深情含着眼泪的声音，所以总是侧耳听着。

第二日，第三日，第四日，都这样过去了，病人的病势才觉得好了一些，忽而又变坏起来，反覆不定。西西洛尽了心力服伺，看护妇虽每日两次送面包或干酪来，也只略微吃些就算，除了病人以外，甚么都如不见不闻。像患者之中突然有危笃的人了，看护妇深夜跑来，访病的亲友聚在一处痛哭等一切病院中惨痛的光景，在他也竟不留意。每日每时，他只一心对着爸爸的病，无论是轻微的呻吟，或是病人的眼色略有变相，他都会心悸起来。有时觉得略有希望，可以安心，有时又觉得难免失望，如冷水浇心；左右使他陷入烦闷。

到了第五日，病人忽然沈笃起来了，去问医生，医生也摇着头，表示难望有救，西西洛倒在椅下啜泣，可以使人宽心的是病人病虽转重，似乎神智已清了许多。他热心地看着西西洛,且露出欢悦的脸色来,不论药物饮食,别人喂他都不肯吃,除了西西洛。有时口唇也会动,似乎想说甚么。西西洛当病人如此时,就去扳住他的手,很快活地这样说:

"爸爸! 好好地,就快痊愈了! 就要回到母亲那里去了! 快了! 好好地!"

这日下午四时光景,西西洛依旧在那里独自流泪,忽然听见室的外侧有足音。

"阿姐! 再会!"同时又听见这样的话声。这话声使西西洛惊跳了起来,暂时勉强地把已在喉头的叫声抑住。

这时,一个手里缠着绑带的人走进室中来,后面有一个看护妇跟送着他。西西洛立在那里,发出尖锐的叫声,那人回头一看西西洛,也叫了起来:

"西西洛!"一壁箭也似地飞近拢去。

西西洛倒伏在他父亲的腕上,情不自遏地啜泣。

看护妇都围集拢来,大家惊怪。西西洛仍是泣着。父亲吻了儿子几次,又注视了那病人。

"呀! 西西洛! 这是那里说起! 你错到了别人那里了! 母亲来信说已差西西洛到病院来了,等了你好久不来,我不知怎样地耽忧啊! 啊! 西西洛! 你几时来的? 为甚么会有这样的错误? 我已经痊愈了,母亲好吗? 孔赛德拉呢? 小宝宝呢? 统怎样? 我现在正在退院哩! 大家回去罢! 啊! 天啊! 谁知道竟有这样的事!"

西西洛想说家里的情形,可是竟说不出话。

"啊! 快活! 快活! 我曾病得很危险了呢!"父亲说了不断地吻着儿子,可是儿子只立着不动。

"去罢! 到夜还可赶到家里呢。"说着,要想拉了儿子走。西西洛回视那病人。

"甚么? 你不回去吗?"父亲怪异了催促着。

西西洛又回顾病人,病人也张大了眼注视着西西洛。这时,西西洛不觉从心坎里流出这样的话来。

"不是,爸爸!请等我一等!我不能回去!那个爸爸啊!我在这里住了五日了,将他当作爸爸了的。我可怜他,你看他在那样地看着我啊!甚么都是我喂他吃的。他没有我,是不好的。他病得很危险,请等待我一会,我无论如何,今天是不能回去的。明天回去罢,等我一等。我不能弃了他走,你看,他在那样地看我呢!他不知是甚么地方人,我走,他就要独自一个人死在这里了!爸爸!暂时请让我再留在这里啊!"

"好个勇敢的孩子!"周围的人都齐声说。

父亲一时决定不下,看看儿子,又去看看那病人。问周围的人:"这人是谁?"

"也是个同你一样的乡间人,新从外国回来,恰和你同日进院的。送到病院来的时候,已甚么都不知道,话也不会说了。家里的人大概都在远处,他将你的儿子当着自己的儿子呢。"

病人仍是看着西西洛。

"那末,你留在这里罢。"父亲向他儿子说。

"也不必留长久了呢。"看护妇低声了说。

"留着罢!你真亲切!我先回去,好叫母亲放心。这两块钱给你作零用。那末,再会!"说毕,吻了儿子的额,就出去了。

西西洛回到病床旁边,病人似乎就安心了。西西洛仍旧从事看护,哭是已经不哭了,热心与忍耐仍不减于从前。递药呀,整理枕被呀,手去抚摸呀,用言语安慰他呀,从日到夜,一直陪侍在旁。到了次日,病人渐渐危笃,呻吟苦闷,热度骤然加增。傍晚医生来诊,说今夜恐怕难过。西西洛越加注意,眼不离病人:病人也只管看着西西洛,时时动着口唇,像要说甚么话。眼色有时也很和善,只是眼瞳渐渐缩小而且昏暗起来了。西西洛那夜彻夜服侍他,天将明的时候,看护妇来,一见病人的光景,急忙跑去。过了一会,助手就带了看护妇来。

"已在断气了。"助手说。

西西洛去握病人的手,病人张开眼向西西洛看了一看,就把眼闭了。

这时,西西洛觉得病人在紧握他的手,喊叫着说:"他紧握着我的手呢!"

助手俯身下去观察病人，不久即又仰起。

看护妇从壁上把耶稣的十字架像取来。

"死了!"西西洛叫着说。

"回去罢，你的事完了。你这样的人是有神保护的，将来应得幸福，快回去罢!"助手说。

看护妇把窗上养着的堇花取下交给西西洛：

"没有可以送你的东西，请拿了这花去当作病院的纪念罢!"

"谢谢!"西西洛一手接了花，一手拭眼。"但是，我要走远路呢，花要枯掉的。"说着将花分开了散在病床四周：

"把这留了当作纪念罢! 谢谢，阿姐! 谢谢，先生!"又向着死者：

"再会! ……"正出口时，忽然想到如何称呼他？踌躇了一会，那五日来叫惯了的称呼，不觉就脱口而出：

"再会! 爸爸!"说着取了衣包，忍住了疲劳，倦倦地慢慢地出去。天已亮了。

铁工场　十八日

泼来可西昨晚来约我去看铁工场，今天和父亲出去的时候，父亲就领我到泼来可西父亲的工场里去。我们将到工场，见卡洛斐抱了个包从内跑出，衣袋里仍是藏着许多东西，外面用外套罩着。哦! 我知道了，卡洛斐时常用炉屑去掉换旧纸，原来是从这里拿了去的! 走到工场门口，泼来可西正坐在瓦砖堆上，把书摆在膝上用功呢。他一见我们，就立起招呼引导。工场宽大，里面到处都是炭和灰，还有各式各样的锤子、夹子、铁棒及旧铁等类的东西。屋的一隅燃着小小的炉子，有一少年在拉风箱。泼来可西的父亲站在铁砧面前，别一年青的汉子正把铁棒插入炉中。

那铁匠一见我们，去了帽：

"难得请过来，这位就是送小火车的哥儿! 想看看我的作工的罢，就做给你看。"说着微笑。以前的那种怕人的神气，凶恶的眼光，已经没有了。年青的汉子一将赤红的铁棒取出，铁匠就在砧上敲打起来。所做的是栏杆中的曲干,用了大大的锤,把铁各方移动,各方敲打。一瞬间,那铁棒就弯成花瓣模样,其手段的纯熟,真可佩服。泼来可西很得意似地向我们看,好像是在说:"你们看! 我的父亲真能干啊!"

铁匠把这作成以后,擎给我们看:

"如何? 哥儿! 你可知道做法了罢?"说着把这向旁安放,另取新的铁棒插入炉里。

"做得真好!"父亲说。"你如此劳动,已恢复了从前的元气了罢?"

铁匠略红了脸,拭着汗:

"已能像从前一样地一心劳动了。我的能改好到这地步,你道是谁的功劳?"

父亲似乎一时不了解他的问话,铁匠用手指着他自己的儿子:

"全然托了这家伙的福! 做父亲的只管自己喝酒,像待狗样地恶待他,他却用了功把父亲的名誉恢复了! 我看见那赏牌的时候——喂! 小家伙! 走过来给你父亲看看!"

泼来可西跑近父亲身旁,铁匠将儿子,抱到铁砧上,携了他的两手说:

"喂! 你这家伙! 还不把你父亲的脸揩拭一下吗?"

泼来可西去吻他父亲墨黑的脸孔,自己也惹黑了。

"好!"铁匠说着把儿子重新从砧上抱下。

"真的! 这真好哩! 泼来可西!"我父亲欢喜地说。

我们辞别了铁匠父子出来,泼来可西跑近我,说了一句"对不起!"一壁将一束小钉塞入我的口袋里。我约泼来可西于"谢肉节"到我家里来玩。

到了街路上,父亲和我说:

"你曾把那火车给了泼来可西,其实,那火车即使用黄金制成,里面装满了珍珠,对于那孩子的孝行,还嫌是很轻微的赠品呢!"

小小的卖艺者　二十日

谢肉节快过完了,市上非常热闹。到处的空地里都搭着戏法或说书的棚子。我们的窗下，也有一个布棚，从威尼斯来的马戏班，带了五匹马在这里卖艺。棚设于空地的中央，棚的一旁停着三部马车。卖艺的睡觉、打扮，都在这车里。竟好像是三间房子，不过附有轮子的罢了。马车上各有窗子，又各有烟突，不断地出着烟。窗间晒着婴儿的衣服，女人有时抱了婴孩哺乳，有时弄食物，有时还要走绳。可怜！平常说起变戏法的，好像不是人，其实，他们把娱乐供给人们，很正直地过着日子哩！啊！他们是何等勤苦啊！在这样的寒天，终日只着了一件汗衣在布棚与马车间奔走。立着身子吃一口或两口的食物，还要等休息的时候。棚里观客集拢了以后，如果一时起了风，把绳吹断或是把灯吹黑，一切就都完了！他们要付还观客的戏资，谢去观客，再连夜把棚子修好。这班戏法班中有两个小孩。其中小的一个，在空地里行走的时候，我父亲看见他，知道就是这班班头的儿子，去年在维多利亚·爱马努爱列馆，乘马卖艺，我们曾看见过他的。已经大了许多了，大约八岁是有了罢，他生着聪明的圆脸，墨黑的头发，在圆锥形的帽子外露出。小丑打扮，上衣的袖子是白的，衣上绣着黑的花样，足上是布鞋子。那真是一个快活的小孩，大家都喜欢他，他什么都会做。早晨起来披了围巾去拿牛乳呀，从横巷的暂租的马房里牵出马来呀，管婴孩呀，搬运铁圈、踏凳、棍棒及线网呀，扫除马车呀，点灯呀，都能够。闲空的时候呢，却只是缠在母亲身边。我父亲时常从窗口去看他，只管说起关于他的话。他的两亲似乎有许多地方也不像下等人，据说很爱他的。

晚上，我们到棚里去看戏法，这天颇寒冷，观客不多。可是那孩子要想使这少数的观客欢喜，非常卖力。或从高处飞跳下地来，或拉住马的尾巴，或独自走绳，且在那可爱的黑脸上浮了微笑唱歌。他父亲著了赤色的小衣和白色的裤子，穿了长靴，拿了鞭，看着自己的儿子玩把戏，脸上似乎带着悲容。

我父亲很替那小孩子可怜，第二天，和来访的画家代利斯（Delis）谈起：

"他们一家真是拼命地劳动着，可是生意不好，很困苦着罢！尤其是那个孩子，我很欢喜他。可有什么帮助他们的方法吗？"

画家拍着手:

"我想到了一个好方法了! 请你写些文章投寄《格射谛报》(Gazette),你是个能做文章的,可将那小艺人的绝艺巧妙地描写出来,我来替那孩子画肖像罢。《格射谛报》是没有人不看的,他们的生意一定立刻会发达哩。"

于是,父亲执了笔作起文来,把我们从窗口所看见的情形等,很有趣地、很动人地写了;画家又画了一张与真面目无二的肖像,登入《土曜晚报》。居然,第二日的日戏,观众大增,场中几乎没有立足的地方。观客手里都拿着《格射谛报》,有的示给那孩子看,孩子欢喜得东西狂跳,班头也大欢喜,因为他们的名氏一向不曾被登入报里过。父亲坐在我的旁边,观客中很有许多相识的人,近马的入口,有体操先生立着,就是那曾居过格里波底将军部下的。我的对面,"小石匠"翘着小小的圆脸孔,靠在他那大大的父亲身旁。一看见我,立刻装出兔脸来。再那面点,卡洛斐在着,他屈了手指在那里计算观客与戏资的数目哩。靠我们近旁,那可怜的洛佩谛倚在他父亲炮兵大尉身上,膝间放着拐杖。

把戏开场了。那小艺人在马上、踏凳上、绳上,演出各样的绝技。他每次飞跃下地,观客都拍手,还有去摸他的小头的,别的艺人,也交换地献出种种的本领,可是观客的心目中都只有他,他不出场的时候,观客都像很厌倦似的。

过了一会,在马的入口的近处立着的体操先生,靠近了班头的耳朵,不知说了些什么又寻人也似地把眼四顾,终而向着我们看。大约他在把新闻记事的投稿者是谁报告班头罢。父亲似乎怕受他们感谢,对我说:

"安利柯! 你在这里看罢,我到外面等你。"出场去了。

那孩子和他父亲谈说了一会,又来献种种的技。立在飞奔的马上,装出参神、水手、兵士及走绳的样子来,每次经过我面前时,总向我看。一下了马,就手执了小丑的帽子在场内环走,观客有的投钱在里面,也有投给果物的,我正预备着两个铜元,想等他来时给他,不料他到了我近旁,不但不把帽子擎出,反缩了回去,只目注视着我走过去了。我很不快活,心想,他为什么如此呢?

把戏完毕,班头向观客道谢后,大家都起身拥出场外。我被挤在群众中,正出场门的时候,觉有人触我的手。回头去看,原来就是那小艺人。小小的黑脸孔上垂着黑发,向我微笑,手里满捧了果子。我见了他那样子,方才明白他的意思。

"你不肯稍为取些果子吗?"他用了他的土音说。

我点了点头,取了二三个。

"请让我吻你一下!"他又说。

"请吻我两下!"我抬过头去,他用手拭去了自己脸上的白粉,把腕勾住了我的项颈,在我颊上接了两次吻,且说:

"这里有一个请带给你的父亲!"

"谢肉节"的末日 二十一日

今天假装行列通过,发生了一件非常悲惨的事情,幸而结果没有什么,不曾成功了意外的灾祸。桑·卡洛(San Carlo)的空地中,聚集了不知多少的用赤花、白花、黄花装饰着的人。各色各样的假装队来来往往巡游,有装饰成棚子的马车,有小小的舞台,还有乘着小丑、兵士、厨司、水手、牧羊妇人等的船,混杂得令人看都来不及看。喇叭声、鼓声,几乎要把人的耳朵震聋。马车中的假装队,或饮了酒跳跃,或和行人及在窗上望着的人们攀谈。同时,对手方面也竭力发出大声来回答,有的投掷橘子、果子给他们。马车上及群众的头上,只看见飞扬着的旗帜,闪闪发光的帽子,颤动的帽羽,及摇摇摆摆的厚纸盔。大喇叭呀,小鼓呀,几乎闹得天翻地覆。我们的马车入空地时,恰好在我们前面有一部四匹马的马车。马上都带着金镶的马具,且用纸花装饰着。车中有十四五个绅士,扮成法兰西的贵族,穿着发光的绸衣,头上戴着白发的大假面和有羽毛的帽子,腰间挂着小剑,胸间用花边、苏头等装饰着。样子很是好看。他们一齐唱着法兰西歌,把果子投掷给群众,群众都拍手喝彩起来。

这时,突然有一个男子从我们的左边来,两手抱了一个五六岁的女孩,高高地擎出在群众头上。那女孩可怜已哭得不成样子,全身起着痉挛,两手颤栗着。男子挤向绅士们马车旁去,见车中一个绅士把身前屈

来注目他,他就大了声叫说:

"替我接了这小孩,这是一个迷了路的。请你将她高擎起来,母亲大概就在这近旁罢,就会寻着她罢。除此也没有别的方法了!"

绅士抱过小孩去,其他的绅士们也不再唱歌了。小孩拼命地哭着,绅士把假面除了,马车缓缓地前进。

事后听说:这时空地的那面,有一个贫穷的妇人,发狂也似地向群众中挤来挤去,哭着喊着:

"玛利亚!玛利亚!我不见了女儿了!被拐了去了!被人踏死了!"

这样狂哭了好一会,被挤在群众之中,只是来往焦躁。

车上的绅士,将小孩抱住在他用花边、苏头装饰着的胸怀里,一壁眼向四方环看,一壁逗诱着小孩,小孩不知自己落在什么地方了,只用手遮住了脸,啜泣得几乎要把小胸膛裂破。这啜泣声似乎很打击了绅士的心了,把绅士恼得手足无措。其余的绅士们想把果子、橘子等给与小孩,幼儿却用手推拒,愈加哭泣得利害起来。

绅士向着群众叫说:"替我找寻那做母亲的!"大家都向四方留心,总不见有像她母亲的人。一直到了罗马街,始看见有一个妇人向马车方面追赶过来。啊!那时的光景,我永远不会忘记的!那妇人已不像个人相,发也乱了,脸也歪了,衣服也破了,喉间发一种怪异的声音,——差不多分辨不出是快乐的声音还是苦闷的声音来,奔近车前,突然伸出两手想去抱那小孩,马车于是停止了。

"在这里呢。"绅士说了将小孩吻了一下,递给他母亲手里。母亲狂也似地抱过去贴紧在胸前,可是小孩的双手还放在绅士的手里。绅士从自己的右手上脱下一个镶金刚石的指环来,很快地套在小孩指上:

"将这给了你,当作将来的嫁装罢。"

那做母亲的呆了,化石般立着不动。群众的喝彩声,四面八方都响起来了,绅士于是重新把假面戴上,同伴的又唱起歌来,马车徐徐地从拍手喝彩声中移动了。

盲孩　二十四日

我们的先生大病,五年级的先生来代课了。这位先生以前曾经做过盲童学校里的教师,是学校当中年纪最大的先生。头发的白,几乎像棉花作成的假发,说话的调子很妙,好像在唱着悲歌。可是,讲话很巧,并且熟悉种种的世事。一入教室,看见一个眼上缚着绷带的小孩,就走近他的身旁去,问他患了什么。

"眼睛是要注意的!我的孩子啊!"这样说。于是代洛西问先生:

"听说先生曾做过盲童学校里的先生,真的吗?"

"呃,曾做过四五年。"

"可以将那里的情形讲给我们听听吗?"代洛西低了声说。

先生归到自己的位上了。

"盲童学校在维亚尼塞街哩。"可莱谛大声地说。

先生于是静静地开口了:

"你们说'盲童,盲童',好像很是平常。你们能真懂得'盲'字的意味吗?请想想看,盲目!什么都不见,昼夜也不能分别,天的颜色,太阳的光,自己父母的面貌,以及在自己周围的东西,自己手所碰着的东西,一切都不能看见。说起来竟好像一出世就被埋在土里,永久住在黑暗之中的样子。啊!你们暂时眼睛闭住了看!并想像想像终身都非这样不可的情境看!如此你们就会觉得心里难过起来,可怕起来罢!觉得无论怎样也忍耐不住,要哭泣起来,或是发狂而死了罢!虽然如此,你们初到盲童学校去的时候,在休息时间中,可看见盲童在这里那里弄梵和琳呀,奏笛呀,大踏步地上下楼梯呀,在廊下或寝室奔跑呀,大声地互相谈说呀,你们也许觉得他们的境遇,并不怎样不幸罢。其实,真正的情况,非用心细察,是不会明白的。他们在十六七岁的一期中,很多意气旺盛的少年,好像不甚以自己的残废为苦痛的。可是,我们见了他们那种高慢自矜的神情,愈可知道到他们将来觉悟自己的不幸中间,他们要经过多少的难过啊!其中也有可怜地青着脸,似乎已觉悟到了自己的不幸的人,他们虽已觉悟,但总现出悲相,我们一定可以想见他们有暗泣的时候的。啊!诸君!这里面有只患了二三日的眼病就盲了的,也有经过几年的病苦,受了可怖的手术,终于盲了的。还有,出世就盲的,这竟像是生于夜的世界,完全如生活在大坟墓之中。他们不曾见过人的脸是怎样。你们试想：他们一想到自己与别人的差别，自己问自己，'为甚么有差别？啊！如果我们眼睛是亮的……'的时候，将怎样苦闷啊！怎样烦恼啊！

"在盲童中生活过几年的我，记得出永远闭锁着眼的无光明无欢乐的那些小孩们。现在见了你们，觉得你们之中无论那一个，都不能说是不幸的。试想：意大利全国有二万六千个盲人啊！就是说，不能见光明的有二万六千人啊！知道吗？如果这些人作了行列，在这窗口通过，要费四点钟光景哩！"

先生到此把话停止了。教室立刻肃静。代洛西问："盲人的感觉，说是比一般人灵敏，真的吗？"

先生说：

"是的，眼以外的感觉是很灵敏的。因为无眼可用，多用别的感觉来代替眼睛，当然是会特别熟练了。天一亮，寝室里的一个盲童就问。'今天有太阳罢？'那最早著好了衣服的即跑出庭中，用手在空中查察日光的有无以后，跑回来回答问的说：'有太阳的。'盲童还能听了话声辨别出说话的人的长矮来。我们平常都是从眼色上去看别人的心，他们却能因了声音就会知道。他们能把人的声音记忆好几年，一室之中，只要有一个人在那里说话，其余的人虽不作声，他们也能辨别出室中的人数来。他们能碰着食匙就知其发光的程度，女的孩子则能分别染过的毛线与不染过的毛线。排成二列在街上行走的时候，普通的商店，他们能因了气味就知道，鸽子旋着的时候，他们只听了那呜呜的声音，就能一直过去取在手里。他们能旋环子，跳绳，用小石块堆筑家屋，采堇花，用了各种的草很巧妙地编了做席或篮子。——他们的触觉练习这样敏捷，触觉就是他们的视觉。他们最喜探摸物的形状。领他们到了工业品陈列所去的时候，那里是许可他们摸索一切的，他们就热心地奔去捉摸那陈列的几何形体呀，房屋模型呀，乐器等类，用了惊喜的神气，从各方面去抚摸，或是把他翻身，探测其构造的式样！在他们叫做'看'。"

卡洛斐插言，把先生的话头打断，问盲人是否真的工于计算的。

"真的啰。他们也学算法与读法。读本也有，那文字是突出在纸上的，他们用手摸了去读，读得很快呢！他们也能写，不用墨水，用针在厚纸上刺成小孔，因了那小孔的排列式样，就可代表各个字母。只要把厚纸翻身，那小孔就突出在背后，可以摸着读了。他们用此作文、通信、数字，也用这方法写了来计算。他们心算很巧，这因为眼睛一无所见、心专一了的缘故。盲孩读书很热心，一心把他记熟，连小小的学生，也能就历史、国语上的事情，大家相互议论。四五个人在长椅上坐了，彼此目不见谈话的对手在那里，第一位与第三位做了一组，第二位与第四位又成了一组，大家高了声间隔地同时谈话，一句都不会误听。"

"盲童比你们更看重试验，又与先生也很亲热。他们能因了步声与气味，认识先生。只听了先生一句话，就能辨别先生心里是高兴或是懊恼。先生称赞他们的时候，都来扳着先生的手或臂，高兴喜乐。他们在同伴中友情又极好，总在一处玩耍。在女子的学校中，是因了乐器的种类自集团体的，有什么梵和琳组、披亚拿组、箫笛组，各自集在一处玩弄，要使她们分离，不是容易的事。他们判断也正确，善恶的见解也明白，听到真正善行的话，会发出惊人的热心来。"

华梯尼问他们善于使用乐器与否。

"非常喜欢音乐，弄音乐是他们的快乐，音乐是他们的生命。才入学的小小的盲孩，已会直立了听三点钟光景的演奏，他们立刻就能学会，而且用了火样的热心去做。如果对他们说'你音乐不好啰！'他们就很失望，但因此更拼了命去学习了。把头后仰了，唇上绽着微笑，红了脸，笼了情，在那黑暗的周围中一心神往地听着谐和的曲调：见了他们那种神情，就可知音乐是何等神圣的慰安了。对他们说，你可成音乐家，他们就发出欢声露出笑脸来。音乐最好的——梵和琳拉得最好或是披亚拿弹得最好的人，被大家敬爱得如王侯。一碰到争执，就齐他那里，求他批判，在他那里学音乐的小学生，把他当作父亲看待，晚上睡觉的时候，大家都要对他说了'请安息！'才去睡。他们一味谈着音乐的话，夜间在床上固然，日间疲劳得要打盹的时候，也仍用了小声谈说乐剧、音乐的名人，乐器或乐队的事。禁止读书与音乐，在他们是最严重的罚，那时他们的悲哀，使人见了不忍再将那种的责罚加于他们。好像光明在我们的眼睛里是不能缺的东西一样，音乐在他们也是不能缺的东西。"

代洛西问我们可以到盲童学校里去看吗。

"可以去看的。但是你们小孩还是不去的好。到年岁大了能完全了解这不幸，同情于这不幸了以后，才可以去。那种光景是看了可怜的。你们只要走过盲童学校前面，常可看见有小孩坐在窗口，一点不动地浴着新鲜空气。平常看去，好像他们正在眺望那宽大的绿野或苍翠的山峰呢，然而一想到他们是什么都不能见，永远不能见这美的自然，这时你们的心就会好像受了压迫，觉得这时你们自己也成了盲人了的罢。其中，生出就盲了的，因为开始就未曾见过世界，苦痛也就不多。至于二三月前新盲了目的，心里记着各种事情，明明知道现在都已不能再见了，并且那心中的所记着可喜的印象，逐日地消退下去，自己所爱的人的面影，渐渐退出记忆之外，就觉得自己的心一日一日地黑暗了。有一天，这里面有一个，非常悲哀地和我说：'就是一瞬间也好，让我眼睛再亮一亮，再看看我母亲的脸孔，我已记不清母亲的面貌了！'母亲们来望他们的时候，他们就将手放在母亲的脸上，从额以至下颐耳朵，处处抚摸，一壁还反复地呼着：'母亲！母亲！'见了那种光景，不拘怎样心硬的人，也不能不流了泪走开的！离开了那里，觉得自己的眼睛能看，实是例外的事；觉得能看得见人面、家屋、天空，是过分的特权了。啊！我料想你们见了他们，如果能够，谁都宁愿分出一部分自己的视力来，给那全班可怜的——太阳不替他们发光，母亲不给他们脸面看的孩子们的吧！"

病中的先生　二十五日

今日下午从学校回来，顺便去望先生的病。先生是因过劳了身体病了的。每日授五小时的课，运动一小时，再去夜学校担任功课二小时，吃饭只是草草地吞咽，从朝到晚一直劳动着没有休息，所以把身体弄坏了，这些都是母亲说给我听的情形。母亲在先生门口等我，我一个人进去，在楼梯里看见黑发的考谛先生，就是那但哄吓小孩，从不加罚的先生。他张大了眼看着我，毫无笑容地用了狮子样的声音说可笑的话，我觉得可笑，一直到四层楼去按门铃的时候还是笑着。仆人引我入那狭小阴暗的室里去，我才停止了笑。先生现在室内卧着，他卧在铁制的床上，胡须

长得深深地，一手遮在眼旁，看见了我，就用了笼着深情的声音说：

"啊！安利柯吗？"

我走近床前，先生一手搭在我的肩上：

"来得很好！安利柯！我已病得这样了！学校里怎样？你们大家怎样？好吗？啊！我虽不在那里，先生虽不在那里，你们也可以好好地用功的，不是吗？"

我想回答说"不"，先生遮住了我的话头：

"是的，是的，你们都看重我的！"说着太息。

我眼看着壁上挂着的许多相片。

"你看见吗？"先生说给我听。"这都是二十年前得着的，都是我所教过的孩子呢。个个是好孩子。这就是我的纪念品，我预备将来死的时候，看着这许多相片断气，我的一生是在这班勇健淘气的孩子中过了的啰。你如果卒了业，也请送我相片罢！送我的吗？"说着从桌上取过一个橘子，给我塞在手里，说：

"没有甚么给你的东西，这是别人送来的。"

我凝视着橘子，不觉悲伤起来，自己也不知道为了甚么。

"我和你讲，"先生又说。"我还望病好起来，万一我病不好，望你用心学习算术，因为你算术不好。要好好地用功的啊！困难只在开始的时候，不能的事是决没有的，所谓不能，无非是用力不足的缘故罢了。"

这时先生呼吸迫促起来，神情很苦。

"发热呢！"先生太息了说。"我差不多没用了！所以望你将算术、将练习问题好好地用功！做不出的时候，暂时休息一下再做，要一一地做，但是不要心急！勉强是不好的，不要过于拼命！快回去罢！望望你的母亲！不要再来了！将来在学校里再见罢！如果不能再见面，你要将这爱着你的四年级的你的先生，时时记起的啊！"

我要哭了。

"把头伸些过来！"先生说了自己也从枕上翘起头来，在我发上接吻，且说："可回去了！"眼睛转向壁去看。我飞跑地下了楼梯，因为急于想投到母亲怀里去了。

街路　二十五日

今日你从先生家里回来的时候,我在窗口望你。你碰撞了妇人了。走街路是最要当心的呀!在街路上也有我们应守的义务,既然知道在家样子要好,那末在街路也是同样。街路就是万人的家呢!安利柯!不要把这忘了!遇见老人,贫困者,抱着小孩的妇人,拄着拐杖的跛脚,负着重物的人,穿着丧服的人,总须亲切地把路让过。我们对于衰老、不幸、残废、劳动、死亡和慈爱的母亲,应表示敬意。见人将被车子碾轧的时候,如果那是小孩,应去救援他;是大人的时候,应注意关照他。见有小孩独自在那里哭,要问其原因;见老人落了杖,要替他拾起。有小孩在相打,替他们拉开,如果那是大人,不要近拢去。暴乱人们的相打是看不得的,看了自己也不觉会残忍起来了。有人被警察吊着了走过的时候,虽然有许多人集在那里看,但也不该加入张望,因为那人或是冤枉被吊,也说不定的。如果有病院的界床正在通过,不要和朋友谈天或笑,因为在界床中的或是临终的病人,或竟是葬式,都说不定。明天,自己家里或许也要有这样的人哩!遇着排成二列走的养育院的小孩,要表示敬意。——无论所见的是盲人,是驼背者的小孩,是孤儿,或是弃儿,都要想到此刻我眼前通过的的,不是别的,是人间的不幸与慈善。如果那是可厌可笑的残废者,装作不看见就好了。路上有未息的火柴梗,应随即踏熄,因为那是弄得不好,要酿成大事,伤人生命的东西。有人问你路,你应亲切而仔细地告诉他。不要见了人笑,非必要勿奔跑,勿高叫。总之,街路是应该尊敬的,一国国民的教育程度,因了街上行人的举动,最可看出,街上如果有不好的样子,家里也必定有同样的不好的情形的。

还有,研究市街的事,也很重要。自己所住着的城市,应该加以研究。将来不得已离去了这城市的时候,如果还能把那地方明白记忆,能一一把某处某处都记出来,这是何等愉快的事呢!你的生地,是你几年中的世界。你曾在这里,随着母亲学步,在这里学得第一步的知识,养成最初的情绪,求觅最初的朋友的。这地方实是生你的母亲,教过你,爱过

你,保护过你。你要研究这市街及其住民,而且要爱。如果这市街和住
民遭逢了侮辱,你是应该竭力防御的。

——父亲——

第六卷　三月

夜学校　二日

昨晚,父亲领了我去参观夜学校。校内已上了灯,劳动者渐渐从四面集来。进去一看,见校长和别的先生们正在大发其怒,据说,方才有人投掷石子,把玻璃窗打破了。校役奔跑出去,从人群中拖捉了一个小孩来。这时,住在对门的斯带地跑来说:

"不是他,我看见的。投掷石子的是勿兰谛。勿兰谛曾对我说:'你如果去告诉,我不干休你!'但我不怕他。"

校长先生说勿兰谛非除名不可。这时,劳动者已聚集了二三百人。我觉得夜学校真有趣,有十二岁光景的小孩,有才从工场回来留着胡须而拿书本笔记簿的大人,有木匠,有黑脸的火夫,有手上惹了石灰的石匠,有发上满着白粉的面包店里的徒弟,漆的气息,皮的气息,鱼的气息,油的气息,——一切职业的气息都有。还有,炮兵工厂的职工,也著了军服样的衣服,大批地由伍长率领着来了。大家都急忙觅得了座位,俯了头就用起功来。

有的翻开了笔记簿到先生那里去求说明,我见那个平常叫作"小律师"的穿美服的先生,正被四五个劳动者围牢了用笔改削着什么。有一个染店里的人,把笔记簿用赤色、青色颜料装饰了来,引得那跛足的先生笑了。我的先生病已愈了,明日就可依旧授课,晚上也在校里。教室的门是开着的,由外面可以望见一切。上课以后,他们眼睛都不离书本,那种热心,真使我佩服。据校长说,他要想不迟时刻,大概都不吃正式晚餐,甚至于有空了腹来的。

可是,那年纪小的经过半时间光景,就要伏在桌上打盹,有一个竟将头靠在椅上睡去了。先生用笔杆触动他的耳朵,使他醒来。大人都不打瞌睡,只是目不转瞬地张了口注意功课。见了那种有须了的人,坐在我们的小椅子上用功,真使我感动。我们又上楼去到了我一级的教室门口,见我的坐位上坐着一位胡须很多的手上缚着绷带的人。大概是在工场中被机器伤了手的罢,慢慢地正在写着字呢。

最有趣的,是那"小石匠"的长大的父亲,他满满地就坐在"小石匠"的坐位上,把手托着颐,一心地在那里看书。这不是偶然的。据说,他第一夜到校里来,就和校长商量:

"校长先生! 请让我坐在我们'兔头'的位子里罢!"他无论何时都称儿子为"兔头"的。

父亲一直陪我看到课毕。才走去到了街上,见妇人们都抱了儿女等着丈夫从夜学校出来。在学校门口,丈夫从妻手里抱过儿女去,把书册笔记簿交给妻的手里,大家一齐回家。一时街上满了人声,过了一会,即渐渐静去,最后只见校长的高长瘦削的身影,向前面消失了去。

相打　五日

这原是意中事:大约勿兰谛因为被校长命令退学,想对斯带地报仇,有意在归路上等候斯带地的。斯带地是每日到大街的女学校去领了妹子回家的,雪尔维姊姊一走出校门,见他们正在相打,就吓慌了逃回家里。情形是这样:勿兰谛把那蜡布的帽子歪戴在左耳旁,蹑赶在斯带地的后面,故意把他妹子的头发向后猛拉,他妹子几乎仰跌到地,就哭叫了起来。斯带地急回头去,见是勿兰谛,那神气好像在说"我比你大得多,你这家伙是不敢作声的,如果你说甚么,就把你打倒"的样子。

不料,斯带地却毫不恐怕,他虽小的,竟跳过去攫住敌人,举拳打去。但是,还没有打着,反给敌人回打了一顿,这时街上除了女学生外没有别人,没有人前去把他们拆开。勿兰谛把斯带地翻倒地上,乱打乱踢,一瞬间斯带地耳朵也破了,目也肿了,鼻中流出血来。虽然这样,斯带地仍不屈服,怒骂着说:

"要杀就杀,我总不饶你!"

两人或上或下,互相扭打。一个女子从窗口叫说:"但愿小的那个胜!"别的也叫说:"他是保护妹子的,打呀! 打呀! 打得再利害些!"又骂勿兰谛:"欺侮这弱者! 卑怯的东西!"勿兰谛狂也似地扭着斯带地。

"服了吗?"

"不服!"

"服了吗?"

"不服!"

忽然,斯带地掀起身来,拼了命扑向勿兰谛,用尽了力,把勿兰谛抑倒在阶石上,自己在上面骑着。

"啊! 这家伙带着小刀呢!"旁边一个男子叫着,跑过来想夺下勿兰谛的小刀。斯带地愤怒极了,忘了自己,这时已经用了双手把敌人的手臂捉住,咬他的手,小刀也就落下。勿兰谛在手上流出血来,恰好有许多人集合了把二人拉开,勿兰谛狼狈遁去了。斯带地满脸都是伤痕,一目漆黑,一面又带着战胜的矜夸,立在哭着的妹子身旁。有二三个女小孩替他拾着散落在街上的书册和笔记簿。

"能干! 能干! 保护了妹子了。"旁人说。

斯带地把革袋看得比相打的胜利还重。将书册笔记簿等一一查检,看有没有遗失或破损的。用袖把书拂过,又把钢笔的数目点过,仍旧藏在原来地方。然后像平常的态度,向妹子说:

"快回去罢! 我还有一问算术未演出哩!"

学生的父母 六日

斯带地的父亲,恐自己的儿子再有遇见勿兰谛那样的事,今天特来迎接。其实,勿兰谛已经被送入感化院去,不会再出来了。

今天学生的父母来的很多。可莱谛的父亲也到,容貌很像他儿子,是个瘦小敏捷、头发挺硬的人,上衣的纽孔中带着勋章。我差不多已把学生的父母个个都认识了,有一个弯了背的老妇人,领了在二年级的孙子,不管下雨下雪,每日总到学校里来走四次。替孩子著外套呀,脱外套呀,整好领结呀,拍去灰尘呀,整理笔记簿呀。在这位老妇人,恐怕是除了这孙子以外,对于世界,已经没有别的想念了罢。还有,那被马车碾伤了脚的洛佩谛的父亲炮兵大尉,也是常来的。洛佩谛的朋友于回去时去抱洛佩谛,他父亲就去返抱他们,当作还礼。如果那是著粗衣服的贫孩更非常爱惜，向着他们道谢。

其中，也有很可怜的事：有一个绅士，原是每日领了儿子们来的。他因为一个儿子死了，一个月来，只叫女仆代理伴送。昨天偶然来校里来，见了亡儿的朋友，躲在屋角里用手掩面哭泣了起来，被校长看见，就拉了他的手同到校长室里去了。

父母之中，有的能全数记着自己儿子朋友的名氏。间壁的女学校或中学校的学生们，也有领了自己的弟弟来的。有一位以前曾做过大佐的老绅士，见学生们有书册笔记簿掉落，就代为拾起。又在校里，时常看见有衣服华美的绅士们和头上包着手巾或是手上拿着篮的人，共谈着校里的事情，说甚么：

"这次的算术题目烦难哩！"

"那个文法课今天是教不完了。"

同级中一有生病的学生，大家就都知道。病一全愈，大家就都欢喜。今天那克洛西的卖野菜的母亲身边，围立着十个人光景的绅士及职工，探问和我弟弟同级的一个孩子的病状。这孩子就住在卖菜的附近，正生着危险的病呢。在学校里，无论什么阶级的人，都成了平等的友人了。

七十八号的犯人　八日

昨天午后，见了一件可感动的事。这四五天来，那个卖野菜的妇人遇到代洛西，总是用了爱敬的眼色注视他。这因为代洛西自从知道了那七十八号犯人和墨水瓶的事，就爱护那卖野菜的妇人的儿子克洛西——那个一手残废了的赤发的小孩——在学校里的时候替他帮忙，指教他所不知道的，或是送他铅笔及纸类。代洛西对于他父亲的不幸，很是感动，所以把他像自己的弟弟一般地爱待着。

卖野菜的母亲，这四五天中见了代洛西，总是钉了眼睛看他。这母亲是个善良的妇人，是只为儿子而生存着的。代洛西是个绅士的儿子，又是级长，竟能那样爱护自己的儿子，在她眼中看来，代洛西已成了王侯或是圣人样的人物了。每次注视了代洛西，好像有甚么话要说而又不敢出口的样子。到了昨天早晨，毕竟在学校门口把代洛西叫住了，这样说：

“哥儿,真对不起你!你把我儿子那样爱护,不肯收受我这穷母亲的纪念物吗?”说着从菜蓝里取出小小的果子盒来。

代洛西全身统红了,就明白地谢绝她说:

“请给了你自己的儿子罢!我是不受的。”

那妇人难为情起来了,支吾地辩解着说:

“这不是甚么了不得的东西,只是些微的方糖哩!”

代洛西仍旧摇着头说:“不。”

于是那妇人赧然地从篮里取出一束萝葡来:

“那末,请收了这个罢!这还新鲜哩——请送与你母亲!”

代洛西微笑着:

“不,谢谢!我甚么都不要。我愿尽力替克洛西帮忙,但是甚么都不受的。谢谢!”

那妇人很惭愧地问:

“你可是动气了吗?”

“不,不。”代洛西说了笑着就走。

那妇人欢喜得了不得,独语说:

“咿呀!从没见过有这样漂亮的好哥儿哩!”

这事总以为这样就完了,不料午后四时光景,做母亲的不来,他那瘦弱而脸上有悲容的父亲来了。他叫住了代洛西,好像觉到代洛西已经知道了他的秘密的样子,把代洛西只管注视,用了悄然的温和的声音和代洛西交谈:

“你爱护我的儿子,为甚么竟那样地爱护他呢?”

代洛西脸红得像火一样,他大概想这样说罢:

“我的爱他,因为他不幸的缘故。又因为他父亲是不幸的人,是忠实地偿了罪的人,是有真心的人的缘故。”可是究竟没有说这话的勇气。大约是因眼见着曾杀过人,曾住过六年监牢的犯人,心里不免恐惧了罢。克洛西的父亲似乎已觉到了这层,就附着代洛西的耳朵低声地说,说时他差不多是震栗着的:

“你大概是爱了我的儿子,而不欢喜我这做父亲的罢?”

"哪里，哪里！全没有那样的事。"代洛西从心底里这样叫了说。

于是，克洛西的父亲走近拢去，想用腕勾住代洛西的项颈，终于不敢这样，只是把手指插入那黄金色的头发里抚摸了一会。又眼泪汪汪地对着代洛西，将自己的手放在口上接吻，其意好像在说，这接吻是给你的。以后他就携了自己的儿子，急速地走了。

小孩的死亡　十三日

住在卖野菜的人家附近的那个二年级的小孩——我弟弟的朋友——死了。土曜日下午，代尔卡谛先生哭丧了脸来通知我们的先生。卡隆和可莱谛就自己请求抬那小孩的棺材。那小孩是个好孩子，上星期才受过赏牌，和我弟弟很要好，我母亲看见那孩子，总是要去抱他的。他父亲戴着有两条红线的帽子，是个铁路上的站役。昨天（日曜日）午后四时半，我们因送葬都到了他的家里。

他们是住在楼下的。二年级的学生已都由母亲们领带着，手里拿了蜡烛等在那里了。先生到的四五人，此外还有附近的邻人们。由窗口望去，赤帽羽的女先生和代尔卡谛先生在屋子里面啜泣，那做母亲的则大声地哭叫着。有两个贵妇人（这是孩子的朋友的母亲）各拿了一个花圈也在那里。

葬式于五时正出发。前面是执着十字架的小孩，其次是僧侣，再其次是棺材——小小的棺材，那孩子就住在里面！表面罩着黑布，上面饰着两个花圈，黑布的一方，挂着他此次新得的赏牌。卡隆、可莱谛与附近的两个孩子大家把棺材扛着。棺材的后面，就是代尔卡谛先生，她好像死了自己的儿子一样地哭，其次是别的女先生，再其次是小孩们。这里面很有许多是年幼的小孩，一手执了董花，很怪异地向着棺材看，一手由母亲携着，母亲们手里执着蜡烛。我听见有一小孩这样说：

"我不能和他再在学校里相见了吗？"

棺材刚出门的时候，从窗旁听到哀哀欲绝的泣声，那就是那孩子的母亲了。有人立刻把她扶进屋里去。行列到了街上，遇见排成二列走着的大学生，他们见了挂着赏牌的棺材和女先生们，都把帽子除下。

啊！那孩子挂了赏牌长眠了！他那红帽子，我已不能再见了！他原是很壮健的，不料四天中竟死了！听说：临终的那天，还说要做学校的宿题，曾起来过，又不肯让家里人将赏牌放在床上。说是要遗失的！啊！你的赏牌已经永远不会遗失了啊！再会！我们无论到甚么时候，总不会忘记你！安安稳稳地眠着啊！我的小朋友啊！

三月十四日的前一夜

今天比昨天更快活，是三月十三日！是一年中最有趣的维多利亚·爱马努爱列馆赏品授与式的前夜！并且，这次挑选捧呈赏状于官长的人物的方法，很是有趣。今天将退课，校长先生到教室里来：

"诸君！有一个很好的消息哩！"说着又叫那个格拉勃利亚少年：

"可拉西（Coraci）！"

格拉勃利亚少年起立，校长说：

"你愿明天做捧了赏状递给官长的职司吗？"

"情愿的。"格拉勃利亚少年回答说。

"很好！"校长说。"那末，格拉勃利亚的代表者也有了，这真是再好没有的事。今年市政所方面要想从意大利全国选出拿赏状的十几个少年，而且说要从小学校的学生里选出。这市中有二十个小学校和五所分校，学生共七千人。其中就是代表意大利全国十二区的孩子。本校所担任派出的是詹诺亚人和格拉勃利亚人，怎样？这是很有趣的办法罢。给你们赏品的是意大利全国的同胞，明天你们试看！十二个人一齐上舞台来的，那时是要大喝彩的啰！这几个虽则是少年，代表国家是和大人一样的。小小的三色旗，也和大三色旗一样，同是意大利的徽章哩！所以要大喝彩，要表示就是像你们这种小孩子们，在祖国神圣的面影前面，是燃着热忱的！"

校长这样说了去了，我们的先生微笑地：

"那末，可拉西做了格拉勃利亚大使了呢！"说得大家都拍手笑了。走出去到了街上，我们捉住了可拉西的脚，高高地将他扛起，大叫"格拉勃利亚大使万岁！"这并不是戏言，实是为要祝贺那孩子，用了好意说的。

因为可拉西平时为朋友们所喜欢的人。他笑了,我们扛了他到转弯路口,和一个有黑须的绅士撞了一下,绅士笑着,可拉西说:

"我的父亲哩!"我们听见这话,就把可拉西交给他父亲腕里,拉了他们向各处遍跑。

赏品授与式 十四日

二时光景,大剧场里人已满了。——池座、厢座、舞台上都是人。好几千个脸孔,有小孩、有绅士、有先生、有官员、有女人、有婴儿。头动着,手动着,帽羽、丝带(ribbon)、头发动着,欢声悦耳。剧场的内部,用白色和赤色、绿色的花装饰了,从池座上舞台去,左右有两个阶梯,受赏品的学生先从右边的一个上去,受了赏品,再从左边一个下来。舞台中央,排着一列的红色椅子,正中的一把椅子上挂着两顶月桂冠,后面就是大批的旗帜。稍旁边些的地方,有一绿色的小桌子,桌上摆着的,是用三色带缚了的赏状。乐队就在舞台下面的池座里,学校里的先生们的席,设在厢座的一角,池座正中,列着唱歌的许多小孩,后面及两旁,是给受赏品的学生们坐的,男女先生们为要安插他们,都东西奔走着。这许多学生的父母们都各挤在他们儿女的身旁,替他们儿女整理着头发或衣领。

我同我家里人大家进了厢座。见戴赤羽帽的年青的女先生在对面微笑,脸上把所有的笑靥都现出来了。她的旁边,我弟弟的女先生呀,那著黑衣服的"尼姑"呀,我二年级时候的女先生呀,都在那里。我的女先生苍白了脸,可怜,很咳嗽着呢。卡隆的大头,和靠在卡隆肩下耐利的金发头,都在池座里看见,再那面些,那鸦嘴鼻的卡洛斐已把印刷着受赏者姓名的单纸,搜集了许多了。这一定是拿去换什么的,到明天就可知道。入口的近旁,柴店里的夫妻都著了新衣领了可莱谛进来,可莱谛今天已把那平日的猫皮帽茶色裤等换去,全然打扮得像绅士,我见了不觉为之吃惊。那著线领襟的华梯尼的面影,曾在厢座中曾见到,过了一会,就立刻不见了。靠舞台的栏旁,人群中坐着那被马车碾跛了足的洛佩谛的父亲炮兵大尉。

二时一到,乐队开始奏乐。同时,市长、知事、判事及其他的绅士们,都著了黑服，从右边走上舞台，坐在正面的红椅子上。学校中教唱歌的先生，拿了指挥棒立在前面，池座里的孩子，因了他的信号一齐起立，一见那第二个信号，就唱起歌来。七百个孩子一齐唱着，真是好歌，大众都肃静地听着。那时静穆美朗的歌曲，好像教会里的赞美歌。唱完了，一阵拍手，接着又即肃静。赏品授与就此开始了。我三年级时的那个赤发敏眼的小身材的先生走到舞台前面来，预备着把受赏者的姓名朗读。大众都焦急地盼望那拿赏状的十二个少年登场，因为新闻早已把今年由意大利全国的各区选出的事情登载报告过了，所以从市长、绅士们以及一般的观者都望眼将穿似地注视着舞台的入口，场内又复静肃起来。

忽然，十二个少年上了舞台，一列排立，都在那里微笑。全场三千人同时起立，拍手如雷，十二个少年手足无措地暂时立着。

"请看意大利的气象！"场中有人这样叫喊了说。格拉勃利亚少年仍旧著着平常的黑服。和我们同坐在一处的市政所的人，是完全认识十二个少年的，他一一地说给我的母亲听。十二人之中，有两三个是绅士打扮，其余都是工人的儿子，服装很是轻便。最小的弗罗伦斯（Florence）的孩子，缠着青色的项巾。少年们通过市长前面，市长一一吻他额上，坐在旁边的绅士，把他们的生地的名称告诉市长。每一人通过，满场都拍手。等他们走近绿色的桌子去取赏状，我的先生就把受赏者的学校名、级名、姓名朗读起来。受赏者从右面上舞台去，第一个学生下去的时候，舞台后面远远地发出梵和琳的声音来，一直到受赏者完全通过才止。那是柔婉平和的音调，听去好像是女人们低语的声音。受赏者一个一个通过绅士们的前面，绅士们就把赏状递给他们，有的与他们讲话，有的或把手加在他们身上去抚摸他们。

每逢极小的孩子，衣服褴褛的孩子，头发蓬蓬的孩子，着赤服或是白服的孩子通过的时候，在池座及厢座的小孩都大拍其手。有一个二年级年龄的小学生，上了舞台，突然手足无措起来，至于迷了方向，不知向哪里才好，满场见了大笑。又有一个小孩，背上结着桃色的丝带的，他勉强地爬上了台，被地毡一扳，就翻倒了，知事于是替他扶起，大家又拍手笑了。还有一个在下来的时候，跌到池座里，哭了，幸而没受伤，各式各样的孩子都有:有很敏活的,有很老实的,有脸孔红得像樱桃的,有见了人就要笑的。他们一下了舞台,父亲或母亲都立刻来领了他们去。

轮到我们学校的时候,我真快活得非常。我所认识的学生很多,可莱谛从头到足都换了新服装,露了齿微笑着通过了。有谁知道他今天从早晨起已背了多少捆柴了啊!市长把赏状授与他时,问他额上为何有红痕,他把原因说明,市长就把手加在肩上。我向池座去看他的父母,他们都在掩着口笑呢。接着,代洛西来了。他著着纽扣发光的青服,金发的头昂昂地举着,悠然上去,那种风采,真是高尚。我恨不得远远地把接吻向他吹送过去。绅士们都向他说话,或是握他的手。

其次,先生叫着叙利亚·洛佩谛。于是大尉的儿子就挂了拐杖上去。许多小孩都曾知道前次的灾祸的,话声哄然从四方起来,拍手喝彩之声,几乎要把全剧场都震动了。男子都起立,女子都拂着手帕。洛佩谛立在舞台中央大惊,市长携他拢去,给他赏品与接吻,取了椅上悬着的二月桂冠,替他系在拐杖头上。又携了他同到他父亲——大尉坐着的舞台的栏旁去。大尉抱过自己的儿子,在满场如沸的喝彩声中,给他在自己的身旁坐下。

和婉的梵和琳声,还继续奏着。别的学校的学生上场了。有全是小商人的学校;又有全是工人或农人的儿子的学校。全数通过以后,池座中的七百个小孩,又唱有趣的歌,接着是市长演说,其次是判事演说。判事演说到后来,向着小孩们:

"但是,你们在要离开这里以前,对于为你们费了非常劳力的人们,应该致谢!有为你们尽了全心力的,为你们而生存,为你们而死亡的许多人哩!这许多人现在那里,你们看!"说时手指着厢座中的先生席。于是在厢座和在池座的学生,都起立了把手伸向先生方面呼叫,先生们也起立了振手或拂着帽子手帕回答他们。接着,乐队又奏起乐来。代表意大利各区的十二个少年,出到舞台的正面,组拢了臂排成一列立着,满场就起喉管欲裂似的喝彩声,雨也似的花朵,从少年们的头上纷纷落下。

争闹 二十日

今天我和可莱谛相骂,并不是因为他受了赏品,我妒嫉他,只是我的过失。我坐在他的近旁，正誊写这次每月例话《洛马格那的血》，——因为"小石匠"病了，我替他在誊写。——他在我臂肱上碰了一下，墨水流落，把纸弄污了。我恨了骂他，他却微笑了说："我不是有意如此的啰。"我是知道他的性质的，照理应该信任他，不与计较才好，可是他的微笑，实在使我不快，我想："这家伙受了赏品，就像煞有介事了哩！"于是，忍不住也在他的臂上撞了一下，把他的习字帖也弄污了。可莱谛沸红了脸："你是有意的了！"说着擎起手来。恰巧先生把头回过来了，他缩住了手：

"我在外面等着你！"我难过了起来，怒气也消去了，觉得实是自己不好，可莱谛不会故意作那样的事的，他本是好人。同时记起自己到可莱谛家里去望他过，把可莱谛在家劳动，服伺母亲的病的情形，以及他到我家里来的时候，大家欢迎他，父亲看重他的事情，都一一记忆了出来。自己想：我不说那样的话，不做那样对不住人的事。多么好啊！又想到父亲平日所教训我的——"你觉得错了，就立刻谢罪！"的话，可是谢罪总有些不情愿，觉得那样屈辱的事，无论如何是做不到的，把眼睛向可莱谛横去，见他上衣的肩部已破了，这大概是多背了柴的缘故吧。我见了这个，觉得可莱谛可爱。自己对自己说："咿呀！谢罪罢！"但是口里总说不出"对你不起"的话来。可莱谛时时把眼斜过来看我，他那神情，好像不是怒着我，倒似在怜悯着我呢。但是，我因为要表示不怕他，也仍用了白眼去回答他。

"我在外面等着你罢！"可莱谛反复着说。我答说"好的！"忽然，又记出父亲所说的"如果人来加害，只要防御就好了，不要争斗！"的话来，自想："我只是防御，不是战斗。"虽然如此，不知为了什么，心里总不好过，先生的讲说，一些都听不进耳朵去。终于，放课的时间到了，我走到街上，可莱谛在后面跟来。我擎着界尺立住，等可莱谛走近，就把界尺举起。

"不！安利柯啊！"可莱谛说，一壁微笑着用手把界尺撩开，且说："我们再像从前地大家好罢！"

我震栗了立着。忽然觉有人将手加在我的肩上，我被他抱住了。他吻着我，说：

"相骂就此算了罢！好吗？"

"算了！算了！"我回答他说。于是两人很要好地别去。

我到了家里，把这事告诉了父亲，意思要使父亲欢喜。不料父亲把脸板了起来，说：

"你不是应该先向他谢罪的吗？这原是你的不是呢！"又说："对了比自己高尚的朋友，——而且对了军人的儿子，可以擎起界尺去打的吗？"说着从我手中夺过界尺去，折为两段，向壁投掷了。

我的姊姊　二十四日

安利柯啊！你自从因与可莱谛的事被父亲责骂了以后，向我泄愤，对了我说过非常不堪的话了呢！为甚么如此啊？我那时怎样地痛心，你恐不知道罢？你在婴儿的时候，我连和朋友玩耍都不去，终日在摇篮旁陪着你。又如你有病的时候，我总是每夜起来，用手试摸你那火热的额上。你不知道吗？安利柯啊！你虽然恶待你姊姊，但是，如果一家万一遭遇了大不幸的时候，姊姊是代理了母亲，像自己儿子样地来爱护你的！你不知道吗？将来父亲母亲去世了以后，和你做最好的朋友来慰藉你的人，除了这姊姊，是再没有别的了！如果到了不得已的时候，我替你劳动去，替你张罗面包，替你筹划学费的。我终身爱你，你如果到了远方去，我目虽不见你，心总远远地向着你的吧。啊！安利柯啊！你将来长大了以后，设或遭了不幸，没有人和你做伙伴的时候，你一定会到我那里来，和我这样说："姊姊！我们一块儿住着罢！大家重话那从前快乐时的光景，不好吗？你还记得母亲的事，我们那时家里的情形，以前幸福地过日的光景？大家把这再来重话罢！"安利柯！你姊姊无论在甚么时候，总是张开了两臂等着你来的！安利柯！我以前的叱责你，请你恕我！我也已都忘了你的不好了。你无论怎样地使我受苦，有甚么呢！无论如何，你总是我的弟弟！我只记得你小的时候，我抚抱过你，与你同爱过父亲母亲，眼看你渐渐成长，长期间地和你做过伴侣：除此以外，我甚么都忘了！所以，请你在这本子上也写些亲切的话给我，我晚上再到这里来看呢。还有，你所要写的那《洛马格那的血》，我已替你代为抄清了。你好像已疲劳了哩！请你抽开你那抽屉来看罢！这是乘你睡熟的时候，我熬了一个通夜写成的。写些亲切的话给我！安利柯！我希望你！

——姊姊雪尔维——

我没有在姊姊手上接吻的资格！

——安利柯——

洛马格那的血（每月例话）

那夜费鲁乔（Ferruccio）的家里，特别冷静。父亲经营着杂货铺，到市上配货去了，母亲因为幼儿有眼病，也随了父亲到市里去请医生，都非明天不能回来。时候已经夜半，日间帮忙的女佣，早于天黑时回家，屋中只剩了脚有残疾的老祖母和十三岁的费鲁乔。他的家离洛马格那（Romagna）街没有多少路，是沿着大路的平屋，附近只有一所空房。那所房子在一个月前遭了火灾，还剩着客栈的招牌。费鲁乔家的后面，有一小天井，周围围着篱笆，有柴门可以出入。店门是朝大路的，也就是家的出入口。周围都是寂静的田野，桑林这里那里地接续着。

夜渐渐深了，天忽下雨，又发起风来。费鲁乔和祖母还在厨房里没有睡觉。厨房和天井之间，有一小小的堆物间，堆着旧家具。费鲁乔到外游耍，是到了十一点钟光景才回来的。祖母耽着忧不睡，等他回来，只是在大安乐椅上钉着似地坐着。他祖母常是这样过日的，有时晚上竟这样坐到天明，因为她呼吸迫促，睡不倒的缘故。

雨不绝地下着，风把雨点吹打窗门，夜色暗得没一些光。费鲁乔疲劳极了回来，身上满沾了泥，并且衣服破碎了好几处，额上负着伤痕。这是他和朋友投石打架了的缘故。他今夜又像平日样的和人喧闹过，并且因了赌博把钱输完，连帽子都落在沟里了。

厨房里只有一盏小小的油灯，点在那安乐椅的角隅上，祖母在灯光中看见她孩子狼狈的光景，虽已大略地推测到八九分，却仍讯问他，使他供出所做的恶行来。

祖母是用了全心爱着孙子的。等明白了一切情形，就不觉哭泣起来。过了一会：

"啊！你全不念着你祖母呢！没有良心的孙子啊！乘了你父母不在，就这样地使祖母受气！你把我冷落了一天了！全然不顾着我吗？留心啊！费鲁乔！你已走着坏路了！如果这样下去，立刻要受苦呢！在孩子的时候做了像你样的事，大来变成恶汉的我所知道的很多。你现在终日在外游荡，和别的孩子打架、花钱，至于用石或刀相斗，恐怕结果将由赌棍变成可怕的——盗贼呢！"

费鲁乔远远地靠在橱旁立了听着，下颐触牢了胸，双眉皱聚，似乎打架的怒气还未消除。那栗色的美发覆盖了额角，青碧的眼垂着不动。

"由赌棍变成盗贼呢！"祖母啜泣着反覆着说。"稍微想想罢！费鲁乔啊！但看那无赖汉维多·莫左尼（Vito Mozzoni）罢！那家伙现在在街上浮荡着，年纪不过二十四岁，已进了两次的监牢，他母亲终于为他忧闷死了，那母亲是我向来认识的。父亲愤极了也逃到瑞士去了。像你的父亲，即使看见了他，也耻和他谈话的。你试想想那恶汉罢，那家伙现在和其党徒在附近狂荡，将来总是保不牢头颅的啊！我从他小儿的时候就知道他，他那时也和你一样的。你去自想罢！你要使你父亲母亲也受那样的苦吗？"

费鲁乔坦然地听着，毫不懊悔觉悟。他的所为，原是出于一时的血气，并无恶意的。他父亲有许多时候也太宽纵了他，父亲知道自己的儿子有优良的心情，有时候竟会做出很好的行为，所以故意大眼看着，等他自悟。这孩子的性质原不恶，不过很刚硬，就是在心里悔悟了的时候，要想他说"如果我错了，下次就不如此，请原恕了我！"这样的话来谢罪，也是非常烦难的。有时心里虽充满了柔和的情感，但他的倨傲心总不使他把这表示出来。

"费鲁乔！"祖母见孙子默不作声，于是继续着说："你连一句认错的话都没有吗？我已患了很苦的病了，不要再这样使我受苦啊！我是你母亲的母亲！不要再把这已经命在旦夕的我，这样恶待啊！我曾怎样地爱过你啊！你小的时候，我曾每夜起来不睡替你推摇那摇床，因为要使你欢喜，我曾为你减下食物，——你或者不知道，我是常说'这孩子是我将来所靠赖的'呢。现在你居然要逼杀我了！就是要杀我，也不要紧，横竖我已没有多少日子可活了！但愿你给我变成好孩子就好！但愿你变成柔顺的孩子,像我带了你到寺里去的时候的样子。你还记得吗！费鲁乔！那时你曾把小石呀、草呀,塞满在我怀里呢,我等你睡熟,就抱了你回来的。那时,你很爱我哩！我虽然已身体不好,仍总想你爱我,我除了你以外,在世界中别无可靠的人了！我已一脚踏入坟墓里了！啊！天啊！"

费鲁乔心中充满了悲哀,正想把身子投到祖母的怀里去,忽然朝着天井的间壁的室中,有轻微的轧轧的声音;听不出是风打窗门呢,还是甚么。

费鲁乔侧了头注意去听。

雨正如注地下着。

轧轧的声音又来了,连祖母也听到了。

"那是甚么?"祖母过了一会很耽心地问。

"是雨。"费鲁乔说。

老人拭了眼泪:

"那末,费鲁乔！以后要规规矩矩,不要再使祖母流泪啊!"

那声音又来了,老人洁白了脸说:

"这不是雨声呢！你去看来!"既而又牵住了孙子的手,说:"你留在这里。"

两人屏息不出声,耳中只听见雨声。

邻室中好像有人的脚音,两人不觉栗然震抖。

"谁?"费鲁乔勉强把呼吸恢复了怒叫。

没有回答。

"谁?"又震栗着问。

话犹未完,两人不觉惊叫,因为有两个男子突然跳进室中来了。一个捉住了费鲁乔,把手挡住他的口,别的一个格住了老妇人的喉咙。

"一出声,就没有命哩!"第一个说。

"不许声张!"别一个说了举着短刀。

两个都黑布罩着脸,只留出眼睛。

　　室中除了四人的粗急的呼吸音和雨声以外，一时甚么声音都没有。老妇人喉头格格作响，眼珠几乎要爆裂出来。

　　那捉住着费鲁乔的一个，把口附了费鲁乔的耳说：

　　"你老子把钱摆在那里？"费鲁乔震抖着牙齿，用了线也似的声音答说：

　　"那里的——橱中。"

　　"随了我来！"那男子说着把他的喉间紧紧抑住，拉了同到堆物间里去。地板上摆着昏暗的玻璃灯。

　　"橱在甚么地方？"那男子催问。

　　费鲁乔喘着气指示橱的所在。

　　那男子恐费鲁乔逃走，将他推到在地，用两腿夹住他的头，如果他一出声，就可用两腿把他的喉头夹紧。口上衔了短刀，一手提了灯，一手从袋中取出钉子样的东西来塞入锁孔中回旋，锁坏了，橱门也开了，于是急急地在内翻来倒去地到处搜索，将钱塞在怀里。一时曾把门关好了的，忽而又开了重新搜索一遍，然后仍捉住了费鲁乔的喉头，回到那捉住老妇人的男子的地方来。老妇人正仰了面挣动身子，口嘴开着。

　　"得了吗？"别一个低声问。

　　"得了。"第一个回答。"留心进来的地方！"又接着说。那捉住老妇人的男子，跑到庭间门口去看，知道了没有人在那里，就低声地说："来！"

　　那捉住费鲁乔的男子，留在后面，把短刀擎到两人面前：

　　"敢响一声吗？当心我回来割断你们的喉管！"说着又怒目地钉视了两人一会。

　　这时，听见街上大批行人的歌声。

　　那强盗把头回顾门口去，那面幕就在这瞬间落下了。

　　"莫左尼啊！"老妇人叫。

　　"该死的东西！给我死了！"强盗因为被看出了，怒吼了说，且擎起短刀扑近前去。老妇人立时吓倒了，费鲁乔见这光景，悲叫起来，一壁跳上前去用自己的身体覆在祖母身上。强盗在桌里碰了一下逃走了，灯被碰翻，也就消熄了。

费鲁乔慢慢地从祖母的身上溜了下来,跪在地上,两手抱住祖母的身体,头触在祖母的怀里。

过了好一会,周围黑暗,农夫的歌声缓缓地向田野间消去。

"费鲁乔!"老妇人恢复了神志,用了几乎听不清的低音叫,牙齿轧轧地震抖着。

"祖母!"费鲁乔答叫。

祖母原想说话,被恐怖把口噤住了。身上只是剧烈的震栗,不作声了好一会。继而问:

"那家伙们已去了罢?"

"是的。"

"没有将我杀死呢!"祖母气促着低声说。

"是的,祖母是平安的!"费鲁乔低弱了声音说。"平安的,祖母! 那家伙们把钱拿了去了,但是,父亲把那大注的钱带在身边哩!"

祖母深深地呼吸着。

"祖母!"费鲁乔仍跪了抱紧着祖母说。"祖母! 你爱我的?"

"啊! 费鲁乔! 爱你的啊!"说着把手放在孙子头上。"啊! 怎样地受了惊了啊! ——啊! 仁慈的上帝! 你把灯点着罢! 咿哟,还是暗的好! 不知为了甚么,还很怕人呢!"

"祖母! 我时常使你伤心呢!"

"那里! 费鲁乔! 不要再说起那样的话! 我已早不记得了,甚么都忘了,我只是仍旧爱你。"

"我时常使你伤心。但是我是爱着祖母的。饶恕了我! ——饶恕了我,祖母!"费鲁乔勉强困难地这样说。

"当然饶恕你的,欢欢喜喜地饶恕你呢。有不饶恕你的吗? 快起来! 我不再骂你了。你是好孩子,好孩子! 啊! 点了灯! 已不怕了。啊! 起来! 费鲁乔!"

"祖母! 谢谢你!"孩子的声音越低了。"我已经——很快活,祖母! 你是不会忘记我的罢! 无论到了甚么时候,仍会记得我费鲁乔的罢!"

"啊! 费鲁乔!"老妇人慌了,抚着孙子的肩头,眼睛几乎要钉穿脸面似地注视着他叫说。

"请不要忘了我！望望母亲,还有父亲,还有小宝宝！再会！祖母！"那声音已细得像丝了。

"呀呀！你怎样了！"老妇人震惊着抚摸伏在自己膝上的孙子的头,一壁叫着。既而绞出她所能发的声音:

"费鲁乔呀！费鲁乔呀！费鲁乔呀！啊呀！啊呀!"

可是,费鲁乔已甚么都不回答了。这小英雄代替了他祖母的生命,从背上被短刀刺穿,那壮美的灵魂,已回到天国里去了。

病床中的"小石匠" 二十八日

可怜,"小石匠"患了大病了！先生叫我们去访问,我就同卡隆、代洛西三人同往。斯带地原也要去的,因为先生叫他做《卡华伯(Count Cavour)纪念碑记》,他说要实地去看了那纪念碑来精密地做,所以就不去了。我们试约那高慢的诺琵斯,他只回答了一个"不"字,其余甚么话都没有。华梯尼也谢绝不去。他们大概是恐怕被石灰玷污了衣服罢。

四点钟一放课,我们就去。雨像麻似地降着。卡隆在街上忽然立住,嘴里满满嚼着面包说:"买些甚么给他罢。"一边去摸那衣袋里的铜币。我们也各凑了两个铜币上去,买了三个大大的橘子。

我们上那屋顶阁去。代洛西到了入口,把胸间的赏牌取下,放入袋里。

"为甚么?"我问。

"我自己也不知道,总觉得还是不挂的好,"他回答。

我们一叩门,那巨人样的高大的父亲就把门开了,他脸孔歪着,见了都可怕。

"哪几位?"他问。

"我们是安托尼阿(Antonio)的同学。送三个橘子给他的。"卡隆答说。

"啊！可怜,安托尼阿是恐防不能再吃这橘子了呢!"石匠摇着头,大声叫说,且用手背去揩拭眼睛。他引导我们入室,"小石匠"卧在小小的铁床里,母亲俯伏在床上,手遮着脸,也不来向我们看。床的一隅,挂有板刷、烙馒和筛子等类的东西,病人足部,盖着那白白地惹满了石灰迹的石匠的上衣。那小孩瘦瘠而白,鼻头尖尖地,呼吸是很短促。啊！安托尼阿！我的小朋友！你原是那样亲切快活的人呢！我好难过啊！只要你再能作一会兔脸给我看,我甚么都情愿！安托尼阿！卡隆把橘子给他放在枕旁,使他可以看见。橘子的芳香把他眼熏醒了。他一时曾去抓那橘子,不久又放开。于是频频地向卡隆看。

"是我呢,是卡隆呢！你认识吗？"卡隆说。病人略现微笑,勉强地从床里拿出手来,伸向卡隆。卡隆用两手去握了过来,贴到自己的颊上：

"不要怕！不要怕！你就会好起来,就可仍到学校里去了。那时请先生将你坐在我的旁边,好吗？"

可是,"小石匠"没有回答,于是母亲叫哭起来：

"啊！我的安托尼阿呀！我的安托尼阿呀！安托尼阿是这样的好孩子,天要把他从我们手里夺去了！"

"别说！"那石匠父亲大声地叱止。"别说！我听了心都碎了！"又很焦愁地向着我们：

"请回去！哥儿们！谢谢你们！请回去罢！就是给我们陪着他,也没有甚么方法可想的。谢谢！请回去吧！"这样说。那小孩又把眼闭了,看去好像已死在那里的样子。

"有甚么可帮忙的事情吗？"卡隆问。

"没有,哥儿！多谢你！"石匠说着将我们推出廊下,关了门。我们下了一半的楼梯,忽又听见后面叫着"卡隆！卡隆！"的声音。

我们三人再急回上楼梯去,见石匠已改变了脸色叫着说：

"卡隆,安托尼阿叫着你的名氏呢！已经两天不开口了,这会倒叫你的名氏两次。想和你会会哩！快来啊！但愿就从此好起来！天啊！"

"那末,再会！我暂时留着呢。"卡隆向我们说着和石匠大家进去。代洛西眼中满了眼泪。

"你在哭吗？他已会说话了哩,会好的罢。"我说。

"我也是这样想呢。但我方才并不想到这个,我只是想着卡隆。我想卡隆为人是多么好,他的精神是多么高尚啊!"

卡华伯爵　二十九日

你要作《卡华伯纪念碑记》,卡华伯是怎样的一个人,恐你还未详细知道罢。你现在所知道的,恐只是伯爵几年前做辟蒙脱(Piemont)总理大臣的事罢。将辟蒙脱的军队派到克里米亚,使在诺淮拉(Novara)败北残创的我国军队重膺光荣的是他。把十五万人的法军从亚尔帕斯(ACPS)山退下,从隆巴尔地将奥军击退的也是他。当我国革命的危期中,整治意大利的也是他。给与我意大利以统一的神圣的计划的也是他。他有优美的心,不挠的忍耐和过人的勤勉。在战场中遭遇危难的将军原是很多,但他却是身在庙堂而受战场以上的危险的。这因为他所建设的事业,像脆弱的家屋为地震所倒的样子,何时破坏是不可测的缘故。他昼夜在奋斗苦闷中过活,因此头脑也混乱了,心也碎了。他的缩短生命二十年,全是他事业巨大的缘故。可是,他虽冒了致死的热度,还想为国做些甚么事情,在狂也似的他的愿望中充满着喜悦。听说,他到了临终,还悲哀地说:

"真奇怪! 我竟看不出文字了!"

及热度渐渐增高,他还是想着国事,命令似地这样说:

"给我快好! 我心中已昏暗起来了! 要处理重大的事情,非有气力不可的。"及危笃的消息传出,全市为之悲惧,国王亲自临床往省,他对了国王耽心地说:

"我有许多的话要陈诉呢,陛下! 只是可惜已不大能说话了!"

他那因热兴奋了的心绪,不绝地,向着政府,向着新被合并的意大利诸州,向着将来未解决的若干问题奔腾。等到了说昏话的时候,还是在断续的呼吸中这样叫着。

"教育儿童啊! 教育青年啊! ——以自由治国啊!"

昏话愈说愈多了,死神已把翼张在他上面了,他又用了燃烧着似的言语,替平生不睦的格里波底将军祈祷,口中念着还未得自由的威尼斯呀罗马呀等的地名。他对于意大利和将来的欧洲,抱着广大的预想,一心恐防被外国侵害,向人询问军队又指挥官的所在地。他到临终还这样地替我国国民担着忧心呢。他对于自己的死,并不觉得甚么,和祖国别离,是他所难堪的悲哀。而这国呢,又是非有待于他的尽力不可的。

他在战斗中死了! 他的死和他的生是同样伟大的!

略微想想罢! 安利柯! 我们的责任有多少啊! 在这以世界为怀的他的劳力,不断的忧虑,剧烈的痛苦之前,我们的劳苦——甚至于死,都是毫不足数的东西了罢。所以,不要忘记! 走过那大理石像前面的时候,应该向了那石像,从心中赞美了叫"伟大啊!"的。

——父亲——

第七卷 四月

春 一日

今天四月一日了！像今天这样的好时节，一年之中没有多少，不过三个月罢了。可莱谛后天要和父亲去迎接国王，叫我也去，这是我所喜欢的。可莱谛的父亲，听说是和国王相识的哩。又，就在那一天，母亲说要领我到幼儿院去，这也是我所喜欢的。并且，"小石匠"病已好了许多了。还有，昨晚先生走过我家门口，听见他和父亲这样说："他功课很好，他功课很好。"

再加，今天是个很爽快温暖的春日，从学校窗口看见青的天，含蕊的树木，和家家满开的窗槛上摆着的新绿的盆花等。先生虽是一个向没有笑容的人，可是今天也很高兴，额上的皱纹，几乎已经看不出了，他就黑板上说明算术的时候，还带讲着笑话呢。一吸着窗外来的新鲜空气，就闻得出泥土和木叶的气息，好像身已在乡间了。先生当然也快活的。

在先生授着课的时候，我们耳中听见近处街上铁匠打铁声，对门妇人引诱婴孩睡熟的儿歌声，以及兵营里的喇叭声。连斯带地也高兴了。忽然间，铁匠打得更响亮，妇人也更大声地唱了起来。于是先生也把授课停止了，侧了耳看着窗外，静静地说：

"天晴着，母亲歌着，正直的男子劳动着，孩子们学习着，——好一幅美丽的图画啊！"

散了课走到外面，大家都觉得很愉快。一列排了把脚重重地敲着地面走，好像从此有三四日假期似的，齐唱着歌儿。女先生们也很高兴，像戴赤羽的先生，跟在小孩后面，几乎自己也像是个小孩了。学生的父母，都彼此互相谈笑，克洛西的母亲，在野菜篮中满装着堇花，校门口因之充满了香气。

一到街上，母亲依旧在候我了，我欢喜得不得了，跑近拢去，说：

"啊！好快活！我为甚么这样快活啊！"

"这因为时节既好，而且心里没有亏心事的缘故啰！"母亲说。

温培尔脱王 三日

十点钟的时候，父亲见柴店里的父子已在四角路口等我了。和我说：

"他们已经来了。安利柯！快迎接国王去！"我飞奔过去。可莱谛父子比往日更高兴，我从没有见过他们父子的相肖，像今日的。那父亲在上衣上挂着两个纪念章和一个勋章，须卷得整整地，须的两端尖得同针一样。

国王定十点半到，我们就到车站去。可莱谛的父亲，吸着烟，搓着手说：

"我从那六十六年的战争以后，还未曾遇见陛下过呢！已经十五年又六个月了。他先三年在法兰西，其次是在蒙脱维（Mondovi），然后回到意大利来这里面。我运气不好，他每次驾临市内，我都没有在这里。"

他把温培尔脱王当作朋友称呼，叫他"温培尔脱君"的，说甚么：

"温培尔脱君是十六师师长。温培尔脱君那时不过二十二岁光景。温培尔脱君总是这样地骑着马的。"

"十五年了呢！"柴店主人跨着步扬了声说。"我诚心想再见见他。自从他做亲王的时候，见过了他一直到现在。今番见他，他已是做了国王了。而且，我也变过了，由军人变为柴店主人了。"说了自笑。

"国王看见了，还认识父亲吗？"儿子问。

"你太不知道了！那是未必的。温培尔脱君只是一个人呢，这里不是像蚂蚁样地大家挤着吗？并且他也不能一定一个一个地来看见我们罢。"父亲笑了说。

车站附近的街路上已是人山人海，一队的兵士吹着喇叭通过。骑马警察二人驱马前行。天晴着，光明充满了大地。

可莱谛的父亲兴高彩烈地：

"真快乐啊！又看见师长了！啊！我也老了哩！记得那年六月二十四日——好像是昨天的事；那时我负了革囊掮了枪走着，差不多已快上了战线了。温培尔脱君率领了部下将校这里那里地行走，大炮的音声，已经远远地起来，大家见了都说'但愿弹丸不要中着殿下'。我在敌兵枪前和温培尔脱君竟那样地接近，是万料不到的。两人之间，相隔不过四步的距离呢。那天天晴，天空像镜一样，但是很热！——喂！让我们进去看罢。"

我们已到了车站了。那里已充满了群众，——马车、警察、骑兵及立着旗帜的团体。军乐队已奏着乐曲。可莱谛的父亲用了两腕将塞满在入口的群众分开，让我们安全通过，群众波动着都在我们后面跟来。可莱谛的父亲眼向着有警察拦在那里的地方：

"跟我来！"说着拉了我们的手前进，把背靠了壁立着。警察就走过来，说：

"不得立在这里！"

"我是属在四十九联队中四大队的。"可莱谛的父亲说着将勋章指给警察看。

"那可以。"警察眼瞟着勋章说。

"你们看，'四十九联队中四大队'的一句话，有着不可思议的力量哩！他原是我的队长，看得近些不也可以的吗？在那时曾很近地看他的，今日也走近看去了，正好呢！"

这时待车室内外群集着绅士和将校，站门口一列地排停着马车和穿红服的马夫。

可莱谛问他父亲，温培尔脱亲王在军队中曾否拿剑。父亲说：

"当然啰，剑是一刻不离手的。枪从右边左边刺来，要靠剑去拨开的哩。那是真可怕，弹丸像雨神发怒似的落下，又像旋风样地在密集队中或大炮间各处袭来，一碰着人就翻倒的，甚么骑兵呀、枪兵呀、步兵呀、射击兵呀，统统混杂在一处，全像百鬼夜行，甚么都辨不清楚。这时，听见有叫'殿下！殿下！'的声音，原来敌已排齐了枪刺近来了。我们一齐开枪，烟气就立刻像云似地四起，把周围包住。稍息，烟散了，大地上满横着死伤的兵士和马。我回头去看，见队的中央，温培尔脱君骑了马悠然地四处查察，郑重地说：'弟兄中有被害的吗？'我们都兴奋如狂，在他面前齐喊'万岁'。啊！那种光景，真是少有的！——呀！火车到了！"

乐队开始奏乐了，将校都向前拥进，群众翘起脚跟来。一个警察说：

"要停一会才下车呢，因为现在有人在那里拜谒。"

老可莱谛焦急得几乎出神：

"啊！追想起来，他那时的沈静的风貌，到现在还是如在眼前。不用说，他在有地震有霍乱疫的时候，总也是镇静着的。可是我所屡次想到的，却是那时他的沈静的风貌。他虽做了国王，大概总还不忘四十九联队的四大队的，把旧时的部下集了拢来，大家行一次会餐，他必是很欢喜的罢。他现在虽然有将军、绅士、大臣等伴侍，那时是他除了我们做兵士的以外，甚么人都没有见的。想和他谈谈哩，稍许谈谈也好！二十二岁的将军！我们用了枪剑保护过的亲王！我们的温培尔脱君！从那年以后，有十五年不见了！——啊！那军乐的声音把我的血都震得要沸腾了！"

欢呼的声音自四方起来，数千的帽子高高举起了。着黑服的四绅士乘入最前列的马车。

"就是那一个！"老可莱谛叫说。他好像失了神也似地立着。过了一会，才徐徐地重新开口说：

"呀！头发白了！"

我们三个除了帽子，马车徐徐地在群众的欢呼声中前进。我去看那柴店主人时，全然好像是换了一个人了，他身体伸得长长地，脸色凝重而带苍白，柱子似地直立着。

马车行近我们，到了离那柱子一步的距离了。

"万岁！"群众欢呼。

"万岁！"柴店主人在群众欢呼以后，独自叫喊。国王顾视他，眼睛在他那三个勋章上注视了一会。柴店主人忘了一切！

"四十九联队的四大队！"这样叫。

国王原已向了别处了的，重新回向我们，注视着老可莱谛，从马车里伸出手来。

老可莱谛飞跑过去，紧握国王的手。马车过去了，群众拥挤拢来，把我们挤散,那老可莱谛一时不见。可是,这真不过是刹那间的事,稍过了一会,又看见他了。他喘着气,眼睛红润润地,举起手,在喊他儿子。儿子就跑近他去。

"快! 趁我手还热着的时候!"他说着将手按在儿子脸上:"是国王握过我了的呢!"

他梦也似地茫然目送那已走远了的马车,立在对他惊异向他瞠视的群众中。群众中纷纷在说:"这人是曾隶属于四十九联队的四大队的。""他是军人,和国王认识的。""国王还不忘记他呢。""所以向他伸出手来的。"最后有一人高声地说:"他把不知甚么的请愿书向国王提出了哩。"

"不!"老可莱谛不觉回头来说:"我并不提出甚么请愿书,国王有用得到我的时候,无论何时,我另外预备着可以贡献的东西哩!"

大家都张了眼看他。

"那就是这热血啊!"他简直地说。

幼儿院　四日

昨日朝餐后,母亲依约带了我到幼儿院去,这是因为要把泼来可西的妹子向院长嘱托的缘故。我还未曾到过幼儿院,那情形真是有趣。小孩共约二百人,男女都有。都是很小很小的孩子。和他们去比,就是国民小学的学生,也成了大人了。

我们去的时候,小孩们正排成了二列进食堂去。食堂里摆着两列长桌,桌上镂有许多小孔,孔上放着盛了饭和豆的黑色小盘。锡制的瓢,摆在旁边。他们进去的时候,有忙乱了弄不清方向的,先生们过去领带他们。其中有的走到一个位置旁,就以为是自己的坐位,停住了就用瓢去取食物,先生走来,说"再过去!"走了四步五步,又去取食一瓢。先生再来叫他走上去,等真到了自己的坐位时,已吃了半个人的食料了。先生们用尽了力,整顿他们,开始祈祷。祈祷的时候,头不许对着食物的,他们心为食物所系,总常拉转项颈来看后面,大家合着手,眼向着屋顶,心不在焉地述毕祈祷的话,才开始就食。啊! 那种可爱的光景,真是少有! 有拿了两个瓢吃的,有用手吃的,将豆一粒一粒地装入袋里去的也有许多,用小围裙将豆包了捏得浆糊样的也有,有的看着苍蝇飞,有的因为旁边的咳起来把食物喷散桌上,竟一口不吃。室中光景好像养着鸡鸟的园庭,真是可爱。小小的孩子,都用了赤绿或青的丝带结着发,排成二列坐着,真好看哩!一位先生向着一列坐着的八个小孩问"米是从那里来的!"八人一壁嚼着食物,一壁齐了声说:"从水里来的。"向他们说"举手!"那许多小小的白手一齐飞上,闪闪地好像白蝴蝶。

这以后,是出去休息。在走出食堂以前,大家照例各取挂在壁间的小食盒。一等走出食堂,就四方散开,各从盒中把面包呀、牛油小块呀、煮熟的蛋呀、小苹果呀、熟豌豆呀或是鸡肉呀取出。一霎时,庭间到处都是面包屑,全然像喂饵给小鸟时的光景。他们有种种可笑的吃法:有的像兔、猫或鼠样地嚼尝或吸呷,有的把饭涂抹在胸间,有的用小拳把牛油捏糊了,像乳汁似滴到袖里去,自己仍不觉得。还有许多小孩们,把那衔着苹果或面包的小孩,像狗样地环赶着。又有三个小孩用草茎在蛋中挖掘,说要发掘宝贝哩。后来把蛋的一半倾在地上,再一粒粒地拾起,好像是在拾珍珠的样子。小孩之中,只要有一人拿着甚么好东西,大家就把他围住了,窥井似地去张他的食盒。一个拿着糖的小孩旁边,围着二十多个人,共在唧唧哝哝地说得不休,有的要他抹些在自己的面包上,也有只求用指去尝点的。

母亲走到庭里,一个个地去抚摸他们。于是大家就围集在母亲身旁,要求接吻,都像望三层楼似地把头仰了,口中呀呀作声,情形似在索乳。有想将已吃过的橘子送与母亲的,有剥了小面包的皮给母亲的。一个女孩拿了一片树叶来,另外还有一个很郑重地把食指伸到母亲前面,看时,原来那指上有着小得不十分看得出的疱,据说是昨晚在烛上烫伤了的。又有拿了小虫呀、破的软木塞子呀、衬衫的纽扣呀、小花呀等类的东西,很郑重地来给母亲看的。一个头上缚着绷带的小孩,说有话对母亲说,不知说了些甚么。还有一个请母亲伏倒头去,把口附着母亲的耳朵,轻轻地说"我的父亲是做刷帚的哩"。

事件这里那里地发生,先生们走来走去照料他们。有因解不散手帕的结子哭着的,有两人因了夺半个苹果相闹的,有因和椅子一处翻倒了爬不起来哭着的。

将回来的时候,母亲把他们里面的三四个人,各去抱了一会。于是大家就从四面集来,脸上满涂了蛋黄或是橘子汁,围着求抱。一个拉牢了母亲的手,一个拉牢了母亲的指头,说要看指上的戒指。还有来扳表链的,拉头发的。

"当心被他们弄破衣服!"先生和母亲说。

可是,母亲毫不管衣服的损坏,将他们拉近了与以接吻。他们越集拢来了,在身旁的张了手想爬上身去,在远一点的挣扎着要挤近来并且齐了声叫说:

"再会!再会!"

终于,母亲逃出了庭间了。小孩们追到栏栅旁,脸当住了栅缝,把小手伸出,纷纷地递出面包呀、苹果片呀、牛油块呀等东西来。一齐叫说:

"再会,再会!明天再来,再请过来!"

母亲又去摸他们花朵似的小手,到走出街上的时候,身上已染满了面包粉及许多油迹,衣服也皱得不成样子了。她手里握满了花,眼睛湿着泪光,仍好像很快活的。耳中远远地还听见鸟叫似的声音:

"再会,再会!再请过来!夫人!"

体操 五日

连日都是好天气,我们把室内体操停止,在校庭中行器械体操。

昨天,卡隆到校长室里去的时候,耐利的母亲——那个着黑衣服的白色的妇人——也在那里。要想请求免除耐利的器械体操。她好像很难开口的样子,抚着儿子的头:

"因为这孩子是不能做那样的事的。"这样说。

可是,耐利却似乎以不加入器械体操为可耻的,不肯承认这话。他说:

"母亲!不要紧,我能够的。"

母亲悯然地默视着儿子,过了一会,踌躇地说:

"恐怕别人……"未全说出,就中途止住了。大概她是想说"恐怕别人嘲弄你，很不放心！"的。耐利把这话头拦住，说：

"他们是没有甚么的，——况且有卡隆在一处呢！只要有卡隆在，谁都不会笑我的。"

到底耐利加入器械体操了。那个曾居过格里波底将军部下颈上有伤痕的先生，领了我们到那有垂直柱的地方去。今天要攀到柱的顶上，在顶上的平台上直立。代洛西与可莱谛都猿也似地上去了。泼来可西也敏捷地登上，他那到膝的长上衣，有时有些障碍，但他却毫不为意，竟上去了。大家都要想笑他，他只把他那平日的口头禅"对不住，对不住！"反覆地说。斯带地上去的时候，脸红得像火鸡，嘴咬紧得像狂犬，一口气登上。诺琵斯立在平台上，像帝王似地骄傲顾盼着。华梯尼着了新制的有水色条纹的运动服，可是中途却溜落了两次。

为要想攀登容易些，大家手里都擦着树胶。把这预备了来卖的，不用说是那商人卡洛斐了。他把树胶弄成了粉，装入纸袋，每袋卖一铜币，赚得许多钱。

轮到卡隆了。他行所无事地一壁口里嚼着馒头，一壁轻捷地攀登。我想，他即使再带了一个人，也可以上去的。他真有着像小牛的力呢。

卡隆的后面，就是耐利。当他用了那瘦削的手臂去抱住垂直柱时，有许多人都笑了起来。这时卡隆把那粗壮的手叉在胸前，向着笑的人钉视，其势汹汹地好像在说，"当心掷倒了你！"这才大家都止了笑。耐利开始上去，他几乎拼了命，颜色发紫了，呼吸迫促了，汗雨也似地从额上流下。先生说："下来罢。"可是，他仍不下退，无论如何，总想挣扎上去。我很替他危险，怕他中途坠落。啊！如果我变了耐利样的人，怎样呢？这光景如果被母亲看见了，心里将怎样啊！一想到此，愈觉得耐利可怜，恨不得从下面去推了帮助他。

"上来！上来！耐利！用力！只一步了！用力！"卡隆与代洛西、可莱谛齐了声喊。耐利吁吁地喘着，用尽了力，爬到离平台二尺光景的地方。

"好！再一步！用力！"大家叫说。耐利已攀住平台了，大家都拍手。先生说："爬上了！好！已可以了。下来罢。"

可是耐利想和别人一样地到平台上去。又挣扎了一会,才用手臂靠住了平台,以后就很容易地移上膝头,又伸上了脚,结末居然在平台上直立了,喘着,微笑着,俯视我们。

我们又拍起手来。耐利向街上看,我也向那方向回过头去,忽从篱间见他母亲正俯了头不敢仰视哩。母亲把头抬起来了,耐利也下来了,我们大喝彩。耐利脸红如桃,眼睛闪铄发光,他似乎已不像从前的耐利了。

散学的时候,耐利的母亲来接儿子,把儿子抱住了很耽心地问:"怎么样了?"儿子的朋友都齐声回答说:

"做得很好呢! 同我们一样地上去了! ——耐利很能干哩! ——很勇哩! ——一些都不比别人差。"

这时他母亲的快活,真是了不得。她想说甚么道谢的话,可是嘴里说不出来。和其中三四人握了手,又亲睦地将手在卡隆肩头抚了一会,就领了儿子去了。我们目送他们母子二人很快乐地谈着回去。

父亲的先生　十一日

昨天父亲带我去旅行,真快乐啊! 那是这样的一回事:

前天晚餐时,父亲正看着新闻,忽然吃惊似地说:

"咿呀! 我才以为在二十年前早已死去了的! 我国民小学一年级的克洛赛谛(Crosetti)先生还活着,今年八十四岁了哩! 他做了六十年教员,文部大臣现在给予勋章。六——十一——年呢! 你想! 并且据说两年前还在学校教书的。啊! 可怜的克洛赛谛先生! 他现住在从此地乘火车去一小时可到的孔特甫(Condove)地方。安利柯! 明天大家去拜望他罢。"

当夜,父亲只说那位先生的事。——因为看见旧时先生的名字,把各种小儿时代的事,从前的朋友,死去了的祖母,都也记忆了起来。父亲说:

"克洛赛谛先生! 先生教我的时候,正四十岁,先生的状貌至今还记忆着。是个身材矮小,腰向前稍屈,眼睛炯炯有光,把须修剪得很光的先

生。他虽是严格的人，却是很好的先生。将我们爱如子弟，常能饶恕我们的过失。他原是农家之子，因自己用功遂做了教员的。真是上品的人哩！我母亲很佩服他，父亲也曾和他要好得和朋友一样。他不知为甚么住到这近处来的？现在即使见了面，恐怕也不认识了，但是不要紧，我是认识他的。已经四十四年不曾相见了，四十四年了哩！安利柯！明天去啰！"

昨天早晨九点钟，我们坐了火车去。原想叫卡隆同去，他因为母亲病了，终于不能同去。天气很好，原野一片绿色，杂花满树，火车经过，空气也喷喷地发香。父亲很愉快地望着窗外，一壁用手勾在我的颈上，像和朋友谈话似地和我说：

"啊！克洛赛谛先生！除了我父亲以外，先生是最初爱我和为我操心的人了。先生对于我的种种教训，我现在还记着。因做了不好的行为被先生叱骂了，悲哀地回来的光景，也还记得。先生的手，是很粗大的，那时先生的神情，都像在我眼前哩：他平常总是静静地进了教室，把杖放在室隅，把外套挂在衣钩上，无论哪天，态度都是一样，总是很真诚很热心，甚么事情都用了全副精神，从开学那天起，一直这样。我现在的耳朵里，还像有先生的话声：'勃谛尼（Bottini）啊！勃谛尼啊！要把食指和中指这样地握住笔干的啊！'已经四十四年了，先生怕也已和前不同了罢。"

等到了孔特甫，我们去探听先生的住所，立刻就探听明白了。原来那里是谁都认识先生的。

我们出了街市，折过那篱间有花的小路去。

父亲默然地似乎在沈思往事，时时微笑了摇着头。

突然，父亲立住了说："这就是他！一定是他！"一看小路的那边来了一个带大麦秆帽的白发老人！正倚了杖下坂，脚似乎有点跷，手在那里颤抖。

"果然是他！"父亲反覆说了急步前去，到了老人面前，老人也立住了向父亲注视。老人面上还有红彩，眼中露着光辉。父亲脱了帽子：

"你就是平善左·克洛赛谛先生吗？"

老人也把帽子去了：

"是的。"用了颤动而粗大的声音答说。

"啊！那末！"父亲握了先生的手。"对不起！我是从前受教于先生的旧学生。先生好吗？今天是从丘林专来拜望的。"

老人惊异地注视着父亲：

"那是难为你！我不知道，你是哪时候的学生？对不起！你名氏是——"

父亲把亚尔培脱·勃谛尼的姓名和曾在什么时候什么地方的学校说明了，以后，又说"难怪先生记不起来，但是，我是总记得先生的。"

老人垂了头沈思了一会，把父亲的名氏念了三四遍，父亲只是微笑地向先生看。

忽而，老人抬起头来，眼睛张得大大地，徐徐地说：

"亚尔培脱·勃谛尼？技师勃谛尼君的儿子？曾经住在配寨·代拉·孔沙拉泰(Piazza Della Consolata)的是吗？"

"是的。"父亲答说着伸出手去。

"原来如此！那是真对不起！"老人说了跨步过来抱住父亲，那白发正垂在父亲的发上。父亲把自己的颊贴住了先生的颈。

"请随我到这边来！"老人说着移步向自己住所走去。不久，我们走到小屋前面的一个花园里。老人开了自己的室门，引导我们进内。四壁粉得雪白，室的一角摆着小床，别一角排着台子和书架。椅子四张，壁上挂着的是旧地图。室中充满了苹果的香气。

"勃谛尼君！"先生注视着受着日光的地板说。"啊！我还很记得呢！你母亲是个很好的人，你在一年级的时候，是坐在那窗口左侧的位置上的。慢点！是了，是了！你那皱缩的头发，还如在眼前哩！"

先生又追忆了一会：

"你曾是个活泼的孩子，非常地。不是吗？在二年级的那年，曾患过喉痛的病，回到学校来的时候，非常消瘦，是裹在围巾中来的，到现在已四十年了。居然不忘记我，真难得你！旧学生来访我的很多，其中有做了大佐了的，做牧师的也有好几个，此外，还有许多已做了绅士的。"

先生问了父亲的职业，又说："我真快活！谢谢你！近来已少有人来访问我了,你恐怕是最后的人了罢!"

"哪里! 你还康健呢! 请不要说这样的话!"父亲说。

"不,不! 你看! 手这样地颤动着呢! 这是很不好的! 三年前患了这毛病,那时还在学校就职,初时也不注意,总以为就会全愈的。不料,竟渐渐重了起来,终于字都不能写了。啊! 那一天,我从做教师以来第一次把墨水流落在学生笔记簿上的那一天,真是穿胸似地难过啊! 虽然如此,总还是暂时支持着。后来,力真尽了,遂于做教师的第六十年,和我的学校,我的学生,我的事业分别,真难过啊! 在最后授课那天,学生一直送我到了家里,还恋恋不舍。我悲哀之极,以为我的生涯也从此完了! 不幸,妻适在前一年亡过,一个独子,也跟着不久死别了,现在只有两个做农夫的孙子,靠了些许的年金,终日不做事情。日子长长地好像竟是不会夜! 我现在的工作,每日只是重读以前学校里的书,或是翻读日记,或是阅读别人送给我的书。在这里呢。"说着指书架:"这是我的记录,我的全生涯都在里面。除此以外,我没有留在世界上的东西了!"

到了这里,先生突然带着快乐的调子:

"是的! 吓你一跳罢! 勃谛尼君!"说着走到书桌旁把那长抽屉打开。其中有许多纸束,都用细细的绳缚着的。上面一一记着年月。翻寻了好一会,取了一束打开。翻出一张黄色的纸来,递给父亲。这是四十年前父亲的成绩。

纸的顶上,记着"听写,一八三八年四月三日,亚尔培脱·勃谛尼"等字样。父亲把这写着大形的小孩笔迹的字的纸片,带笑读着,可是眼中就浮出泪来。我立起来问是什么,父亲一手抱住了我说:

"你看这纸! 这是,母亲给我修改过的。母亲常替我在这种处所修改,最后一行。全是母亲给我写的。我疲劳了睡着在那里的时候,母亲仿了我的笔迹替我写的。"父亲说了在纸上接吻。

先生又拿出别的一束来。

"你看! 这是我的纪念品。每学年,我把各学生的成绩各取一纸这样地留藏着。其中记有月日,是依了顺序排列在这里的。把这打开了,一一翻阅,心里就追忆起许多的事情来,好像我已回复到那时的光景了。

啊！已有许多年数了，却是一把眼睛闭拢，就像有许多的孩子，许多的班级在眼前。那些孩子，有的已经死去了罢，许多孩子的事情，我都记得，像最好的和最坏的，格外明白地记得，使我快乐的孩子，使我伤心的孩子，这是尤加不会忘记的。许多孩子之中，很有坏的哩！但是，我好像是在别一世界，无论坏的好的，在我都是同样地爱他们。"

先生说了重新坐下，握住我的手。

"怎样？还记得我那时的恶戏吗！"父亲笑着说。

"你吗？"老人也笑了。"不，并没记得有甚么。你原也算是淘气的。不过，你是个伶俐的孩子，并且在年龄的比例上，也大得快了一点。记得你母亲曾很爱你哩。这姑且不提，啊！今天你来得很难得，谢谢你！难为你在烦忙中还能来访我这衰老的苦教师！"

"克洛赛谛先生！"父亲用了很高兴的声音说，"我还记得母亲第一次领我到学校里去的光景。母亲和我离开两点钟之久，是那时开始的。那时母亲觉得似乎将我从自己手里交付了别人，母子就从此分离了，心里很是悲哀，我也很是难过。在窗上和母亲说再会的时候，我眼中曾充满了眼泪。这时先生用手招呼我，先生那时的姿势，脸色，都好像似洞悉了母亲的心情的。先生那时的眼色，好像在说'不要紧！'我看了那时先生的神情，就明白知道先生是保护我的、饶恕我的。那时的先生的样子，我不会忘记，永远在我心里雕刻了留存着哩。今天把我从丘林拉到此地来的就是这个记忆。因为要想在四十四年后的今天，再见见先生，向先生道谢，所以来的。"

先生不作声，只用了那颤抖着的手抚摸我的头。那手从头顶移到额侧，又移到肩上。

父亲环视室内。粗糙的墙壁，粗制的卧榻，些许的面包，窗间搁着小小的油壶。父亲见了这些，似乎在说："啊！可怜的先生！勤劳了六十年，所得的报酬，只是这些吗？"

可是，老先生却自己满足着。他高高兴兴地和父亲谈着我家里的事，从前的先生们和父亲同学们的情形，话头总不会完。父亲想拦住先生的话头，请他同到街上午餐去。先生只一味说谢谢，似乎迟疑不决。

父亲执了先生的手，催促就去。先生于是：

"但是，我如何可以吃东西啰！手这样地颤动着，恐怕妨害别人呢！"

"先生！这是会帮助你的。"先生见父亲这样说，也就应允。微笑着摇头。

"今天好天气啊！"老人一壁关门一边壁："真是好天气。勃谛尼君！我一生不会忘了今天这一天呢！"

父亲搀着先生，先生携了我的手，同下坂去。途中遇见携手走着的两个赤足的少女，又遇见担草的男孩子。据先生说，那是三年级的学生，午前在牧场或田野劳作，饭后是到学校里去的。时候已经正午，我们进了街上某餐馆，三人围坐了大食桌午餐。

先生很快乐，可是因快乐的缘故，手却愈颤动，几乎不能吃东西了。父亲代他割肉，代他切面包，或是代他把盐加在盆里。汤是用玻璃杯盛了捧着饮的，可是仍还是轧轧地障着牙齿呢。先生不断地谈说，什么青年时代读过的书呀，现在社会上的新闻呀，自己被先辈称扬过的事呀，现代的制度呀，种种都说。他微红了脸，少年人似地快乐笑谈。父亲也怡然微笑了看着先生，那神情和平日在家里一壁想着事情一壁注视着我的时候一样。

先生打翻了酒，父亲立起来用食巾替他拭干。先生笑了说："咿呀！咿呀！这是对不起你！"后来，先生用了那颤动着的手举起杯来，郑重地说：

"技师！为了祝你和哥儿的健康，为了对于你母亲的纪念，干了这杯！"

"先生！祝你的健康！"父亲回答了握先生的手。那在室隅的餐馆主人和侍者们都向我们看。他们见了这师弟的情爱，似乎也很感动。

两点钟以后，我们出了餐馆。先生说要送我们到车站，父亲又去搀他。先生仍携着我的手，我代先生取了杖走。街上行人有的立了看我们，本地人都认识先生，和他招呼。

在街上走着，从前面窗口流出小孩的书声来，老人立住了悲哀地说：

"勃谛尼君！这最使我伤心！一听到学生的读书声，就想到我已不在学校,另有别人代我在那里,不觉悲伤起来了! 那个,那个是我六十年来听熟了的音乐,我曾很欢喜他的。我好像已和家族分离,一个小孩都没有了的人了!"

"不,先生!"父亲说着又开步前行。"先生有许多的孩子呢! 那许多孩子都散在世界上,和我一样地都记忆着先生呢!"

先生悲伤地说:

"不,不! 我已没有学校没有孩子了! 没有孩子,是不能生存的。我的末日,大约就到了罢!"

"请勿说这样的话! 先生已做过许多好事,把一生用在很高尚的事情上了!"

老先生把那白发的头靠在父亲肩上,又把我的手紧紧握住。到车站时,火车快要开了。

"再会! 先生!"父亲在老人颊上接吻告别。

"再会! 谢谢你! 再会!"老人说了把父亲的一只手用自己的颤动着的两手夹住了贴到胸前去。

我去和老先生接吻时,老先生的脸上已湿了泪了。

父亲把我先推入车内。待车要开动的时候,从老人的手中取过杖来,把自己执着的镶着银头刻有自己名氏的华美的杖换了过去,说:

"请取了这个,当作我的纪念!"

老人正想推辞不受,父亲已跳入车里,把车门关了。

"再会! 先生!"父亲说。

"再会! 你已给与这穷老人以慰藉了! 愿上帝保佑你!"先生于车将动时说。

"再相见罢!"父亲说。

先生摇着头,好像在说:"恐不能再相见了哩!"

"再可相见的,再相见罢!"父亲反覆着说。

先生把颤着的手高高地举起,指着天:

"在那上面!"

于是,先生的形影,就在那擎着手的瞬间不见了。

全愈 二十日

和父亲作了快乐的旅行回来，十日之中，竟不能见天地，这真是做梦也料不到的事情。我在这几日间，病得几乎没有了命了。只朦胧地记得母亲曾啜泣，父亲曾苍白了脸守着我，雪尔维姊姊和弟弟低声地谈着。那戴眼镜的医生守在床前，虽曾向我说着甚么，但我全不明白。只差一些，我已要和这世别离了。其中有三四天，甚么都茫然，像在做黑暗苦痛的梦！记得：我二年级时的女先生曾到床前，把手帕遮住自己的咳嗽。我的先生曾弯下上身和我接吻，我脸上被须触着觉痛。克洛西的红发，代洛西的金发，以及着黑服的格拉勃利亚少年，都好像在云雾中看见。卡隆曾拿着一个带叶的夏橘子来赠我，因母亲有病，记得就回去了。

等到从长梦中醒来，神志清了，见父亲母亲在微笑，雪尔维姊姊在低声唱歌，我才知道自己的病已大好了。啊！真是可悲的恶梦啊！

从此以后，就每日转好。等"小石匠"来装兔脸给我看，我才开笑脸。那孩子从病以后，脸孔长了许多，兔脸比以前似乎装得更像了。可莱谛也来，卡洛斐来时，把他正在经营的小刀的彩票，送了我两条。昨天我睡着的时候，泼来可西来，据说将我的手在自己的颊上触了一下就去了。他是才从铁工场出来的，脸上染着煤炭，我袖上也因而留下黑迹。我醒来见了很是快活。

数日之间，树叶又绿了许多。从窗口望去，见孩子们都挟了书到学校去，我真是羡杀！我也快要回到学校里去了，我想快些去见见全体同学，看着自己的坐位，学校的庭院，以及街市的光景，想听听在我生病期内所发现的新闻，又想去翻阅翻阅笔记簿和书籍，都好像已有一年不见了哩。我母亲可怜已瘦得苍白了！父亲也很疲劳着！来望我的亲切的朋友们，都跑近来和我接吻。啊！一想到将来有和这许多朋友别开的时候，现在就在悲伤起来。我大约是可以和代洛西同入高等的学校的，其余的朋友们怎样呢？五年级完了以后，就大家别离，从此以后，不能再相会了罢！遇到疾病的时候，也不能再在床前看见他们了罢！——卡隆、泼来可西、可莱谛，都是很亲切很要好的朋友。——可是都不长久！

劳动者中有朋友 二十日

安利柯！为甚么"不长久"呢？你修毕了五年级入中学去,他们入劳动界去。数年之中,彼此都在同一市内,为甚么不能相见呢？你即使进了高等学校或大学,到工场里去访问他们,不就可以了吗？在工场中与旧友相见,是多么快乐的事啊！

可莱谛和泼来可西无论在甚么地方,你都可以去访问他们的;都可以到他们那里去学习种种的事情的。怎样？倘若你和他们不继续交际,那么,你将来就要不能得着这样的友人——和自己阶级不同的友人。到那时候,你就只能在一阶级中生活了,只在一阶级中交际的人,恰和只读一册书籍的学生一样。

所以,要决心和这些朋友永远继续交际啊！并且,从现在起,就要注意了多和劳动者的子弟交游。上流社会好像将校,下流社会是兵士。社会和军队一样,兵士并不比将校贱。贵贱在能力,并不在于俸钱;在勇气,并不在阶级。论理,正唯其兵士与劳动者自己受报酬少,就愈可贵。所以,你在朋友之中,对于劳动者的儿子,应该特别敬爱,对于他们父母的劳力与牺牲,应该表示尊敬。不应只着眼于财产和阶级的高下。因财产和阶级的高下来分别人,真是鄙贱的心情。救济我国的神圣的血液,是从工场、田园的劳动者的脉管中流溢出来的。要爱卡隆、可莱谛、泼来可西、"小石匠"啊！他们的胸里,宿着高尚的灵魂哩！将来命运无论怎样变动,决不忘了这少年时代的友谊:从今天就须这样自誓。再过了四十年,到车站时,如果见卡隆墨黑了脸,穿着司机的衣服,你即使做着贵族院议员也应立刻跑到车头上去,将手勾在他的颈上。我相信你一定会如此的。

——父亲——

卡隆的母亲 二十八日

我回到学校里去,最初听见的是一个恶消息,卡隆因母亲大病,缺课了好几天。终于,他母亲于前星期六那天逝世了。昨天早晨我们一走进

教室,先生对我们说:

"卡隆遭遇了莫大的不幸了!母亲死去了!他明天大约要回到学校里来的,望你们大家同情于他的苦痛,他进教室来的时候,要亲切丁宁地招呼安慰他,不许说戏言或向他笑!"

今天早晨,卡隆略迟了一刻来了。我见了他,心里好像塞住了甚么。他脸孔瘦削了,眼睛红红地,两脚颤悸着,似乎自己生了一个月的大病的样子。全身换了黑服,差不多一眼认不出他是卡隆来。同学都屏了气向他注视。他进了教室以后,似乎记到了母亲每日来接他,从椅子背后看他,种种地注意他的情形,忍不住就哭了起来。先生携他过去,将他贴在胸前:

"哭吧!哭吧!苦孩子!但是不要灰心!你母亲已不在这世界了,但是,仍在照顾着你,仍在爱你,仍在你身旁呢。你会有时再和母亲相见罢,因为你有着和母亲一样的正直的精神。啊!你要自己珍重啊!"

这样说了,领他坐在我旁边的位上。我不忍去看卡隆的面孔。卡隆取出自己的笔记簿和久不翻了的书来看,翻到前次母亲送他来的时候折着作记的地方,又掩面哭泣起来。先生向我们使眼色,暂时不去理他,管自上课。我虽想对卡隆说句话,可是不知说甚么好,只将手搭在卡隆肩上,低声地这样说:

"卡隆!不要哭了!啊!"

卡隆不回答甚么,只是在桌上伏倒了头,把手加到我的肩上来。散课以后,大家都默着恭敬地集在他周围。我因看见我母亲来了,就跑过去想求抚抱。母亲将我推开,只是看着卡隆。我莫名其妙,及见卡隆独自立在那里,默不作声,悲哀地看着我,那神情好像在说:

"你有母亲来抱你,我已不能够了!你有母亲,我已没有了!"

我才悟到母亲推开我的缘故,就不待母亲携我,自己出去了。

寇塞贝马志尼 二十九日

今天早晨,卡隆仍是苍白了脸红肿了眼来。我们当作唁礼替他堆在桌上的物品,他顾也不顾。先生另外拿了一本书来说是预备念给卡隆听的。他先向我们通知说：明天要授与勋章给前次在濮河（Po）救起小孩的少年了，午后一时，大家到市政所去参观，星期一就作一篇参观记当作这月的每月例话。通告毕，又向着那垂着头的卡隆说：

"卡隆！今天请忍耐了把我以下所讲的话和大家一齐笔记了。"我们都捏起笔来，先生就开始讲：

"寇塞贝·马志尼（Giuseppe Mazzini），千八百零五年生于热那亚，千八百七十二年死于辟沙（Piso）。他是个伟大的爱国家，大文豪，又是意大利改革的先驱者。他为爱国精神所驱，四十年中和贫苦奋斗，甘受放逐迫害，宁为亡命者，不肯变更自己的主义与决心。他非常敬爱母亲，将自己高尚纯洁的精神，全归功于母亲的感化。他有一个知友，丧了母亲，不胜哀痛，他写一封信去慰唁。下面就是他书中的原文。"

"朋友！你在这世已不能再见你的母亲了。这实是可战栗的事。我目前不忍看见你，因为你现在正在谁都难免而且非超越不可的神圣的悲哀之中。'悲哀非超越不可'，你了解我这话吗？在悲哀的一面，有不能改善我们的精神而反使之陷于柔弱卑屈的东西。我们对于悲哀的这一部分，当战胜而超越他。悲哀的别一面，有着使我们精神高尚伟大的东西。这部分是应该永远保存，决不可弃去的。在这世界中最可爱的莫过于母亲，在这世界所给你的无论是悲哀或是喜悦之中，你都不会忘了你的母亲罢。但是，你要纪念母亲，敬爱母亲，哀痛母亲的死，不可辜负你母亲的心。啊！朋友！试听我言！死这东西，是不存在的。这是空无所有，连了解都不可能的东西。生是生，是依从生命的法则的。而生命的法则就是进步。你昨日在这世有母亲，你今天随处有天使。凡是善良的东西，都有加增的能力，会做这世的生命，永不消灭。你母亲的爱，不也是如此吗？你母亲要比以前更爱你啊！因此之故，你对于母亲，也就有比前更重的责任了。你在他界能否和母亲相会，完全要看你自己的行为怎样。所以，应因了爱慕母亲的心情，愈改善自己，以安慰母亲的灵魂。以后你无论行何事，常须自己反省：'这是否母亲所喜的？'母亲的死去，实替你在这世界上遗留了一个守护神。你以后一生的行事，都非和这守护神商量不可。要刚毅！要勇敢！和失望与忧愁奋斗！在大苦恼之中维持精神的平静！因为这是母亲所喜的。"

先生再继续着说：
"卡隆！要刚毅！要平静！这是你母亲所喜的。懂了吗？"
卡隆点头，大粒的泪珠，簌簌地落下在手背上、笔记簿上和桌上。

少年受勋章（每月例话）

午后一点钟，先生领了我们到市政所去。参观授与勋章给前次在濮河救起小孩的少年。

大门上飘着大大的国旗。我们走进中庭，那里已是人山人海。前面摆着用红色台布罩了的台子，台子上列有书件。后面是市长及议员的席次，有许多华美的椅子。着青背心穿白袜子的赞礼的傧相就在那里。再右边是一大队的挂勋章的警察，税关的官员，都在这旁边。这对面排着许多盛装的消防队，还有许多骑兵、步兵、炮兵及在乡军人。其他绅士呀、一般人民呀、妇女呀、小孩呀，都围集在这周围。我们和别校的学生并集在一隅，旁有一群从十岁到十八岁光景的少年，谈着笑着。据说这是今天受勋章的少年的朋友，特从故乡来到会的。市政所的人员多在窗口下望，图书馆的走廊上也有许多人靠着栏杆观看。大门的楼上，满满地集着小学校的女学生和面上有青面幕的女人会员。全体情形，正像一个剧场，大家高兴地谈说，时时向着有红毡的台子地方望，看有谁出来没有。乐队在廊下一角静奏乐曲，日光明亮地射着在高墙上。

忽然，拍手声四起了。从庭中，从窗口，从廊下。

我翘起脚跟来望。见在红台子后面的人们已分为左右两排，另外来了一个男子和一个女人，男子更携了一个少年的手。

这少年就是那救助朋友的勇敢的少年。那男子是他的父亲，原是一个做石工的，今天打扮得很整齐。女人是他的母亲，小小的身材，白色，穿着黑服。少年也白色，衣服是鼠色的。

三人见了这许多人，听了这许多的拍手声，只是立了不动，眼睛也不向别处看，傧相领了他们到台子的右旁。

　　过了一会,拍手声又起了。少年望望窗口,又望望妇人会员所居的廊下,好像自己不知在甚么地方了。少年面貌略像可莱谛,只是面色比可莱谛红些。他父母注视着台上。

　　这时候,在我们旁边的少年的乡友,接连地向少年招手。或是轻轻的唤着"平!平!平诺脱!(Pin! Pin! Pinot!)"去引起少年的注意。少年好像居然听见了,向着他们看,在帽子下面露出笑影来。

　　未几,守卫把姿势整顿了,市长和许多绅士一齐进来。

　　市长穿了纯白的衣服,围着三色的肩衣。他立到台前去,其余的绅士都在他两旁或背后就坐。

　　乐队停止了乐,因了市长的号令,满场就肃静了。

　　市长于是开始演说。在最初,大概是叙说少年的功绩,不甚听得清楚。到了后来,声音渐高,语音遍布全场,已一句都不会漏去了:

　　"这少年在河岸见自己的朋友正将淹没,就毫不犹豫地脱去衣服,跳入水去救他,旁边的孩子们想拦住他,说:'你也要同他一处淹没哩!'他不置辨,跃入水去。河水正涨满,连大人下去也要不免危险。他尽了力和急流奋斗,竟把快在水底窒死的友人捞着,提了他突波而上。几次要险遭溺下,终于鼓着勇气,浮出到水面来。那种坚忍和决死的精神,几乎不像是少年的行径,竟是大人救自己爱儿的时候了。上帝鉴了这少年的勇气的行为,就助他成功,使他将濒死的友人从鳄鱼窠里救出,更因了别人的助力,终于更生了。事后,他如无其事地回到家里,淡淡地把经过报告家人知道。"

　　"诸君!勇敢在大人已是难能可贵的美德,至于在没有名利之念的小孩,在体力怯弱,无论做什么都非有十分热心不可的小孩,在并无何等的义务责任,就使不做什么,只要能了解人所说的,不忘人的恩惠,已足受人爱悦的小孩,勇敢的行为,真是神圣之至的了。诸君!我不再说甚么了!我对于这样高尚的行为,不愿在这以上再加无谓的赞语!现在诸君的面前,就立着那高尚勇敢的少年!军人诸君啊!请以弟弟待他!做母亲的女太太啊!请和自己儿子一样地替他祝福!小孩们啊!请记忆他的名字,将他的样子雕刻在心里,永久勿忘!请过来!少年!我现在以意大利国王的名义,授与这勋章给你!"

市长就台上取了勋章,替少年挂在胸前,又抱了他接吻。母亲把手当了两眼,父亲把下颐垂下胸口来。

市长和少年的父母握手,将用丝带束着的赏状递给母亲。又向了那少年说:

"今天是你最荣誉的日子,在父母是最幸福的日子。请一生之间勿忘今日,去上你德义与名誉的路程! 再会!"

市长说了退去。乐队又奏起乐来。我们以为仪式就此完毕了。这时,从消防夫队中走出一个八九岁的男孩子来,跑近那受勋章的少年,把自己投在他的腕里。

拍手声又起来了。那就在濮河被救起的小孩,这次出来,是为表示感谢再生之恩的。被救的小孩与恩人接了吻,携了手出去。少年的父母跟在后面,勉强从人群中挤出到大门方面。警察、小孩、军人、妇女,都头向了一方,踮起了脚跟想看这少年。在近处的人,有的去抚触他的手。他们在学校学生群旁通过时,学生都把帽子高高地举在空中摇动。和少年同乡里的孩子们,都纷纷地前去握住少年的臂,或是拉住他的上衣,狂叫"平! 平! 万岁! 平君万岁!"少年通过我的身旁,我见他脸上带着红晕,似乎很欢悦的。勋章上附有赤白绿三色的丝带。那做父亲的用了颤颤的手在抹须。在窗口及廊下的人们见了都向他们喝采。他们通过大门时,女会员从廊下抛下堇花或野菊的花束来,落在少年和他父母头上,更散在地上。在旁边的人都俯下去拾了交付他母亲。这时,庭内的乐队,静静地奏出幽婉的乐曲,那音调好像是大群人的银样的歌声,远远地消去的样子。

第八卷　五月

畸形儿　五日

今天不大舒适,把功课请了假,由母亲领了我到畸形儿学院去。母亲是为了请求给那门房的儿子入院去的。等到了那里,母亲叫我留在外面,不使我入内。

安利柯! 我为什么不叫你进学院去? 恐你还未知道罢? 因为,把你这样康健的小孩带进那不幸的残废的群里去给他们去看,是不好的。即不如此,他们已经时时有痛感自己不幸的机会哩! 那真是可怜啊! 身入其境,眼泪就会从胸里涌上来;男女小孩共约有六十人,有的骨格不正,有的手足歪斜,有的皮肤皱裂,身体扭转不展。其中,也尽有相貌伶俐,眉目可爱的。有一个孩子,鼻子高高地,脸的下部分已像老人样的尖长了,可是还带着可爱的微笑呢! 有的孩子,从前面看去,很端秀,不像是有残疾的,一叫他背过身来,就觉得有可怜的地方了。恰好,医生到在这里,一个一个地叫他们立在椅上,曳上了衣服,把膨大的肚子或是臃肿的关节检查着。他们时常这样脱去了衣服,回环着给人看,已经惯了,聒不为耻。可是,在那身体初发见残疾的时候,是多少难过啊! 病渐渐厉害,人对于他们的情爱就渐渐减退,有的整几小时地被弃置在庭隅,只受粗劣的食物,有的还要被嘲弄,也许有的在几月中还枉受无益的绷带和疗治的苦痛罢。现在,靠了这学院中的注意和适当的食物和运动,大抵已恢复许多了。见了那因了号令伸出来的缚着绷带或是夹着板的手脚,真是可怜呢。有的在椅子上不能直立,用臂托住了头,一手抚摸着那拐杖的,又有手臂虽勉强向前伸直了,终于呼吸迫促起来,苍白了倒下地去的。虽然这样,他们要藏匿苦痛,还是装着笑容呢! 安利柯啊! 像你这样健康的小孩,还不知自己感谢自己的健康,我见了那可怜的畸形的孩子,一想到世间做母亲的当作自己的荣耀,矜夸了抱着的壮健的小孩,觉

得很是难堪,恨不能一个一个去抚抱他们。如果周围没有人,我就要这样说了罢:

"我不离开此地了!我一生为你们牺牲,做了你们的母亲罢!"

可是,孩子们还歌着,那种细而可悲的声音,使听见的人肠为之断。先生称赞他们,他们就非常快活,在先生通过他们坐位的时候,都去吻她的手。大家都亲爱着先生呢。据先生说,他们头脑都好,也能用功。那位先生,是一个青年的温和的女人,面貌上充满了慈爱。她的常带悲容,大概是每天和那不幸的孩子们作伴的缘故罢。真可敬佩啊!劳动了生活着的人虽是很多,但像她那样的做着神圣职务的人,是不多有的罢。

——母亲——

牺牲　九日

我的母亲固是好人,雪尔维姊姊也像母亲一样,有着高尚的精神。昨夜,我正抄写着每月例话《六千哩寻母》的一段——这因为太长了,先生叫我们四五个人分开了抄录的。——姊姊静悄悄地进来,低了声急急地这样说:

"快到母亲那里去!母亲和父亲才在说甚么呢,好像已有了甚么不幸的事了,很是悲痛,母亲在安慰他。说家里要困难了——懂吗?家里已经要没有钱了啰!父亲说,要有若干牺牲才得恢复呢。我们也大家来牺牲如何?非牺牲不可的!啊!让我和母亲说去,你也要赞成我,并且,要照我姊姊所说的样子,向母亲立誓,要甚么都答应做啊!"

姊姊说了,拉我的手同到母亲那里去。母亲正一壁做着针线,一壁沈思着。我在长椅子的一端坐下,姊姊坐在那一端,就说:

"喂!母亲!我有一句话要和母亲说。我们两个有一句话要和母亲说。"

母亲吃惊了看着我们。姊姊继续着说:

"父亲不是说没有钱了吗?"

"说甚么?"母亲红了脸回答。"没有钱的事,你们知道了吗?这是谁告诉你们的?"

姊姊大胆地说：

"我知道哩！所以，母亲！我们也觉得非大家牺牲不可。你不是曾说到了五月终给我买扇子的吗？还答应安利柯弟弟买颜料盒呢。现在，我们已甚么都不要了。钱也一个都不想用，不给我们也可以。啊！母亲！"

母亲刚要回答说甚么，姊姊阻住了她：

"不，非如此不可的。我们已经如此决定了。在父亲没有钱的时候，水果，甚么，都不要，只要有汤就好，早晨单吃面包也就够了。这么一来，食费是可以多少省些出来罢。一向实在是太待我们好了！我们决定只要如此就满足了。喂，安利柯！不是吗？"

我回答说是。姊姊用手遮住了母亲的口，继续着说：

"还有，无论是衣服或是甚么，如果有可以牺牲的，我们也都欢欢喜喜地牺牲。把人家送给我们的东西卖了也可以，劳动了帮母亲的忙也可以。终日劳动罢！甚么事情都做，我，甚么事情都做的！"说着又将臂弯到母亲项上去。

"如果能救助了父亲母亲，父亲母亲再有像从前那样快乐的脸孔给我们看见，无论怎样辛苦的事情，我也都愿做的。"

这时母亲脸上的快悦，是我所未曾见过的。这时母亲在我们额上接吻的热烈，是从来所未曾有过的。母亲当时甚么都不说，只是在笑容上挂着泪珠。后来，母亲和姊姊说明家中并不困于金钱，叫她不要误听。还屡次称赞我们的好意，这夜是很快活，等父亲回来，就一伍一什地告诉了他。父亲也不说甚么。今天早晨，我们就食桌时，我觉到非常的欢喜与非常的悲哀。我的食巾下面，藏着颜料盒，姊姊的食巾下面，藏着扇子。

火灾　十一日

今天早晨，我抄毕了《六千哩寻母》，正忖着这次作文的材料。忽然，从楼梯方面发出非常的人声。过了一会，有两个消防夫进屋子来，和父亲说，要检查屋内的火炉和烟突。这因为屋顶的烟突上冒出了火，辨不出从谁家发出来的缘故。

"呃！请检查！"父亲说。其实，我们屋子里并没有燃着火，可是消防夫仍在各室巡视，把耳朵附近了壁听有无火在爆燃的声音。

在他们各处巡视时，父亲向了我说：

"哦！这不是好题目吗？——叫做《消防夫》。我讲了，你写着！"这样说

"两年以前，我深夜从剧场回来，路上看见过消防夫的救灾行动，我才要走入罗马街，就见有猛烈的火光，许多人都集在那里。一间家屋正在烧着，像舌的火焰，像云的烟气，从窗口屋顶喷来，男人和女人从窗口探出头来拼命的叫，忽然又不见了。门口挤满了人，齐声叫喊说：

"'要烧死了哩！快救命啊！消防夫！'

"这时来了一部马车，四个消防夫从车中跳出。这是最先赶到的，一下车就跑进屋子里去。他们一走进，同时发生了可怕的事情。一个女子，在四层楼窗口叫喊奔出，手拉住了栏杆，背向了外，在空中挂着。火焰从窗口喷出。几乎要卷着她的头发了。群众大发恐怖的叫声，方才的消防夫一时错了方向，把三层楼的墙壁打破了进去，这时群众齐声狂叫说：

"'在四层楼，在四层楼！'

"他们急上四层楼去，在那里忽然听见恐怖的叫声，梁木从屋顶落下，门口满了烟焰。要想到那关着人的屋子里去，除了从屋顶走，已没有别的路了。他们急急地跳上屋顶，瓦上从烟里露出一个黑影来，这就是那最先跑到的伍长。可是，要从屋顶到那被火包着的屋里去，非通过那屋顶的窗和格溜间的极狭小的地方不可。因为别处都已被火焰包住了，只这狭小的地方，还有冰雪掩着。可是却没有可攀援的地方。

"'那里是，无论如何通不过的！'群众在下叫说。

"伍长沿了屋顶边上走，群众震栗地看着他。他终于把那狭小的地方通过了，那时下面的喝彩声几乎要震荡天空。伍长走到那危急的场所，用斧把梁橡斩断，造成入内的孔穴。

"这时，那女子仍在窗外挂着，火焰快将卷到她的头上，眼见得就要

向街路坠下了。

"伍长斩开了孔穴，把身子结束了就跳进屋里去。后来的消防夫也跟着跳入。

"这时才运到的长梯子在屋前架着。窗口冒出凶险的烟焰来，耳边闻到可怖的呼号声，危急得几乎无从着手了。

"'不好了！连消防夫也要烧死了！完了！早已死了！'群众叫着说。

"忽然，伍长的黑影在有栏杆的窗口看见了，火光在他头上照得红红地。女子去抱着他的项颈，伍长两手抱了那女子，下室中去。

"群众的叫声，在火烧声中沸腾：

"'还有别个呢？如何下来？那梯子离窗口很远，如何接得着呢？'

"在群众叫喊声中，突然来了一个消防夫，右足踏了窗沿，左足踏住梯子，在空跨了立着，室中的消防夫把遭难者一一抱出递交给他，他又一一递给从下面上去的消防夫。下面的又一一递给再在下面的同伴。

"最先下来的是那个曾在栏杆上挂过的女子，其次是小孩，再其次的也是个女子，再其次的是个老人。遭难者如数下来了以后，室中的消防夫也就一一下来，最后下来的是那个最先上去的伍长。他们下来的时候，群众喝彩欢迎，及等到那拼了生命，上去最先下来最后的勇敢的伍长来时，群众欢声雷动，都张开了手，好像欢迎凯旋的将军也似地喝彩。一瞬间，他那寇塞贝·洛辟诺（Giuseppe Robino）的名氏，在数千人的口中传遍了。

"知道吗？这就叫做勇气。勇气这东西不是讲理由的，是不踌躇的，见了人有危难，就会像电光似地盲目飞跳过去。过几天，带了你去看消防夫的练习罢。那时，领你去见洛辟诺伍长罢。他是怎样一个人，你想知道他吗？"

我答说，很想知道他。

"就是这位啰！"父亲这样说了，我不觉吃了一惊，回过头去，见那两个消防夫正检查完毕，要从室中出去了。

"快和洛辟诺伍长握手！"父亲指着那衣上缀有金边的短小精悍的说。伍长立住了伸手过来，我去和他握手。伍长道别而去。

父亲说：

"好好地把这记着！你在一生中，握手的人，当有几千，但像他那样豪勇的人，恐不上十个罢！"

六千哩寻母（每月例话）

几年前，有一个十三岁的工人家的儿子，曾经独自从意大利的热那亚到南美洲去寻觅过母亲。

这少年的父母，因遭了种种的不幸，陷于穷困，负了许多的债。母亲想设法赚些钱，图一家的安乐，曾于两年以前，远远地到南美洲的阿根廷（Argentine Republic）共和国首府培诺斯·爱列斯市去做女仆。原来，从意大利到南美洲去工作的勇敢的妇女不少，那里工资丰厚，去了不用几年，就可赚积几百元回来的。这位苦母亲和她十八岁与十三岁的两个儿子分别时，悲痛得几乎要流血泪，可是为一家生活计，也就忍心勇敢地去了。

那妇人平安地到了培诺斯·爱列斯，她丈夫有一个从兄，在那里经商有年。因了他的介绍，到该市某上流人的家庭中为女仆。工资既厚，待遇也颇亲切，她安心工作着。在初到的当时，也常有消息寄到家里来。彼此在分别时约定：从意大利去的信，寄交从兄转递，妇人寄到意大利的信，也先交给从兄，从兄再附写几句，转寄到热那亚丈夫那里来。妇人将每月十五元的工资一文不用，隔三月寄钱给故乡一次。她丈夫虽是个做工的，很爱重名誉，把这钱逐步清偿债款，一壁自己也奋发地劳动，忍耐了一切的辛苦和困难，等他的妻子回国。自从妻子去国了以后，家庭就冷落得像空屋，幼子尤恋念着母亲，以母亲远客他国为悲，一刻都忘不掉。

光阴如箭，不觉一年过去了。妇人自从来过了一封说略有不适的短信以后，就消息没有。写信到从兄那里去问了两次，也没回信来。再直接写信到那妇人的雇主家里去，仍不得回复。——这是因为地址弄错，未曾寄到的。于是全家更不安心，终以请求驻培诺斯·爱列斯的意大利领事，代为探访。过了三个月，领事回答说，连新闻广告都登过了，并无人来承认。这或者因为那妇人自以为替人作女仆为一家的耻辱,所以把自己主人的本名隐瞒了吧。

又过了数月,仍如石沈海底,没有消息。父子三人计无所出,幼子尤悲念不堪,几将致病。既无方法可想,又无人可与商量。父亲想亲去美洲寻妻,但第一非先把职务抛了不可,并且又没有寄托儿女的地方。长子似乎是可派遣的,但他已能攒得若干的金钱,帮助家计,也无法叫他离家。每天只是这样大家面面相觑地反复商量着这事。有一天,幼子玛尔可(Mano)的面上现出决心的样子说:"我到美洲寻母亲去!"

父亲不回答甚么,只是悲哀地摇着头。在父亲看来,这心虽可嘉,但以十三岁的年龄,登一个月的旅程,独自到美洲去,究不是可能的事。但是,幼子坚执着这主张,从这天起,每天谈起这事,总是坚持到底,用了很沈静的神情,说述可去的理由,其懂事的程度,俨如大人一样。

"别人不是也去的吗?比我再小的人去的也多着哩?只要下了船,就会和大众齐到那里的。一到了那里,就去找寻那从叔的住所,意大利人在那里的很多。一问就可明白。等找到了从叔,不就可寻着母亲了吗?如果再寻不着,那末可去请求领事,托他代访母亲作工的主人住所。无论中途有如何地困难来,那里好做的工作尽有,只要去劳动,回国的用资是用不着耽忧的。"

父亲听他这样说,就渐渐赞成了他。父亲平日原深知这儿子有惊人的思虑和勇气,且已在艰苦贫困中惯了的。这次的去,是为寻自己的慈母,认为必能较平时发挥加倍的勇气出来。并且,恰巧,父亲朋友之中,有一人曾为某船船长,父亲把这话和船长商量。船长答应替玛尔可通融到阿根廷的三等船票一张。

父亲踌躇了一会,就把玛尔可的要求答应了。及出发日子一到,父亲替他包好衣服,集了几块钱替他塞入衣袋里,又写了从兄的住址交给了他。在四月中天气很好的一个傍晚,父兄送了玛尔可上船去。

船快开了,父亲在吊梯上和儿子作最后的接吻:

"那末,玛尔可,去吧!不要害怕!因为上帝是守护着你的孝心的!"

可怜的玛尔可!他虽已发出勇气,不以任何风波为意,但眼见故乡美丽的山,渐向水平线上消去,举目只见汪洋大海,船中又没有相识者,只是自身一个人而已,自己所带的财物,只是行囊一个,一想到此,不觉突然悲愁起来。在最初的二日间甚么都不入口,只是蹲在甲板上暗泣,心潮如沸,想起种种事来。其中最可悲可惧的,就是关于母亲万一死了的怀忧。这忧念不绝地缠绕着他,有时茫然若梦,在眼前现出一个素不相识的人面,很怜悯地注视着他,且附近了他的耳低声说:"你母亲已死在那里了呢!"他惊醒来方知是梦,于是把正要出口的哭声重行咽住。

　　船过直布罗陀(Gibraltar)海峡,一出大西洋,玛尔可才略振出勇气与希望。可是,这也不过暂时如此。茫茫的洋面上,除了水天以外,甚么都不见,天候渐渐加热,周围去国工人们的可怜的光景,和自己孤独的形影,都足使他心中重罩上一层的暗云。一天一天,总是这样无聊地过去,正如床上的病人忘记时日,好像自己在海上已住了一年了,每天早晨张开眼来,知自己仍在大西洋中,独自在赴美洲的途上,兀自惊讶。甲板上时时落下的美丽的飞鱼,焰血一般的热带地方的日没,以及夜中燐光漂满海的一面,俨然像火山岩的光景。在他都好像在梦境中看见,不觉得这些是实物。天气不好的日子,终日终夜卧在室里,听了器物的滚转声、磕碰声、周围人们的哭叫声、吟呻声,觉得似乎末日已到了。又,当那静寂的海转成黄色,炎热如沸时,觉得倦怠无聊。在这种时候,疲弱极了的乘客,都死也似地卧倒在甲板上不动。海不知何日才可行尽,满眼只见水与天,天与水,昨天,今天,明天,都是如此。

　　玛尔可时时倚了船舷整几小时地茫然看海,一壁想着母亲,往往自己不知不觉,闭眼入梦。梦见那不相识者很怜悯地附耳告诉他,"你母亲已死在那里了!"他一被这话声惊醒过来,仍去眼对了水平线作梦也似地空想。

　　这海程连续至二十七日,最末的一天,天气很好,凉风拂拂地吹着。玛尔可在船中和一老人熟识了,这老人是隆巴尔地的农夫,说是到美洲去看儿子的。玛尔可和他谈起自己的情形,老人大发同情,常用手拍玛尔可的项部,反覆地说:

　　"不要紧! 就可见你母亲平安的面孔了!"

有了这同伴以后,玛尔可也就增了元气,觉得自己的前途是有望的。美丽的星月夜,在甲板上杂在大批的去国的工人中,靠近那喷喷吸着烟的老人坐了,就起已经到了培诺斯·爱列斯的想像:忽然,自己已在街上行走,找着了从叔的店,扑向前去。"母亲怎样?""啊!同去罢!""立刻去罢!"这样二人急急跨上主家阶石,主家就开了门。——他每次想像,都中断于此,心中充满了说不出的恋慕的情。忽又自己暗暗地把颈上悬着的赏牌,拉出来用嘴去吻了,细语祈祷。

到了第二十七天,轮船在阿根廷共和国首府培诺斯·爱列斯港口下锚了。那是五月中旭日很好的一个早晨,到埠遇这样好天气,前兆不恶。玛尔可高高兴兴地忘了一切,一意渴望:母亲就在距此几哩以内的地方,数小时中便可见面,自己已到了美洲,已独自从旧世界到了新世界,长期的航海,从今回顾,竟像只有一礼拜的光阴,觉得恰像自己在梦中飞跃到此,现在梦才醒了的。乘船时为防失窃,曾把所带的金钱,分作两份藏着,今天探囊,一份已不知在甚么时候不见了。因为心有所期待,也并不以此介意。金钱大概是在船中被攫去了的,除此以外,所剩的已无几,但怕甚么呢,现在立刻就可会见母亲了。玛尔可提了衣包随了大批的意大利人下了轮船,再由舢板船渡至码头上陆,和那亲切的隆巴尔地老人告别了,急忙大步地向市街进行。

到了街市,向行人问亚尔忒斯(Artes)街所在。那人恰巧是个意大利工人,向玛尔可打量了一会,问他能读文字不能。玛尔可答说能的。

那工人指着自己才走来的那条街道说:

"那末,向那条街道一直过去,转弯的地方,都标着街名;一一读了过去,就会到你所要去的处所的。"

玛尔可道了谢,依着他所指示的方向走去。坦直的街道,只管连续着,两旁都是别庄式的白而低的住屋。街中行人车辆杂沓,喧扰得耳朵要聋。这里那里地飘扬着大旗,旗上都用大字写着轮船出口的广告。每走十几丈,必有个十字街口,左右望去都是直而阔的街道,两面也都夹立着低而白的房屋,路上满着人和车,一直那面,在地平线上接着海也似的美洲的平原。这都会竟好像没有尽处,一直扩张到全美洲了的。他注意了把地名一一读去,有的地名很奇异非常难读。碰见女人,都注意了看,防或者她就是母亲。有一次,在面前走过的女人,很有点像母亲,不觉心跳血沸起来,急追上去看,虽有些相像,却是个有黑痣的。玛尔可急急地走而又走,到了一处的十字街口,他看了地名,就钉住了似地立定不动,原来这就是亚尔忒斯街了。转角的地方,写着一百一七号,从叔的店址是一百七十五号,急急跑到了一百七十五号门口,暂立了定一定神,独语了说:"啊! 母亲,母亲! 居然就可见面了!"走近拢去,见是一家小杂货铺,这一定是了! 进了店门,里面走出一个戴眼镜的白发老妇人来:

"孩子! 你要甚么?"用了西班牙语问。

玛尔可几乎说不出话来,勉强地才发声问:"这是勿兰塞斯可·牟里(Francesco Merelli)的店吗?"

"勿兰塞斯可·牟里已经死了啊!"妇人改用了意大利语回答。

"几时死的?"

"呃,很长久了。大约在三四个月以前罢。他因生意不顺手,逃去此地,据说到了离这里很远的叫做勃兰卡(Blamca)的地方不久,就死了。这店现在是已由我开设了。"

少年的脸色苍白了,急急地说:

"勿兰塞斯可,他是知道我的母亲的。我母亲在名叫美贵耐治(Mequinez)的人那里作工,除了勿兰塞斯可,是没有人知道母亲的所在。我是从意大利来寻母亲的,平常通信,都托勿兰塞斯可转交,我无论如何,非寻着我的母亲不可!"

"可怜的孩子! 我不知道,姑且问问近地的小儿们吧。哦! 他是和替勿兰塞斯可做使者的青年认识的。问他,或者可以知道一些。"

说着出至店门口去叫了一个孩子来:

"喂,我问你:还记得那曾在勿兰塞斯可家里的青年吗? 他不是常递信给那在他同国人家里作工的女人的吗?"

"就是那美贵耐治先生那里,是的,师母,那是时常去的。就在亚尔忒斯街的尽头。"

玛尔可快活了叫说:

"师母，多谢！请把门牌告诉我，要是不知道？那末请叫那人领了我去！——喂，朋友，请你领我去，我略带了些钱在这里哩。"

因为玛尔可太热烈了，那孩子也不等老妇人的回答，就开步先走，说，"那末去罢。"

两个孩子默然跑也似地走到街尾，到了一所小小的白屋门口，在那华美的铁门旁停住，从栏杆缝里可望见有许多花木的小庭园。玛尔可按铃，一个青年女人从里面出来。

"美贵耐治先生就在这里吗?"很不安地问。

"以前是曾在这里的，现在这屋归我们住了。"女人用了西班牙语调子的意大利语回答。

"美贵耐治先生到那里去了?"玛尔可问时，胸中轰动了。

"到可特淮(Cordova)去了。"

"可特淮！可特淮在甚么地方？还有，美贵耐治先生家里作工的也同去了罢？我的母亲——他们的女佣，就是我的母亲。我的母亲也被带了去吗。"

女人注视着玛尔可说：

"我不知道，父亲或者知道的。请等一等。"说了进去，叫了一个长身白须的绅士出来。绅士打量了这金发尖鼻的热那亚少年一会，用了不纯粹的意大利语问。

"你母亲是热那亚人吗?"

"是的。"玛尔可回答。

"那末，就是那在美贵耐治先生家里做女佣的热那亚女人了。她已随了主人一家同去了哩，我知道的。"

"到甚么地方去了?"

"可特淮市。"

玛尔可叹一口气，既而说：

"那末，我就到可特淮去！"

"哪！可怜的孩子！这里离可特淮有好几百哩路呢。"绅士用西班牙语独言。

玛尔可听见这话，急得几乎死去，一手攀住铁门。

绅士为怜悯之情所动，开了室门："且请到里面来！让我想想看有没有甚么法子。"说着自己坐下，叫玛尔可也坐了，详细问过一切经过情形，考虑了一会，说："钱是没有的罢？"

"略带着一些。"玛尔可回答。

绅士又思索了一会，就案作书，封好了交给玛尔可说：

"拿了这信到勃卡（Beca）去。勃卡是一个小市，从此地去，两小时可以走到。那里有一半是热那亚人。路是自会有人指教你的罢，到了勃卡，就去找这信面上所写着的绅士，这是那里谁都知道的人。把这信交给这人，这人就会明天送你到洛赛留（Rosario）去，把你再去托人，设法使你得到可特准的。只要到了可特准，美贵耐治先生和你的母亲都就可见面了。还有，这也拿了去。"说着把若干金钱交给玛尔可手里。又说：

"去吧，大胆些！无论到甚么地方，同国的人很多，怕甚么！再会。"

玛尔可不知要怎么道谢才好，只说了一句"谢谢！"，就提着衣包出来，和领导的孩子告了别，向勃卡进行。心里充满着悲哀和惊诧，折过那阔大而喧扰的街道走去。

从那时到这夜为止，一天中的事件，都像热症病人的梦魇一般地混乱了在他记忆中浮动着，他已疲劳、烦恼、绝望到了这地步了。那夜就在勃卡的小宿店和土作工人一共宿一宵，次日终日坐在木堆上，梦也似地盼望船来。到夜，乘了那满载着果物的大船往洛赛留。这船由三个热那亚水手行驶，脸都晒得铜一样黑，他因了三人的乡音，心中才略得了些慰藉。

船程要三日四夜，这在这位小旅客，只是惊异罢了。令人见了那惊心动魄的大河巴拉那（Prana），自己国内所谓大河的濮河，和这相比，只不过是一小沟。把意大利全国倍了四倍，还不及这河的长。

船日夜都向这河逆流徐徐而上，有时绕折过长长的岛屿前进。这些岛屿，以前曾是蛇虎的巢穴，现在已荫着橘树和杨柳，好像是浮在水上的园林了。有时船穿过狭狭的运河走，那是不知要多少时候才走得尽的长运河。又有时行过寂静汪洋像湖样的水上，行不多时，忽又屈曲地绕着岛屿，或是穿过壮大繁茂的林丛，转眼寂静又占领着周围，有几哩之中，陆地和寂寥的水，竟似未曾知名的新地，这小船好像在探险似的。愈前进，愈使人绝望的妖魔样的河！母亲不是在这河的源头的所在地吗？又，这船程不是要连续到好几年吗？他不禁这样地痴想着。他和水手一日吃两次小面包和咸肉，水手见他有忧色，也不和他谈说甚么。夜睡在甲板上，每次睡醒张开眼来，为那青白的月光所惊。汪洋的水，远的岸都被照成银色，对这光景，心就沉潜下去。时时心中反覆念着可特淮，觉得这好像是幼时在故事中听见过的魔地的地名。又想："母亲也曾行过这些地方的罢，也曾见过这些岛屿和岸的罢。"一想到此，就觉这一带的景物，不似异乡，寂寥也减去了许多。有一夜，一水手唱起歌来，他因这歌声，记起了幼时母亲逗他睡去的儿歌。到了最后一夜，他听了水手的歌啜泣了。水手停了唱说：

"当心！当心！甚么了？热那亚男儿虽到了外国，会哭的吗？热那亚男儿是应该环行世界，无论到了甚么地方都昂然的。"

他听了这话，身子震栗了。他因了这热那亚精神，高高地举起头来，用拳击着舵说：

"好！是的！无论在世界中周行多少我也不怕！就是徒步行几百哩也不要紧！到寻着母亲为止，只管走去走去，死也不怕，只要倒毙在母亲足旁就好了！只要能看见母亲就好了！就是这样，就是这样罢！"他存了这样的决心，于黎明时到了洛赛留市。那是一个寒冷的早晨，东方被旭日烧得血一样的红。这市在巴拉那河岸，港口泊着百艘光景的各国的船只，旗影乱落在波下。

他一上陆就提了衣包，去访勃卡绅士所介绍给他的当地某绅士。一入了洛赛留的市街，他觉得像是曾经见过了的地方，到处都是直而大的街道，两侧接连地排列着低而白色的房屋，屋顶上电线密如蛛网，人马车辆，喧扰得头也要昏。他想想不是又回到培诺斯·爱列斯了吗？心里似乎竟要去寻访从叔住址的样子。他胡撞了一点钟光景，无论转过几次湾，好像依旧在原处，问了好几次路，总算找到了绅士的住所。一按门铃，里面来了一个侍者样的肥大的恶相的男子，用了外国语调子的话，问

他来这里有什么事情。听到玛尔可说要见主人,就说:

"主人不在家,昨天和家属同到诺佩斯·爱列斯去了。"

玛尔可言语不通,勉强地硬着舌头:

"但是我,——我此地别没有相熟的人! 我只是一个人!"说着把带来的介绍名片递去。

侍者受取了,恶意地:

"我不接头。主人过一个月就回来的,那时替你交给他罢。"

"但是,我只是一个人! 怎样好呢!"玛尔可恳求似地说。

"哦! 又来了! 你们国里不是有许多人在这洛赛留吗? 快走! 快走! 如果要行乞,到意大利人那里去吧!"说着,即把门关了。

玛尔可还化石似地在门口立着。

无法,过了一会,只好提了衣包懒懒地走开。悲哀不堪,心乱得如旋风,各种忧虑同时涌上胸来。怎样好呢? 到甚么地方去好? 从洛赛留到可特淮有一天的火车路程,身边只有一块钱,再除去今天的费用,所剩更无几了。怎样去张罗路费呢? 劳动罢! 但是向谁去求工作呢? 求人布施吗? 不高兴! 难道再像方才地被人驱逐辱骂吗? 不高兴! 如果如此,还是死了好! 他一壁这样想着,一壁远望那无尽头的街路,愈把勇气消失了。于是把衣包放在路旁,倚壁坐下,两手捧着头,现出绝望的神情来。

街上行人的足,在他身上触碰。车辆轰轰的来往经过。孩子们都来立在旁边看他。他暂时不动,忽然惊闻有人用了隆巴尔地土音的意大利语问他:

"怎么了?"他因了这声音举起头来看,不觉惊跳起来:

"你在这里!"

原来这就是航海中要好的隆巴尔地老人。

老人的惊讶,也不下于他。他不等老人询问,就急急地把此来经过告诉了老人:

"我已没有钱了,非寻工作做不可。请替我找得甚么可以赚钱的工作。无论甚么都愿做。搬垃圾,扫街路,小使,种田都可以。我只要有黑面包吃就好,只要得到路费能够去寻母亲就好。请替我找看!因为此外已没有别的方法了!"

老人回视了四周,搔着头:

"这可为难了!虽说工作工作,也不是这样容易找寻的。另外想法罢。有这许多同国人在这里,些许的金钱,也许有法可想罢。"

玛尔可因这希望之光,得了安慰,举头对着老人。

"随了我来!"老人说着开步,玛尔可提起衣包跟行。他们默然在长长的街市走,到了一旅馆前,老人停了脚。招牌上画着星点,下写着"意大利的星"。老人向内张望了一会,回头来对着玛尔可高兴地说:"幸而碰巧。"

进了一间大室,里面排着许多的桌子,许多人在饮酒。隆巴尔地老人走近第一张桌前,依他和席上六位客人谈话的样子看来,似乎在没有多少时候以前,老人也曾在这里和他们同席的。他们都红着脸,在杯盘狼藉之中谈笑。

隆巴尔地老人不加叙说,立刻把玛尔可介绍给他们:

"诸位,这孩子是我们同国人,为了寻母亲,从热那亚到培诺斯·爱列斯来的。既到了培诺斯·爱列斯,问知母亲不在那里,现居在可特淮,因了别人的介绍,乘了货船,费三日四夜的时间才到这洛赛留。不料把带来的介绍名片递出的时候,前方斥逐不理。他钱既没有,又没有相识的人,很困苦着哩!有甚么法子吗?只要有到可特淮的车费,得寻到母亲就好了。有甚么法子吗?像狗样地置之不睬,也不是应该的罢。"

"那里可以如此!"六人一齐击桌叫说。"是我们的同胞哩!孩子!到这里来!我们都是在这里作工的。这是何等可爱的孩子啊!喂!有钱大家拿出来!真能干!说是一个人来的!好大胆!快喝一杯罢!放心!送你到母亲那里去,不要耽忧!"

一人说着抚摸玛尔可的头,一人拍他的肩,另外一人替他取下衣包。别席里的工人也聚集拢来,隔壁有三个阿根廷客人也出来看他。隆巴尔地老人拿了帽子巡行,不到十分钟,已集得八元四角的钱。老人对着玛尔可说:

"你看！到美洲来，甚么都容易哩！"

另外有一客人举杯递给玛尔可说：

"喝了这杯，祝你母亲的健康。"一同举起杯来。玛尔可反覆地：

"祝我母亲的健……"心里充满了快活，不能完全说出话来，把杯放在桌上以后，就去抱住老人的项颈。

第二天未明，玛尔可即向可特淮出发，胸中满了欢喜，脸上也生出光彩。可是，美洲的平原，到处总是荒凉，毫没有悦人的景色。天气又闷热。火车在空旷而没有人影的原野驶行，长长的车箱中只乘着一个人，好像这是载负伤者的车子。左看右看，都是无边的荒野，只有枝干弯屈得可笑的树木，如怒如狂地到处散立着。一种看不惯的凄凉的光景，竟像在败家丛里行走。

假寐了半点钟，再看四周，景物仍和前一样。中途的车站，人影稀少，竟像是仙人的住处，车虽停在那里，也不闻人声。自己不是就在火车中被弃了吗？每到一车站，觉得好像人境已尽于此，再进去就是怪异的蛮地了。寒风拂着面孔，四月末从热那亚出发的时候，何尝料到在美洲逢冬天呢？玛尔可还穿着夏服。

数时间以后，玛尔可冷不能耐了。不但冷，并且几日来的疲劳也都一时现了出来，于是就朦胧睡去。睡得很久，醒来身体觉冻，精神不好过。漠然的恐怖，无端袭来，自己不是要病死在旅行中吗？自己的身体不是要被弃在这荒野作鸟兽的粮食吗？昔时曾在路旁见犬鸟撕食牛马的死骸，不觉背过了面。现在自己不是要和那些东西一样了吗？他在暗而寂寞的原野中，为这样的忧虑所缠绕，空想刺激他，使他只见事情的黑暗部分。

到了可特淮可见母亲，这是靠得住的吗？如果母亲不在可特淮，那末如何？如果是那个亚尔戚斯的绅士听错了，那么如何？如果母亲死了，那么如何？——玛尔可在这样空想之中又睡去了。梦中自己已到可特淮，那是夜间，各家门口、窗口都漏出"你母亲不在这里啰！"的回答声。惊醒转来，见车中对面有三个着外套的有须的人，目注视了他在低声说甚么。这是强盗！是要杀了我取我的行李的。这样的疑虑，电光似地在头脑中闪着。精神不好,寒冷,又加之以恐怖,想像就因而愈错乱了。三人仍是注视着他,其中一个竟走近拢他。他几乎狂了,张开两手奔到那人前面叫说:

"我没有甚么行李,我是个穷孩子! 是独自从意大利来寻母亲的! 请不要怎样我!"

三个旅客因玛尔可的样子,起了悯怜之心,抚拍他,安慰他,和他说种种话,可是他不懂。他们见玛尔可冷得牙齿发抖,用毛毡给他盖了叫他坐倒安睡。玛尔可到傍晚又睡去,等三个旅客叫醒他时,火车已到了可特淮了。

他深深地吸了一口气,飞跑下车。向铁路职员问美贵耐治技师的住址。职员告诉他一个教会的名辞,说技师就住在这教会的近旁。他急急地前进。

天已夜了。走入街市,好像仍回到了洛赛留,这里仍是一样地交叉着纵横的街道,两侧也都是白而低的房子,可是行人却极少,只是偶然在灯光中看见苍黑的怪异的人面罢了。一壁走,一壁举头张望,忽见异样建筑的教会,高高地耸立在夜空中。市街虽寂寞昏暗,但在终日由茫漠的荒野来的人的眼里,仍觉得闹热。遇见一个僧侣,问了路,急急地寻到了教会和住家,用震栗着的手按铃,一手按住那跃跃要奔跳到喉间来的心脏的鼓动。

一老妇人携了洋灯出来开门,玛尔可一时说不出话来。

"你找谁?"老妇人用了西班牙语问。

"美贵耐治先生。"玛尔可回答。

老妇人摇着头。

"你也找美贵耐治先生的吗? 这真讨厌极了! 这三个月中,不知费了多少无谓的口舌。早已登过新闻哩,如果不看见,街的转角里还贴着他已移居杜克曼(Tucuman)的告白哩。"

玛尔可绝望了,心乱如麻地说:

"有谁在诅咒我! 我若不见母亲,要倒路死了! 要发狂了! 还是死了罢! 那叫甚么地名? 在甚么地方? 从这里去有多少路?"

老妇人悯怜地：

"可怜！那不得了,至少四五百哩是有的罢！"

"那末,我怎样好呢！"玛尔可掩面哭着问。

"叫我怎样说呢？可怜！有甚么法子呢？"老妇人说了忽又像想着了一条路：

"哦！有了！我想到了一个法子。你看如何？向这街朝右下去。第三间房子前有一块空地,那里有一个叫做'头脑'的,他是一个商贩,明天就要用牛车载货到杜克曼去的。你去替他帮点甚么忙,求他带了你去如何。大概他总肯在货车上载你去的罢。快去！"

玛尔可提了衣包,还没有说毕道谢的话,就走到了那空地,见亮着许多灯火,大批人夫正在把谷装入货车,一个有须的人着了外套,穿了长靴在旁指挥搬运。

玛尔可走近那人,恭恭敬敬地陈述自己的希望,并说明从意大利来寻母亲的经过。

"头脑"用了尖锐的眼光把玛尔可从头到足打量了一会,冷淡地答说："没有空位。"

玛尔可哀恳：

"这里有三元光景的钱。交给了你,路上情愿再帮你劳动。替你搬取牲口的饮料和刍草。面包只吃一些些好了,请'头脑'带了我去！"

"头脑"再熟视他,略换了亲切的态度说：

"实在没有空位。并且,我们不是到杜克曼去,是到山契可·代·莱斯德洛(Santiago del Estero)去的。你就是同去了也非中途下车,再走许多路不可哩。"

"啊,无论有多少路也不要紧,我愿走的。请你不要替我耽心。到了那里,我自会设法到杜克曼去。请你发发慈悲留个空位给我,我恳求你,不要弃我在这里！"

"喂,车要走二十天呢！"

"一点都不要紧。"

"这是很困苦的旅行呢！"

"无论怎样苦都情愿。"

"将来要一个人独自步行的呢!"

"只要能寻到母亲,甚么都愿忍受,请你应许了我。"

"头脑"移灯把玛尔可的相貌照了再注视一会,说:"可以。"玛尔可在他手上接吻。

"你今夜就睡在货车里,明天四时就要起来的。再会。""头脑"说了自去。

翌晨四时,长长的载货的列车在星光中嘈杂地行动了。每车用六头牛拖,最后的一辆车里又装着许多替换的牛。

玛尔可被叫醒以后,坐在一车的谷袋上面。不久,仍复睡去,等醒来,车已停在冷落的地方,太阳正猛烈地照着。人夫焚起野火,炙小牛蹄,都集坐在周围,火被风煽扬着。大家吃了食物,睡了一会,再行出发。这样一天一天地继续进行,规律的刻板,俨像行军。每晨五时开行,到九时暂停,下午五时再开行,十时休息。人夫在后面骑马执了长鞭驱牛前进。玛尔可相帮他们发炙肉的火,喂草给牲口,或是擦油灯,汲饮水。

大地的光景,幻影似地在他面前展开,有褐色的小树林,有红色屋宇散列的村落,也有像那咸水湖遗迹的一种满目亮晶晶的盐原。无论向何处望,无论行多少路,都是寂寥荒漠的空野。偶然也逢到二三个骑马牵着许多野马的旅客,但他们都像旋风一样地快过。一天又一天,好像仍在海上,倦怠不堪。只有天气不恶,算是幸事。人夫待玛尔可渐渐凶悍,故意迫他搬拿不动的刍草,汲远远的饮水,竟当他和奴隶一样。他疲劳极了,夜中他睡不着,身体随了车的摇动旋转,轮声轰得耳朵发聋。并且,风不绝地吹着,把细而有油气的红土卷入车内,扑到口里眼里,眼不能开张,呼吸也为难,真是苦不堪言。因这过劳与睡眠不足,使他身体弱得像棉一样,满身都是尘土,还要朝晚受叱骂或是殴打,他的勇气,就一天一天地沮丧了下去。如果没有那"头脑"时时亲切的慰藉,他或许要全然把气力消失了。他躲在车隅里背人用衣包掩面哭泣,所谓衣包,其实已只包着败絮了的。每朝起来,自觉身体比前日更弱,元气比前日更衰,回头四望,那无垠的原野,仍好像土做出的大洋在眼前接连着。"啊!恐怕不能再延到今夜了,恐怕不能再延到今夜了! 今天就要死在这路上了!"不觉这样自语。劳役渐渐增加,虐待也愈厉害。有一天早晨,"头脑"不在,一个人夫怪他汲水太慢,打他,又大家轮流了用足蹴他,骂说:

"带了这个去! 畜生! 把这带给你母亲!"

他心要碎了,终于大病。连发了三日的热,拉些甚么当作被盖了卧在车里。除"头脑"有时来递汤水给他,或是替他按脉搏外,谁都不去顾着他。他自以为临终近了,反复地叫母亲的名字:

"母亲! 母亲! 救救我! 快给我到这里来! 我已快要死了! 母亲啊! 不能再见了啊! 母亲! 我已快要死在路旁了呢!"

说了将两手交叉在胸前祈祷。从此以后,病渐减退,又得了"头脑"的善遇,遂恢复原状。可是,病好了,这旅行中最难过的日子也到了。他就要下车独自步行。车行了两礼拜多,现在已到了杜克曼和山契可·代·莱斯德洛分路的地方。"头脑"说了声再会,教他路径,又替他将衣包搁在肩上使他行路便当些,一时好像起了不安怜悯之心,既而即和他告别,弄得玛尔可想在"头脑"手上接吻的工夫都没有。要对于那一向虐待的人夫们告别,原是痛心的事,到走开的时候也一一向他们招呼,他们也都举手回答。玛尔可目送他们一队在红土的平野上消失不见了,才蹒跚地上他独自的旅程。

旅行中有一事,使他的心有所安慰。在荒凉无边的荒野过了几日,到此已在前面看见高而且青的山峰。顶上和阿尔伯斯山一样地莹着白雪。一见到此,如见到了故乡意大利。这山属于安代斯(Andes)山脉,为美洲大陆的脊梁,南从契拉·代尔·费俄(Tiera del Fuego)北至北极的冰海,像连锁似地横亘着,南北跨着一百十度的纬度的。又,日日向北进行,次第和热带接近,空气逐步温暖,这也使他觉得愉悦。路上时逢村落,他在那小店中买食物充饥。有时也逢到骑马的人,又有时见妇女或小孩坐在地上注视他。他们脸色黑得像土一样,眼睛斜竖,颊骨高突,都是印度人。

第一天尽力奔行,夜宿于树下。第二天力乏了,行路不多。靴破,脚痛,又因食物不良,胃也受了病。看看天已将晚,不觉自己恐怖,在意大利时,曾听人家说这地方有毒蛇,耳际时闻有声如蛇行。听到这声音时,方才停止的足又复前奔,恐惧彻骨。有时为悲哀所缠绕,一壁走一壁哭泣的时候也有。这时他想:"啊!母亲如果知道我在这里如此惊恐,将如何悲哀啊!"这样一想,勇气就回复几分。于是,为要消失恐惧,把母亲的事从头一一记起:母亲在热那亚临别的分付,自己生病时母亲曾替他把被盖在胸口,以及作婴儿时母亲抱了自己,将头贴住了自己的头,说"暂时和我在一处"的情形。他不觉这样自语:"母亲!我还能和你相见吗?我能达这旅行的目的吗?"一壁想,一壁在那不见惯的森林,广漠的糖粟丛无垠的原野彳亍着。前面的青山依旧高高地耸在云际,四日过了,五日过了,一礼拜过了,他气力益弱,足上流出血来。有一日傍晚,他向人问路,人和他说:

"从此到杜克曼只五十里了。"他听了欢呼急行。可是,这究不过是一时的兴奋,终于疲极力尽,倒在沟边。虽然如此,胸中却跳跃着满足的鼓动。灿然散在天空的星辰,这时分外地觉得美丽。他仰卧在草上想睡,见了天气,好像母亲在俯视他:

"啊!母亲!你在何处?现在在作甚么?也曾念着我吗?曾念着这近在咫尺的玛尔可吗?"

可怜的玛尔可!如果他知道了母亲现在的状态,他将出了死力急奔前进了罢!他母亲现正病着,卧在美贵耐治家大屋中的下房里。美贵耐治一家素来爱她,曾尽了心力加以调护。当美贵耐治技师突然离去培诺斯·爱列斯的时候,她已有病了的。可特淮的好空气,在她也没有功效,并且,丈夫和从兄方面都消息全无,好像有甚么不吉的事要落在她身上似地,每天预期忧愁着。病就因此愈重,终于变成可怕的症候,内脏中起了致命的癌肿。卧了两礼拜,未好,如果要挽回生命,就非受外科手术不可。玛尔可倒在路旁呼叫母亲的时候,那边主人夫妇正在她病床前劝她忍受医生的手术,她总是坚拒。杜克曼的某名医虽于一礼拜中每日临诊劝告,终以病人不听,徒然而返。

"不,主人!不要再替我操心了!我已没有元气,就要死在行手术的时候,还是让我平平常常地死好!生命已没有甚么可惜,横竖命该如此,在我未听到家里信息以前死了倒好!"

主人夫妇反对她的话，叫她不要自馁，且说直接替她寄到热那亚的信，回信也就可到了，无论如何，总是受了手术好，为自己的儿子计也该如此：他们种种地劝说。可是，一提起儿子的话，她失望更甚，苦痛也愈厉害。终于哭了：

"啊！儿子吗？大约已经不活着在那里了！我还是死了好！主人！夫人！多谢你们！我自己不信受了手术就会好，累你们种种地操心，从明天起，可以无须再劳医生来看了。我已不想活了，死在这里是我的命运，我已预备安然忍受了这命运了！"

主人夫妇又安慰她，执了她的手，再三地劝她不要说这样的话。

她疲乏之极，闭眼昏睡，竟像已死了的。主人夫妇从微弱的烛光中注视着这正直的母亲，怜悯不堪。以为为了要救济自己的一家出了本国，远远地到六千里外来尽力劳动，可怜终于这样病死，像她那样正直善良而不幸的人，真是少有的了。

翌晨，玛尔可负了衣包，身体前屈了，跛着脚，彳亍入杜克曼市。这市在阿根廷是和国的新辟地中算是繁盛的都会。玛尔可看去，仍像是回到了可特淮、洛赛留、培诺斯·爱列斯一样，依旧都是长而且直的街道，低而白色的房屋。奇异高大的植物，芳香的空气，奇丽的光线，澄碧的天空，随处所见，都是意大利所没有的景物，进了街市，那在培诺斯·爱列斯曾经验过的狂也似的感想，重行袭来。每过一家，总要向门口张望，以为或者可以见到母亲。逢到女人，也总要仰视一会，以为或者这就是母亲。要想询问别人，可是没有勇气大着胆子叫唤。在门口立着的人们，都惊异地向着这衣服褴褛满身尘垢的少年注视，少年想在其中找寻一个亲切的人，发他从胸中轰着的问话。正行走时，忽然见有一旅店，招牌上写有意大利人的姓名，里面有个戴眼镜的男子和两个女人。玛尔可徐徐地走近门口，振起了全勇气问：

"美贵耐治先生的家在甚么地方？"

"是做技师的美贵耐治先生吗？"旅店主人反问。

"是的。"玛尔可答时，声细如丝。

"美贵耐治技师不住在杜克曼哩。"主人答。

刀割剑刻样的叫声,随了主人的回答反应而起。主人,两个女人,以及近旁的人们,都赶拢来了。

"甚么事情? 怎么了?"主人拉玛尔可入店,叫他坐了:

"那也用不着失望,美贵耐治先生家虽不住在这里,但距这里也不远,费五六点钟就可到的。"

"甚么地方? 甚么地方?"玛尔可像甦生似地跳起来问。主人继续说:

"从这里沿河过去十五哩,有一个地方叫做赛拉地罗(Saladillo),那里有个大大的糖厂,还有几家住宅。美贵耐治先生就住在那里。那地方谁都知道,费五六点钟功夫就可走到的。"

有一个年青的,见主人如此说,就跑近来:

"我在一个月前曾到过那里的。"

玛尔可睁圆了眼注视他,随即苍白了脸急问:

"你见到美贵耐治先生家里的女仆吗? 那意大利人?"

"就是那热那亚人吗? 哦! 见到的。"

玛尔可似哭似笑地痉挛了啜泣,既而现出激烈的决心:

"向甚么方向走的? 快,把路教我! 我就去!"

人们齐声说:

"但是,差不多有一日路程哩,你不是已很疲劳了吗? 非休息不可,明天去好吗?"

"不好! 不好! 请把路教我! 我不能等待了! 就是倒在路上也不怕,立刻就去!"

人们见玛尔可决心坚固,也就不再劝阻了。

"上帝保护你! 路上树林中要小心! 但愿你平安! 意大利的朋友啊!"他们这样说了,其中有一个还陪了他到街外,指示他路径,及种种应注意的事,又从背后目送他去。过了几分钟,见他已背了衣包,跛着脚,穿入路侧浓厚的树荫中去了。

这夜,病人危笃了。因了患处的剧痛,悲声哭叫,时时陷入人事不省的状态。看护的女人们,守在床前片刻不离。病人发了狂,主妇不时惊惧地赶来省视。大家都焦虑，以为：她现在即使愿受手术，但医生非明天不能来，已不及救治了。她略为安静的时候，就非常苦闷，这并不是从身体上来的苦痛，乃是她悬念在远处的家属的缘故。这苦闷使她骨瘦如柴，人相全变。不时自己蒙着头发，疯也似地狂叫：

"啊！太凄凉了！死在这样远处！并且不见孩子的面！可怜的孩子。他们将没有母亲了！啊！玛尔可还小哩！只有这点长，他原是好孩子！主人！我出来的时候，他抱住我的项颈不肯放，那真哭得厉害呢！原来他已知此后将不能再见母亲了，所以哭得那样悲惨！啊！可怜！我那时心欲碎了！如果在那时死了，在那分别时死了，或者反是幸福的，我一向那样地抚抱他，他是顷刻不离开我的。万一我死了，他将怎样呢！没有了母亲，钱又穷，他就要流落为乞丐了罢！张了手饿倒在路上了罢！我的玛尔可！啊！我那永远的上帝！不，我不愿死！医生！快去请来！快去替我行手术！把我的心割开！把我弄成疯人！只要他把性命留牢！我想病好！想活命！想回国去！明天立刻！医生！救我！救我！"

在床前的女人们，执了病人的手安慰她，使她心念沈静了些，且对她讲上帝及来世的话。病人听了又复绝望，扭着头发啜泣，终于像小儿似地扬声号哭：

"啊！我的热那亚！我的家！那个海！啊！我的玛尔可！现在不知在甚么地方作甚么！我的可怜的玛尔可啊！"

时已夜半，她那可怜的玛尔可沿河走了几点钟，力已尽了，只在大树林中蹒跚着。树干大如寺院的柱子，在半天中繁生着枝叶，仰望月光闪铄如银。从暗沈沈的树丛里看去，不知有几千支的树干交互纷杂着，有直的、有歪的、有倾斜的，形态百出。有的像颓塔似地倒卧在地了，上面还覆罩着繁茂的枝叶。有的树梢尖尖地像枪似地成了群冲云矗立着。千样万态，真是植物界中最可惊异的壮观。

玛尔可有时虽陷入昏迷，但心辄向着母亲。疲乏已极，脚上流了血，独自在广大的森林中踯躅，时时见到散在的小屋，那屋在大树下宛像蚁冢。又有时见有野牛卧在路旁，他疲劳也忘了，寂寞也不觉得了。一见到那大森林，心就自然提起，想到母亲就在近处，就自然地发出大人样的力和气魄。回忆这以前所经过的大海,所受过的苦痛、恐怖、辛苦,以及自己对于此等所发挥过的铁石心,眉毛也高扬了起来。满身的血,在他欢喜勇敢的胸中跃动。有一件可异的事,就是一向在他心中朦胧的母亲的状貌,这时明白地在眼前现出了。他难得明白地看见母亲的脸孔,这次明白看见了。好像母亲在他面前微笑,连眼色,口唇动的样儿,以及全身的态度表情,都一一如画。因此精神振起,足步也加速,胸中充满了欢喜,热泪不觉在颊上流下。在薄暗的路上走着,一壁和母亲谈话。既而独自唧咕着和母亲见面时要说的言语。

"已到了这里了,母亲,你看我。从此次以后是永不再离开了哩。一处回国去罢。无论遇到甚么事,终生不再和母亲分离了。"

早晨八点钟光景,医生从杜克曼带了助手来,立在病人床前,关于手术作最后的劝告。美贵耐治夫妻也跟着多方劝说。可是终于无效。她自觉体力已好,早没有了信赖手术的心。说受了手术必死,无非徒加可怕的苦痛罢了。医生虽见她如此执迷,仍不断念,再劝她一次,说:

"但是,手术是可靠的,只要略微忍耐,就安全了。如果不受手术,总是无救。"然而仍是无效,她细了声说:

"不,我已预备死了,没有受无益的苦痛的勇气。请让我平平和和地死罢。"

于是,医生也失望了,其余谁也都不再开口。她脸向着主妇,用了细弱的声音嘱托后事:

"夫人,请将这些微的金钱和我的行李交给领事馆转送回国去。如果一家平安地都生存着,就好了。在我瞑目以前,总望他们平安。请替我写信给他们,说我一向念着他们,曾为了孩子们劳动过了。……说我只以不能和他们再见一面为恨。……说我虽然如此,却勇敢地自己忍受,为孩子们祈祷了才死。……还是替我把玛尔可托付丈夫和长子。……说我到了临终,还不放心玛尔可。……"话犹未完,突然气冲上来,拍手哭泣:

"啊!我的玛尔可!我的玛尔可!我的宝宝!我的性命!……"

等她含着泪来看四周,主妇已不在那里了。有人来和主妇切切私语了叫出去的。她到处找主人，也不见。只有两个看护妇和助手医生在床前。邻室里闻有急乱的步声和嘈杂的语音，病人目注视着室门，以为有了甚么了。过了一会，医生转变了脸色进来，后面跟着的主妇主人，也都面有惊色。大家用了怪异的眼色向着她，唧咕地互相私语。她恍惚听见医生对主妇说：

"还是快些说吧。"可是不知究是为了甚么。

主妇向了她战栗地说：

"约瑟华（Gosefa）！有一个好消息说给你听，不要吃惊！"

她热心地看着主妇。主妇小心地继续说：

"是你所非常欢喜的事呢。"

病人眼睁大了。主妇再继续了说：

"好吗？给你看一个人——是你所最爱的人啊。"

病人拼命地举起头来，眼炯炯地向主妇看，又去看那门口。

主妇苍白了脸：

"现在有个万料不到的人来在这里。"

"是谁?"病人惊惶地呼吸迫促了问。忽然发了尖锐的叫声，跳起坐在床上，两手捧住了头，好像见了甚么鬼物了的。

这时，那衣服褴褛满身尘垢的玛尔可，已在门口现出了。医生携了他的手，叫他退后。

病人发出三次尖锐的叫声：

"上帝！上帝！我的上帝！"

玛尔可奔近拢去。病人张开枯瘦的两臂，出了虎也似的力，将玛尔可抱紧在胸前。剧烈地笑，无泪地啜泣。终于呼吸接不上来，倒下枕上。

可是，她即刻恢复过来了。狂喜地不绝在儿子头上接吻，叫了说：

"你怎么到了这里？怎么？这真是你吗？啊，大了许多了！谁带了你来的？一个人吗？没有甚么吗？啊！你是玛尔可？但愿我不做梦！啊！上帝！你说些甚么话给我听！"

说着，又突然改了话路：

"咿哟！慢点说，且等一等！"于是向了医生：

"快！医生！现在立刻！我想病好。已情愿了,愈快愈好。给我把玛尔可领到别处去,不要使他听见。——玛尔可,没有甚么的。以后再说给你知道。来,再接一吻。就到那里去。——医生！快请!"

玛尔可被领出了,主人夫妇和别的女人们也急忙避去。室中只留医生和助手二人,门立刻关了。

美贵耐治先生要想拉玛尔可到隔远的室中去,可是不能。玛尔可钉坐在阶石上不动。

"甚么？母亲怎样了？做甚么?"这样问。

美贵耐治先生仍想领开他,静静地和他说:

"你听着,我告诉你。你母亲病了,要受手术。快到这边来,我仔细说给你听。"

"不!"玛尔可抵抗。"我一定要在这里,就请在这里告诉我。"

技师强拉他过去,一壁静静地和他说明经过。他恐惧战栗了。

突然,致命伤也似的尖利的叫声,震动全宅。玛尔可也应声叫喊起来:

"母亲死了!"

医生从门口探出头来:

"你母亲有救了!"

玛尔可注视了医师一会,既而投身到他足下,啜泣了说:

"谢谢你！医生!"

医生去搀他说:

"起来！你真勇敢！救活你母亲的,就是你!"

夏 二十四日

热那亚少年玛尔可的故事已完,这学年只剩有六月份的每月例话一次,试验两次,功课二十六日,六个木曜日,五个日曜日了。学年将终了时例有的薰风拂拂地吹着。庭树长满了叶和花,在体操器械上投射着凉荫。学生都改穿了夏衣了,从学校退出去的时候,觉得他们一切都已与前不同,这是很有趣的事。垂在肩上的发,已剪得短短的,脚部和项部,完全露出，各种各样的麦秆帽子上，背后长长地垂着丝带。各色的衬衣和领结上，都缀有红红绿绿的东西，或是领章，或是袖口，或是流苏。这种好看的装饰，都是做母亲的替他儿子缀上的，就是贫家的母亲，也想把自己的小孩打扮得像个样子。其中，也有许多不戴帽子到学校里来，像个田家逃出的。着白制服的也有。在代尔卡谛先生那级的学生中，有一个从头到脚，著得红红地像熟蟹似的人，又有许多著水兵服的。

最有趣的是"小石匠"，他戴着大大的麦秆帽，样子全像在半截蜡烛上加了一个笠罩。再在这下面露出兔脸，真可笑了。可莱谛也已把那猫皮帽改换了鼠色绸制的旅行帽，华梯尼穿着有许多装饰的奇怪的苏格兰服，克洛西袒着胸，泼来可西被包在青色的铁工服中。

至于卡洛斐，他因已脱去了包含万有的外套，现在改用衣袋贮藏一切了。他的衣袋中所藏着的东西，从外面都可看见。有用半张新闻纸做成的扇子，有行杖的柄头，有打鸟的弹弓，有各种各样的草，黄金虫（Maybugs）从袋中爬出，缀在他的上衣上。

有些幼小的孩子，都把花束拿到女先生那里去。女先生们也穿着美丽的夏服了，只有那个"尼姑"先生仍是黑装束，戴红羽毛的先生仍戴了红羽毛，颈上结着红色的丝带。她那级的小孩要去拉她那丝带时，她总是笑了逃开。

现在又是樱桃，蝴蝶，和街上乐队，野外散步的季节。上级的学生，都到濮河去水浴，大家等着暑假到来，每天回到学校里，都一天高兴似一天。只有见到那著丧服的卡隆，我不觉就起悲哀。还有，使我难过的，就是那二年级时代的女先生的逐日消瘦，咳嗽加重。先生行路时，身已向前大屈，路上相遇时那种招呼的样子，很是可怜。

诗

安利柯啊！你似已渐能了解学校生活为诗的情味了。但你所见的还只是学校的内部。再过二十年，到你领了自己的儿子到学校里去的时候，学校将比你现在所见的更美，更为诗的了。那时，你恰像现在的我，能见到学校的外部。我在等你退课的时候，常到学校周围去散步，侧了耳向内听，很是有趣。从一个窗口里，听到女先生的话声：

"呀！有这样的 T 字的吗？这不好。被你父亲看见了将怎么说啊！"

从别个窗口里又听到男先生的粗大的声音：

"现在买了五十尺的布——每尺费钱三角——再将他卖出——"

后来，又听那戴红羽毛的女先生大声地读着课本：

"于是，彼得洛·弥卡用了那点着火的火药线（Then Pietro Micca with the lighted train of Ponder）……"

间壁的教室里唪着无数小鸟似的声音，这大概是先生偶然外出了罢。再转过墙角，看见有个学生正哭着，听到女先生叱他诱他的语声。从楼上窗口传出来的，是读韵文的声调，伟人善人的名氏，以及奖励道德、爱国、勇气的语音。过了一会，一切都静了，静得像这大屋中已无一人一样，断不相信里面有着七百个小孩。这时，先生偶然一说可笑的话，笑声就同时哄起。路上行人，都用了同情向了这有着大群青年而前途无限的屋宇属目。突然间，折叠书册或纸夹的声响，拖脚的声响，纷然从这室传到那室，从楼上延到楼下，这是校役报知退课了。一听到这声音，在外面的男子、妇人、女子、年青的，都从四面集来向学校门口拥去，等待自己的儿子、弟弟或是孙子出来。立时，小孩们从教室门口水也似地向大门泻出，有的拿帽子，有的取外套，有的拂着这些东西，环跑着大喧闹。校役催他们一个一个地走出，于是才作了长长的行列，齐了步出来。在外等候着的家属，乃各自探问：

"做好了吗？问题出了几个？明天要预备的功课有多少？本月月考在那天？"

连不识文字的母亲，也翻开了笔记簿看了种种地问：

"只有八分吗？宿题是九分？"

这样，或是耽心，或是欢喜，或是询问先生，或是谈论前途的希望与试验的事。

学校的将来，真是如何美满，如何广大啊！

——父亲——

聋哑　二十八日

因了今日早晨的参观聋哑学校，把五月的一月好好地结束了。今日清晨，门铃一响，大家跑出去看是谁，父亲惊异地：

"呀！不是乔赵（Giorgio）吗？"

当我们家在支利（Chieri）时，乔赵曾替我们作园丁，他现在孔特夫，到希腊去做了铁路工人三年，才于昨天回国，在热那亚上陆的。他携着一个大包裹，年纪已大了许多了，脸上仍是红红地现着微笑。

父亲叫他进室中来，他辞谢不入，突然地耽心似地问：

"家里不知怎样了？奇奇阿（Gigio）怎样？"

"最近知道她好的。"母亲说。乔赵叹息着：

"啊！那真难得！在没有听到这话以前，我实没有勇气到聋哑学校去呢。将这包寄在这里，就跑去领了她来罢。已有三年不见女儿了，这三年中，不曾见到一个亲人。"

父亲向了我：

"你跟着他也去罢。"

"对不起，还有一句话要问。"园丁说时，父亲遮住了他的话头，问：

"在那里生意如何？"

"很好，托福，总算略攒了些钱回来了。我所要问的就是奇奇阿。那哑女的教育，是怎样行着的？我出去的时候，可怜！她全然和兽类一样的哩！我不很相信那种学校，不知她已经把符号学会了没有？妻写信来确曾说那孩子话法已大有进步，但是我自想，那孩子虽学了话法，有甚么用处呢？如果我自己不懂得那符号，要怎样才能彼此明白啊！哑子对了哑子自己能够说话，这已经算是了不得了。究竟是怎样地教育着的？她怎样？"

"我现在且不和你说甚么，你到了那里自会知道的。去，快去。"父亲微笑了答说。

我们就开步走。聋哑学校离我家不远。园丁跨阔了步，一壁悲伤地这样说：

"啊。奇奇阿真可怜！生来就聋,不知是甚么运命！我不曾听到她叫我做爸爸过,我叫她女儿,她也不懂,她出生以来,从未说甚么,也从未听到甚么呢！碰到了慈善的人代为担任费用,给她入了聋哑学校,总算是再幸福没有。八岁那年进去的,现在已十一岁了,三年中都不曾回家来。大概已长得很大了罢,不知究竟如何？在那里好否？"

我把步加快了答说:

"就会知道的,就会知道的。"

"不晓得聋哑学校在那里,当时是我的妻送她进去的,那时我已不在国内了。大概就在这一带吧。"

这时,我们正走到聋哑学校了。一进门,就有人来应接。

"我是奇奇阿·华奇的父亲,请让我见见我那女儿。"园丁说。

"此刻正在游戏呢,就去通告先生罢。"应接者急去。

园丁默然地环视着四周的墙壁。

门开了,著黑衣的女先生携了一个女孩出来。父女暂时面面相觑了一会,既而彼此抱住了号叫。

女孩穿着白地赤条子的衣服和鼠色的围裙,身材比我略长了一些,用两手抱住了父亲哭着。

父亲离开了,把女儿自头至足打量了一会,好像才跑了快步的样子,呼吸急促地大声说:

"啊,大了许多了,好看了许多了！啊！我的可怜的可爱的奇奇阿！我的不会说话的孩子！你就是这孩子的先生么？请你叫她做些甚么暗号给我看,我也许可以知道一些,我从此以后,也用点功略微学点罢。请通知她,叫她装些甚么手势给我看看。"

先生微笑了低声向那女孩说:

"这位来看你的人是谁？"

女孩微笑着,像那初学意大利话的野蛮人的样子,用了粗野奇妙而不合调子的声音回答。可是却明白地说道:

"这是我的父亲。"

园丁大惊,倒退了狂人似地叫说:

“会说话！奇了！会说话了！你，嘴已变好了吗？已能听见别人说话了吗？再说些甚么看！啊！会说话了呢!”说着，再把女儿抱近身去，在额上吻了三次：

“先生，那末，不是用记号说话的吗？不是用手势达意的吗？这究竟是怎么一回事?”

“不，华奇君，不用记号的。那是旧式。这里所教的是新式的口语法。这你不知道吗?”先生说。

园丁惊异得呆了：

“我全不知道这方法。到外国去了三年，家里虽也曾写了信告诉我这样，但我全不知道是甚么一回事。我真呆蠢呢。啊，我的女儿！那末，你懂得我的话么？听到我的声音吗？快回答我，听到的吗？我的声音你听到的吗?”

先生说：

“不，华奇君，你错了。她不能听到你的声音，因为她是聋的。她的能懂话，那是看了你的口唇动着的样子才悟到，可是却不曾听见你的声音和她自己的声音，她的能讲话，乃是我们一字一字地把嘴和舌的样子教了她，才会的。她发一言，颊和喉咙要费了很多的力呢。”

园丁听了仍不懂所以然，只是张开了口立着。兀自不相信起来。他去把嘴附着了女儿的耳朵：

“奇奇阿，父亲回来了，你欢喜吗?”说了再举起头来等候女儿的回答。

女儿默然地注视着父亲，甚么都不说。弄得父亲没有法子。

先生笑了说：

“华奇君，这孩子的没有回答，乃是未曾看见你的口的缘故。因为你是把口附着了她的耳朵说的。请立在她的面前再试一遍看。”

父亲于是正向了女儿的面前再说道：

“父亲回来了，你欢喜吗？以后不再去了哩。”

女儿注视地看着父亲的口嘴，连口嘴的内部也张望到。既而明白地答说：

"呃,你回——来了,以后不再——去,我很——欢——喜。"

父亲急去抱拢女儿来,又为确实试验计,问她种种的话:

"你母亲叫什么名字?"

"安——东——尼亚(An-to-nia)。"

"妹妹呢?"

"亚代——利——德(Ad-e-laide)。"

"这学校叫甚么?"

"聋——哑——学——校。"

"十的二倍是多少?"

"二——十。"

父亲听了突然转笑为哭,可是仍是欢喜的哭。

先生向他说:

"甚么了? 这是应该欢喜的事,有甚么可哭的。你不怕把你女儿也引诱得哭吗?"

园丁执住先生的手,吻了两三次:

"多谢,多谢! 千谢,万谢! 先生,请恕我! 我除此已不知要怎么说才好了。"

"且慢,你女儿不但会说话,还能写、能算,历史、地理也懂得一些,已入本科了。再过二年,知能必更充足。毕业后,可以从事于相当的职业,此地的毕业生中,很有充当了商店伙员和普通人同样地在那里活动的呢。"

园丁更其奇怪了,头脑茫然地如失了常度,这时看了女儿搔头,其神情似更要求着说明。

先生向了在旁的侍者说:

"去叫一个预科的学生来!"

侍者去了一会,领了一个才入学的八九岁的聋哑生出来。先生说:

"这孩子才学着初步的课程,我们是这样教着的:我现在叫她发 A 字的音,你仔细看!"

于是先生开了嘴发母音 A 字的状态,示给那孩子看,因了记号,叫孩子也作同样的口形。

然后再用了记号叫她发音。那孩子发出音来，不是 A，却变了 O。

“不是。”先生说了，拿起孩子的两手，叫她把一手挡在先生的喉部，一手挡在胸际，反覆地再发 A 字的音。

孩子从手上瞭解了先生的喉与胸的运动，重新如前开口，遂完全发出了 A 字的音。

先生又接续地叫孩子用手挡住自己的喉与胸，教授 C 字与 D 字的发音。再向了园丁：

“如何？ 你明白了罢？”

园丁虽已明白许多，可是却似乎比未明白时更加惊异了：

“那末，是这样地——把说话教着的吗？”说了暂停，又注视着先生。“是把这许多孩子都——费了长久的年月逐渐教着的吗？ 呀！你们真是圣人，真是天使！ 在这世界上，恐怕没有可以报答你们的东西罢。啊！我应该怎样说才好啊！请让我把女儿暂留在这里！ 五分钟也好，把她暂时借给了我！”

于是园丁把女儿领到离开的坐位上，问她种种事情，女儿——回答。父亲用拳击膝，眯着眼笑。又携了女儿的手，熟视打量，把那女儿的话声，听得入魔，好像这声音是从天上落下来的。过了一会，向着先生说：

“可以让我见见校长，当面道谢吗？”

“校长不在这里。你应该道谢的人，此外却有一个。这学校中，凡是幼的孩子，都是年长的学生当作母亲，或是姊姊照顾着的。照顾你女儿的是一个年纪十七岁的面包商人的女儿。她对于你女儿那才真是亲爱呢。这二年来，每天早晨代为著衣梳发，教她针线，真是好伴侣！ ——奇奇阿，你朋友的名字叫甚么？”

“卡——德——利那·乔尔——达诺（Cate-rina · Giordano）。”女儿微笑了说，又向着父亲说：

“她是一个很——好的人啊。”

侍者因先生的指使入内，立刻领了一个神情快活、体格良好的哑女出来。一样地穿着赤条子纹的衣服，束着鼠色的围裙。她到了门口红着脸立住,既而微笑了把头俯下。身体虽已像大人,仍有许多像小孩的地方。

园丁的女儿起立走近前去,携了她的手,同到父亲面前,用了粗重的声音说:

"卡——德——利那·乔尔——达诺。"

"呀!好一位端正的姑娘!"父亲叫着想伸手去抚摸她,既而又把手缩回,反覆地:

"呀!真是好姑娘!愿上帝祝福,把幸福和慰安加在这姑娘身上!使姑娘和姑娘的家属都常幸福!真是好姑娘啊!奇奇阿!这里有个正直的工人,贫家的父亲,用了真心,这样祈祷着呢。"

那大女孩仍是微笑着抚摸着那小女孩。园丁只管如看圣母像般地注视着她。

"你可以带了你女儿同出外一天的。"先生说。

"那末我带了她同回到孔特夫去,明天就送她来,请许我带她同去。"园丁说。

女儿跑去著衣服了,园丁又反覆地:

"三年不见,已能说话了呢,权带她回孔特夫去罢。咿哟,还是带了她在丘林街散散步,先给大家看看罢。同到亲友们那里去吧。啊,今天好天气!啊!真难得!——喂!奇奇阿,来携了我的手!"

女儿著了小外套,戴了帽子出来,执了父亲的手!父亲走出到了门口:

"诸位,多谢!真真多谢!改日再来道谢罢!"既而,又转了一念,立住了回过头来,放脱了女儿的手,探着衣囊,用了狂人似的大声说:

"且慢,我难道不是人吗?这里有十块钱呢,把这捐入学校吧。"说着,把金钱抓出放在桌上。

先生感动地说:

"咿哟,钱请收了去,不受的。请收了去。因为我不是学校的主人。请将来当面交给校长。大概校长也决不肯收受的罢,这是以劳动换来的钱呢。已经心领了,同收受一样,谢谢你。"

"不，一定请收了的。那末——"话还未完，先生已把钱强迫的还置在他的衣囊里了。园丁没有办法，用手送接吻于先生和那大女孩，拉了女儿的手，急急地出门而去。

"喂，来啊！我的女儿，我的哑女，我的宝宝！"

女儿用了疏缓的声音叫说：

"啊！好太——阳啊！"

第九卷　六月

格里勃尔第将军　三日

（明日是国庆日）

今天是国丧日，格里勃尔第将军昨夜逝世了。你知道他的事迹吗？他是把一千万的意大利人从勃蓬（Bonrbons）政府的暴政下救出的人。他在七十五年前生于尼斯（Nice），父亲是个船长，他八岁时，救过一个女子的生命；十三岁时，和朋友共乘小艇遇险，把朋友平安救起；二十七岁时，在马赛（Marseilles）救起一个将淹毙的青年。四十一岁时，在海上救助过一只险遭火灾的船。他为了他国人的自由，在亚美利加曾作十年的战争，为争隆巴尔地和杜论谛诺（Trentino）的自由，曾与奥大利军交战三次，一八四九年守罗马以拒法国的攻击，一八六〇年救耐普尔斯和派来漠（Palermo），一八六七年再为罗马而战，一八七〇年和德意志战争，防御法军。刚毅勇敢，是在四十回的战争中得过三十七回胜利的人。

平时以劳动自活，隐耕孤岛。教员、海员、劳动者、商人、兵士、将军、执政官，甚么都做过。是个质朴伟大而且善良的人；是个痛恶一切压迫，爱护人民，保护弱者的人；是个以行善事为唯一志愿，不慕荣利，不计生命，热爱意大利的人。他振臂一呼，各处勇敢人士，就立刻在他面前聚集：绅士弃了他们的邸宅，海员弃了他们的船舶，青年弃了他们的学校，来到他那赫赫光荣之下作战。他战时常著赤衣，是个强健美貌而优雅的人。他在战阵中，威如雷电，在平时柔如小孩，在患难中刻苦如圣者。意大利几千的战士于垂死时，只要一望见这威风堂堂的将军的面影，就都愿为他而死。愿为将军牺牲自己生命的，不知有几千人，万人都曾为将军祝福，或愿为将军祝福。

将军死了，全世界都哀悼着将军。你现在还未能知将军，以后，当有机会读将军的传记，或听人说将军的遗事罢。你逐渐成长，将军的面影，在你前面也会跟着加大，你到大人的时候，将军会巨人似地立在你面前罢。到你去了世，你的子孙以及子孙的子孙都去了世以后，这民族对于他那日星般彪炳着的面影，还当作人民的救济者永远景仰罢。意大利人的眉，将因呼他的名而扬；意大利人的胆，将因呼他的名而壮罢。

军队　十一日

（因格里勃尔第将军之丧，国民祭延迟一周。）

今天到配寨·卡斯德罗（Piazza Castello）去看阅兵式。司令官率领兵队，在作了二列走着的观者间通过，喇叭和乐队的乐曲，调和地合奏着。在军队进行中，父亲把队名和军旗一一指示了教我。最初来的是炮兵工校的学生，人数约有三百，一律穿着黑服，勇敢地过去了。其次是步兵：有在哥伊托和桑马底诺战争过的奥斯泰（Aosta）旅团，有在卡斯德尔费达度（Castelfidardo）战争过的勃卡漠（Ber gsmo）旅团，共有四联队。一队一队地前进，无数的赤带连续地飘动，其状恰像花朵。步兵之后，就是工兵。这是陆军中的工人，帽上饰着黑色的马尾，缀着红色的丝边。工兵后面接着又是数百个帽上有直而长的装饰的兵士，这是作意大利干城的山岳兵，高大褐色而壮健，都戴着格拉勃利亚型的帽子，那鲜碧的帽沿，表示着故山的草色。山岳兵还没有走尽，群众就波动起来。接着来的是射击兵，就是那最先入罗马的有名的十二大队。帽上的装饰，因风俯伏着，全体像黑波似地通过。他们所吹的喇叭声，尖锐得如奏着战胜的音调，可惜，不久那声音就在碌碌的粗而低的噪声中消去，原来野炮兵来了。他们乘在弹药箱上，被六百匹骏马牵了前进。兵士饰着黄带，长长的大炮，闪着黄铜和钢铁的光。炮车车轮，碌碌地在地上滚着作响。这以后山炮兵肃然地接着，那壮大的兵士和所牵着的强力的骡马，所向震动，是带了惊恐与死去给敌人的。最后，是热那亚骑兵联队，甲兜闪着日光，直持着枪，小旗飘拂，金银晃耀，鸣着辔，嘶着马，很快地去了。这是从桑泰·路雪（Santa Lucia）以至维拉勿兰卡（Villafvamca）十次像旋风样在战场上扫荡过的联队。

"啊！多好看啊！"我叫说。父亲警诫我：

"不要把军队作玩具看！这许多充满力量与希望的青年，为了祖国的缘故，一旦被召集，就预备在国旗之下饮弹而死的啊。你每次听到像今天样的'陆军万岁！意大利万岁！'的喝彩，须想在这军队后面就是尸山血河的啊！如此，对于军队的敬意，自然会从你胸中流出，祖国的面影，也更庄严地可以看见了罢！"

意大利　十四日

在祝祭日，应该这样祝祖国的万岁的：

"意大利啊，我所爱的神圣的国土啊！我父母曾生在这里，葬在这里，我也愿生在这里，死在这里，我的子孙也一定在这里生长，在这里死亡罢。华美的意大利啊！积有几世纪的光荣，在数年中得过统一与自由的意大利啊！你曾传给神圣的智识之光给世界，为了你的缘故，无数的勇士在沙场战死，许多的勇士化作断头台上的露而消逝。你是三百都市和三千万子女的高贵的母亲，我们做幼儿的，虽不能完全知道你、了解你，却尽了心宝爱着你呢。我得被生在你的怀里，作你的儿子，真足自己夸耀。我爱你那美丽的河和崇高的山，我爱你那神圣的古迹和不朽的历史，我爱你那历史的光荣和国土的完美。我把你全国，和我所始见始闻的最系恋的你的一部分，同样地爱敬，我以纯粹的情爱平等的感谢，爱着你的全部——勇敢的丘林，华丽的热那亚，知识开明的勃洛格那（Bologna），神秘的威尼斯（Venice），伟大的弥冷（Milan）。我更以幼儿的平均的敬意，爱温和的勿洛伦斯（Eloromce），威严的派来漠，宏大而美丽的耐普尔斯，以及可惊奇的永远的罗马。我的神圣的国土啊！我爱你！我立誓：凡是你的儿子，我必都如兄弟的爱他们；凡是你所生的伟人，不论是死的或是活的，我必都从真心赞仰；我将勉为勤勉正直的市民，不断地研磨智德，以期无愧于做你的儿子，竭了我这小小的力，防止一切不幸、无知、不正、罪恶来污你的面目。我誓以我的知识，我的腕力，我的灵魂，谨忠事你；一到了应把血和生命贡献于你的时候，我就仰天呼着你的圣名，向着你的旗子送最后的接吻，把我的血向你洒溅，用我的生命做你的牺牲罢。"

九十度的炎暑　十六日

　　国民祭日以后，五日中温度增高五度。时节已到了夏季的正中，大家都渐疲倦起来，春天那样美丽的蔷薇脸色，如数失去，项颈足腿都消瘦下去，头昂不起，眼也昏眩了。可怜的耐利因受不住炎暑，那蜡样的脸色，愈呈苍白，不时在笔记簿上伏着睡去，但是卡隆常常留心照拂，耐利睡去的时候，把书翻开了竖在他前面，替他遮住了先生的眼睛。克洛西的红发头，靠在椅背上，恰像一个割下的人头放在那里的。诺琵斯唧咕着人多空气不好。啊，上课真苦啊！从窗口望见清凉的树荫，就想飞跳出去，不愿再被拘束在坐位里了。从学校回去，母亲总接候着我，留心我的面色的。我一看见母亲，精神就重新振作起来了。我用功的时候，母亲常问：

　　"不难过吗？"早晨六时叫我醒来的时候，也常说：

　　"啊，要好好地啊！再过几天就要休假，可以到乡间去了。"

　　母亲又时时讲在这炎暑中作着工的小孩们的情形给我听。说有的小孩在田野或如烧的砂上劳动，有的在玻璃工场中终日逼着火焰。他们早晨比我早起床，而且是没有休假的。所以我们也非奋发不可。说到奋发，仍要推代洛西第一，他绝不叫热或想睡，无论甚么时候都活泼快乐。他和冬天一样地垂着那长长的金发，用功毫不觉苦。只要坐在他近旁，听到他的声音，也能令人振作起来。

　　此外，拼命用着功的有两人。一是固执的斯带地，他恐自己睡去，敲击着自己的头，热得真是昏倦的时候，再把牙齿咬紧，眼睛张开，那神气似乎要把先生也吞下去了。还有一个，是商人的卡洛斐。他也一心地用红纸做着纸扇，把火柴盒上的花纸粘在扇上，卖一个铜币一把。

　　但是，最令人佩服的要算可莱谛。据说，他早晨五时起床，帮助父亲运柴。到了学校里，每到十一时，不觉支持不住，把头垂下胸前去了。他惊醒转来，常自己敲着颈背，或禀告了先生，出去洗面，或预托坐在旁边的人推醒他。可是，今天终于忍耐不牢，呼呼地睡去了。先生大了声叫"可莱谛！"也不听见，于是先生忿怒起来，"可莱谛，可莱谛！"反覆地怒叫。住在可莱谛贴邻的一个卖炭者的儿子，立起来说：

"可莱谛今天早晨五时起运柴到了七时的。"

于是，先生让可莱谛睡着，接续授了半点钟的课，才走到可莱谛的位置旁，轻轻地从脸上吹醒了他。可莱谛睁开眼来，见先生立在前面，惊恐得要退缩。先生两手托住了他的头，在他头发上接吻着说：

"我不责你。因为你的睡去，不是由于怠惰，乃是由于疲劳了的缘故。"

我的父亲　十七日

如果是你的朋友可莱谛或卡隆，像你今天回答父亲的话，决不至出口罢。安利柯！为甚么如此啊！快向我立誓以后不再有那样的事。因了父亲责备你，口中露出失礼的答辩来的时候，应该想到将来有一天，父亲叫你到卧榻旁去，和你说"安利柯！永诀了！"的光景。啊！安利柯！你到了不能再见父亲，走进父亲的房间，看到父亲遗下的书籍，回想到在生前对不起父亲的事，大概会自己后悔，自说"为甚么我那时如此"的罢。到了那时，你才会知道父亲的爱你，知道父亲责叱你时自己曾在心里哭泣，知道父亲的加苦痛于你，完全是为爱你罢。那时，你会含了悔恨之泪，在你父亲的书桌上——为了儿女不顾生命地在这上面劳作过的书桌上接吻罢。现在，你不会知道，父亲除了慈爱以外，把一切的东西对你遮掩过了。你不知道吧，父亲因为操劳过度，时时自恐不能久在人世呢。在这种时候，总是提起你，对你放心不下。又，在这种时候，他常携了灯走进你的寝室，偷看你的睡态，回来再努力地把工作继续，世界忧患尽多，父亲见你在侧，也就把忧患忘了。这就是想在你的爱情中，求得慰安，恢复元气。所以，如果你待父亲冷淡，父亲失去了你的爱情，将如何悲哀啊。安利柯！切不可再以忘恩之罪把自己玷污了啊！你就算是个圣者样的人，也不足报答父亲的辛苦，并且，人生很不可靠，甚么时候有甚么事情发生，是料不到的。父亲或许在你还幼小的时候就不幸死了——在三年以后，二年以后或许就在明天，都说不定。

啊！安利柯！如果父亲死了，母亲著了丧服了，家中将非常寂寞，空虚得如空屋一样罢！快！到父亲那里去！父亲在房间里工作着呢。静静地进去，把头俯在父亲膝上，求父亲饶恕你，祝福你。

——母亲——

乡野远足　十九日

父亲这次又恕宥了我，并且，还许可我践可莱谛的父亲的约，同作乡野远足。

我们早想吸那小山上的空气，昨天下午二时，大家在约定的地方聚集。代洛西、卡隆、卡洛斐、泼来可西、可莱谛父子，连我总共是七个人。大家都预备了水果、腊肠、煮熟鸡卵等类，又带着皮袋和锡制的杯子。卡隆在葫芦里装了白葡萄酒，可莱谛在父亲的水瓶里装了红葡萄酒，泼来可西著了铁匠的工服，拿着四斤重的面包。

坐街车到了格浪·美德莱·乔(Gran Madre di Din)，以后就走上山路，山上满了绿色的凉荫，很是爽快。我们或是在草上转滚，或是在小溪中濯面，或是跳过林篱。可莱谛的父亲把上衣搭在肩上，衔着烟斗，远远地从后面跟着我们走。

泼来可西吹起口笛来，我从未听到那孩子的口笛过。可莱谛也一壁走一壁吹着口笛。他拿着手指般长的小刀，作着水车、肉叉、水铳等种种的东西，强把别的孩子的行李背在身上，遍身虽已流着汗，还能山羊似地走得很快。代洛西在路上时时立住了教给我草类和虫类的名称，不知他为甚么，能知道这许多东西啊。卡隆默然地嚼着面包，自从母亲去世以后，他所吃的东西，想已不像以前的有味了。可是待人的亲切，却仍旧那样。当我们要跳过沟去的时候，因为要作势，先退了几步，然后再跑上前去，他就第一个跳过去，伸手过来搀接别人。泼来可西因为幼时曾被牛触突，所以见牛就生恐怖，卡隆在路上见有牛来，就走在泼来可西前面。我们上了小山，或跳走，或转滚下来。泼来可西滚入荆棘中，把工服扯破了，很难为情地立着，卡洛斐是不论甚么时候都带得有针线的，就来替他补好那破孔，泼来可西只是叫着"对不起，对不起"。一等缝好，就立刻开步跑了。

卡洛斐就在路上,也不肯徒然通过,或是采摘可以作生菜的草,或是把蜗牛拾起来看,见有尖角的石块,就拾了藏入袋里,以为或许是含有金银的。我们无论在树荫下,或是日光中,总是跑着,滚着,后来把衣服弄得皱皱的,喘息着到了山顶,在草上坐了吃那带来的东西。

前面可望见广漠的原野和戴着雪的亚尔普斯山。我们腹已饥得不堪,面包一入口中,好像就溶去了似的。可莱谛的父亲用葫芦叶盛了腊肠分给我们,大家一壁吃着,一壁谈先生们的事,和朋友的事以及试验的事。泼来可西怕难为情,甚么都不吃,卡隆把好的拣了塞入他的口里,可莱谛盘足坐在他父亲的身旁,两人并在一处,如其说他们是父子,不如说是兄弟,状貌很相像,都是赤红了脸,露着白齿在那里微笑。父亲倾了皮袋畅饮,把我们所喝剩的也拿去甘露似地喝了。说:

"酒在读书的孩子是有害的,在柴店伙计,却是必要。"说着,捏住了儿子的鼻头,摇扭着向了我们。

"哥儿们,请你们爱待这家伙啊。这也是正直男子的身份哩!这样自赞,原是可笑,哈,哈,哈!"

除了卡隆,一齐都笑了。可莱谛的父亲又喝了一杯:

"惭愧啊。哪,现在虽是这样,大家都是要好的朋友,再过几年,安利柯与代洛西,成了判事或是博士,其余的四个,都到甚么商店或是工场里去,这样,彼此就分开了!"

"那里的话!"代洛西抢先回答。"在我,卡隆永远是卡隆,泼来可西永远是泼来可西,其余的也都一样。我即使做了俄国的皇帝,也决不变,你们所居的地方,我总是仍要来的。"

可莱谛的父亲擎着皮袋:

"难得!能这样说;再好没有了。请把你们的杯子举起来和这触碰一下。学校万岁!学友万岁!因为在学校里,不论富人穷人,都如一家的。"

我们皆举杯触碰了皮袋而喝。可莱谛的父亲起立了把皮袋中的酒倾底喝干:

"四十九联队第四大队万——岁!喂!你们如果入了军队,也要像我们样地出力干的啊！少年们！"

时光不早，我们且跑且歌，携手下来。薄暮到了濮河，见有许多萤虫飞着。回到配寨・特罗・斯带丢土（Piazza dello Statuto），互约日曜日再在这里相会，共往参观夜学校的赏品授与式而别。

今天天气真好！如果我不逢到那可怜的女先生，我回家时将怎样地快乐啊。回家时已昏暗，才上楼梯，就逢到女先生，她见了我，就携了两手，附耳和我说：

"安利柯！再会！不要忘记我！"我觉得先生说时在那里哭，上去就告诉母亲：

"我方才逢见女先生，她病得很不好呢。"

母亲已红着眼了，既而注视着我，悲哀地说：

"先生是，可怜——很不好呢。"

劳动者的赏品授与式　二十五日

依约，我们大家到公立剧场去看劳动者的赏品授与式，剧场的装饰，和三月十四日那天一样。场中差不多充满了劳动者的家属，音乐学校的男女生徒坐在池座里，他们齐唱克里米亚战争的歌，那真是唱得很好，唱毕，大家都起立拍手。随后，各受赏者走到市长和知事面前，领受书籍、贮金折、文凭或是赏牌。"小石匠"傍着母亲坐在池座角边，在那一方，坐着校长先生，我三年级时先生的赤发头，露出在校长先生后面。

最初出场的是图画科的夜学生，里面有铁匠、雕刻师、石版师、木匠以及石匠。其次是商业学校的学生，再其次是音乐学校的学生，其中有大批的姑娘和劳动者，都穿着华美的衣裳，因被大家喝彩，都笑着。最后来的是夜间小学校的学生，那光景真是好看，年龄不同，职业不同，衣服也各式各样。——有白发的老人，也有工场的徒弟，也有蓄长头发的职工。年纪轻的毫不在意的做着，老的却似乎有些难为情的样子。群众虽拍手欢迎他们，可是却没有一个人笑的，谁都现着真诚热心的神情。

受赏者的妻或子女，多有坐在池座里观看的。幼儿之中，有的一见到自己的父亲登上舞台，就尽力大声叫唤，笑着招手。农夫过去了，担夫也过去了,我父亲所认识的擦靴匠也登场到知事前来领文凭。其次来了一个巨人样的大人,觉得是在甚么时候曾经见过的,原来就是那受过二等赏的"小石匠"的父亲。记得我为望"小石匠"的病,上那屋顶阁去的时候,他就在病床旁立着的。我回头去看坐在池座的"小石匠",见"小石匠"正双目炯炯地注视着父亲,且用了装兔脸来藏瞒他的欢喜呢。忽然间,彩声四起,急去向舞台看时,见那小小的烟突扫除人,只洗净了面部,仍著了漆黑的工服出场。市长去携住他的手,和他说话。烟突扫除人以后,又有一个清道夫来领赏品。这许多劳动者,一面做了一家的主人,辛苦工作,再于工作以外用功求学,至于得到赏品。真是难能可贵。我一想到此,有一种说不出的感动。他们劳动了一日以后,再分出必要的睡眠时间,使用那不曾用惯的头脑,用那粗笨的手指执笔,这是何等辛苦的事啊。

接着又来了一个工场的徒弟。他一定是借穿了他父亲的上衣了,只要看他上台受赏品时,卷起着长长的袖口,就可知道。大家都笑了起来,可是笑声终于立刻被彩声淹没了。其次,来了一个秃头白须的老人,还有许多的炮兵,这里有曾经在我校的夜学部的,此外还有关税的门房和警察,我校的门房也在其内。

末了,夜学校的学生,又唱克里米亚战争歌,这次因为那歌声从真心流出,笼着深情,听众不喝彩,只是感动了静静地退出。

一霎时,街上充满了人。烟突扫除者拿了从赏品得来的红色的书册立在剧场门口时,绅士都集在他的周围和他说话。街上的人,彼此都互相招呼。劳动者、小孩、警察、先生、我三年级时的先生和两个炮兵,从群众间出来。劳动者的妻抱了小孩,小孩用小手取了父亲的文凭矜夸地给群众看。

女先生之死　二十七日

当我们在公立剧场时,女先生死了。她是于访问我母亲的一周后下午二时逝世的。昨天早晨,校长先生到我们教室里来告诉我们这事,说:

"你们之中,凡曾受过先生的教的,应该都知道。先生真是个好人,曾把学生像自己儿子般爱着的。这先生已不在了。她病得很久，为生活计，不能不劳动，终于把可以延续的生命缩短了。如果能暂时休息养病，应该可以多延几个月罢。可是，她总不肯抛离学生，土曜日的傍晚，那是十七日这一天的事，说是将要不能再见学生了，亲去诀别。好好地训诫学生，一一与接吻了哭着回去。这先生现在已不能再见了，大家不要忘记先生啊。"

在二年级时曾受过先生的教的泼来可西，把头俯在桌上哭泣起来了。

昨天下午散学后，我们去送先生的葬。到了先生的寓所，见门口停着双马的枢车，许多人都低声谈说等待着。我们的学校里，从校长起，先生们都到，先生以前曾任职过的别的学校，也都有先生们来。先生所教过的幼小的学生，大抵都随了执蜡烛的母亲们领着在那里，别级学生到的也很多。有拿花环的，有拿蔷薇花束的。枢车上已堆着许多的花束，顶上又安着大大的刺球花（acacia）环，用黑文字记着"五年级旧学生敬呈女先生"的标题。大花环下挂着的小花环，那都是小学生拿来的。群众之中，有执了蜡烛代主妇来送葬的佣妇，有两个执着火把的穿法衣的男仆，还有一个学生父亲的某绅士，乘了饰着青绸的马车来。大家都集在门的近旁，女孩们拭着泪。

我们静候了一会，棺出来了。小孩们见棺移入枢车去就哭起来。其中有一个，好像到这时才信先生真死了似地，放声大哭，号叫着不肯停止，人们遂领了他走开。

行列徐徐出发，最前面是绿色装束的 B 会的姑娘们，其次是白装束饰青丝边的姑娘们，再其次是僧侣，这后面是枢车，先生们，二年级的小学生，别的小学生，最后是普通的会葬者。街上的人们从窗口门口张望，见了花环与小孩，说"是学校的先生呢"。带领了小孩来的贵妇人们也哭着。

到了寺院，棺从枢车移出，安放在中堂的大祭坛前面。女先生们把花环放在棺上，小孩们把花覆满棺的周围。在棺旁的人都点起蜡烛在薄暗的寺院中开始祈祷。等僧侣一念出最后的"亚门"，就一齐把烛熄灭走出。女先生独自残留在寺院里了！可怜！那样亲切，那样勤劳，那样长久尽过职的先生！据说，先生曾把书籍以及一切遗赠学生了，有的得着墨水壶，有的得着小画片。听说要死的前二天，她曾对校长说，小孩们不宜哭泣，不要叫他们参与葬式的。

先生做了好事，受了苦痛，终于死了。可怜独自留在那样昏暗的寺院里了！再会，先生！先生在我，是悲哀而爱慕的记忆！

感谢　二十八日

可怜的女先生，曾经想支持任职到这学年为止，终于只剩三天，就死去了。明后天到学校去听了《难船》的讲话，这学年就此完毕。七月一日的土曜日起，开始试验，不久就是四年级了。啊！如果女先生不死，原是很可欢喜的事呢。

回忆去年十月才开学时的种种事情，从那时起，确增加了许多的知识。说，写，都比那时好，算术也已能知道普通大人所不知道的事，可以帮助人家算账了，无论读甚么，大抵都似乎已懂得。我真欢喜。可是，我的能到此地步，不知有多少人在那里勉励我，帮助我呢。无论在家里，在学校里，在街上，无论在甚么地方，只要是我所居住，我有见闻的处所，必定有各种各样的人在各种各样地教我的。所以，我感谢一切的人。第一，感谢先生，感谢那样爱我的先生，我现在所知道的东西，都是先生用尽了心力教我的。其次，感谢代洛西，他替我说明种种事，使我通过种种的难关，试验赖以不失败。还有，斯带地，他曾示我一个"精神一到，金石为开"的实例。还有那亲切的卡隆，他曾给我以对人温暖同情的感化。泼来可西与可莱谛，他们二人曾给我以在困苦中不失勇志，在劳作中不失和气的模范。所有一切朋友，我都感谢。但是特别要感谢的是我的父亲。父亲曾是我最初的先生，又是我最初的朋友，给我以种种的训诫，教我种种的事情，平日为我勤劳，将悲苦瞒住了我。用种种的方法使我用功愉快，生活安乐的。还有那慈爱的母亲。母亲是我的爱人，是守护我的天使，她以我之乐为乐，以我之悲为悲，和我一处用功，一处劳动，一处哭泣，一手抚了我的头，一手指天给我看。母亲，谢谢你！母亲是，于爱和牺牲的十二年中，在我的心胸里，注入了温爱的！

难船 (最后的每月例话)

在几年前十二月的某一天，一只大轮船从英国利物浦（Liver Pool）港出发。船中合船员六十人共载二百光景的人。船长船员都是英国人，乘客中有几个是意大利人，船向玛尔太（Malta）岛进行。天色不佳。

三等客之中有一个十二岁的意大利少年，身体比之年龄，虽像矮小，可是却长得很结实，是个西西里（Sicili）型的美勇坚强的少年。他独自在船头桅杆旁卷着的缆束上坐了，身旁放着一个破损了的皮包，一手搭在皮包上面，粗下的衣服，破旧的外套，皮带上系着旧皮袋。他沈思似地冷眼看着周围的乘客、船只、来往的水手，以及汹涌的海水。好像他是新近遭遇了一家的大不幸了的，脸孔还是小孩，表情却已似大人了。

开船后，不多一会，一个意大利水手，携了一个小女孩来到西西里少年前面，向他说：

"马利阿（Morrio），有一个很好的同伴呢。"说着自去，女孩在少年身旁坐下。他们彼此面面相觑的看着。

"到那里去？"男孩问。

"到了玛尔太岛，再到耐普尔斯去。因为父亲母亲正望我回去，我去会他们的。我名叫寇列泰·法贵尼（Giulietta Faggiomi）。"

过了一息，他从皮袋中取出面包和果物来，女孩是带有饼干的，两个人一同吃着。

方才来过的意大利水手慌忙地从旁边跑过，叫着说：

"快看那里！有些不妙了呢！"

风渐渐加烈，船身大摇。两个小孩却不眩晕。女的且笑着。她和少年年龄相仿佛，身较高长，肤色也一样地是褐色，身材窈窕，有几分像是有病的。服装很好，发短而缩，头上包着红头巾，耳上戴着银耳环。

两孩一壁吃着，一壁互谈身世。男孩已没有父亲，父亲原是做职工的，数日前在利物浦死去了。孤儿受意大利领事的照料，送他回故乡派来玛，因为他有远亲在那里。女孩于前年到了伦敦叔母家里，她父亲因为贫穷的缘故,暂时把她寄养在叔母处,预备等叔母死后,承分些遗产的。数月前,叔母被马车辗伤,突然死了,财产分文无余。于是她也请求意大利领事,送归故乡。恰巧,两孩都是由那个意大利水手担任带领的。

女孩说:

"所以,我的父亲母亲,还以为我带得钱回去呢。哪里,我一些都没有。不过,他们大约仍是爱我的。我的兄弟想也必定如此,我有四个兄弟呢,都还小,我是最大的了。我在家时替他们著衣服的。我一回去,他们定是快活,定要飞跑拢来哩。——呀,波浪好凶啊!"

又问男孩:

"你就住在亲戚家里吗?"

"是的,只要他们容留我。"

"他们不爱你吗?"

"不知道怎样。"

"我到今年圣诞节,恰好十三岁了。"

他们共谈海洋及关于船中乘客的事,终日住在一处,时时交谈。别的乘客总以为他们是姊弟。女孩编着袜子,男孩沈思着。浪渐渐加凶了,天色已夜。两孩别开的时候,女的对了马利阿说:

"请安眠!"

"谁都不得安眠了哩!孩子啊!"意大利水手恰好在旁走过这样说。男孩正想对女孩答说"再会"的时候,突然来了一个狂浪,将他摇倒。

女孩飞跑近去:

"咿呀!你出血了呢。"

乘客正在各顾自己逃下,没有人留心别的,女孩跪伏在瞠着眼睛的马利阿身旁,替他拭净头上的血,从自己头上取下红头巾,当作绷带替他包在头上,打结时,把他的头抱紧在自己胸前,以至自己上衣上也染了血迹。马利阿摇抖着起来。

"好些吗?"女孩问。

"已没有甚么了。"马利阿回答。

"请安睡。"女孩说。

"再会。"马利阿答。于是两人各自回进自己舱位去。

水手的话验了。两孩还没有睡熟，可怖的暴风到了。其势猛如奔马，一桅立折，三只舢板，也被飘去。船梢载着的四头牛，也如木叶一般地被吹去了。船中起了大扰乱，恐怖，喧嚣，暴风雨似的悲叫声，祈祷声，令人毛骨悚然。风势全夜不稍衰，到天明还是如此。山也似的怒浪从横面打来，在甲板上激散，把在那里的器物击碎了卷入海里去。遮蔽机关的木板被击碎了。海水像怒吼般地拨入，火就被淹熄，机关司逃去，海水潮也似地从这里那里卷入，这时，但听得船长的雷般的叫声：

"快攀住唧筒。"

船员奔到唧筒方面去。可是这时又来了一个狂浪，那狂浪从横面扑下，把船缘、舱口如数打破，海水从破孔淹进。

乘客自知要没有命了，逃入客室去。及见到船长，一同齐声叫说：

"船长！船长！怎么了！现在甚么地方！能有救吗！快救我们！"

船长等大家说毕，冷静地说：

"只好绝望了罢。"

一个女子呼叫神助，其余的只是默着，恐怖把他们固定了。好一会，船中继续着墓里般的寂静，乘客彼此只是苍白了脸，面面相觑，海波仍是汹涌，船一高一低地摇着。船长放下救命舢板艇，五个水手下去乘入。艇沈了，是波浪来冲没了的。五个水手淹没了两个。那个意大利人水手也在内。其余的三人拼了命缒了绳逃上。

到了这里，船员也绝了望。二小时以后，船已沈到货舱口了。

悲惨的光景，从甲板上出现了：母亲们于绝望之中将自己的小儿抱紧胸前；朋友们互抱了告永诀；因为不愿见海而死，回到舱位里去的人也有；有一人用手枪自击头部，从高处倒下，死在那里；大多数的人们都狂乱的挣扎着；女人则起了可怕的痉挛苦闷着；哭声，呻吟声，和不可名说的叫声，混合在一起；到处都见有人失了神，瞠着无光的眼，石像似地呆立着，面上已没有生气。寇列泰和马利阿二人抱住一桅杆，目不转睛地注视着海。

风浪小了些了，可是船已渐渐下沈，眼见不久就要沈没了。

"把那长舢板艇放下去!"船长叫说。

唯一仅存的一艘救命艇下水了,十四个水手和三个乘客乘在艇里。船长仍在本船。

"请快随我们来。"水手们从下面叫。

"我是,愿死在这里的。"船长答。

"或许遇到别的船得救呢,快请乘了这艇罢,快请乘了这艇罢。"水夫们反覆劝请。

"我留在这里。"

于是水手们向了别的乘客:

"还可乘一人,顶好是女的!"

船长搀扶一个女子过来,可是舢板离本船很远,那女子无跳跃的勇气,就倒卧在甲板上了。别的妇女都也已失神,如死了的一样。

"送个小孩过来!"水夫叫喊。

以前化石似地呆在那里的西西里少年和其伴侣,听到这叫声,被那求生的本能所驱使,同时离了桅杆,齐奔到船侧,野兽般挣扎地冲前,齐声叫喊:

"把我!"

"小的! 艇已满了。小的!"水手叫说。

那女的一听到这话,就像被了电似地立刻把两臂垂下,注视了马利阿立着。

马利阿也对她注视,一见到那女孩衣上的血迹,记忆起前事,脸上突然发出神圣的光来。

"小的! 艇就要开行了!"水手焦急地等着。

这时,马利阿情不自禁地发出声来:

"你分量轻! 应该是你! 寇列泰! 你还有父母! 我只是独身! 我让你! 你去!"这样说。

"把那孩子掷下来!"水手叫说。马利阿把寇列泰抱了掷下海去,寇列泰从水泡飞溅声中叫喊了一声"呀",一个水手就捉住她的手臂拖入艇中去。

马利阿在船侧高高地举起头,头发被海风吹拂,泰然自若,平静地,崇高地立着。

本船沉没时，水面起了一次漩涡，小艇侥幸不被卷没。

女孩先前像已失了感觉了的，到这时，望着马利阿的方面，泪如雨下。

"再会！马利阿！"唏嘘着把两臂向他伸张了叫说。"再会！再会！"

少年高举着手：

"再会！"

小艇掠着暴波在昏空之下急去，留在本船的已一个人都不能作声，水已浸到甲板的舷了。

马利阿突然跪下，合掌仰视天上。

女孩把头俯下。等她再举起头来看时，船已不见了。

第十卷 七月

母亲的末后一页 一日

安利柯啊! 这学年已完了,在结束的一天,得留了一个为朋友而舍生的高尚少年的印象,真是好事。你就要和先生朋友们离别,但我在这以上,尚须告诉你一件悲哀的事情。这次的离别,不单是三个月的离别,乃是长久的离别。父亲因了事务上的关系,要离了这丘林到别处去了,家人也要同行。

一到秋天,就须出发罢。你以后非换入新学校不可,这在你实是不快的事。你很爱你的旧学校呢。你在这四年中曾在这里一天两次尝到用功的愉快;在长久的时日中,每天得和同一先生,同一朋友,同一朋友的父母们见面;并且,每天在这里见父亲或母亲微笑着接候你的。你的精神,在这里才开发;许多朋友,在这里始得到;在这里,你才获得种种有用的知识。在这里,你也许曾有过苦楚,但这些也都是于你有益的。所以,你应该从心坎里向大众告别啊。大众之中,也有遭遇不幸的人罢,也有失了父亲或是母亲的人罢,也有年幼就死去了的人罢,也有战争流血壮烈而死的人罢,也有许多一方是正直勇敢的劳动者而同时又是勤勉正直的劳动者的父亲罢,在这里面,说不定有着许多为国立大功成美名的人呢。所以,要用了真心,和这许多人们告别,要把你的精神的一部分,残留在大家族里面啊。你在幼儿时入了这家族,现在成了一个壮健的少年出去了。父亲母亲也因了这大家族爱护你的缘故,很爱这大家族呢。

学校是母亲,安利柯。她从我怀中把你接过去时,你差不多还未能讲话。现在是,将你化成了强健善良勤勉的少年,仍还给我了。这该怎样感谢呢。你切不可把这忘记啊! 你也怎能忘记啊! 你将来年长大了旅行全世界时,遇到大都会或是令人起敬的纪念碑自会记忆起许多的往事。那关着的窗,有着小花园的质素的白屋,你知识萌芽所从产生的建筑物,将在你心上明显地浮出罢,到你终身为止,我愿你不忘这呱呱坠地的诞生地!

——母亲——

试验　四日

终于,试验到了。学校附近一带,不论先生、学生、父兄,所谈没有别的,只是分数、问题、平均、及格、落第等类的话。昨天试验过作文,今天是算术。见到别的学生的父母在街路上种种地吩咐自己的儿子,就不觉愈耽心起来。母亲们之中,有的亲送儿子入了教室,替他看过墨水瓶里有无墨水,检查过钢笔头是否可用,回出去犹在教室门口徘徊嘱咐:

"仔细啊! 用了心!"

来做我们的试验监督的是黑须的考谛先生,就是那虽然声音如狮子而却不责罚人的先生。学生之中,也有怕得脸色发青的。当先生把市政所送来的封袋撕开,抽出题纸来的时候,全场连呼吸声都没有了。先生用了可怕的眼色,向室中一瞥,大声地把问题宣读。我们想:如果能把问题和答案都告诉了我们,使大家都能及第,先生们将多少欢喜呢。

问题很难,经过一小时,大家都无法了。有一个甚至哭泣起来。克洛西敲着头。有许多人做不出,都是应该的。因为他们受教的时间本少,父母也未曾教导监督的缘故。

可是,天无绝人之路,代洛西想了种种的法子,都在不被看见之中教了大家。或画了图传递,或写了算式给人看,手段真是敏捷,卡隆自己原是长于算术的,也替他作帮手。矜骄的诺琵斯今天也无法了,只是规规矩矩地坐着,后来卡隆教给了他。

斯带地把拳挟住了头,将题目注视了一小时多,后来忽然提起笔来,在五分钟内如数做出就去了。

先生在桌间巡视,这样说:

"静静地,静静地! 要静静地做的啊!"

见到窘急的学生,先生就张大了口,装起狮子的样子来。这是想引诱他发笑,使他恢复元气。到了十一时光景,去看窗外,见学生的父母已在路上徘徊着等候了。泼来可西的父亲,也著了工服,脸上黑黑地从铁工场走来。克洛西的卖野菜的母亲,著黑衣服的耐利的母亲,都在那里。

将到正午的时候,我父亲从我们教室窗口来探望。试验在正午完毕,退课的时候,那真是好看:父母们都跑近自己儿子那里去,查问种种,翻阅笔记簿,或和在旁的小孩的彼此比较。

"问题几个? 答数若干? 减法这一章呢? 小数点不曾忘记了?"

先生们被四围的人叫唤,来往回答他们。父亲从我手里取过笔记簿去,看了说。

"好的,好的。"

泼来可西的父母在我们近旁,也在那里翻着他儿子的笔记。他好像是看了不解的,那神情似乎有些慌急。他向了我的父亲说:

"请问,这总和是若干?"

父亲把答数说给他听,铁匠知儿子的计算无误,欢呼着说:

"做得不错呢!"

父亲和铁匠相对像朋友似地宛然而笑,父亲伸出手去,铁匠来握。

"那末,我们在口头试验时再见罢。"二人这样说了别去。

我们走了五六步,就听到后面发出高音来,回头去看,原来是铁匠在那里唱歌了。

最后的试验　七日

今天是口答试验。我们八时入了教室,从八时十五分起,就分四人一组,被呼入讲堂去。大大的桌子上,铺着绿色的布。校长和四位先生围坐着,我们的先生也在里面。我是在第一次被唤的一组里的。啊,先生! 先生是怎样爱顾我们,我到了今天方才明白:在别的学生被口试时,先生只注视着我们;我们答语暧昧的时候,先生就现忧色,答得完全的时候,先生就露出欢喜的样子来。时时倾了耳,用手和头来广故势子,好像在说:

"对呀! 不是的! 当心啰! 慢慢地! 仔细仔细!"

如果先生在这时可以说话,必将不论甚么都告诉我们了。即使学生的父母替代了先生坐在这里，恐怕也不能像先生这样亲切罢。一听到别的先生和我说"好了，回去！"的时候，先生的眼里就充满了喜悦之光。

我立刻回到教室，等候父亲。同学们大概都还在教室里，我就坐在卡隆旁边。一想到这是最后一时间的相聚，不觉悲了起来。我还未把将随父亲离去丘林的事告诉卡隆过，卡隆毫没知道，正一心地伏在位上埋了头，执笔在他父亲的照片边缘上加装饰。他父亲作机械师装束，身材高长，头也和卡隆一样，有些带缩，神情却很正直。卡隆埋头伏屈向前，胸间衣服宽裰，露出悬在胸前的金十字架来。这就是耐利的母亲因自己的儿子受了他的保护送给他的。我想我总须有一时候要把将离去丘林的事告诉卡隆的，就爽直地：

"卡隆，我父亲在今年秋季要离开丘林了。父亲问我要去吗，我曾经回答他说同去呢。"

"那末，四年级不能同在一处读书了。"卡隆说。

"不能了。"我答。

卡隆默然无语，只是俯了头执笔作画。好一会，仍俯头问。

"你肯记忆着我们三年级的朋友吗？"

"当然记忆着的。都不会忘记啰。特别地是忘不了你。谁能把你忘了呢？"我说。

卡隆注视着我，其神情足以表示千言万语，而嘴里却不发一言。他一手仍执笔作画，把一手向我伸来，我紧紧地去握他那大手。这时，先生红着脸进来，欢喜而急促地说：

"不错呢，大家都通过了。后面的也希望你们好好地回答。要当心啊。我永没有这样地快活过。"这样说了急急地出去的时候，故意装作跌交的样子，引我们笑。向无笑容的先生，突然作此，大家见了都觉诧异，室中反转为静穆，微笑是都微笑的，哄笑的却没有。

不知为了甚么，见了先生的那种孩子似的行动，心里又欢喜又悲哀。先生所得的报酬，就是这瞬时的喜悦。这就是这九个月来亲切忍耐以及悲哀的报酬了！因为要得这报酬，先生曾那样地长久劳动，连病在家里的学生，也亲自走去教他们。那样地爱护我们替我们费心的先生，原来只求这些微的报酬的。

我将来每次想到先生，先生今天的样子也必同时在心中浮出罢。我到了长大的时候，先生谅还健存罢。并且有见面的机会罢。那时我当重话动心的前事，在先生的白发上接吻罢。

告别　十日

午后一时，我们又齐集学校，听候发表成绩。学校左近，满了学生的父母们，有的等在门口，有的进了教室，连先生的坐位旁也都挤满了。我们的教室中，教坛前也满了人，卡隆的父亲，代洛西的母亲，铁匠的泼来可西，可莱谛的父亲，耐利的母亲，克洛西的母亲，——就是那卖野菜的，"小石匠"的父亲，斯带地的父亲，此外还有许多我所向不认识的人们。全室中充满了错杂的低语声。

先生一到教室，室中就立刻肃静，先生手里拿着成绩表，当场宣读：

"亚巴泰西六十七分，及格。亚尔克尼五十五分，及格。""小石匠"也及格了，克洛西也及格了。先生又大声地说：

"代洛西七十分，及格，一等赏。"

到场的父母们，都齐声赞许说："了不得，了不得，代洛西。"

代洛西披了金发，微笑着朝他母亲看，母亲举手和他招呼。

卡洛斐、卡隆、格拉勃利亚少年，都及格了。此外，有三四个人是落第的。其中有一个，因见他父亲立在门口装手势吓责他，就哭了起来。先生和他父亲这样说：

"不要如此，落第并不全是小孩的不好，大都由于不幸。他也是这样的。"又继续说着：

"耐利，六十二分，及格。"

耐利的母亲，用扇子送接吻给儿子。斯带地是以六十七分及格的，他听了这好成绩的报告，连微笑也不露，仍是用两拳当着头不放。最后是华梯尼，他今天著得很华丽——也及格的。报告完毕，先生立起身来：

"我和大家在这室中相会，这次是最后了。我们大家在一处过了一年，今天就要分别。我很以和你们分离为悲。"说到这里，中止了一息，又说：

"在这一年中,我曾好几次地无心发怒了罢。这是我的不好,请原恕我。"

"那里,那里!"父母们,学生们都齐了声叫说:"那里! 先生,没有的事!"

先生更继续了说:

"请原恕我。来学年你们不能和我再在一处,但是,仍会相见的。无论到了甚么时候,你们总在我胸里呢。再会了,孩子们!"

先生说毕走到我们坐位旁来,我们立起在椅子上或是伸手去握先生的臂,或是执牢先生的衣襟。和先生接吻的尤多。末后,五十人齐声叫说:

"再会,先生! 多谢! 先生! 愿先生康健,永远不忘我们!"

走出教室的时候,我感到一种悲哀,胸中难过得像有甚么东西压迫着。大家都纷纷退出,别教室的学生,也如潮地向门口处涌。学生、父母们,夹杂在一处,或向先生告别,或相互招呼。戴赤羽的女先生被四五个小孩抱住,被大众包围,几乎要不能呼吸了。孩子们又把"尼姑"先生的帽子扯破,在她黑服的纽孔里,袋里,乱塞进花束去。洛佩谛今天第一日除掉拐杖,大家见了为之欢喜。随处都听到这样的话:

"那末,再会。到来学年,到十月二十日再会。"

我们也都互相招呼。这时,从来一切的不快,顿时消灭,向来妒嫉代洛西的华梯尼也张了两手去抱爱代洛西。我对"小石匠"叙别,当"小石匠"要装最后一次的兔脸给我看的时候,我就去吻他一次。又去别泼来可西和卡洛斐,卡洛斐告诉我,说不久就要发行最末一次彩票,且送我一块略有缺损的磁器镇纸,耐利追住了卡隆难舍难分,大家见了那光景,都为感动,就围集在卡隆身旁。

"再会,卡隆,愿你好。"大家齐声这样说了,有的去抱他,有的去握他的手,对于这位勇敢高尚的少年,都表示惜别的意思。卡隆的父亲,在旁见了兀自出神。

我最后在门外抱住了卡隆,把脸贴在他的胸前哭泣,卡隆吻我的额。跑到父亲母亲的地方,父亲问我:"你已和你的朋友告过别了吗?"我答说："已告过别。"父亲又说："如果你从前有过对不起那个的事,快去谢了罪,请他原恕,你有这样的人吗?"我答说："没有。"

"那末,再会了!"父亲说着向学校作最后的一瞥,声音中充满了感情。

"再会!"母亲也跟着反覆说。

我却甚么话都说不出了。

（商务印书馆,1926 年）

1930

续爱的教育

[意]孟德格查著

目　次

第十一

一　柠檬树与人生

二　一切的人都应是诗人

第十二

一　伊普西隆耐的伟大行为

二　美的感谢

第十三

一　不幸的少年

二　不知恩

第十四

一　海波

二　人生之波

三　知人

第十五

一　真的职业须于儿时选择

二　错误的生活

三　须自知

第十六

一　书信

二　当日的日记

三　临别的散步

第十七

一　序言

二　关于职业

三　农夫

四　船夫

五　商人

译者序

　　亚米契斯的《爱的教育》（《考莱》）译本出版以来，颇为教育界及一般人士所乐阅。读者之中，且常有人来信，叫我再多译些这一类的书。朋友孙俍工先生亦是其中的一人，他远从东京寄了这书的日译本来，嘱我翻译。于是就发心译了，先在《教育杂志》上逐期登载。这就是登载完毕以后的单行本。

　　原著者的事略，我尚未详悉，据日译者三浦关造的序文中说，是意大利的有名诗人，且是亚米契斯的畏友，一九一〇年死于著此书的桑·德连寨海岸。这书对于意大利民众曾给与强大的刺激，当代怪杰牟梭利尼据说亦曾从这书受到多大的感化的。

　　这书以安利柯的舅父白契为主人公，所描写的是自然教育。亚米契斯的《爱的教育》是感情教育，软教育，而这书所写的却是意志教育，硬教育。《爱的教育》中含着多量的感伤性，而这书却含着多量的兴奋性，爱读《爱的教育》的诸君，读了这书，可以得着一种的调剂。

　　学校教育本来不是教育的全体，古今中外，尽有幼时无力受完全的学校教育而身心能力都优越的人。我希望国内整千万无福升学的少年们能从这书获得一种慰藉，发出一种勇敢的自信来。

　　　　　　　　　　　　　　　　　　　十九年二月丏尊记于沪寓

第一

一 安利柯的失败

《爱的教育》(《考莱》)为全世界人们所爱读的有名的书,书中少年主人公安利柯是全世界人们周知的可爱的好孩子。安利柯受了好的父亲、慈爱的母亲及热心的先生的教育,纯真地成长上去。

可是,小学卒业后的安利柯,是怎样地成长的呢?其间曾有过何等的经过呢?以下就把小学卒业以后的安利柯来谈谈吧。

安利柯到了中学,用功非常有兴趣,甚么科目都欢喜,尤欢喜地理与历史。罗马大帝国由小农村勃兴的史谈咧,爱国者格里勃尔第的事迹咧,文艺复兴期诗人、艺术家的情形咧,都使安利柯欢喜得甚么似地。

安利柯用功地理历史,上了瘾了,光是学校所授的那些不能满足,一回到家里,就寻出大人所读的历史书来读到更深。

但是,那是大人所用的书,自然艰深,常有许多不能懂的,忍耐了热心读去,读到夜深,渴睡来了常至于伏在书上熟睡,自己也不知道。

父亲知道了这情形,曾这样地注意安利柯:

"安利柯!你不是用功过度了吗?昨夜你是在书上伏了睡到今晨的吧,从黄昏一到位子上就睡着了哩!用功原要紧,但如此地用功,是有害身体的。这样地把身体弄坏了,所用的功也归于水泡,结果与怠惰的没有两样。身体弄坏了,甚么事都做不成。你现在正是要紧时期呢,十四岁的血气旺盛的少年,如果一味读书,至于要在案上昏睡,将来身体坏了就要一生成为废物的。先生说你在学校中成绩最好,我听了原快活,但与其你这样过于用功把身体弄坏,宁愿你强健地成长啊!"

被父亲热心地这样一说,安利柯也觉得不错。父亲又说:

"安利柯!夜间好好地睡,在日中用功啊!无论甚么,过了度都不好。"

"是。"

"所以，夜间八时睡了，朝晨太阳未出时起床吧。"

"是。"

安利柯遂依了晚间八时就寝的约束。

可是安利柯了不得地欢喜用功，毫不运动，每日每日只是读书。竟至连先生所不知道的历史上的事，也知道了，弄得同学们为之吃惊。

不料，果应了父亲的豫料，学年试验一完毕，安利柯身体有了毛病了。

最初，医生诊断为胃肠加答尔，后来竟变了肠窒扶斯，并且连气管也有了毛病，三四周中只能饮些牛乳，仰卧了动弹不得，苦楚万分。

经过六十日后，勉强起了床，蹒跚地踱进自己的书房里对镜一照，那瘦削苍白的脸，连自己也几乎不认识了。

不但如此，想要踏上楼梯去，脚就悸动不稳，眼睛发晕，几乎像要跌下来的样子。

照这情形，自己也觉得非再大大地休养不可了。卧在床上，略遇寒风，就立起咳嗽，而且一味卧着，感到厌倦。打起哈欠来，连下巴也懒得似乎会脱掉。"身体弄得如此不好，真没趣啊!"安利柯这才恍然觉到了。

在病床中，春去夏来，到了秋天，还未有跳起身来的气力。有一日，安利柯想散散步，走到庭间徘徊着。忽而接连起了三四度的咳嗽，虽是少年，却不得不像老年人的屈了腰把手帕抵在口头，等咳嗽停止。

等咳嗽止了去看那手帕时，有着红红的东西。安利柯吃惊了。想到自己或将死于这病，不禁立刻悲哀起来，籁籁下泪。

"去把这手巾给母亲看吧。"也曾这样想，及想到优柔的母亲见了不知要怎样惊慌，于是拿到父亲那里了。

父亲见了笑说："那里，这是鼻血哩，不要紧!"

说虽如此，父亲为了不放心，请了市中有名的医生来替安利柯诊察。医生说：

"用不着担心，不过，肺音略弱，一不小心，到了十八九岁的时候，说不定会变成真病哩。"

"如何? 安利柯! 你非成好好的人物不可，如果身体弄坏，一生就完了。率性把学校暂时停了去和山海森林为友吧。这样,身体就会好来的。"父亲说。

安利柯也觉得身体要紧,说,"是,就这样吧。"

二　去吧

过了几日,父亲对安利柯这样说:

"你从此要亲近自然把身体弄强健哩。"

"那末学校怎样呢?"

"学校目前只好休息,这样的身体,着实用不来功。"

"那末,再在家里玩一学期吗?"

"不要这样着急,从容地和山海作了朋友,养一年光景再说啊。古来指导人世的伟人们,都曾长久与山海作过朋友的。亚拉伯的默罕穆德是与沙漠为友而长大的,意大利的国士格里勃尔第是与海为友而长大的。你也非修习这种伟人们的功课,养成健全的身体与伟大的精神不可。"

"那末,我到那里去呢? 到山里去,还是到海里去。"安利柯问。

"唔,父亲早已替你豫备妥当了。"

"豫备了甚么?"

"你还没有到过桑·德连寨吧。你有一个舅父住在那里。那是风景很好的村子,据说生在那里的人,没有在八九十岁以下死的。父亲已和舅父商量好了,把你寄在舅父家里去。你到那里去和海与森林为友吧。并且,舅父是做过船长的,全世界的事都知道,还知道许多好的故事。你丢了书册,只要以海与森林为友,以舅父为师,将比在学校中用功更幸福哩。"

"如此,我就去。"安利柯雀跃了说:"我还要养好了身体回来。"

"唔,非有可以打得倒鬼或海龟的强健身体,是不能成伟大人物的啰。"父亲说。

安利柯的舅父因为多年做着船长,不常来访,来也只是每年一次光景,来的时候,总带许多赠物。印度的木实咧,日本的小盒咧,奇异的贝壳咧,各地的玩具咧,还有远处的海产物咧,——排列起来,俨然像甚么祭会时的摊肆。自从这舅父辞了船长,就安居于桑·德连寨,安利柯还一次都未曾到那里去过。

这舅父因为没有儿女,听说日日在等候安利柯去,安利柯说:

"快些去吧。"

三　自然的怀里

安利柯由父亲母亲伴送到了海岸舅父家里。舅父家房子很大,从窗间就可望见海与森林的景色。

舅父看去是个不大多话的人,态度有些生硬。

"伊呀,我总以为你独自来的。"这是舅父对于安利柯的招呼。

父亲母亲殷勤地把安利柯托付舅父,恋恋不舍地叮嘱安利柯,说"以后常来看你","把每日的情形写信回来",舅父露出不愉快的神色来:

"甚么? 托里诺与桑·德连寨间隔着大西洋或是太平洋了吗? 真是像煞有介事! 就是不写信,只要大了声叫喊起来,不是差不多也会听到吗? 好,好,安利柯! 我把你养成一个可以泅过太平洋的蛮健的水夫吧。"

父亲母亲虽然回去了,安利柯毫不觉得寂寞,出生以来第一次来到海边,甚么都使他惊异。

海水漫漫地荡着,把苍青的海面耸起,势如万军袭来的大浪,砰然冲碎四散。意大利的铁甲舰冲着这浪进行,演习的大炮,隆隆地从要塞传来,震得窗上玻璃为之发颤。走到海边去看,几十个渔夫正在曳起渔网,大大的鱼映着夕阳闪闪地满在网里跳着。在安利柯所见所闻,无一不是可惊异的。

不但海,无论向那里看,都是好风景。时节虽已交冬,日光仍是温暖适体,落霜的早晨,一次也未曾有过。

有一日,母亲从故乡的托里诺来信,信中写着这样的话:

"安利柯! 托里诺的山地已降雪了,桑·德连寨是温暖的地方,还未有雪吧。"有甚么雪呢? 澄青的大空中,辉曜着可爱的太阳,檞、松、橄榄之叶,一点都不变色,那或深或浅的绿色,终年都像个春天。

村子被古色的城壁围着,公园中松櫔等繁茂得白昼也薄暗,阳光充满的砂地上,这里那里都有棕榈树展着那大手似的绿叶,尤其是舅父从南洋、南美带来了种着的热带植物繁盛地伸着大叶,那样儿是在托里诺寒冷的山地无论如何是难得看到的。

四 大海样襟怀的舅父

沉默的舅父,渐渐多讲话了。那声音宛如在大海的潮中锻炼过的海兽的吼声,舅父一开口,就像大洋的浪在怒吼。可是,那声音听去并不粗暴,也不凶恶,于男子的声音中带着大胆而和平的感觉。安利柯很爱舅父的这豪气。

舅父体格结实,虽不十分修长,肩膀平广,发全呈灰色,胡须浓重,眉毛明晰,略一颦蹙,那长长的眉毛之下几乎看不出眼睛来。

舅父的眼睛真奇怪。睥睨怒潮似的光与柔和的光,无时不在交代了辉铄着。

舅父心气躁急,时常发怒,但雷霆一过,就此完结,以后很是和柔。

舅父的颜色晒得如赤铜般。面上刻着深沟也似的皱纹,一见似乎可怕。但仔细看去,在强的力中却充满着慈祥,宛如一个年老的善良的狮子。

毫不讲究修饰的舅父,戴了旧珀那玛帽子,狮子似地徐徐走着的那种风采,俨如昔时豪杰的样儿。珀那玛帽的古旧颜色上似乎刻有舅父一生奋斗的历史的。

安利柯在舅父身上见到激怒与柔和二者交代地现出着,无论在眼色中在声音中都是这样。

"舅父是个以那二性质为基础而完全成功了的人咧。"安利柯时时这样想了佩服他。

有一日,安利柯与舅父在乡野路上散步。一个疯了手的乞食者走近来,向了舅父:

"请布施些。"颤着泪声说。

舅父雷也似地一喝:

"混账,怠惰汉!"

乞食者吓白了脸,恐缩了一会,忽而好像要失去命了的样子,野狗似地逃跑了。

舅父拉了安利柯的手,把一个半元币塞在他手里:

"跑去,把这给了那乞食的。那是疯了手的,而且一只手已没有了。"

安利柯向那跄跄奔走的乞食者追去,大叫:"喂,别跑,别跑!"

乞食者回过头来,跪在地上几乎要泣哭出来了。安利柯给与了半元币,乞食者歪着脸,簌簌地下泪,把额触在地上拜谢。

　　　　　　＊　　　　　　　　　　　＊　　　　　　　　　　　＊

又有一日,来了四五个男子,郑重地来请求一件事,说:"要募集慈善经费,请作个发起人。"

在楼上露台曝着太阳的舅父,分付女仆说:

"我不知道这类的事,回复他们快回去!"

来的人们仍不回去,依然唧咕不休,舅父从露台上跑下去,愤然叱了说:

"讨人厌的东西! 连曝太阳都不得自由,从愚人钱袋里骗钱的伪慈善事业,……须知道我是不会上这样的当的。要行慈善,也用不着等你们来说教,自己会去行咧! 明白了吗? 明白了末快走!"

根基还未坏尽的乡人们,受了这一喝,好像狐狸精被显出了原形的样子,恐缩地回去了。据说:舅父今日曾在别处出了大注的捐款,大概这些无赖们知道了以为有机可乘,所以来试行欺骗手段的。

安利柯才知道世间有藉慈善事业来骗钱糊口的人。

　　　　　　＊　　　　　　　　　　　＊　　　　　　　　　　　＊

舅父被就地的人们爱慕而且敬畏着。这只要和舅父同去散步就可知道。在路上走时,不论是附近的地痞或是就地的绅士,都一样地向舅父敬礼,这并非只是形式的敬礼,乃是满了尊敬与爱慕的敬礼。

小孩们一见舅父,脸上都现出半怕半喜的神情来看他。和安利柯亲近的少年们,呼舅父为"白契舅父",可是一般的大人却呼舅父为"船长"或"骑士"。

"那里！不见我在用脚走着吗?"舅父有时这样说了引得大家笑。

地方上被称为最上流的人,舅父以外有三个。一是牧师,一是医生,一是药剂师。他们背后都呼舅父为"野蛮人"或"哲学者"。见了动怒的舅父,说是"野蛮人",见了深情的舅父,说是"哲学者"。

安利柯这样想：

"不错,舅父确有像野蛮人的处所。但这像野蛮人的处所,是舅父很好的地方。如果没有那像野蛮人的处所,舅父虽燃烧着真正的智慧,也无把不正者卑怯者辟易的力了吧。舅父的野蛮性乃是有教养的原始力,唯其如此,故舅父亦得为哲学者。我从舅父学哲学吧,学生活的哲学,焰也似的燃烧的哲学吧。"

第二

一　舅父的学校

"喂,安利柯!"有一日舅父坐在庭间石上这样开始说,安利柯坐在旁边静默地听着。

"你在一年内要在舅父家里养成强健的身体。但要想强健,如果以为只要怠惰地闲着就好,那就大错。怠惰是反于身体有害的。要身体健康,非使精神也健康不可。要身体精神双方健康,新的功课是必要的,因此,你此后要在露天学习功课才好。"

舅父息了一口气,又继续说:

"好吗？你已把学校的椅子和教科书都抛掉了。你以后的椅子,是庭石或海岸的岩石呢,我就作了你的先生吧。

"我不叫你作背诵等类的功夫。你非成一个有价值的人物不可,要想成有价值的人物,拿着教科书是无用的。

"你有着好好的两只眼睛,应该用了这眼睛去看世界。你又有着好好的心,应该用这心去思考。这样,你就会成优良的人物。

"我于还未能十分读写的时候,就入船为仆欧了。我从孩时,不曾受过谁的教,只是用自己的眼睛看,用自己的心思考。我的知识,财产以及这别庄,都是自己造成的。

"说虽如此,我并不叫你鄙薄学校的先生与书册。不过,世上有学校的先生与学校的教科书所不能教的世界。对于这世界,你非自去学习不可。真真有益而确实的知识,在这世界才可学得。

"学校的先生会把人所不可不走的路教示我们吧,但要走这路,非动自己的脚不可。却是,也不能说只要自己走就好了。要留心着同道走的人,要注意从反对方向走来的人,要顾到路旁的田野与森林,要远看在地平线那方的山。有时还不可不立住了脚仔细地把东西来注视。

"我与学校的先生不同,离了书册与黑板,把好事情来教给你吧。回想起来,我自己曾受过这种学问的益处不少,于你也必会有益处吧。

"人须有思考怎样去生活的头脑,又须有实际去生活的手腕。可是在狭窄的学校里,是不能把这些知道的。较之学校的功课,研究广大的自然和活世界,更是重要。

"无论自然的那一角,无论路上遇见的那一人,都可成为自己的活学问。自然在把甚么告诉人,人亦在从自然学着甚么,我们非把这知道不可。书册中所写着的和先生所教示的,只是从自然的一部大书中抽出来的东西。自然是智慧之母,是先生的老师。

"对吗?知道了吗?举例来说,请看那五株的松树,在山路上伸出了大大的支干,很是繁茂吧。还有一株,却在断崖的苇丛里,只才抽梢枝,露出一种贫弱相吧。

"这六株松树,同样年龄,同一种类,都是我在十年前种的。当你四岁的那年,已是四年生的苗木了的,恰好和你同年的呢。试看,这六株松树发达上差异得多少! 十年前,我从飞伦载买了这六株小松,五株种在那坂路上,尚余一株,无适当种植的地方,后来就种在断崖的苇丛里。

"初种的当儿六株都是一样大小,那五株现在已快要比别庄的屋顶还高,挺挺地很繁茂了,而在断崖的那一株,却未到一米突,且有将枯死的样子。

"人也如此,只要教育不同,就会和这松树一样,发达不同起来哩。哪,自己一个人把这好好地想了,做一篇关于松树的感想文去寄给你母亲吧。替我告诉她:舅父第一次教你的学课就是松树谈啊。"

二 拉普兰特产的大麦

全生涯在海上过了的舅父,关于海,总算是已毕了业的。舅父除了使安利柯吸海的空气教示驶舟以外,大抵不居舟中,只是以整理田园为乐。安利柯与舅父同在田园间工作,就学得了种种的植物名称、栽培法及效用。

有一日,舅父执了锹在耕菜地。那地上有收割留剩的谷物的根株。安利柯执了锹帮同把土块掀起来时,舅父将锹插在土中,用手拍一拍腰这样说:

"看啰,这根株有教你的地方呢,也教你科学,也教你道德。听着!

"我今年夏天,耕好了地,一时不知种甚么好。忽记得书斋一角里有一撮从拉鲍尼亚带来的大麦种子,就取来试种。

"拉鲍尼亚在欧洲北端尽处,是一株树也不生的极冷的寒冰国。那地方真奇怪,一年之中,有九个月是夜,就接连有三个月是昼。九个月的夜一过去,天气就转暖了,冰也解了,草与灌木转眼就大,匆忙地开出花来,立即结实成熟。

"这一带奇怪的国土,统名曰拉普兰特。拉普兰特所产的谷物,只有大麦。那里的大麦和我们这里的全然不同,在短时期内生长,很快地就结穗。我以为把拉普兰特的大麦拿到我们的地方来种,也会快生长快结穗的,就取一撮种子放在皮箧中带了回来。不料带回来后,一竟忘了,藏在书斋抽屉里好几年。

"今年夏天,偶然记起,为了实验,就把他种了的,种了以后,啊! 真亏他,真亏他!

"拉普兰特的大麦果然守了那寒冰国的旧性质,在我们的暖国里,也在仅少的时间中生长了,使人们惊怪哩。真了不得! 从下种以至收获,只不过五周光景。

"那麦杆,你看,现在连着麦穗成了束,放在那工作场的屋阁上,真结得很好的实哩。

"我在来年,后年,不,无论几年,在我的一生中,仍想下种再种,再来实验,我死了以后,叫后面的人仍继续种下去。

"你以为怎样? 无论种几多年,大麦的生长都会照样快速,收获都会很好吗? 我觉得那是不会的。生长将渐渐迟缓吧,到了某一时候,其生长力将全等于暖国的普通大麦了吧。我想。安利柯试想! 这拉普兰特的大麦给着我们大教训哩。

"第一,植物是顺应了气候而生长的。其次,他有着巧妙的抵抗力,能避免冰或寒气等的外敌。如果,斯坎奇那维亚或拉普兰特的大麦也与我国的大麦一样,迟缓生长,那么结实以前就要被寒冷的风吹萎了。所以,北国的大麦于寒冷的外敌未攻来时,为了想结实,不得不急急生长。

人也如此哩！在命定不能久活的人，肉体地精神地都用了急速度发达。普通所谓神童者，大概决不是长寿的人。因为不长寿，所以潜动着一种在孩时把一生的事做尽的自然力。哪，恰如我从拉普兰特拿回来的大麦的样子，性急地飞越其生命的抛物线。

"还有你所不可不想的，就是，那拉普兰特的大麦把其习惯传给次代的事。习惯可以成天性，所以，拉普兰特的大麦虽移植在气候不同的我们的暖国里，其生长也仍和在拉普兰特时一样。

"人也和这没有两样。人因了教育环境的善恶，可善亦可恶。不但如此，我们所体得的善，可以传给子子孙孙。善的生善的，活着的善人会把其善的精神、善的行为、善的习惯传给尚未生的。

"安利柯啊，你还年少，我所说的恐未能全懂。只要将来大了，能记得我今日的关于大麦的话就好了。你做了满下巴生须的大人时，如果记起我的大麦谈来，你自会把种种的事来思考吧。自会把所思考的结果在日常生活之问题或社会的问题上去应用吧。"

舅父这样热心地谈说，那无限慕善的心，星也是似辉露在眼里。安利柯觉得舅父真是伟大。

三　犬麦　夏水仙　石刁柏

有一日，舅父蹲在庭间小路上，很有趣味地在摘草。安利柯就大石上望了看着。看了舅父的那种有趣味的样儿，不懂起来了，就叫说：

"舅父！"

"呃。"

"舅父摘草有趣吗？"

"有趣得很！你恐不会知道吧。"

"不知道。这样麻烦纡缓的事，叫用人做不好吗？"

安利柯这样说了，舅父就说：

"那里真真有趣。我在和许多小草谈着话啊。岂但草呢？来看！真有趣，你的眼里也许不会看到吧，我正在和蚁谈话，戏阻其行列，或向着蜗牛招呼，且和许多的虫类作着会话呢。纡缓的工作，正好利用了思考事情的。"

舅父说了又俯下头去独自微笑，既而又抬起头来：

"喂，安利柯，我的思想在天地间奔绕着，方才心虽停在草的行列与蜗牛上，现在又转跑到天涯去了。我蹲在这里想写的书中，不可不有《园生的教训》一章。咿呀，书这类东西，原不是我所要写的……喂，安利柯，来，如果你要听，我就告诉你吧。"

"呃。"安利柯即时高兴起来，从岩石跳下，跑到舅父那里去。舅父坐在小路旁，谈说了起来：

"这小路中，我并未下种，却有三四十的草，得其所哉地生着。你看，这是狗尾草，这是毛茛，这是萱草。这样的草只要一度摘去，就不会再生，如果风从别处再把种子吹来，那是例外的。

"可是，很有崛强顽韧的家伙哩，你看，这就是。这就是名叫犬麦的家伙。还有，喏，那里不是有开着黄金色的花的东西吗？那就是名叫夏水仙的家伙。

"这两种东西的顽韧，真是了不得！无论怎样摘除，也不中用，立刻就会发出芽来。喏，这里面藏着一大教训哩，听啊！"

舅父又继续着说。

"犬麦这家伙，真是执着力很强的东西。不论是湿地砂地，或是岩石的裂缝，到处都会生根蔓延。要想排除它，摘去固然不中用，即使把那正根拔去，那许多小根仍会在深土及石缝中繁长的。我曾用了钩刀与草锄想把那小蛇也似的根株去尽，总于不成功。因为只要有一支根留下，那家伙就会立刻抽芽长大的。

"还有这夏水仙，也是讨厌不堪的家伙。任你怎样摘除，仍是坦然。因为这家伙有六个乃至二十个左右的圆锥形的球根散伏地中的缘故。所谓圆锥形的球根，恰如胡莱菔的形状相似啊。这样形状的根潜在地中，拔去了一二条，真毫无痛痒，立刻就恢复旧观了。

"夏水仙和那里无花果下面的石刁柏相似。石刁柏也有许多种类，在那里的是生活力很强的一种。任你怎样拔除，到了第二年，仍像对我们说'久违了'的样子，管自抽芽繁茂。我对了这家伙，也束手无策，反而

佩服起来了。喏,安利柯,所谓金刚不坏之力,石刁柏真有着呢。我想到了此,不禁对它说,'活着吧,石刁柏啊,尽了你的力!'

"这大麦、夏水仙、石刁柏,对于我们实给示着道德上的一大教训。哪,它们有着抵抗破灭而生活的力吧,这是因为根生得深,贮有隐力的缘故。我们要战胜人生的不幸,也非把知识的根,感情的根伸张在深处不可。能够这样,那即使遇到了暴风雨似的大不幸,我们仍然发挥新的力量,重新甦生繁荣。根浅了就不行。用了浅薄的思想、浮面的心情去对付人生,一旦不幸袭来,就难免一蹶不振了。

"根深的植物不像根浅的植物的能在一时吸收许多的水分,但他能逐渐些许些许地把水分吸收了潜藏在地底深处,故虽受烈日,也能出其潜力的抵抗,决不至于枯死。

"哪,安利柯,这关于植物的根的话,你将来年纪大了时想起来,大概也会觉得不错的吧。"

第三

一　远足与舅父的追怀

一日,安利柯被舅父带领了远足到莱里契去。

出发的时候,好风由海吹来,很是舒服。渐渐前进,道路逼近断崖,一面是大海,一面是峨峨的山岩。再前去便是有名的险道,举目崎岖地矗立着岩石,不能且走且谈了。

到了里格里亚,天候忽变,是已近冬季了的缘故吧,天空灰色,海面也黝暗。

及到鲍托利海岸,舅父向安利柯说:"喂,在这里坐息一下去吧。"

可以坐的岩石,附近却没有。

"这里好,就坐在这上面吧。"舅父所指定的岩石,原满着孔洞,可是因了波涛的冲击,却已天然成就着石椅子的样子。

安利柯坐在上面,却意外地舒适。

下面海波奔湃,海风吹来,掀起了浪似犹未足,更掠逼石岩呼啸而去。云随了风的旋动,偶露空隙,薄明的银色的寒冷的日光,就在海上颤动着行走,其光景宛如古时被甲的武士的疾行。及云一闭,闪光也就即刻消失,水与空仍归暗淡。在这忽而闪光忽而暗淡之间,安利柯与舅父都默然地凝视着这变化。

安利柯细看舅父时,觉得其眼中有一种光采,似乎正在想很远很远的事情。"不知在想甚么啊!"正猜想间,舅父发出了一声叹息来。

"舅父! 甚么了?"安利柯问。

"唔,对了这暗淡的水空,不觉想起种种的事来了。"舅父沉重地回答。

"想起了甚么了?"

"想起了五十年前的事,有些难堪起来了。但是,回想究是一件好的事,能这样地给我以一种甘甜而沉静的悲哀。啊,回想起来,我的一生,并无甚么疚心的事啊!"

安利柯对于舅父不觉感到了一种奇妙的吸引,只是一味凝视着他。

舅父于是感慨无量似地继说下去。

"啊,安利柯! 舅父于幼时恰好也是今日样的阴郁的天气,在这……就是这块哩,曾在这块岩石上坐过。计算起来,已是距今五十二年前的事了。

"想起那时的事,实在难堪。那时,我啊,只在数个月间,连丧了父亲与母亲哩。因此,就以初等小学二年的程度,从桑·德连寨的小学校退出,被放逐到世上。

"父母既亡,那做船长的父亲的从兄,叫我入海程十九日的轮船上去服务。那轮船名叫泰尔泰那,是行驶黑海运输粮食的。

"啊,现在重新记得起来:我那时还只十岁。在这里,就在这块岩石上坐了,一壁注视着海,一壁思忖以后将在海上过这一生的事。那时坐过的这岩石,至今过了五十年,还是依然不变,也像这样地有孔穴了的哩。怪不得我要抚今思昔起来了。

"啊,听啊,我在五十二年前,坐在这石上所思忖的并不是航海远行的寂寥,也并不是对于将奉父亲的从兄为主人的新生涯的不安,我的兀坐在这岩石上对了这美的海景所沉思的,是因为那日早晨曾去访问村中的牧师唐·爱培里斯德的缘故。

"唐·爱培里斯德说于我离故乡以前将赠东西给我,叫我到他家里去。

"我就去了,不知道他将赠我甚么。去的时候,一味猜测期待。牧师见了我欢喜地说:'呀,来得很好! 就请在这沙发上坐!'

"立刻搬出茶来,还有两种糖果。我一切都不在意,只一味期待着他的赠物。红莱菔似地红面孔的牧师,唇边浮着多情而亲切的微笑,却不知道究将赠我些甚么。我还以为他只是戏言,并没有甚么给我的了。

"那里知道他竟给了我意外的赠物。

"牧师和我这样说:'我是穷人,不能送你时计,也不能送你满贮着金钱的财囊。但我却真心情愿想送东西给你,因为我和你的父亲母亲是久交的好友啊！我不能赠你值钱的物品,来把比金钱时计还有价值的教训来赠你吧。你如果依了这教训去做,将来你回到故乡时,假使我还在,你定会感谢我的吧。'

"啊,安利柯,牧师对我说这样的话呢。牧师继续地说:

"'你的父亲如在世,他将牺牲了一切叫你求学吧。他近来曾希望养成你为法律家、牧师或官吏呢。不料你才十岁,就成了贫穷的孤儿,从此要因了船长巴尔托洛的照拂,当作船员,流了额上的汗去换面包吃了。

"'说虽如此,也万不要灰心,充了船员,也有做船长的希望,只要有志气,就可以成任何的有名人物;所以无论甚么职业,都不是可耻的。能每日每日地熟谙事务,逐渐前进,就尽够了。用了自己的力去学习,这是最贵重的教育啊。如何？我给你的赠物,就只是这个哩！——啊,最伟大的学问,就在把自己所可能的自己去做啊！

"'你从明日起,每朝起来,请先自誓一日中须行三件好的事。晚上睡时请自省今日预定要做的三件好的事曾否实行。这样行去,你的一生就会没有一日的浪费。只要能如此,你也不必再入学校,不必再待先生的教导了。

"'哪,白契君！知道了吗？如果知道了,请抱住了我给我一吻,而且望你不要忘记我与我所对你说的话！'

＊　　　　＊　　　　＊

"哪,安利柯！牧师这样说了潸然下泪了。我那时有些厌憎起来,以为与其给我这种教训,还不如给我银币一二枚的好,颇恨牧师的吝啬。

"可是,第二日,我独自到这里岩石上坐了,说也奇怪,竟情不自禁地把牧师唐·爱培里斯德的话回想起来,坐在这里沉思了好一会呢。

"我结果就从那时起,决心依守牧师的教言,一切照行。直到老了的今日,还照样行着。现在仍于朝间想好了一日中所该行的三件好事,如果忘去一件,晚上就不能安然入睡。我当你那样的年纪,于海波不平、暴风雨和波涛怒吼的夜间,常因事在甲板上彻夜不眠。每当日出以前,先作了母亲所教我的祈祷,其次,必想到那日所应做的三件的好事的。

"我遵了唐·爱培里斯德的教训,曾每日搜求那足使自己身心与知识完全的三件事。入船以后的数年中,我连读一册书的时间也没有。过了几多年,才略得到自由娱乐的时间。可是,我除小说以外,甚么都不曾读。我的读历史、文学以及哲学的书,都是以后的事。我曾读了许多的哲学书。从今想来,觉得最好的哲学,就是我每日想努力把自己弄好的时候在自己心里所发见的东西。

"这最好的哲学,这样教示我:即人要身体、感情、思想三者平均调和才好。如果其中有一不完全,就谁也不能为幸福善良贤明的人。

"所谓幸福的人者,就是贤明的人,同时也就是有健康的身体,有善心,有完全辨别道理的头脑的人。

"无健康的幸福,是不能有的啰。健康一失,就不能贤明,心因而偏斜,也就不能善良了。

"说虽如此,只是心好,或只是头脑好,都是不够的。只是心好,恰如没有舵的帆船;只是头脑好,又恰如备了舵而没有帆的船。这样的船,一遇到风,就会撞到岩石上去或触到岸边去,否则就只是团团回旋而已。'有善心与正确头脑的人,其快乐如乘风行驶的船。'这是我的歌。

"哪,安利柯!在你和我同居的一年间,你也许会常听到这歌呢。请忍耐地听,不要厌倦啊!我实在确信是如此,觉得这才是教育的基础哩。

我不忘唐·爱培里斯德的教训,每日在努力着:第一,增进自己的健康,第二,把心弄好,第三,修养思想。

"哪,安利柯!你今年十四,较之同年龄的少年,远有着优秀的见解。所以,从明年一月起,也非养成每日行三件好事的习惯不可啊!"

二 决心

安利柯一心地听着舅父的话,觉得这样的话从来未曾听到过,不禁自惭起来。安利柯一向总以为学问这东西是要靠学校教授,父母督令复习的。不料,这多年做过船长的舅父,却和先生反对地叫他全然换了新方面去着想。

安利柯全如入了别一世界了,一时心里想起来的很多,终于捺不住了这样问:

"舅父，怎么能在一生也每日行三件好事呢？如果一日三件，一年不是很多了吗？我以为一年只要能做成一件的好事，就已算是了不得了。……"

舅父听了，突然地："一日三件，一年可得一千零九十五件，闰年多一日，就得一千零九十八件。这是用了心算就可立刻计算出来的哩。"

"啊，一年非做一千零九十八件好事不可吗?"安利柯不禁脱口这样说。

"这算甚么多?"舅父说，"好的人至少一日也得做二十或三十件的好事呢。哪，待朋友亲切也是好事，做正当的行为也是好事，爱惠待人也是好事，令人快乐也是好事，又，无论怎样的小的牺牲也是好事，学得知识也是好事啊！这样，应做的好事很多，只做三件，就嫌麻烦了吗?"

"这样说来，也许是的。但我一向未曾这样做过，所以不十分知道。"安利柯说。

"那末，我来教你知道啰。这样吧。"舅父说，"我先在簿册上替你作一个善行预案吧。只一个月份哩。你看了如要变更，就自由变更吧。只要一个月份，后来就可自己去作了。"

"那末，就请替我这样做。"

"唔，你且这样试行看！如果预定的好事实行了呢就实行，未实行呢就未实行，一一记入簿册上。这种簿册将来到了老年时重看起来，那真是你的重要的纪念品吧。年老大了以后，见到儿时的足迹，不知将怎样地怀恋，怎样地感慨不置呢。你的一生的善行录是你美德的足迹，也就是你的年谱。世间啊，名氏不入历史而行着伟大的英雄行为，或作着高贵的牺牲的人，很多很多。世界的进步，实赖有这种人。我将来即不为历史上的人物，到了老年，把你那无名的英雄与牺牲者的一生重检起来，不知将怎样快慰啊？好吗？我从唐·爱培里斯德受教来的事，今日你再从我受教了去吧。"

"好！我愿试行。"安利柯决心了说。

三　善行历的作法

过了数日，安利柯的案上放着一本簿册。取来看时，是舅父的笔迹，写着正月中所应作的善行的预定。从二月至十二月间,甚么都未曾写记。

安利柯拿来读去,其中像下面样地写着:

一月一日

一、自省自己身体的缺点。

二、自省自己品性的缺点。

三、自省自己头脑的缺点。

就了上面三项自省,如果自己不知道缺点所在,就去向白契舅父询问吧。

一月二日

今日和昨日反对地来想吧。

一、自己身体上最好的是甚么?

二、自己有着甚么高尚的精神?

三、自己甚么最擅长?

这三件是自己会知道的吧。人这东西,如果是自己的长所,立刻就会知道。无论是谁,对于自己的好处是要把他扩大成二倍乃至千倍了来自矜的。

一月三日

一、昨日从兄弟(与我同年)的配洛登那卡尔辟诺山,一小时半就回来了。好,我今日也去试登吧。

二、大昨日,乞食的辟耐洛向我讨一铜子,我那时正要到般讬利别庄看戏去,觉得他讨厌,管自走了。今日他如果再向我讨时,给他两个铜子吧。

三、今日要暗记但丁《地狱篇》开始的句子。前日自省自己的缺点时,觉得我记忆力最坏,为练习记忆力起见,故试行暗记大诗人的诗句。

一月四日

一、朝晨既醒,就立刻起来吧。昨日假装熟睡,做了调乖的事了。

二、今日写一封好的长信给母亲吧。

三、熟记意大利主要的河名和其流域。

一月五日

一、今日和舅父说，请他给我吃莱菔吧。就是味道不好，也忍耐了吃吧。

二、今日虽与附近的孩子们游戏，也不要做坏事。

三、熟记亚尔帕斯山脉与阿配耐山脉的主要山岳的名称。

一月六日

一、到斯配契去远足。

二、昨日从舅父受到注意时，我不觉有些动气了。为了自责这不当之罪，今日停止与从兄弟游戏。

三、把欧罗巴地图的轮廓，在空中描划记熟。

一月七日

一、剪除指甲，使之清洁。昨夜到了美婀契家里，和姑娘斗纸牌玩着的时候，因为指甲漆黑，弄得很难为情。以后不要再叫有这样的事吧。

二、把柠檬摘了两个去送给那贫穷的美宁的母亲吧。美宁的母亲患着热病卧了好久了，很可怜。

三、熟记自马克波罗以至斯舟莱世界中有名旅行家的名字。

一月八日

一、昨日饮汤太多，腹涨了睡不着。今日但吃到八分就中止吧。

二、遇到与人谈话时，用使人欢喜的态度说吧。

三、就从前读过的书中，把关于爱读书的意见或感想写出吧。

一 月 九 日

一、今日舅父说要乘了船领我到莱里契去。乘此机会，竭力去漕船吧。我一向足的运动比腕的运动多，所以手腕较弱小。

二、再像前次似地到玛卡拉尼公园去散步，把父亲母亲的事来思考吧。

三、试把我国的山脉与海岸的略图，在空中描划吧。

一 月 十 日

一、勿着了裤子与袜子睡。

二、今日，想甚么法子使亲切的舅父喜欢吧。

三、将拉丁语、法兰西语、德意志语各翻译一页。

一月十一日

一、食物之中何者最有益于营养？把这去问舅父吧。

二、把自己所爱的朋友的姓名顺次写出，就此查察自己爱朋友的程度。

三、今日非解出两个的算术练习题不去游戏。我算术成绩最不好。

一月十二日

一、为甚么我们为了健康非吃果物与菜类不可？须把这寻出解答。

二、为甚么我与旧友培里诺交恶？这原因在我呢，还是在他？非仔细查察不可。

三、在我所知道的一切功绩或作品之中，何者最伟大？何故？把这等来写了看吧。

一月十三日

一、须练习我所困难的事。舅父常说，我所困难的是早起早睡。从明日起，比舅父早起床与舅父同时睡吧。

二、今日至少在培里诺家里住二三小时吧。可怜，他伤了脚卧着呢。

三、在我所知道的历史上的人物之中，谁是第一个的人？把这考察了并其理由写出吧。

一月十四日

一、昨日与两个荷兰小孩大家跳跃，我跳得不好，只是跌交，今日再去试跳，学习到跳好为止吧，我有着和他们一样的脚呢。至于力气，我也不见得比他们没有。

二、把读法去教那船员范曹的儿子吧。那孩子很以不知道读法为耻哩。对于那样好的孩子，就是每日替他牺牲半小时，也定是愉快的。

三、描绘地图册上第一幅的全世界图。

一月十五日

一、水、啤酒、葡萄酒，各对于人体有多大的影响？把这来加以研究吧。

二、在我，甚么东西是最欢喜的？甚么东西是无可无不可的？甚么东西是厌憎的？把这三者分类了看，便没有厌憎的东西吧。

三、把《推·特里培阿》的第一页来用法兰西语翻译吧。

一月十六日

一、昨日从人家那里受取了卷烟，以为不知有甚么味道，躲在树林间试吸。结果很不舒服。作了坏事了，自己很是懊悔。真惹厌啊，以后决不再吸。

二、柯斯丹查来了信，我尚未答复她。她的信已到了十五日了。此后决不要再有这样失礼的事。

三、把法兰西语用拉丁语来翻译一页。

一月十七日

一、何以冬季比夏季容易感冒？出汗以后何以感冒就会全快？把这去试问医生吧。

二、昨日和间壁的配洛谈到托里诺的自己家里的事。那时我曾夸说屋宇如何华美，如何宏大。为甚么要这样说呢？现在很自后悔。为取消前说起见，今日说老实话吧。我往往有称赞自己的癖，怪不得母亲近来常写信来注意我，叫我不可自慢了。

三、用铅笔来把舅父的别庄试习写生吧。

一月十八日

一、一疲劳就非休息不可，何故？休息时仰卧了最舒服，何故？要查察其理由。

二、昨日曾与范曹的儿子约定去教他读法的。后来观渔人用网打鱼，觉得有趣，就忘去教他了。唉，真不应该！如果不能守约，为何不先去向他说明呢？后来曾会见了，却是我终于未曾向他道歉。今日就用了二倍的时间亲切地去教他，来作对于过失的补偿吧。

三、暗诵亚历山大·曼沙尼的歌《玛克洛代阿》全部。

一月十九日

一、昨日晚餐时，因为腹饥了，不但囫囵吞咽，而且大食。舅父见了曾说："喂，安利柯，你难道已饿得要死了吗？"夜里一味恶梦，大约消化不良的缘故吧。以后吃东西，勿要再太性急。

二、对于那与我多有谈话机会的三人，要竭力用了和蔼的态度说话。

三、暗诵《爱耐伊特》第一章的歌约四首。

一月二十日

一、按时进食，有益于健康，不规则地漫食，于健康有害。何故？去试问医生吧。

二、教范曹的孩子读书，切勿动怒，忍耐了教去吧。可怜，那孩子热心是热心的，只是记忆力不好。我总得忍耐了教他。

三、把斯配契湾的风景用文章描写了去寄给父亲吧。

一月二十一日

一、爬上坂去，就觉得呼吸困难起来，心跃跃地悸动。何故？

二、昨日我曾嘲笑奇奇诺过。其实，奇奇诺并不曾有甚么错，那孩子患着重感冒，脸孔浮肿得像狒狒呢。我把他的苦楚认作了有趣味的事，真不应该，今日非去道歉不可。并且还要格外亲切地待他，以补偿昨日之过。

三、关于重要的星座及重要的大星，请舅父指教吧。

一月二十二日

一、昨日到斯配契去，将舅父所给我的钱，买了果物，独自在船内大嚼，毫未曾分与同行的从兄弟们。因此，到了吃饭的时候，食欲消失，什么都吃不下去了。见了那从兄弟们吃饭的那种快乐有味的样子，不觉立刻感到羞耻，脸孔红了起来。我真是孩子！人家说我"孩子"时，我不是曾动气吗？但愿以后不要再有这样失败的事。

二、今日把我的果物分给从兄弟们吧。

三、月亮当方上地平线时，看去较在头上时大。这是何故？去问舅父吧。

一月二十三日

一、昨日去漕舟，觉到我的左腕比右腕力小。从今日起，暂时多用左腕，使左右相称吧。

二、已有两个月不见母亲了。连信也未曾写给她过，很记念！下礼拜就每日写信，把我思念母亲的心情完全表出吧。

三、我意大利因了爱马努爱列、马志尼、卡华的功绩，得到了多少的幸福？把这来简单地写述吧。

一月二十四日

一、做船员的范曹，比我年龄要长二十年，却能于水平线的彼岸分别出船影、帆影与桅杆的摇动方向来。我也来留意观看远物，养成和他同样的眼力吧。

二、据说从前有一个人，曾在桑·德连寨和人打架，用小刀伤了人，结果遂受五年的徒刑。这人现在已由狱中回来了。人们都厌憎他，加以冷视。其实，这人心地不坏，忠实地以漕船生活着。被人冷视，真是冤枉。以后我们如要雇船时，就雇他吧。把这和舅父商量吧。

三、今日把我国主要都会的人口来记忆吧。

一月二十五日

一、不该反对舅父的话。舅父曾叫我着绒衬衫，我因为一则觉得着绒衬衫似乎太懦弱，一则着了觉得有些于心不安，终于脱去了。今日问明了绒衬衫的功用，如果确有理由，就重新着上去吧。

二、昨日舅父讲述一因了窃盗而发财者的故事，且举了一句格言，叫做："正直者虽愚痴，也胜于狡猾的恶汉百倍。"今日把这格言来加以玩索吧。

三、带了时计去查测桑·德连寨的潮汐。

一月二十六日

一、我已养成了早晨七时起床的习惯了。以后再改为六时半起床吧。

二、惯于嘲笑他人，真是可厌的野蛮性。我愿我自己不犯这毛病。

三、亚美利加土人被称为亚美利加印度人，安契尔群岛被称为西印度群岛，何故？把这来检查吧。

一月二十七日

一、贮水槽中的水比之喷水，甘美而适于胃。何故？把这去请教于医生吧。

二、人喜食动物的肉，而见到动物的被杀，却觉难过。这矛盾须加以考察。

三、重瓣花的植物为甚么不会结好的果实？去从植物学书上一查其理由吧。

一月二十八日

一、每晚，以用左手写字来当作娱乐吧。昨日在洛西家里见到一个绅士，他因为右手上患了一个疮，据说已有一个月不能写字了。那是多么不便啊！

二、昨日医生的儿子配群诺动气了向我出恶言。我并没有甚么不好的事，该受配群诺的怒气与恶言的，全然是他自己误解了。他因为近来常作恶行，疑心我曾向他父亲告诉甚么了呢。我受了他的恶言，只是抑了气默然地走出。今日去会配群诺，促他反省吧。这样的事，须严格地处置才好。

三、暗记亚历山大·曼莎尼《五月五日》的诗。

一月二十九日

一、从兄弟不用枕也能安然熟睡，我也来练习不用枕睡的习惯吧。

二、俗语说，"恶也七次"，就是说普通的人要连作七次同样的恶事的意思。我在这三日间，须每晚反省自己的行为，自问有比普通人好的地方没有？

三、请求舅父带领了去参观斯配契的兵工厂吧。

一月三十日

一、请求舅父设法，暂试去和船员巴拉查共生活吧。这是为了要想练习船员生活的缘故。

二、数日来，用了吊船登陆的法兰西的船员每日醺醉了酒，动辄就乱说我们意大利及意大利人的坏话。我每听到，很是愤怒，可惜我没有打他们的勇气。好，今日如果再遇到，就去怒喝吧！我虽是孩子，但如果有人说我国的坏话，是不能默然的。

三、记忆海风的种类与其名称。

一月三十一日

今日是一月的末日了。自问自答地来考查一月间的成绩吧。

一、为强健自己的身体起见,本月做了些甚么事?

二、为修养自己的精神起见,本月做了些甚么事?

三、为培养自己的知识起见,本月做了些甚么事?

第四

一 犬与人

有一日,舅父忽说:

"街上似乎有了甚么事情了,安利柯! 你不跑去探听探听吗?"

安利柯依了舅父的话跑到了街头,又喘着气奔回来,到庭间狂叫:

"舅父! 快来! 到那空地上!"

"甚么了?"舅父急携了帽子出来。

"有小孩被狗咬坏了。"

"嘎! 那末快去吧!"

安利柯急急地走,舅父在后面跟着。

"甚么了? 喂,甚么了?"老人们从街屋的窗口探头出来,向那急行着的一个男子问。

"疯狗啊,疯狗啊!"那男人一壁回答一壁急急地管自走。

"甚么? 疯狗? 咬人吗?"

"有三个小孩被咬伤着哩。"

"这里向没有狗的,那末一定从赛尔兹那来的吧。"

"不,据说是莱里契的狗。"

"不要是我家的孩子遭咬了,方才到海边游戏去了呢。"

家家的人们都在门口互相这样地谈着,街上充满了惊异的声音。

安利柯与舅父急急前进,到了空地上一看,在喷水的面前,已挤得人山人海了。大家都挤在一处,茫然不知所措。其光景宛如一个蚂蚁受伤了,许多蚂蚁围绕着的样子。

"甚么了?"舅父走进人中去,人们就用了敬意,把路让开,同声地说:

"德阿特拉的儿子,三人都被疯狗咬伤了。"

可怜,那三个小孩在人群中只是哭着。旁边的人们也并没谁去动了手亲切地救护,只一味挤在一处呆着。

这三个小孩,看去似乎是渔夫或船夫之子,衣服很粗劣。最长的一个约十岁,是个瘦弱的孩子,在这薄寒的时期,还赤着脚,穿着稀粗的短裤与绒布小衫。其次的是六岁,再其次的约四岁吧,他们两个着的衣服还清爽,靠近了哥哥,哭得几乎要被死神捉去了的一般。似乎确被咬伤了,一个脸上皮碎了流着血,一个伤了腕,一个好像伤在脚上。

人们只是把这三个小孩围绕了呀呀地嚷着,舅父喊着"喂喂"挨进正中去,周围的喧哗也就停止了。

在这瞬间,安利柯发现了个人与群众间的不可思议的关系。他悟到:虽有千人集在社会上喧扰,到了无法可施时,因了一人物的一声,就可把秩序恢复的。

"甚么时候被咬的?"舅父问。

"在二三十分钟以前。"旁人说。

"医生呢?"

"医生到辟德尔里去了,不在这里。"

"非快设法不可!好,由我来给他们疗治吧。喂,且慢,狗在那里?即使被咬伤了,也许不一定是疯狗呢。"舅父又说。

这时,人声又大扰起来,大家在说些甚么,却全听不明白。舅父于是向那在旁的肉店主问:

"谁曾看见过狗?"

"我曾看见。被咬伤的场所就在这里。我方在店门口吸着烟,见德阿特拉的孩子们用水桶盛了喷水的水玩着的。忽然,有灰色的野狗垂了头跄跄冲过街去,孩子们见有狗来,用石去掷,那狗叫也不叫,就跑近去,向那年长的孩子的脸上扑咬;在呼痛声中,又把那两个小的孩子扑翻地上,将手足咬伤了。等我携了棒去赶,那狗已向鲍查利街逃去。究竟是那里来的狗,谁也不知道,桑·德连寨向没有这样的狗的哩。"肉店主回答。

"哦,这也许真是疯狗呢。事不宜迟,赶快到药店里去叫他们预备好熨铁。"舅父这样说了双手拉住两小孩。群众都把路让开,安利柯则拉了最大的小孩的手。

急急地向药店前进,群众也纷纷在后挤着了跟来。忽然有一老人排开了群众,悸震地走近前来。

"甚么了?这,这真是……,要当心!"一壁说一壁去托那最幼的孩子的头。又继说:"船长,老板,谢谢你……谢谢你。我是这孩子们的祖父,他们的父亲,现在下渔船去了,母亲为了卖昨日所捕的鱼,正在赛尔兹那。"

"要赶快啊,要赶快啊,在德阿特拉从赛尔兹那回来以前,非先把他们急救疗治不可。"舅父这样回答了就向前急跑。

舅父带孩子们进了药店,把纷纷喧扰了追从来的群众关出在门外,自己与药剂师烧熨铁。

这时,有人叩着店门,慌张地喊叫:

"请开门!是我,是孩子们的母亲,是德阿特拉。"

店伙开了门。群众也随着德阿特拉挤入了许多。

德阿特拉一一地抱近各小孩,整理他们的衣服,吻了他们的伤处,悲痛地合掌祈祷了说:"请上帝救我!"一壁啜泣起来。周围的人们也被引出眼泪了,其中有一个人安慰她说:

"喂,德阿特拉!别耽心,别怕,不是疯狗啊!因为你的孩子们用石子掷狗,狗才咬他们的。"

素来多感的安利柯,病后身体尚弱,见了这光景,也不禁唏嘘啜泣起来了。

"喂,安利柯,你回到家里去!"舅父见他在难过,这样说。

"不,舅父,我也愿帮些忙。"安利柯说时,还鸣咽着。

"没有你的事啊?你一哭,这孩子们的母亲就要惊慌呢。"舅父又这样说。

恰好医生从辟德尔里回来了,从人群里挤入了来探问情形。舅父似乎就放心了似地:

"那末,我失陪了,熨铁已在烧着,一切奉托。"这样地向医生说了,携了安利柯就走。

安利柯还啜啜地哭着,舅父却假作没有知道,毫不睬他。

二　英国的孩子是不哭的

舅父带了安利柯出去以后，一个英国籍的机械师也把自己的两个小孩带出了上归路去。一个是女孩，一个是男孩，也都和安利柯一样，在唏嘘地哭。

机械师回顾那男孩骂着说："嘈杂啰！维廉！有甚么好哭的！英国人不该哭！英国人是不哭的！"

很奇怪，那男孩因这一喝，竟把哭止住了，只深深地逗了一息。

安利柯回到家里，过了二小时，心情复原了，向舅父试问道：

"舅父，那个英国人真坏哩，他不是见了自己的儿子同情于德阿特拉伤心着反加斥骂吗？那儿子将来不是要被养成为毫无同情的冷淡的人了吗？"

这样一问，舅父好像早已料及似的样子就说：

"你问得很好！关于这个，我正想和你讲哩。那英国人也不是无情的啊，可是却不喜欢见他儿子哭。人即不流泪，仍可同情于人，救助人的苦痛的。英国人把泪认作弱者的表征，认为非男子的名誉，这只要看那机械师不骂女孩单骂男孩，就可知道了吧。女孩子也许可以不养成勇敢的气概，至于男孩子是非把勇敢当作荣耀不可的。

"泪是弱者的表征啊。婴儿、女人、老人，动辄就哭，强健的男子是不哭的。哭的人会把头脑失去，任凭你怎样劝慰，也无法使他理解，并且你愈劝慰，他愈会哭得起劲。

"如果那英国人叫儿子不要同情于他人的苦痛，那就不好。这样的人，就是所谓利己主义者了。但英国人并不如此。只说'别哭！哭的是没用的家伙！英国人不该哭！'这是对的，是勇敢的教训，是锻炼意志的教训，是国民的自尊。

"那机械师向了自己的儿子说'别哭，英国人不该哭，英国人是不哭的'时，实含着勇敢的国民的矜夸，在对了自己的儿子吹入大国民的元气。

"我不是英国人，是意大利人。原该比那机械师更伟大才是。但我已年老,气力衰弱,不能复如那机械师的有元气了。所以,方才明知你在哭,却不骂你。还好,你已从大英国民得到了好教训了,那机械师已代我教了你了。

"又,还有一层,更是你非知道不可的。那机械师如果在那勇敢的教训之后,再叫儿子送周恤费到德阿特拉家里去,那才是真正有价值的行为。哪,哭是不该的,他人有苦痛,应该救助,头脑与心,二者要一致活动,才算完全的人:这样的教训,那儿子也就可由此学得了吧。为人最要紧的是心,其次是头脑,心与头脑,非一致地运用不可。"

第五

一　舅父的感慨

西北风呼呼吹动的那一日,舅父对安利柯说:

"喂,安利柯,不到海湾里漕船去吗? 我已是七十老人了,但在这样的风中去驾小船,却还毫没有甚么哩。"

"去吧,去吧。"安利柯雀跃了。

到了海边一看,风却意外地厉害。

"舅父,风不是很凶吗? 不要紧?"安利柯说。

"不要紧啰,你的裤子也许要被水沫溅湿吧,比船舷还高的浪也许会来吧,但是用不着怕。"

舅父这样说了,就逆了风向,把住了舵,驶出船去;一手拉住帆索,调节船帆,使船折着前进。有时很巧捷地转换方向,自己得意,有时现出小孩似的快活。

帆饱孕着风,船飞速前进,浪花时时溅来。舅父坐在船后,愉快地说:

"啊! 这样爽快的风,一吹拂在头上,掠过在耳上,或是吸入在胸中,我就仿佛立刻回到了少年时代,竟要把儿时的歌来再唱了。我的爱海,真了不得,意大利人如果都像我似地爱海,也许会成一大国民哩。这点要佩服英国人啊,以尊敬之心爱着海的英国民,已成了世界第一的国民了。英国人出身穷的,就乘了船去求富;生在富家的,乘了快艇游戏,或乘了大轮船与全世界贸易。

"啊,这是何等的美观啊,海真好! 我一见到这苍苍的大海,心就为之欢喜而陶醉了。我不是诗人,不知要把这欢喜怎样说明才好。

"唔,对了,在我能这样地说明:海在现在,也和二十岁时所见同样的美,咿呀,不是,年老了来看,比年青时所见的更美。任凭你怎样看,也看不厌,愈看愈新鲜。注目静看,就会浮起种种的念头来,海会使我的想念伟大高尚;愤怒恨恼或有怨恨的时候,只要一看到漂渺的海,人间的苦痛就小如泡粒,会呵呵失笑起来,怨恨都消,心胸顿然开广了。悄然而悲的时候,看到浩荡的海,那悲哀就像无涯的水平线……不,像那水天一色的彼方的雾似地消去了。有时感着世间的不义不正或矛盾,生了愤激,看到海,胸怀也就释然,把郁愤都忘却了。海的世界里没有关税,也没有消费税,也没有甚么分界,可以自由地悠然生息,啊,海欢迎着有一切进取勇气的人们。

"看啊! 海比空还清,比地还富,海才是真正的生命之母。我们的未来的,赖海始荣。哪,不是吗? 自然把意大利安置在东洋与西洋之间,意大利比英国更幸福。哪,意大利有岛国的特长,同时还有着大陆的特长。意大利把头突出在中央欧罗巴,所以只要数小时,就可把印度与非洲的产物运输到德意志的中央去。意大利身体修长,一脚伸出去几乎要碰到非洲,再略过去,就几乎可碰到亚西亚了。

"意大利! 在我们的意大利之前有着甚么? 有着地中海! 地中海是文明的摇篮啊。马可·波罗到中国去,其出发点就是地中海。这地中海真可谓是全欧罗巴文明的市场与法庭。可是,有想把这地中海占为私有的人呢,我们应以守护这地中海为我们第一义务。

"不久,你就要决定你一生的方向了。我原不知道你将来竟成一个怎么样的人,但是,哪,你无论生活于海上或是陆上,你不可不在口上或笔上尽了力,把地中海是意大利的东西的事,教示国民。意大利是地中海的哨兵,又是护卫者。天原把这任务托付了意大利了的。可是意大利人怠惰,竟在'看帆船与轮船孰快',瞠目于外人的船的竞争之间,把贵重的地中海,——世界上最美的地中海被人拿去了。啊,我们应把意大利的本来面目重行回复! 应将自己的东西被夺于人的事,认为耻辱,对天悔过! 我每见到意大利的军舰,就馋涎下咽。我七十老人见意大利的铁甲舰,冲了这美丽的海湾的波浪,堂堂地进行时,几乎希望与人开战,要'来吧,敌国! 看我完全战胜你!'地喊了出来。"

二　糊涂侯爵的故事

头发被爽快的西北风梳拂着的舅父,只管对了海叙说其所回忆,加以赞美。在这中间,风已平定,船到了桑·卫德地方了。

舅父把岸上的堡垒,别庄以及散在那里的村落指教了以后,说:

"你看,那堡垒之下有一个栗树林,林的荫处,错错落落地可看见有个别庄吧。"

"看见的。"安利柯回答。

"那个别庄可作我们人生上的大教训哩。"舅父感慨无限似地说下去:

"那别庄是某侯爵的祖先建筑的。当那时候,侯爵家曾有五六百万元的家财。可是,现在据说已全然荡尽,仅仅留了那个别庄了。别庄四近,只剩了仅少的土地,靠这土地的收入,苦苦地过着日子哩。

"二年以前,我曾因事往访那侯爵。身入其中,见随处都是荣华与没落的对照,难过不堪。所谓侯爵者,只是一个空名,其实际境况,全然和土工或农民无二呢。被招待入了客堂,见斑驳的古壁上悬有培内契风的大古镜,地上铺着露出底线了的破地毯,五六个壁龛里摆着大理石的雕刻,杂乱尘污的小桌上,在玛乔利加制的缺口杯中,留着吃剩的咖啡与牛乳。

"凭窗一望,更了不得! 其光景还要凄凉得露骨廊下俨然地竖着大理石圆柱,廊下原有一个庭院,可是廊下简直是肥料贮藏所,母鸡,小鸡,鹅,鹑鸡,都在撒着粪了鸣叫行走。庭隅的受水处,倒放着大理石像与柱饰雕像的碎片,这大概是作水沟的底石用的。还有,小猪五六只,鼻间唔唔作响地在咬南瓜吃。蓬蒿等类的莽莽蔓生,不消说了。庭的铺石也不完全,竟像在把庭作厩舍或厨房用着哩。"

"为甚么这么大的财产会立即荡尽呢?"安利柯听了舅父的话这样问。

舅父说:

"也不是他为人不好,只因为用钱太无把握,管理不得其法罢了。简单地说,就是太是滥好人了的缘故。原来,做人无论好到甚么程度,决不嫌过好的,但滥好人与好人,却全然不同。侯爵是一个大大的滥好人。所谓滥好人者,就是做事不事思想,一味依从人言的人。现在住在那别庄的侯爵的父亲，真是一个滥好人的好标本。

"侯爵的父亲老侯爵，不嫖不赌，也不曾做冒险的事业。可是，终于做梦也料不到他忽然破产了。"

"为甚么？为甚么这样并不坏的人，忽然会破产的？"安利柯奇怪了问。

"这是因为这样的缘故，哪。"舅父继续说："老侯爵遇有人来求助，从不推却，遇有人要他作保，也一一承认的。他原来是这样的滥好人，所以即使有诈欺者，阴谋者合伙了来谎骗，他也会唯唯应允。其实，像这样地不论甚么都依从别人，并不是善事。

"如果只是借钱，那还有限哩。替老侯爵管账的执事，曾是一个正直而有眼光的人，即使有人向老侯爵借钱，如果家里没有这数目的钱，他就会拒绝说'没有钱'的。被老侯爵知道了也只好'对不起，对不起'地把关头度过了。

"但是遇到人不来借钱，而来请求做保人时，如果轻易承认，那就不得了了。因为要作保人，只要捺一下印就够了哪。老侯爵原是滥好人，遇到有人来请求作保，他也会一一答应。一千元，一万元，十万元，这样的保人，不知道他做过几多次。因了此，不消说有若干人是得了救的，但因了此，自己却被牵累，屡次弄到要替别人负偿还债款的义务了。

"有一次，有人设了一个工场，想从那赛尔奇尼亚地方到处皆有的名叫'凯琶朗'的植物的根上，采取酒精。说这事业很有希望，可以收得三分之一的利。老侯爵信用了这话，出了五十万元的信用借款。但其实，从'凯琶朗'的根上，安能采取上等的酒精啊，只含有着些微的下等酒精成分罢了。结果，事业完全失败，老侯爵所借给的五十万元也和愚笨的股东的股本，毫无意义地同归于尽。于是老侯爵就到了破产的地步了。

"啊，安利柯。愚笨的行为，其恶果所及，不仅在自己个人的。为了愚笨的事出钱，决不是好事啊。因为其结果，不但自己受愚，还非连累了使许多无智的关系者一同受苦不可的。世间很有想行好事而反害人的人。

"老侯爵的行事，就全是如此。有一天，老侯爵所出的千元支票忽然不通用了。老侯爵奇怪起来,叫了管账的执事来,问'甚么了?'执事早已知道终有一天难免周转不灵了的,流了泪把理由诉说了以后,忠告老侯爵说:'事情到了这样,是不得了的,所以我曾屡次向你诉说,请你非有确实把握,决不要替人作保。'

"执事这样一说,侯爵才恍如从梦中醒来,张皇不知所措。执事又流泪诉说:'有人向你借钱,我是会告诉他没有现金,替你谢绝的。但在保单上签名,不是我的职务。你东家自己有着笔与印章,尽可不必问我有无现金,自由地替人做保人。你在那里怎么干,我却完全不知道。'

"知道了吗? 哪,就为了这个缘故啰。那时老侯爵家已连一千元的存款都没有了,所留给小侯爵的就只是那个别庄。那别庄还是在将破产的时候,因了律师的帮忙,把它假作了侯爵夫人的财产,才侥幸残留下来的。

"但把明明是自己的财产假作不是自己的东西,寄托别人的名义之下,这不能算是正直的行为。老侯爵如果真是正直的人,真守道德,那末,就该不改名义,把那所别庄也给了债权者吧。

"可怜! 老侯爵遭意外的灾难,感伤之极,终于把爵位与不义残存的小财产剩给了儿子,就死去了。那儿子虽有着相当的体格,却一无所长,没有恢复先业之力,只是悄然地立在雕像前面,羡念先世的荣华,或是凭窗坐叹自己的无能,啃着先人的余物,过那贫困的生活呢。

"哪,安利柯,你现在和我同居于桑·德连寨,不要像那侯爵,糊涂地把日子过去啊! 第一,心情要好。但没有头脑的心情,也没有用。希望你有以理性为基础的心情,好好地发育上去!"

舅父的话虽已说完,安利柯还凝视了别庄在沈思。舅父活泼地把转了舵:

"啊,回去吧。安利柯,风已全止了,你也来漕漕船吧。"

第六

一　甚么是作文题

安利柯在桑·德连寨已过了三个月,健康回复了许多。那每月替他作两三次诊察的医生也说:"已不要紧,就是做些文章,也不致于有害身体了。"

安利柯原和托里诺的先生有约:如果身体一好,就作了文送给先生,先生批改了再寄还他的。

舅父平生,与其读书,宁主张从实际的生活事件求活的学问的。对于作文的练习,最初曾反对。

"把一切的东西好好地观察,自己好好地去判断,这就是最好的学问。作文有甚么用?你已能够写信给你的父亲母亲,作文的功课,只此已尽够了。"

舅父一时曾吐过这样不赞成的话。后来更转忖:既然医生那样说,他自己如果欢喜做,也不妨任其自由。舅父原来是个兼有着这样谦逊的美德的人。

"我不善于写文章,但写出文章来,自己的意志,感情,思想,是能自由表现的。安利柯将来也许为法律家,也许为创作家,无论为甚么,把自己的意志,感情,思想,完全表出,是很要紧的事。好,就替安利柯在眼前找作文的题目吧。"

过不了几日,舅父就这样自想。

二　这才是作文的好题目

别庄之后有田圃与农家,那农家所种的田,一半是自己的,一半是租来的,一家的热闹快活,几乎像个小鸟之窠。

父亲年三十五,是个身体壮健的农人。妻也是个强壮的女子。妻于结婚后,大抵每年要产一孩子,平日不是见她授乳,就见她歌着的。儿女最长的十岁，最小的还只二岁。最小的孩子生产时，安利柯的舅父，曾替为作了教父，把自己母亲的名字给了这孩子，取名为罗利那。所谓教父者，是"教的父亲"的意思，不但意大利，西洋各国，小孩生下时，习惯上每要请一个人作教的父亲的。

舅父时常开了后门，去访问那农家。舅父喜与小孩游戏，每次去的时候，总带了水果、糕饼或是玩具去给他们。可是见到孩子们的脸或手龌龊时，就藏过了带去的礼物，叱责了说：

"挂着鼻涕哩！你的手何等龌龊啊！喂，把鼻涕拭了！喂，把手洗了！"小孩的脸或手原易不洁，但有时也有因了母亲的随便，因而不洁的。

有一天午后，舅父在袋中满藏了东西，带了安利柯到后面的田圃去。把小门一推，那里就是那农家了。

农夫正在剪除那作着篱的柠檬的枯叶，母亲恰如母鸡似地被许多小孩环绕了，蹲在厨房门口的阶石上，剥着扁豆。

"罗利那呢？"舅父一见了她就突然问。

"呀！"母亲惊而且喜地说，"在摇篮里已睡了两点多钟了哩。"

"好的，我去把玩具放在摇篮中吧。他醒来的时候，会转着眼珠，弄得三不相信哩。"

母亲见舅父这样说，立起身来，笑了说："呀！老板，因为你太待他好了，这孩子就和我疏淡，一味欢喜你了啊。"

舅父不把这种恭维的话放在耳朵里，徐徐地从庭间向楼梯所在前进，且对了安利柯作了一个暗示，叫他也去。

舅父做贼似地轻步走上楼梯。到了房间门口，见门关着。舅父握住了那生锈的把手，想轻轻开门进去。把手轧轧作起响来，舅父怕惊醒了小孩，将把手慢旋。

门总算开成了。罗利那果在摇篮中酣睡着。晃晃的太阳，由门间流入，破了室中的昏暗，映射在小孩的蔷薇色的颊上。

立刻，小孩把那水汪汪的大眼睛张开了。可是，因为阳光太强了的缘故吧，重新又把眼睛闭上。舅父默然立着不动，似乎想叫小孩再熟睡去。

不知为了甚么,小孩虽闭了眼睛,却从小小的床上挣扎起来,浴着黄金色的阳光,用了那棕榈叶形的小手,频擦眼睛。

小孩穿着无袖的白绒衬衣从薄的纱布领间露出着春花一般的小头和小肩。其气象的清新纯洁,宛如朝晨的阳空,几乎使人想像得新时代的曙光。

舅父被这光景吸引住了,只是注视着。不论是贫家的小孩或是宫殿中的小孩,其一种可爱的样子,都一样地会使人从心中涌出希望来。舅父如醉如痴地看着,后来似乎以为这光景只一个人看是可惜的,把安利柯叫进房去。门洞开着,阳光任意地向内流射着。

小孩还在擦眼睛,渴睡尚未全醒,阳光又眩目,他满满地吸入了一口气,又呼地吹出,似乎想把这阳光吹灭。

每夜以吹熄母亲点在枕畔的蜡烛为乐的小孩,现在居然鼓动了那蔷薇色的双颊,把天上的太阳光认作了蜡烛,想吹熄它了。

舅父指着小孩,宛然地对安利柯说:

"看啊,恨不能把这样单纯的比太阳还伟大的小孩的样儿,用画来画啰。不,写作了诗更妙哩。如何,你有了很好的作文题了。这才是好题目:叫做'想吹熄太阳的小孩'。"

三　想吹熄太阳的小孩

当日不消说,接连几日,舅父一味和安利柯谈小孩的事。

"喂,安利柯!想吹熄太阳的小孩,使我成为诗人,比许多的哲学书更促我思考。多有趣,竟想吹熄太阳!这比之那杀来杀去的嘈杂的戏剧,不更有趣吗?"舅父曾这样笑说。

舅父又曾这样说:"哪,安利柯!自然的单纯与伟大,真叫我吃惊了哩!自然日日把了不得的庄严的东西给我们看,但其了不得,其庄严,都即是单纯的伟大。鼓了小颊想吹熄太阳的小孩,……你试把这单纯的自然的动作与其伟大来想了看!如此了不得的事,谁能够啊?世间尽有为了自己的欲,不惜杀人犯法的人,但像想吹熄太阳的小孩那种伟大的欲,谁曾有呢?哪,唯其单纯,所以伟大啊!唯其单纯,所以了不得啊!"

舅父又曾这样说："哪，安利柯！能使人感动使人思考的东西，要算自然了。非自然的东西，虽能动人的心，但不能叫人思考。一个小孩在摇篮里，日光照在上面，这是世界中随处都可看到的自然，可是，这自然都能深入在我们的心里面，叫我们深思。"

舅父又曾这样说："对了想吹熄太阳的小孩，我不仅寻出了神圣的诗，发现了伟大的哲学，还想及了别的更重大的问题。想吹熄太阳的光，这话似乎很是愚妄无稽，但世间实尽多这样的人呢。那种想蔑弃了世间的进化，正义与真理，把世界变成黑暗的人，其无知就是这类。知道了吗？毫不把事理放在眼中的人，和那想吹熄太阳的小孩，全是同类的家伙啊。小孩不能分辨小蜡烛和数百倍于地球的太阳的区别。世间的所谓无智者，就是愚得和小孩一样的人们。"

"有趣，有趣！"舅父又曾喜不自禁地这样说："哪，无论怎样地鼓起了颊吹，所出的只是和太阳光嬉戏的微风，任凭你怎样地发了怒狂吹，太阳仍毫不动气，微笑了用那黄金色的光来抚摸我们。唉，太阳永不厌倦，永不疲劳，也永不冷却，年年日日，把光与热惠于着人间。从时代到时代，太阳对于妄自夸大的无智的人们，不知给与过多少的恩惠！可是人们却把这授赐无限了富与生命的太阳忘却，偷窃了些微的黄金粉末，就自以为我是天下的大富翁，骄傲不堪哩。如何，安利柯，你已有了很好的作文题了，就用了'想吹熄太阳的小孩'为题，把你所想到的写出了去送给托里诺的先生吧。"

第七

一　种诗的人

有一日朝晨,安利柯不见到舅父。舅父平日在早餐前总是在庭间踱着的,今日不知甚么了。

"舅父甚么了?"安利柯去问女仆。

"略有些感冒。休息着呢。"女仆答说。

"年青的不注意些也不要紧。年纪一老,就一些都勉强不来。"舅父近日曾吐露过这样的话。

安利柯去望舅父。

"舅父,好吗?"安利柯带了哀调探问。

"毫没有甚么。"舅父坦然如无事。

向周围一看,舅父的枕畔桌上,摆着一个绿色的水瓶,那是很好的瓶,上面浮雕着甚么文字。安利柯正想去认辩那文字时,舅父说:

"你看,刻着甚么字?"

一看,上列刻着"六月二十四日",下面大概是甚么符号吧,刻着 G·B 二字。

"知道吗?"舅父虽曾这样问,安利柯因为不知道,就答说"不知道"。

于是舅父说:

"六月二十四日,是我的生日,G·B 是我的旧友勃拉乔君名字的头字啰。这瓶是勃拉乔君为了贺我的生日,送给我的贵重的礼物呢。勃拉乔君已死去了,这瓶成了唯一珍重的纪念品。我装水于这瓶时,总是亲手从事,不委诸人。因为万一被人打破,那就糟了。

"哪,我舅父每从这水瓶取水饮时,就想到老友哩。二人间多年的交际……老友的高卓的一生……这样那样地想起来,不觉怀恋难堪。勃拉乔君是这街里的里长,是曾被住民尊称为父亲的人。创建学校,尽力于国家的统一,苦心于斯朵莱维产的葡萄酒与醋酸的改良,真是一个富有才干的人啊！不幸,晚年双目盲了;可是他不但不因此颓唐,比未盲更快活,常说滑稽的话使人发笑。啊,他是神圣的人物。人一盲目,甚么都不自由,普通人不免要自叹苦痛。但他却恐妻女的伤心,强装作快活,故意说有趣的话引得人笑。哪,这种精神你知道吗？真是可佩服的高尚的精神吧。

"我每逢生日,就不禁想起他的事。只要一到葡萄的收获期,勃拉乔即把孟恢尔阿特种的最良的用大篮装了来送给我。

"因此,我把这瓶放在这小桌上。这瓶在我是高贵的纪念品。我每朝张开眼来,首先就看见这瓶,想到勃拉乔君,几乎要和亡友打招呼。唉,但是,这位老友,从二年前,已不能再听到我的招呼了。

"像我样的老人,完全是生存于过去的追怀之中的。我从年青时,曾搜集得有种种的纪念品,现在我的家,几乎成了一个纪念品的博物馆。无论家具,无论装饰物,都是纪念品。无一不足叫我追怀过去的悲欢的。从店中买来的东西,任凭你怎样地珍贵华美,究竟不是纪念品,在我看去,完全是死物。无论家具,无论装饰物,要成了纪念品,才会有生命啰。

"哪,安利柯,我舅父还想和你谈呢,请听我说。饮食、睡眠、衣着……一切健康上所必要的,可以说是生命的面包。至于怀念、爱、思考,却是生命的葡萄酒。像我这样年老的人,葡萄酒常比面包更来得重要。我不是诗人,未曾写过一首的诗,但却想在人生的平凡琐事上种下诗去。一经种下了诗,任何平凡的事物,也会生长出爱与想像,一切都会含有黄金,来把人心温暖的。

"安利柯,我还有话想说哩,哪,你在那里坐了听吧。"

二 全世界的纪念

"安利柯,我舅父睡在这里,仿佛如见到世界五大洲的光景呢。

"请看这桌上啊,那里有一块方铅矿吧,那是赛尔奇尼亚的产物,我从配尔托沙拉采取了来的。这使我想起欧罗巴的事。

"哪,这里有一块美丽的石头哩,这是玉髓,是我从亚美利加的瓦淮河畔采来的。

"这近旁还有一块闪闪发光的东西吧，这是冻石。是从希马拉耶山麓的河畔取来的。这河的一方是独立国的锡金，一方是英领的锡金。见了这石，我就想起亚西亚的风光。

"还有，那里有一块滑滑的石头吧，这就是叫作溶岩的，是亚非利加的东西。就在这近旁，还有着石英吧，含有着金吧，这是纯金哩，是从澳斯大利亚采取来的。

"这是从全世界采集来的五种石头，只要是旅行世界的人，谁都会见到，可是能注目在这些上面，带了回来作纪念品的人却没有。

"再看啊，那屋隅不是有许多的手杖吗？这手杖的数目，恰好正和地球上的国数一样哩。我每于散步时把它们轮番地使用，觉得全世界各国的门的锁匙，似乎已握在我的手中了。有时使我想起亚西亚，有时使我想起亚非利加，有时使我想起波里尼西亚。

"哪，那里有一条竹的吧，那是从南印度的尼尔克里取来的。那有黄纹的美丽的石榴树的手杖，曾采集自阿马崧河畔。还有最粗的一枝，是'弥内治巴'科的树枝，是从台内利化山斩取来的。这树大的竟是摩天的巨木。在那里的手杖，各含有历史，真是说也说不尽。

"姑且说一件给你听听吧。那里有一条弯曲的葡萄藤的手杖吧，这是我在马代伊拉用一先令买来的。马代伊拉一带，到处都种葡萄，住民唯一的职业，就是栽培葡萄。我到那里去的一年，恰好葡萄年成不好，全地的葡萄都患着虫害，满目只见枯萎的状态。住民穷于生活，境况很是可怜。有人截了枯萎的葡萄藤，制作手杖，卖给那从方契尔上陆到美洲或非洲去的旅客。

"当时的光景，想起来如在目前。卖给我这手杖的，是个非常黄瘦面有饥色的老人。他不管人家要不要，见了我就跑近来说：'老板，给我销一支！'

"问他每支多少钱，他说一先令。我拿出一先令去，替他买了一支。他说：'好了，好了！谢谢你！老板，谢谢你！托你的福，可以吃一星期了。'

"我见那老人如此道谢，身边带钱不多，就另给了他三先令。对他说：'一先令既可吃一星期，那末就这样可吃一个月了吧。'

　　"于是,那老人又从胁下一束的手杖中,取出三支来给我。

　　"令人怀念的,不但是石榴与手杖啊。在我家里的东西,无论甚么,就是庭中的一株树,也都涂得有追怀的美丽的黄金的诗的。我于没有人时,常和这些纪念品谈话,木或石有时也甚至于会使我哭泣呢。所谓谈话,原不是用唇舌的,可是,真令人怀恋难堪啊!"

三　珍重的手帕与袜子

　　舅父滔滔地谈着,及谈完了,又这样说:

　　"年纪一老,人就会多话起来。我已多话了,多话了,就此停止吧,也许明日再说给你听呢,今日已尽够了。快要早餐了,你可去了再来。让我睡到正午吧。"

　　安利柯因为有事想问,就说:

　　"舅父,如果于你身体没有妨害,我还有一事想问呢。"

　　"唔,好的。甚么?"

　　"在这房内的暖炉上摆着的爱托尔利亚坛,里面放着的是甚么?舅父不是重视这坛,常在坛旁供着花吗!究竟为了甚么?"

　　安利柯这样一问,舅父就说:"唔,这吗?这是有理由的。就说给你听吧。"说着,从床上半坐起身来,用右手按住了脸孔,深深地发出一声叹息。

　　安利柯注视着舅父的样子,知道定有重大的秘密了。舅父从额上放下了手,说出下面的一段话来:

　　"这是神圣又神圣的东西。那坛的被发现,是在爱托尔利亚的扣莱地方,是古时希腊雅典人所制造的古磁器。扣莱地方有一个医生,是个很古怪的人,曾把这坛让与了我。你看那盖子啊,那盖子上面不是横着一个似睡又似死的女神像吗?这坛当是收藏二千年或更以前的高洁圣女的遗骨的。究竟是谁的遗骨,原不知道。二千年以前,神圣的妇女确曾有过许多哩。她是希腊的诗人?是神的豫言者?或是从犹太来的基督的弟子?无从知道,但不是寻常的人,是很明白的。至于现在,这坛里还收藏着别人的骨,就是我母亲的遗骨啊。"

舅父说至此，默然深深地叹了一口气，然后用了低沉的音调继续下去。

"我已这样年老了，每次开那坛盖，就要哭泣。我每当要开了坛盖，拜见里面时，总是先将书斋门关牢，一个人偷偷地从事的，因为如果被人见了加以嘲笑，就觉得对不住母亲了。哪，安利柯，你的血管中也流着和我母亲相同的血呢。等有机会，也给你拜见拜见坛内的遗骨吧。"

到了这里，舅父的语声已带颤音了。又说：

"坛里面藏着一束灰色的长发，那是我母亲的头发。旁面还有全白的发，这是我父亲的。……此外还有一件东西，放在厚纸的小盒中，盒上写着：'拔落时不哭也不痛的爱儿白契的最初的乳齿。'

"还有呢，那坛里还有我父亲的锈了的海军用的小刀一把。还有麻样的头发。那头发是用丝线缀在纸板上的，我母亲曾亲自写记着说：'可爱的白契三岁时之发。'

"此外，还有一件，里面还藏着一方白的手帕。……啊！……这是母亲将死的瞬间，父亲给她拭额汗的手帕。这手帕不曾洗濯，父亲曾取来收藏在一小箱里，想到的时候，就对此吻了流泪的。后来，父亲在病床上自知将死了，叫近我去，吩咐我说：'喂！白契啊！给我取出那方手帕来！并且，我死的时候，给我用这拭额汗！'

"我曾依照所吩咐的做了。等父亲一断气，我蹙拢了那方手帕掩住脸孔。啊，在那时，我仿佛觉得在与父亲母亲接吻了啊！

"还有，安利柯，那贵重的坛里还藏着附带编针的灰色毛线的袜子呢。这是我母亲未及编成就遗留下来的。那时母亲已在病床上了，说防白契脚上要冷，替我直编到临终时为止的袜子。

"安利柯，你可给我出去了。……"舅父终于突然发出泪音来了，却还添加了说：

"你可去了，我已耐不住了，你也许尚未了解这些，在你，只要快活就好。哪，快到庭间去绕一次小路，就去早餐吧。"

安利柯点头从房中出来。关门时再点头去看舅父时，舅父已在那日来不高兴的眼中，晶晶地浮着露了。

第八

一　纪念的草木

过了二日，舅父已全愈，步出庭间，好像已有二年不在家了的样子，这里那里地在看庭间的花木。

"为甚么这样欢喜花木啊！"安利柯和舅父一同说着，不觉重新有些奇怪起来。

舅父的庭院，全有些别致，可以说是庭院，也可以说是田圃，不，可以说不是庭院也不是田圃。一方有着花卉，种着树木，同时番茄咧，卷心菜咧，却生在棕榈或苹果之下。甚么葡萄、柑橘、橄榄，都枝触着了枝，把空间充塞着。种植虽密，因为肥料与水分常充足，都很旺盛地生长在那里。

说虽如此，究竟不能直上伸长，大概依了日光突出着树枝。可是，如果有人把这些树木拔去一株，那就不得了，舅父要大发火了。有一日，后面的农夫，考虑了又考虑，劝说："这样，究竟是容不下的，如果把这许多大树十株中除去一株！……"

舅父听了大怒，说："你只去理值葡萄园与橄榄园就好了。这里的事，用不着你来管。在自然林中，树木有会太多的吗？蠢家伙！只要是大森林，或是南洋一带的上攀植物的森林中树木都重复抱合了生着，密得连人也不能进去的。可是，却仍能一一开花结实，真是了不得的。树木这东西，断不至于像人类社会的样子有互相冲突残杀的事，无论何时总是和爱地大家繁荣着的。"

安利柯不承认舅父所说的理由是正当的。安利柯深知道植物之间也与人与动物一样有着弱肉强食的原则。觉得舅父的话，并非就全般的自然界而发，只是用以辩护自己所爱好的庭园而已。

说虽如此，舅父把自己的庭园比之于亚美利加或马来群岛的处女林，却是很适合的。舅父的庭园里，这里那里地伸着蔷薇的刺以及柠檬或梨子的枝，人行过林下，那些刺或枝就会把头手或是衣服抓住的。

舅父走入小路去,常把头低下或把脚斜放。可是,仍不免被牵刺,避转头去呢,又碰到穿出的枝上,及勉强走出小路,帽子遭树枝牵住挂在枝头上了。

虽然如此,舅父却毫不动气,只是笑着,对那在后面小心地跟着走的安利柯这样说:

"你看!这边来欢迎我,这边又来抱我,似乎树木也知道爱与妒嫉的。我方才抚触它们的时候,它们不是曾向我点头吗?哪,树木这东西,比动物更来得敏感而善良哩,它们既不会咬人,又不会放出讨厌的臭气,而且也不会逞了贪欲扑向人来。"

二 解语的草木

舅父出到了空地上,又这样说:

"安利柯,我每晨到庭间来看,能知道草木或昆虫的心哩。这边的树木向我告渴,那边的树木叫我把根土掘松,放入些空气进去。有的叫我把虫捉了,有的又叫我折去碍事的枯枝。而在另一边呢,同类相残的虫儿们又细语告诉我,说在那里替我杀除害植物的蟊贼。虫儿们的话是真是假,一时很难分别,凡是有害于草木的虫类,我必全体驱除。我曾把那可怜的营着社会生活的蚁儿们也驱除过哩。只要是有害于草木的,当然不能宽恕啰。

"但是,哪,还有比虫更厉害的敌人哩。最讨气的强敌便是那含盐分的潮风啰。至于那强烈的名叫'勃罗彭斯'的潮风,真是最讨厌没有的东西。它会把盐潮的细雾吹卷上来,不管叶也好,花也好,蕾蕊也好,都毫不宽赦地吹焦,其凶狠宛如火焰一样。

"为了那家伙,使得那橌树不容易长大,像那柑子是,可怜每年要落两三次的叶呢。但是,现在已不要紧,那橌树已像着了甲胄的武士,昂然排列在那里,'勃罗彭斯'的潮风即使吹了角笛执个铁鞭袭来,也可抵御得住。其他,如柑橘类唎,蔷薇唎,阿尔代尼亚唎,也都已欣欣向荣,似乎在矜夸了在说'你看'的样子,开着华美的花了哩。

"但是,安利柯!我不是仅为了这些树木由我手植所以爱它们的,也不是仅因为它们能把新绿，好香或是甘果给我，所以爱它们的。哪，我爱这些树木，实因为各株各株都能替我溯说往事，能诱起可怀念的过去的记忆的缘故。这里的一草一木，也都像那石块与行杖一样，能替我诉述过去。不，它们是活着的，比之于石块与行杖，更能雄辩地把过去来说述哩。哪，草木也和我一样，能感受、能快乐、能忍耐，并且，可怜！它们也可怜和我一样地要死亡啊！

"如何！你不想听听这些草木的历史吗？"

"想听的，请说给我听。"安利柯回答说。

"唔，那末，坐在这里啰。恰好有一把大理石的坐椅在这里。"舅父这样说了叫安利柯坐下。

三　美丽的赛尔维亚

舅父乃开始向安利柯说：

"哪，那里不是有赛尔维亚吗？那和普通的赛尔维亚不同，花瓣两色，乃赛尔维亚的变种，叶小，花香也差，可是在我，却有着一种难忘的纪念。因此，我不愿另植别种，把它除了。

"追记起来，那是母亲死时的事啊。父亲与我及亲属，因为不知怎样处置母亲所遗言的财产才好，大家去访问村中的公证人，一同被招待到一间暗沈的寂寞的房子里。他们究竟谈说些甚，那时我还年幼，无从知道，只听到他们在言语中屡次提起母亲的名字而已。我终于哭出来了。

"于是，公证人说：'啊，好了，好了，不是哭的事啰。哥儿，快到庭间看花去吧。'我就匆匆地跑下庭间去，见花坛中两色花瓣的美丽的赛尔维亚正盛开着。我不知不觉地被吸引了，只是茫然地对着看，回来的时候就折了一枝，插入玻璃杯里。

"'好特别的赛尔维亚！'第二日，父亲看见了说不若植在土中，于是就教我用盆装了湿土，把它植入，再将杯里的水灌注在上面。

"后来，这枝赛尔维亚从枝生出根来，渐渐繁盛，就移植在庭间。差不多近六十年，现在是那样地丛茂着。我见到那花丛，总不禁要引起深深的感慨来:记起了那村中公证人家里的昏暗不洁的房屋,……教我把赛尔维亚枝种在土里的父亲,……以及我自己的儿时的光景。由这个连及到那个,记起了种种的往事,不觉感慨系之。曾和我父亲同到公证人家里去的人们,早已如数死尽了,所剩的只这赛尔维亚与我。父亲死了,公证人也死了,兄弟辈、亲属,谁也都死了,我也非死不可。永远繁茂了生存的,就是这赛尔维亚。可是,这赛尔维亚,如果没有你,它的历史,也许就要没人知道了吧。"

四 威尼斯的金币与牦牛儿

舅父又这样续说:

"还有一种可爱的变种牦牛儿哩。哪,繁生在棕榈背后的就是牦牛儿。

"这也是儿时的事。我舅父被某运贩小麦的商船,雇为仆欧,曾两次航行黑海。第一次回航时,离第二次开船为期尚远,因为想把这些日子在桑·德连寨过去,所以就回来,那正是冬季。

"就是这时候的事啰。桑·德连寨住着一位从詹内巴来的退职的老医学教授。他的迁居于此,大概是想藉了仅少的年金来安闲地过其余年的。风景既好,所费不多就可作绅士生活,当时的桑·德连寨对于这类人,真是最好没有的处所了啊。

"那老人有着若干的医疗器具,有蓄电瓶,也有电气摩身器。大概很有着许多电气机械吧,常以制电气版自娱。他喜和小孩接近,拿出种种机械给我看,或闪闪地发了火花来使我惊异,真是一个很好的老人。

"不久,我和老人就亲近起来了。老人教我电气制版的方法。用一个旧磁瓶,一个蒸溜器,一片亚铅,巧妙地装置了,教我把古钱移印到铜板上去的方法。一时俨然成了一个古钱学的研究室。

"曾移印过许多东西:西班牙的金币也移印过,詹内巴的金币,罗马的金币,还有从各处借来的种种货币,都移印过。因为太有趣了,见别处有古钱,就立刻借来移印,把电气化学的装置郑重地保视着。

"后来,老人说还要把仿真金币的镀金的方法教我,我真欢喜万状了。这时,恰好附近有一位患疯瘫病的穷船员住着,他有一个威尼斯的古金币。我和他商量想一借,他不肯。不知道恳求了多少次,他老是不答应,说甚么这是身上的护符,未死以前,决不离身的话。但他愈不肯,我愈想借来移印。结果,赖了教父的力,以两日归还的约束借到。我那时真欢喜得了不得。

"只有两日啰,一不小心就要到期的,想赶快试看,于是整理好了作金币形环的装置,着手于种种的实验。

"'已好了吧,金币的正面,定已移印完全,再来改印反面吧。'一壁这样想,一壁急把所装置的器具开开了看。那里知道!不知为了甚么,原来的贵重的金币不见了。漏出了吗?细看也没有地方可漏出。我以为我自己眼花了,屡次地在器中搜索,合金是有的,贵重的威尼斯金币,不是没有吗?

"'完了,一定是金币被包入合金中去了,把这熔解了来看吧。熔解以后,金币就会重新出来吧。'我这样想了,战栗地把它投入熔器中发火来看。金属渐渐熔解,表面现出了微微的一点黄金。

"这为甚么? 一定是失败的了。我突然就哭了出来。同时又觉到事不宜迟,就飞也似地奔跑到老教授家里,一五一十都告诉了他,和他商量。

"老教授说:'这是很明白的。那威尼斯金币本是镀金的赝物,所以就熔解了。你看,这里剩留着些微的像黄金的东西哩。'

"呀,不得了了,如何是好! 我嘱老教授把这事暂守秘密,就跑回自己家里大哭。那可怜的船员所视同性命的贵重的古金币,将怎样赔偿呢? 我不能藉口于那古金币是赝物,就卸了责任。我的脑汁,几如熔锅一样地沸腾了。

"静了心沈思至一小时之久,忽然发见了一道的光明。我有着些微的贮蓄,那是为了想买猎枪或手枪,多年间积下的金钱,藏在一个陶器的扑满中的。我去即从抽屉中取出,扑碎了扑满,就散杂地混出铜币与银币来,计数了看,共三十二元五角七分。

"'有了这点钱,买一个威尼斯金币当尽够了。'我一壁这样忖,一壁就急速地向斯配契跑。

"脸跑得沸红,汗如雨下,才到了斯配契的一家兑换铺门口。

"'这里有威尼斯的古金币吗?'我喘气未息就问。

"'咿呀,这里没有。勃里奥耐街的——由这里去靠左的那家古物金器铺里也许会有一个,亦未可知。'

"我慌急了,又喘着气走,到了那家金器铺门口,又突然地问:

"'有威尼斯的古金币吗?'

"'对不起,没有。'

"'贵些也不要紧,如有,就卖了给我!'我哭脸相求。

"'那末,你且请坐,待到楼上去找了看吧。'

"主人说着上楼梯去,店中只留了主妇一人。我安耐不住,只左右徬徨,或茫然地看那窗饰,或伸手入袋去探捻那三十二元五角七分的钱包。真是焦灼万状。

"见到店后庭中有一个花坛。我本是爱花的,又想暂时把心散散,就请求主妇,说让我进去看看花。

"'请便,牵牛儿正盛开呢。'主妇很亲切地许可。

"那花坛和这里的花坛完全无二。我一壁看花,一壁又耽着心;如果这家铺中没有威尼斯古金币,将怎么样?忽然在乱开着的牵牛儿丛中,见到有闪闪发光像金币的一朵。这无聊的慰安,瞬即梦也似地从胸中消失,于是只是茫然过了许多时候。

"'哥儿,有两个呢。请你自己来看。一个已很残破,一个是完整如新的。'主人呼叫我说。

"我这才如被从梦中唤醒,去熟视那两个金币。其中完整的一个,和那船员的护符,被我如糖一般熔化了的一式一样。我忘了一切,把它攫到手里。

"'这要多少钱?'

"'三十元。'

"这太贵了,欺我是小孩子吧:也曾这样忖。但却不敢说出甚么话来。决心地从袋中取出钱来想付,心中又突然生出一种不安来:如果这是赝物,将如何呢?

"也曾想究问是否赝物,可是我毕竟是孩子,不敢像煞有介事地假充内行。只好把金币在柜台上丢了一丢。把圆的金币立在柜台上,用指一弹,就团团旋转,既而经过一次摇摆即'滴玲'地平倒。在我听去,那声音比大音乐家洛西尼和培尔里尼的歌剧还可爱。

"主人从旁注意我说:'请藏好,这是真正的威尼斯金币哩。'我就执了金币飞奔回桑·德连寨来。

"当把金币交付到那可怜的船员的手中时,我怎样地欢喜啊! 大概因为以赝换得了真物的缘故吧,船员的沈滞着的眼光,顿时现出喜悦的光辉来。我那时全然忘去自己的苦痛,心中充满了愉快。

"啊,我行了善行了。但这事尚未曾告诉过谁,今日才说与你知道。在这长长的数十年中,我一想起当时的事,就暗自喜悦,把心情回复到少年时代去。和这善行的欢喜合并了不能忘怀的,就是那古物金器铺庭中的犄牛儿啰。

"看哪,华丽的犄牛儿开着和旧时一样的花呢。那花丛中的像威尼斯金币的一朵,曾把我幼时的心梦也似地安慰过。在长期的航海生活之后,我在此地决定了安居的计划,当作往事的纪念,就择了和在那金器铺庭中同种的犄牛儿来种植。每年一开花,我对了花丛,恍如回到了少年,感到无限的幸福哩。"

五　可爱的耐帕尔柑与深山之花

舅父乘了兴头,又这样地继续说:

"我庭园中的草木,一一都有历史,如果要尽说,怕要费一个月的工夫呢。而且,这里所种的,大概都是难得的异种。

"你看,那里有柑子吧。柑子原有着二十种光景,肉有黄色的,有白色的,有赤色的,味也各各不同。有一种是香味的,这连叶子都香,花香的强更是特别。此外还有帕莱尔玛种的异种,印度种的大种。我所最爱的是,哪,在那最中央的耐帕尔柑。那是我在巴西时,名叫洛佩兹·耐泰的有名的外交官所赠,我当作巴西的土产携归的。

"葡萄牙人称耐帕尔柑为脐柑。脐原大,种子好的却没有核,即有也极小。在巴西,每年结实两次,香既好,味又甘美,最好还是在未熟时吃。种在这里,已不如在巴西的好了。但在我,柑类之中,最爱的还是耐帕尔柑。巴西真是好地方,那里的人都很亲切,他们把意大利称为第二故乡而怀恋着。方才所说的那个洛佩兹·耐泰君曾和我相约:如果他所赠我的花木盛开花了,他就想亲自到这里来一看呢。不好吗?像这样的人,真是可令人怀恋的好人啊。

"却是,安利柯。也有在别处毫无价值的植物,一经植在我这庭园里,就变了很好的东西的。这因为我培植得当心,土壤,日光,肥料都安排适宜的缘故。其中有一种名叫'猪肉馒头'的东西。

"'猪肉馒头'在意大利的亚尔帕斯山中遍开着引人可怜的花,芳香婀娜,很是幽美的花草。圆圆的球根上面伸出可爱的叶与花,更有趣的是,它常与其姐妹花的堇同生在一地方。堇是有谦让的美德的,而'猪肉馒头'这家伙呢,却不管是岩石的裂隙里,栗树的老根旁,无论何处,就能找到了诗的场所,在天鹅绒似的苔中,布置它自己的花床。这家伙在亚尔帕斯那样幽湿的地方,开了蔷薇色的可爱的小花,喷喷发香,行人闻到了常称为'飞来的接吻'。

"可是,在桑·德连寨,却都是'猪肉馒头'的仇敌。土壤,太阳,空气,甚么都不合它的脾胃。所以,无论你怎样移植,都不免枯萎。有一次,我带到地中海边去试种,也不行。后来又改换方法,把它种在檞树之下,茎是抽得很高的,花竟一朵也不开。最后,终于被我想到了一个好法子:在那无花果下面,混合别种的泥土,把它种了,就开出好好的花来。我所种的原是像在勃里安寨或可玛湖畔所见的良种。现在那有青条纹的黝暗的绿叶,正在苔上匍伏了眠着。将来秋天盛开时,你可送一束给你母亲哩。"

六 猪肉馒头与悲壮的追怀

安利柯忘了一切静听着,舅父益上了兴头说下去。

"你听我说啊,我舅父从这'猪肉馒头'曾受到一个大教训哩。

"人这东西，是困难愈多愈快乐的。靠了父母丰厚的遗产过安逸生活的人，无论干甚么都无趣，结果至于连自己的身子也会感到毫无意义了。

"我也曾屡次听见人说：世间并无所谓幸福的东西，即有，也是偶然的时运使然，是一时的。其实，这话大错。幸福不是偶然的时运，乃是努力的结果。我们能制造美物，行善事，捕握富与名誉，……同样，我们也能因了努力与勤劳，获到幸福。

"呀，这成了俨然的哲学议论了！暂且停止了去看看葡萄吧。"

舅父说着拔起脚来就走，且说：

"你看，这里有很好的葡萄树。"

舅父的话又由此开始了。

"这也令人难忘，因为到种活为止，曾费过不少的苦心。但我的爱恋它，不但为了种的时候的苦心，实还有更值得记念的往事。且听我告诉你。

"我的朋友之中，曾有一个名叫勃罗斯匹洛的船长。他也是桑·德连寨人，和我同事过不少的年月。我有一时期，曾和他共同买了一艘轮船，装运希西利或赛尔奇尼亚产的葡萄到意大利。航务上的指挥，则二人轮流担任。

"勃罗斯匹洛是一个大野心家，如果遇到机会，保不住不作不正的行为的。所以我很是留心顾到他。

"有一日，勃罗斯匹洛说：'第一要防备被偷窃啊。他们恨不得欺诈我们，我们当然也有反转身来欺诈他们的权利啰。'

"我回答他说：'咿呀，不是。只要正直无愧，就甚么议论都不会发生的。良心就是无上的裁判官。如果把良心所命令的事，用了头脑去做，即不会有错误。只要是有利于己的事，人就容易诡称为善行，可是良心却在内心大声怒责这种任意假造理由者为恶人罪人。仅是理由，不能遏灭良心的呼声。照良心之声思考了去实行，就甚么问题都没有了。'

"在二人之间，这样的意见之争，不止一次二次。勃罗斯匹洛对于我的话，常摇着头表示不服，可是口头上却勉强地答应遵从我的希望去做。

"后来,我因别事到了桑港,有二年没有回来。消息阻隔,无从知道勃罗斯匹洛的状况。

"及由桑港回来,先到日内瓦一行,才回到久别的桑·德连寨。勃罗斯匹洛迎待我时,莞尔笑说:'请代我欢喜,有一件很得意的事哩。我在勃列克号船上可赚十五万元。'

"我与其欢喜,反吃了一惊。

"'这究竟是甚么一回事?'急问。

"'毫没有甚么,将来再详细地告诉你吧。'勃罗斯匹洛很是泰然。

"我很耽忧,急思探询事情的内容。不料,未到一礼拜,日内瓦的裁判所即来把我和勃罗斯匹洛一并传去。原来他已被人以诈欺取财的罪名告发了。

"幸而勃罗斯匹洛的律师辩论得好,事情顺利,得宣告无罪。可是我总不放心。及从勃列克号某旧船员探明真相,为之大惊,原来勃罗斯匹洛曾行了昧心的大欺诈。

"只要有钱赚,就甚么正义道德都会蔑视的勃罗斯匹洛,曾向船货保险公司用了大大的诡计,图得大大的横财。当我不在时,他就独自管领勃列克号的。从马赛开出的时候,他竟瞒了受主,用盐水装入许多桶中。冒充葡萄酒,保了很大的险。不消说,许多桶之中,有两桶是真用葡萄酒装的。保险公司来检查时,他运用了手法,只把真的两桶给他们检查。

"于是,船开出了。他要瞒骗葡萄酒的受主,就在航行期中故意制造危险。他把船驶上小礁去,先叫船员避难上陆,再雇人把假货抛入海中。这样一来,价格四万元的勃列克号是乌有了,他却可以有赚进了十五万元保险金的希望。

"我从那旧船员得知了内情,就立刻跑到勃罗斯匹洛那里,抑了愤气说:

"'勃罗斯匹洛君! 你在想暗无天日地发横财呢。'

"'说那里话,官司不是那样地胜诉了吗?'他呆滞了一会儿这样支吾回答。

"'请勿欺骗我。你无论怎样地辩护自己,你的律师无论怎样地会弄

辩舌,我是不答应的。'

　　"'你何必又来说这样的话呢?事情已早解决了。'勃罗斯匹洛又想这样逃避。

　　"'你干的不是欺诈吗?快把保险金如数退还了保险公司。'我板了脸孔说。

　　"'那是一面失去了勃列克号,一面还须再负担所装货物的损失了。'勃罗斯匹洛说出难处来。

　　"'你说货物吗?货物我不知道。至于勃列克号,原是我和你的公有财产。现在我把一半的权利如数让给了你。我重视你的名誉,如何?但愿你自己勿再有丧你名誉的事。我从此不愿再与你共事了,请你独立独步地去做吧。'

　　"我这样说了就和勃罗斯匹洛告别。大概我的话很激动了他的良心了吧,勃罗斯匹洛终于不曾向保险公司去领保险金。但他名字上却仍留着了一个拭不去的污点。

　　"这以后,虽听说勃罗斯匹洛曾向南美阿善丁国的勃爱诺斯·阿伊莱斯航行,可是详细情形却无从知道。这样地过了八年。有一日,我接到他从列瓦来特发出的信。拆开一看,信中简单地这样写着:

　　"'久不写信给你,很对不起。我今患了重病在此疗养着。自知已无生望了,寂寞不堪,苦思与你一见。请来看我一次,这是我最后的祈求。'

　　"我那时尚未忘去勃罗斯匹洛的罪恶,每次记到,就感到刺心也似的苦痛,涌起难遏的怨念来。因此,虽接到了信,究竟去看他呢,还是不去?却忖了好一会。终于被那最后的祈求一语所牵引,决定到可玛湖畔的列瓦来特去看他。

　　"勃罗斯匹洛患了厉害的中风症,在病院疗养。我去看他时,他正在安乐椅上卧也似地坐着。一见到我,甚么都不曾说,只呜呜地哭了起来。好一会,才震摇摇地立起走到桌子旁,开了抽屉,取出一个大大的纸包!

　　"'这这……这里面盛盛……盛着二万元,是勃勃……勃列克号的代代……代价的一——……一半。你你……你为了我我……我的名誉,曾大大……大度地把把……把这给与了我。托托……托了你的福,我我……

我在勃爱诺斯·阿伊莱斯大大……大赚了钱。现现……现在把这奉奉……奉还给你。这这……钱不是作作……作了弊赚来的，我我……我为想恢复男男……男子的名誉，甚甚……甚么苦都已受受……受过。请请……请把这收了……'这样吃着口恳切地说。

"我被他的态度所感动，一言不说，把纸包受了。勃罗斯匹洛又吃了口继说：

"'白契君：我我……我现在把债金还还……还清了，你你……你非恕宥我不可。知道我我……我的罪恶的，恐恐……恐怕只有你一人吧。我我……我不得你的恕宥，无无……无论如何不能到下世去，请恕恕……恕宥了我。恕恕……恕宥了你你……你的老朋友。'

"我对了流泪忏悔的勃罗斯匹洛，自己也几乎要出眼泪了，可是却竭力遏住，用了严格的语调对他说：

"'那末请凭了良心说真话！你在勃爱诺斯·阿伊莱斯，八年之间确曾正直地劳动过了吗？'

"'当当……当然啰。凭凭……凭了母亲的名字，我我……敢……'勃罗斯匹洛这样吃了口回答。

"我听到他这样说，就安慰他：'好，那末，我不再把勃列克号的事放在心里，你过去所做的行为，也不复计较了。请安心吧。'

"这样一说，勃罗斯匹洛欢喜得至于紧抱了我放声而哭。他从那时重新另做了人了。

"这原是可喜的事。但我因不放心勃罗斯匹洛的病势，不好即走，暂留在那里看视着。勃罗斯匹洛拄了杖，由仆人随护了，蹒跚地在屋外小孩样地行走，愉悦地看那四周的风景，见到附近有开着的'猪肉馒头'，就摘了造花束来送我。他从前只认识金钱的，因了灵魂的更生，心情已变得如此优美了。

"我这才放了心，到第十日就向他告别。勃罗斯匹洛见我要走。很是悲伤，牵住了我呜咽流泪，恋恋地反复对我说'再会'，说'祝你好'。

"我登上马车，最后回头去呼'再会'，勃罗斯匹洛竭了泪声'噢噢'地高叫，悲感之极，发不出明白声音来了。

　　"下了马车,正要把行箧提到湖中的轮船上去,见还有一个大大的包,写有我的名字。还附着一张勃罗斯匹洛的字条。字条上这样写着:

　　亲爱的白契君!

　　我知道你爱'猪肉馒头',为了想赠你,特于散步时采集得百个光景的球根。请带去种在桑·德连赛府上。开花的时候,我当已早不在这世间了。但你总会记及我的吧。我曾一次犯罪,幸得你的恕宥,我可以安心而死了。再会,白契君,永久再会!

　　　　　　　　　　　　　　　　　　　　　勃罗斯匹洛拜 "

＊　　　　　＊　　　　　＊

　　舅父沈默有顷,叹息了一声,对安利柯这样说:

　　"安利柯,我的怎样爱护这'猪肉馒头',你可知道了吧。勃罗斯匹洛是死了,花却年年发放好香。我每次见到花,不禁就想到一生间悲壮的往事来!"

七　别怕死

　　舅父又感慨无量地向安利柯说:

　　"安利柯,我一味对你嘈杂死去了的人的事情,这也许是年龄老了的缘故吧。活着的人,往往把死人忘掉,即使记起了也要加以恶口的。其实,仔细想来,生与死是联结的啰。活着的人,总免不掉有一次的死。所以从幼时就非不怕死不可。为了正当的事光明磊落地死了,有甚么可怕呢? 在正直的人,死是安静而快乐的。

　　"又,人这东西是很奇怪的。一方面竭力地使死人从家里离开,不再记得。及到了忌日,大家却又流了泪把无可挽回的事无聊地互相谈说。有时候还要故意远远地到墓地去拜。

　　"但我却不然。我不把墓场造在远远,造在自己家里。我不把死人当作已死者,认为永远生存而可亲近的人。你看,这里的草木,都是故人的面影。我无论坐在室中,无论徘徊在庭间,都常与故人谈笑。有时,草木的芽或花,能显现了故人的面影,来欢迎我,说:'我在等你呢。'

　　"远远的墓场,土下只有故人的骨,而我的家里,却有故人的灵魂活着了发光吐香,死去的人是毫不用怕的,如果你觉得死人可怕,那定是你入了恶道的时候。所以非把怕死人的心情除去不可。

"一切的东西,是活着的生命,同时也是要死去的生命。现在欣欣向荣开花的草木,一遇到冷寒的秋风,就非飒飒枯落不可。又,在同一气候中,叶也有强有弱,尽有未秋先凋的。在飘然落下的叶,土就是它的墓场了。但从这墓场里,却仍萌芽出新生命来。

"我们应爱人生,乐人生,把人生弄得更美更善。但不可因此作怕死的怯弱者。死是休息疲劳的安憩,是白昼好好劳作以后的黄昏啰。死不是如怯弱者所见到的草藁人,也不是如绝望者所见到的幽灵。

"记起亲爱的故人,是可爱的事。把亲爱的故人的灵魂留住在自己的屋里或庭间,大大地是一种快乐。因为无论住在屋里或步行庭间,都可与故人晤对的缘故。生与死是用了可怀恋的爱的绳联串着的,好像今日与昨日相联串着的样子!"

第九

一 伟大的国民性的大教训

某星期日,安利柯与舅父二人应街上的医生之招,吃了午饭,愉快地同上归路来。街上走着许多的人。

舅父衔了桃心木的烟斗,一壁走,一壁快活地喷着云也似的烟雾。

舅父的吸烟真妙。因了所喷的烟的样子,可以推测其心境如何,所以特别。微弱的烟像断云似地断续而出时,那就是暴风雨快要到来的征候,不久即要发火冒的。所喷的只是细而连续的烟时,那就是下时雨的时候,是舅父心里有着什么悲哀而悄然着的征候。如果大云与小云汹涌地交互喷出,那就是气象易变的当儿。像今日似地尽是大云卷叠而出,那是表示气象的晴快,是舅父心里快乐的征候。

安利柯见到了舅父嘴上的喷烟,不觉暗中窃笑了说:

"舅父。"

"唔。"

"舅父今日很高兴哩。"这样问。

"唔,不是没有不高兴的道理吗?方才和最要好的朋友愉快地共了午餐回来,你呢,又较前强壮得判若两人,街上是大家快乐地走着,像人山人海。这许多人经过了六日间的劳动,把今日的星期快乐地游戏着。啊!我很满足!置身在快乐的人群之中,此外更有何求呢!"舅父说。

"但是,舅父,这许多在街上行走着的人们,自己都觉得是幸福的吗?"安利柯问。

"唔,似乎很幸福呢。至少今日是觉得幸福的,明日也许就难说了。过了幸福的一日,一到明日早晨,就有的入海,有的到工场,有的执棹,有的执锤,也许要感到不舒服吧。但这也不过暂时的事,不久就会说说笑笑或是啸着口笛,去快乐地着手工作吧。"

"……"安利柯点头。

舅父又继续着说：

"从这里可一目看到那村的风景吧。这村全体有五六百居民，只要一查察那五六百人的生活情形，那末大都会或国家中所发生的问题，也就可知道了。

"那村和这条街，情形略有不同。这条街是小街，也和那村一样，住着许多阶级不同的人们。这原是到处都如此的。但在这街上，因了财产的有无、地位的高下来分别待人的人，却一个都没有。

"这街上并无百万的巨富，连五十万的富人也没有。其中最有钱的大概就是我舅父了。但我的财产也只能维持生活而已，此外更可想而知。各家都只是仅能糊口的人们。这些人们，财产虽不多，却有着爱自由平等的精神，真可称赞。这精神才是比石炭大王之富更贵重的东西啊！

"住在这里的人们中，有些人仅就山岩的瘦地种二三株葡萄或一年仅能取半樽油的橄榄，劳苦万分。至于住所，有的竟只有堆柴间那样大。说虽如此，却仍能糊口，衣食一切均以血汗得之，不曾受惠于他人，也不曾盗取他人的甚么。人的尊严，要这样才得保持。

"这条街上不能自食其力的一个都没有。如果有向你拱手求布施的，那必是从别处来的人。

"喂，安利柯！人物的第一步，就是尊严啰。卑屈不正的家伙不是人。这街上的住民都是尊严的人物哩。你总已见到他们在路上彼此相见为礼的样子了吧。他们之中，屈腰如猫，将手中的帽低触到地的人，是一个也寻不出的。即使全世界的富豪浮勃利可谛到了此地，他们也不过称他一声'卡洛叔'而已。这也并不是高慢，他们觉得与其尊称他为贵族或高爵，不如向他作亲切的称呼好。

"你看，他们把今日的休息日快乐地游嬉着。他们之中，前六日间有的在船上劳动，有的在造兵厂劳动，有的在公署劳动。到了第七日的今日，则愉快地嬉游。不是吗？有吸烟的，有饮苹果酒的，也有眺望着海的。还有人在店肆里或酒场里。可是他们用了自己有着的钱去买，决没有赊欠钱的。

"哪，那里有许多女人哩。这些女人和别处的女人大不相同吧。都那样地挺直了身子愉快行走着。她们之中，有炼瓦女工，有挑担贩鱼的，也有农人，可是却都如此漂亮。她们在前六日中都是撩起了衣襟或是赤了足奔动的，今日却足上穿着十五元或二十元一双的鞋子，颈上围了围巾，还在松松的发上插戴着美丽的花……你看，不是三五成群手挽了手在那里快乐地来往着吗？

"哪，的确，这里的人都有一种崇高的地方。至于报恩的精神，更真是了不得，别人有恩于他们，他们也以恩相报，偶然些许的好意，他们也总不忘怀，永久地心感着。我久客外国，无论在何国，从未见有这样的良风。初时偶然回来，见到些微的帮助也要百倍千倍地报答，颇以为是愚事，后来才知道我大大地误看了他们了。

"曾经逢到过许多这样的事：有一日，一妇人来说：'我的孩子死了，肯给我一枝花吗？'我就折了给她。

"又有一日，一个男子来说：'我的儿子想入兵工厂去学习职工，不给我介绍介绍吗？'我就替他介绍了。

"又有一日，来了一个水手，恳求我说：'我并没犯甚么过失，不知为了甚么，被认为犯罪者，要受法律上的宣告。我决没有那样的行为，你不代我设法求赦免吗？'我就答允了他，设法免了他的处分。

"后来，这三人的家属每逢季节必送礼物来。鱼咧，无花果咧，蕈菌咧，按时送给我。我不快起来了，终于到第三次送礼物来的时候，愤怒了叱说：'这算是甚么？我只帮了你们一点小忙，你们竟要如此地多礼！我并不是要想得你们的礼物才帮你们的，只是高兴帮忙就帮忙罢咧！'

"我这样怒叱，却不料他们的送礼物来，是出于真心的。结果我也只好释然于怀，道了方才误会的歉，快快活活地把礼物收受了。

"你想：这礼仪谢恩的心底里，不是含有高尚的感情及别种更可尊贵的东西吗？哪，谢恩的心原是高尚的，而他们在这高尚的心中，还有一种自尊的精神，就是以为：自己虽贫穷，却能送礼物与有钱有势力的人。

"安利柯！这才是重要的事啊！人没有自尊心将如何呢？即使有高慢的毛病，自尊心是可尊贵的。有自尊心的人决不会干卑屈的事。无论是怎样的穷汉,只要他有旺盛的自尊心,就可使大富豪拜服他。

"这自尊心究由何而生的呢?赤手空拳始终和世间波涛相搏的人……觉悟到除了自己的力,自己的手腕,自己的知识别无可恃的人!要像这种人,才会发生出自尊心来。

"啊,可是我很悲观。近来桑·德连寨的青年,为了要想在公司或兵工厂谋职业,都丢了耒锄,把祖及父传来的农业放弃了。这等人在被人佣雇的奴隶制度之下,就会失去独立的精神与自尊心。

"但是我舅父也不欢喜一味悲观。我是个乐天主义者,信人类会有无限的进化的。我确信:两三个大实业家如果有一日发展到了绝顶,其力必会被分配于民众,劳动者仍会用了从前同样的独立心与自由精神去从事劳动的。

"政治上也有着和这同样的步骤呢,初则小国家分立,及战争起,小国家乃被合并了成大国家。大国家间的战争一经到了极度,于是就成立神圣联合的世界,各国家被统一于全人类之下,仍得各保其独立与自由。现在,无论如何,已有国际经济会议的必要了。看吧,到你的子孙的时代,这神圣的人类世界必将实现哩。懂了吗?安利柯!"

二 独立自尊

舅父还热心地续说:

"安利柯!看啊,在这街上行走着的都是乡下人呢。真愉快,他们之中找不出一个醉汉。至多也不过走进咖啡店去,吃杯苹果酒或果汁,玩回纸牌而已。并且,除星期日外,咖啡店家家都关着门没有客的,在六日之中,大家一心劳动,一从办事处、造兵厂或渔业场回到家里,就一家团聚了在晚餐桌上快乐地饱餐,餐毕,走出街上看海吸烟,一会儿就回去睡眠。在这街上,弹子房一所都不必有。他们较之打弹子,宁喜欢看海。海是甚么时候都美,它不论对于贫人或富人,不论对于有学问的或无学问的,都给与以同样的喜悦。

"也许就因了这个缘故吧,自幼与海亲切的这土地的人们,很知悉政治上社会上的事,感觉到自由独立的必要。所不好的,只是时时受恶新闻的教唆，被引起了不平，有使官厅不放心的事而已。官厅方面也太神经过敏，多方杞忧，常向我探问这里有无甚么阴谋家或同盟团体。我总是如此答覆他们：'……怎会有这样的人啊？这里并无暴徒。所有的都是能劳动有家室有田地的人。住着有家室田地而能劳动的人的处所，决不会有甚么骚动的。这里的青年，原有在咖啡店议员然学者然地大谈其政治思想的，但一到了工作的场所或是回到了家里，就一切都忘了。这里的人们，都是能用了自力生活的实际家，有着正当的头脑，像书册上新闻上所写着的不稳的谈论，他们决不会轻信的。……'

"如何？安利柯？确是这样的哩！咿呀，我已说得太多了，说得太多了，但我所说的尽是真实的话，你不要忘却。

"我还有一件要教你明白的事。

"人无论学甚么，可有三种的方法：一是从书本去学，一是从他人的经验上去学，一是从自己的经验上去学。这三种方法之中，任择一种，原都应有同样的结果，可是实际上却不然。从书本上得来的知识其价值如果比之铜币，那么从他人的经验得来的知识是银币，从自己的经验得来的知识是金币了。

"知道了吗？用自己的头脑思索，用自己的腕力积得经验的人，不但知道事物，且能作正确无误的判断。遇到有应做的事，就能着着进行，至于完成。这样的人才有真的自由，才能独立，才有自尊心，才能镇伏浮动之辈的徒扰。可是，世间尽多轻浮躁率的人哩，他们并无从自己经验得来的知识，妄信了从书本上看来或从他人闻得的话，甚而至于对于毫无足重轻的事也组了团体来喧噪。结果，甚么都无把握，一哄而散。所谓轻浮者，所谓有眼的盲者，就是这种人。这种人无论集合了多少，一时怎样的气焰，究竟只是乌合之众而已。我前次曾对你说过不要怕死的话。这种人才是怕死的卑怯者，他们对于正义的事，是无单独挺身而战的勇气的。"

三　高尚的精神

"如何？知道了吗？"舅父的话还继续着。

"我方才曾大大地称赞这里的人们，但如果遇到他们之中，有人发谬误的言论或是作傲慢的行为，我是决不答应的。以前曾常常有过这样的事。却是，真有趣啊！他们当初并不肯就服从我的话，及试验失败，知道了自己不是，这才回转头来向我谢罪了。

"无论他人有着任何错误的见解，我决不利用了自己的身分或社会的势力妄用威压的。如果有人为我的地位或势力所威压而变更其见解，那不是真正的反省，只是卑怯的变节而已。

"有一次，曾遇到很有趣的事哩。姑且当作例话来告诉你听吧。

"这街上现有着两个船公司，最初是只有一个的。其所做的生意，是运输就地货物或是送工人往兵工厂。生意很好，有时应付不及，船公司中的下级船员们乃立了一个组合，集合小资本去另造一艘小轮船，在公司的对门设店营业。计划成就以后，得步进步，愈想发展，又加造了一艘船。

"公司方面呢，当然不肯坐视，也另添买一船。于是公司与组合之间，太起竞争，船费大减，便宜的只是乘客。

"这原算不得甚么，既然要作商业，当然免不了要竞争的。可是组合方面却说出这样的话来：'我们是劳动者，所以正义是属于我们的，快把公司的一切设置打破！'他们为了要达到这目的，来和我商量，要我帮助设法向政府求补助金，俾得打倒公司，发展组合。我愤怒了，对他们说：

"'甚么话！我不愿帮助你们成傲慢者！'

"'我们是劳动者，劳动者是正义的党与。至于公司是以垄断利益为目的的。'组合的人说。

"这真是等于放屁的理由。我于是对他们这样说：'不错，你们是劳动者吧，这是好的。你们想不让资本家独占利益，这见解也可佩服。但公司方面也曾作着有益的事。如果没有那公司，公众的不便不消说，兵工厂的工人们就要不能上工去了。所以，政府的补助如果必要，理应组合与公司平等地同受。组合与公司互相协调了图社会一般的便利，这不才是真正的美的劳动者的精神吗。'

"被我这样一说，组合的人们很不乐意地回去了。后来觉得我的话不错,就重来道歉,要求我代陈政府。我和政府去说,政府也赞成我的意见,同时补助公司与组合。自此以后,公司与组合双方和好,现在都平和地营业着。凡事一经为感情所驱,把判断弄错误了,自己与他人,就都会受到无限的损害的啰。"

四　历史的精神

"喂,安利柯,听了许多时候的认真的话,也许已感到厌倦了吧。"舅父轻快地把语调一转,又继续了说:

"说虽如此,你要想用了自己的眼去看实际的社会,用了自己的心去作正确的判断,非有我舅父的这精神不可啊。

"学校繁琐地把十代百代的历史教授学生,无非养成无益的知识而已。历史的真的精神,除了我舅父方才所告诉你的以外,更没有别的了。

"冗长的历史书中,甚么某国国王在某处被杀咧,某年某月某种战争开始咧,继续若干年咧,战死者若干咧,某国取得若干赔款或领土咧,诸如此类的事,记得很多很多,不错,这样的事,原曾有过,但因了这些,历史的真髓,是无从知道的啰。

"徒然记忆了许多这样的事,有甚么用? 要知道历史,非有真的心不可,又非有正确判断的头脑不可。所以,要成真的历史家,只读书是不行的。须练习把周围日常生活的事实用了自己的眼去看,用了自己的心去感受,用了自己的头脑去判断那自由正义的精神是在怎样地发展着。对于村中发生的一件琐屑的小事,能注意,能不为他人的意见所动,仔细观察,用了自己的心与头脑去批判,这就是将来成大历史家的准备哩。

"在成大历史家以前,非先成小历史家不可。能知一家的真的历史的人,才能知一国的真的历史。张三与李四的邻人相骂之中,实包含着拿破仑和英国的拼命战争的萌芽啊!

"你如果真能够写出自己一村的历史,那你就能给与道德宗教或政治以大教训了。这比之于徒事理论的学者的大著述,其价值不知要高得多少呢!"

第十

一　不知身分

第二个星期日,安利柯又和舅父去散步公园,在教会旁的石级上坐下。今日游人仍多,从港埠那面沿了墓场小道走着的,约有二三百人的光景。有缒着母亲的小孩,有曲背白发的老人,有医生,有渔夫,有军人,有船员,有宪兵,有农夫,有侯爵,也有小富翁。

舅父熟视着他们,忽然不高兴了,唧咕地说:

"喂,安利柯,看那样儿啊!看那全不调和的丑态啊!"

"舅父,你说甚么?"安利柯问。

"那服装啰。服装原须适合自己的职业或趣味才好,可是现今却和从前不同,只以模仿富者为事了。这种服装表现着虚伪的心,大家想把自己装扮成自己以上的人,多可笑!"

舅父这样说了又继续着说:

"喏,你看那面携着手在走的二少女。一个是渔夫之女,一个是洗衣作的女儿哩。她们却都穿着有丝结的莫洛可皮的鞋子,真是像煞有介事!那种鞋子,如果在从前,只有侯爵夫人或博士夫人才穿的。

"啊,那边不是有一个贵妇人来了吗?你看,那个似乎俨然地着黑衣服的。其实,那是以搬运石灰为业的女扛驳夫哩。不管鞋子匠与裁缝师怎样地苦心,那种服装和那种女子是不相称的。服装的式样或色彩虽模仿了贵妇人,不能说就可适合于任何姿态或步调的女子的。

"那些少女的母亲的时代真好啊。那样华贵的长靴,天鹅绒或绸类一切不用,在朴素的木棉衣服上加以相称的围裙,宝石等类不消说是没有的,至多不过在头上插些石竹花而已。那种质素而稳重的样儿,全像是一种雕刻,看去很是爽快。农家的女儿们,下级船员或渔夫的女儿们,心与形相一致的,真可爱哩。

"现在坏的不但是女子,男子也成了伪善者了。我在这许多行人里面曾仔细留心，看有否戴那从前劳动者所曾戴的帽子的，竟一个都找不出哩。在现在，连下级船员也把他们上代所戴的帽子加以轻蔑，都戴起饰有绢带的流行麦秆帽或高贵的巴拿玛帽来。他们从前原是只要有粗朴的上衣一件就到处都可去了的，现在却饰着嵌宝石的袖钮，穿着有象牙雕刻纽扣的背心了。唉！昔时的顽健正直的船员们现在不知那里去了！昔时的船员们，自有其和那被日光照黑了的脸色相调和的服装，无须乎漂亮的衬衫与领带了的。

“弥漫于现代的虚伪，不但造出了职业与服装的不调和。那些劳动者们大都已忘去了自己的美，伤了自己的德，一心想去模仿富豪博士或贵族。其中竟有从侯爵或博士讨得旧衣服，穿了来自负的青年，还有喜穿每年来此避暑的旅客们所弃去的旧衣服的孩子们。那样子多难看啊！他们把虚伪的现代社会整个地表出来了。

“看啊！我这恰合乎身的用汗换来的化斯蒂安织品的衣服，有素朴味的这仿麻纱的衬衫！这是我可以自豪的，这和从富豪身上取下的天鹅绒服，与任你怎样洗涤也有污点的向人讨来的绸衬衫，是全然不同的啰。近代人常做着平等主义的乐园的梦，其所谓的乐园，只是女婢想希望有和伯爵夫人同等的服装。这种灭亡的平等观，是会把强壮与健康的自然美破坏的。

“但是，安利柯啊！裁缝匠与鞋匠虽造成了社会的虚伪，还不必十分动气，更有可怖的事哩。

“看啊，那些人们不但诅咒适合自身的服装，还以自己的身分职业为耻呢。这才是可怖的近代病啊！此风在大都会中日盛，且竟波及到这小小的桑·德连寨来了。

“安利柯！你将来如果选定了自己的职业，要以职业自夸，决不可羞耻自己社会的地位。

“我旅行柏林，曾为意大利人感到大大的耻辱。那种的人们，并没有像我们意大利人样地伶俐与懂得艺术，可是所有一切的阶级的人，对于自己的地位都有着一种的矜夸。不论是电车上的车掌，马车上的马夫、小卒、店员，或清道夫，都不问其社会的地位的高下，对于职业用了矜夸与自信,把义务遂行着。在那里,谁都不看上方,但看下方,似乎夸说'我才是了不得的人'的样子,把口须向上拈着。

"可是在意大利却完全相反。意大利人只看上方,一味苦心于上方的模仿。自己没有一定的立足点,拈着口须把自己的地位来自负的事,到处都找不到。意大利人所最擅长的就只是装无为有。做鞋匠的如果要想成一个全街首屈一指的鞋匠,照理只须拼了命努力就好了,可是他却一味想向世间夸耀自己不是鞋匠,虽是星期日一日也好。到了积得些许的财产时,就想不叫自己的儿子再作鞋匠,至少想养成他为律师,为医生,为官吏了。所以,意大利人是想把自己的无能用虚伪来遮瞒的卑怯者。像这样的家伙,那能一生不苦啊!

"要想把自己提高的向上心,原是好的东西。但虚荣心与蔑视自己的职业的精神,是可诅咒的。只要是能完成自己的职务的,在鞋匠就应以正直的鞋匠自夸,在农夫就应该以正直的农夫自夸,在兵卒就应以正直的兵卒自夸,还应自夸是一个正直的人。决不会有想以平民冒充贵族或捐买爵位等下等的事。

"我有一个朋友,他到五十岁的时候,积得了财产,就去捐买爵位。我对于那种人,即不愿再交友了。平民出身,这有甚么可耻?爵位在人有甚么用?捐买了爵位,结果适足为真正的贵族所嘲笑,为平民所鄙贱而已。那样的人,和那因鄙夷父亲传来的帽子一定要戴巴拿玛帽的下级船员,及平日赤了足背石灰桶的女扛驳夫在粗蛮的足上套着贵族用的莫洛可皮的鞋子一样。

"如果我真是伯爵或侯爵,那末对于这代表着国家一部分历史的爵位,也原不该引以为耻。我对于伯爵侯爵不艳羡,也不故意加以鄙薄,只是见了伯爵称伯爵,见了侯爵称侯爵而已。我决不想受非分的权利。

"安利柯!如果树根向上生长,鸟住在水里,鱼住在空中,将如何?可是世间尽有着这样的人哩。不知身分,也应有个分寸,我与其作那样不知身分的人,宁愿作穷人,宁愿作病人。穷人只要劳动就可得钱,病人只要养生就可治愈,至于不知身分的人,是无法救治了的。"

舅父说到这里,安利柯不禁插口了问:

"舅父,不知身分的人,世上确似乎很多。他们究竟有甚么不好呢?"

"这吗? 唔,喏,有个很好的实例在这里。"

舅父这样说了,又继续说出下面的话来:

"喏,那边走着两三个不知身分的人。我很知道他们的历史哩,你且听着!

"喏,看那昂然阔步着的青年吧。他不是戴着漂亮的黑帽子,穿着时髦的印度绸的裤子与华丽的背心,像煞一个绅士吗? 无论他怎样地装作绅士,素性是一见就可知道的吧。那血红的领带与绿色的背心,多不调和? 那闪闪发着光的表链,也不是真金,是镀金的。指上虽亮晶晶地套得有两三个指环,当然也是赝物了。

"喏,看啊,他带领了四五个跟随者,样子多少骄慢! 那帽子大约值三十元吧,你看他脱下咧,戴上咧,已不知有几次了。他的用意,似乎在引人去注目他,他以得阔人的注意为荣。

"他是一家酒店里的儿子,其亲戚不是裸体的渔夫便是赤足行走的女子。他怕这些人们呼他为'侄子'、'从兄弟'或'舅父'。有一次,他与斯配契的富豪之子在街上同行,有亲戚和他招呼,他竟装作不相识的路人管自走过了哩。

"他的父亲从一升或半升的酒里,积得若干钱,想把他养成为律师,叫他入了赛尔兹那的法律学校。他毫不用功,一壁却以博士自居,结果就被斥退了。于是,父亲又想使他成教师,把他转学到斯配契的工业学校的豫科去。在那里也连年落第,等到被学校斥退的时候,口上已生出髭须了。从此以后,学校的椅子,在他就不及弹子房与咖啡店的有趣味。他甚么都不知道,却要像煞有介事地谈甚么政治,谈甚么社会问题,喜多发毫无条理的议论。

"有一次,那家伙曾在急进党的无聊报纸上发表一篇荒唐的文章,当地的无学的人们,居然就赞许他是个学者了。那样的家伙,没有从事职业的腕力,至多也只会在选举时做个替人呐喊者,或在乡间做个恶讼师而已。

"那家伙是不喜饮母亲手调的汤羹的人,是恐怕漂亮的裤子龌龊要用手巾拂了藤椅才坐的人。无论他怎样做作,自以为了不得,根本究是卑贱无学的家伙,故遇事动辄埋怨富人与有教养者,把由自身的弱点而起的不平委过于社会,于是就俨然以革命家自许了。那情形宛如水中的鱼硬想住在空间,拼了命挣扎着。如果那家伙不作这种愚举,弃去了虚荣心,去做一个身分相应的正直的下级船员,渔夫或农夫,还是幸福的……"

二 幸福在何处

舅父的话还未完毕:

"不知身分的实例,不但是男子,女子也有。喏,你看那在门旁立着的女人啊。她穿着黑缎的上衣,戴着加羽饰的漂亮的帽子吧,那家伙也是个不知身分的人。你看,她手上有指环,还有腕镯,胸前有金链子,还有金表,……那样儿宛如市上金首饰铺的陈列柜。她虽全身用贵重的金饰包着,可是没一件不是恶俗的流行品,她是个除了自慢、不自然、土俗以外,甚么都没有的家伙。人在她旁边通过,那理发店中所用的香水的气息,就扑鼻而来。因此,她自己好像登入了象牙之塔,俯目看人,似乎不屑与人交谈的样子,常把口半开了不出一声哩。

"她在二十年前,曾充作了领小孩的女婢,随某姓家属到南美的廖·格兰代地方为佣。在那里与一老翁结婚,五六年之后,丈夫死了,遗产由她承袭。如果于遗产以外能承袭得若干常识的教养,原是很好的,可是她却甚么都不知道。她把她那肥胖的躯体装饰如七面鸟一般地华丽。回到故乡以后,不屑再与旧日伴侣来往,闯入于贵妇人队中。可是她的出身是大家都知道的啰。见了她那竭力地装作有教养的样子,竭力地避去土语羼用葡萄牙语……就是愚者也不禁要发笑起来哩。

"大家都称她为'男爵夫人阁下',这绰号是含有着讽刺与悯怜的。她并不是甚么坏人,如果顾到了自己的身分,不忘掉往昔的地位,老老实实地与鱼肆的主妇们或下级船员的女儿们和睦交往,那末她必会被大家所爱护亲近,必能利用了自己与财产,来聚集一团快乐的朋友吧。而且,从身分比她高的人们看来,也必会把她当作好人,好好地待她的吧。

"喏，安利柯！世间不知身分的人何其多啊！这种人都要寂寞地陷入不幸中去。如果自己能在力量相应、气质相应的职业上得到矜夸与悦乐，原是一旦就可转为幸福的，可是……

"他们不明自己的天职，又梦想着不当的幸福，所以只着眼于世间的外表，以为非有钱就不能快乐。所以，只要能有钱，就什么都可牺牲。如果不能赚到钱，至少也须装作有钱的样儿才爽快，这是何等地浅见啊。

"哪，把富认作幸福的标准，这是大大的谬见啊。神的摄理并不如此。握了锹锄整年在日光下赤足劳动的人们中，也有非常幸福的人；拥有巨万之富的人们中，也有非常不幸的人。人常做一行怨一行，以为换了职业就可幸福，那是错的。人非在适合于己的地位境遇中，是不会幸福的啊。

"譬如：一日都未曾劳动过的富者，不能领略终日流汗劳动着的樵夫的安闲。樵夫完了一日的劳作，在以空腹临晚饭的时候，是感到无上的幸福的。樵夫能熟睡到天明，而富翁之中，却常有夜里睡不着的人。

"顺便在这里带说给你听吧。凡不作筋肉劳动的人，是不知道人的尊严的。从事劳动，不但能使血液里的毒素由皮肤发散，并且连精神中所存的毒素也向外排除，使心情清快。精神中一经积有毒素，就会悲观人生或给他人以恶感。

"人生最高贵的悦乐，在有健康的内脏、强健的筋肉与爽快的精神。没有了这三者，一切道德的经济的幸福就都不能获得。所以，安逸的富人反不如贫穷的筋肉劳动者来得幸福。贫穷劳动者常能不寻求幸福而得幸福。富人到处寻求幸福反求不到。

"所以，人不可太富，但太贫了也要不得；不贫不富，从事于自己的职业即可生活的中等人，最为适当。从来有名的道德家，高尚的伟人，差不多可以说都出于这阶级的。

"不要一味着眼于上方，模仿他人。能着眼于下方的，才是智者。住三层楼不如住二层楼的安全，住二层楼不如住平房的安全。地位低些不要紧，只要我所做的事比人优越就好了。安于二等鞋匠，不挂一等鞋匠的招牌，正直地来做一等鞋匠以上的工作；要这样的人，才真是尊严，真是聪明。也要这样,才能领略到人生的尊严的满足。这满足会在自己的周围造出悦乐与道德的健康的空气。对吗?安利柯!又,人无论是谁,在某一时候,在某一地方,在某一事务,总会遇到立在人上的机会的。哪,只要顾到自己的身分,在适合的境遇中,用了爽快的心情去努力劳作,总有一日,会遇到非此人莫属的机会。这样的人才能知道幸福。如果不知身分,不幸的心情就会愈弄愈深起来,这是很明白的事。那些不知身分的人们,日日想求幸福,其实,他们的希望,正和雀的想生鹰,狐的想与狮子争百兽的王一样。"

　　舅父说到这里,忽然站起身来说:"啊,就快去罢。"

第十一

一　柠檬树与人生

又过了几日，舅父在自己的庭园里对安利柯这样说：

"安利柯！我爱大地，大地是万物之母，在万物是最后的朋友啊。大地把我们永远抱在那温暖的怀中。我在遗嘱上曾载着'勿将我的遗骸火葬，给我埋在可爱的土中'的话。真的，如果你们不害怕，不厌憎，那末最好请给我埋在那株大柠檬树之下。我爱柠檬，尤其是那株柠檬，是我手植的，有着种种可纪念的事。初种的时候，原是很小的一株，现在是，你看，已经长得那么大了。坐在那树下，就觉芳香扑鼻哩。

"安利柯！爱好大地，种植树木，是非常有意味的事啊。譬如说，你现在种下一株苹果树去，将来树长得比你还大，长寿不凋，会用了树荫、花、果使你的子孙快乐。还会将你培植的苦心告诉你子孙知道哩。

"我崇拜大地，陶醉于大地之香。每当长晴以后，好雨袭来，树木顿吐艳绿与芳香的时候，我冒雨到室外去看，仿佛觉得树林里充满了美的诗，天地重回复到太初一般。

"我被大地的雄辩所动，有时竟有执了锹茫然许久的事。土是活着的，其中蟠着的无数草木之根，宛如生命的脉管。我能倾耳于大地的脉搏，辨悉大地的言语。大地把其希望或要求告诉我！有时说要饮水了，有时说要吃甚么了。我用了喷水壶把晶珠似的水灌溉，大地就快乐地吸入。我握了锄把永眠的土加以翻动，那土就在日光下跳起身来，吸收了新的生命，吹出可爱的萌芽。

"大地把一切的东西都收受了去给我们净化。化腐败物为养料，再化成可爱的蔷薇花瓣或葡萄的卷须。动物与人虽只管把污浊的排泄物散到地上，大地却有把此净化的神圣的功能。

"不但此也，大地于净化一切的不净物转成芳香与甘旨以外，还用了那绿的叶来使空气清净。在红尘万丈的都市中疲劳了的人们，一到乡间,入了大地的怀抱里,就会身心顿爽,恍如苏甦,只要一得这大地的健康的母亲的接吻,谁都能够恢复清新的感觉与纯洁的心情。

"试想啊!法兰西为德意志所败,曾担负过五十亿的巨额的赔款的。战败国要支付五十亿的巨款,为甚么却不灭亡呢?这就是因为法国有着爱土地的农民的缘故。现在醉心都会的人们虽群趋入巴黎、马赛或里昂,但整几百万的农民却能爱着土地,为了爱和良心握着犁锄,故法国决不会灭亡的。

"但是,我们意大利怎样?意大利没有爱好这生命之母的大地的人。神所恩赐我们的最肥沃的土地,在许多世纪以来供给过我们面包与葡萄酒的土地,有谁在酷爱它啊!

"大地给与我们健康与诗,还不竭地供给财富,我们非酷爱土地不可。大地很宽大,常以百来偿一。

"安利柯!哪,你也来坐在这柠檬树下吧。真香啊!我在一切植物之中,爱有酸味的果木,尤爱柠檬。柠檬富于雅趣,有不断的生命之香,发育虽缓,生长力很是坚固,叶常绿,根叶花实无一部分不香。

"在植物性的酸味之中,最佳的就要推柠檬了啊。因为香味太好了,食用时颇令人感到奢侈哩。你如果夏季旅行到地中海沿岸一带,那才会知道新鲜柠檬的香味的可爱呢。

"柠檬还有许多优点。它终身开花,结着青的实与成熟的实,这是和别种果木不同的处所。别种果木年只开花一次,结实一次。柠檬则终年毫不疲倦,不论何时,都快活旺盛地饰着芳香的绿衣,垂着泼刺的实。如果,我在出世以前,神问我'你倘生而为树,你愿成甚么树?'我必将这样回答吧:'我愿成柠檬树。'真的啰,我最爱柠檬!

"人的劳作和树的结实是一样的。人的到能劳作,树的到能结实,都要长期间的培养。树的培养叫做栽培,人的培养叫做教育。你今年十四,用树来比喻,已是快要开花的时期了。花为了结实的希望而开,希望就是立一生的计划的东西。

"人非立有一生的计划不可。无论立了怎样的大计划,在计划本身是无限量的。世间尽有在计划中过尽一生的人。这恰和只开花而不结实的草花一样。

"聪明的人,对于未立了大计划,把自己的思想精神全倾注在这计划里,又把全体的注意与热爱倾向于这方面。可是,像柠檬样的果木,尚且有实未成熟而先萎的事情。这就因为没有使之成熟的力的缘故。

"所以,安利柯! 你第一须有希望之花,这是使你的心闪耀的诗。第二,你非使结完全成熟的实不可,这相当于你完全实行你自己的计划。但只这样还不够,成就了一个计划就自安的,是暮气的人。你如果已成就了一事,还非实行其次的计划不可,恰如柠檬的次第结新实一样。在能这样的人,无论何时,有着青年的欢喜、壮健的精神与快乐的觉悟。

"但是,终年结实繁多的柠檬,也以春季开花最多。人在一生中,虽常须开希望之花,但究以青年时所开的花为最美。所以,你须于青年时开出最美的花来,显现泼剌的力与芳香的精神。这力、这精神,就是将来结百倍之实,使你慰乐的东西。

"说虽如此,你即到成了大人,成了老人,也非像柠檬的样子,开新的花不可。一到老年就失去希望与诗的,是无用的人。人所开的花,芳烈激于死后,其实又能亘千百年替多数人造福的。人生之花——是的,人生之诗,才是能使人美乐的东西。如果没有了这,人生就如枯木了。我们为了要结无限之实,须搜集宇宙之精华,不断地开发出新花来。"

二　一切的人都应是诗人

安利柯见舅父以柠檬为喻,来说人的一生,就说:

"舅父,你与其做船长,不如做诗人来得适当呢。"

"唔,唔。"舅父点了好几次头,更继续着说:

"人应都是诗人。人依了希望,有的为农夫,有的为渔夫,有的为工场工人,有的为船员,有的为机械师吧。但无论作何职业,如果其心非诗人之心,不能开出美的人生之花来。

"人的所以能流了汗乐于从事辛苦的工作,就因为有美丽的人生之花在微笑相招的缘故。如果人生是秽浊的无希望的,人怎能尚有流了汗去辛苦工作的勇气啊?

"人类的历史,可以说是诗的历史。诗是数千年来人人所曾歌咏的东西。在没有轮船、火车的时代,不,在比这更以前的远古,人类用着石器的时代,诗早曾被歌咏过。二三千年以前的诗,尽有传至今日的。五六百年前的诗,留传被讽咏者更不知多少。最好的诗,无论经过几百年也不会消失,仍被新时代的人所爱恋。

"诗亡,国也就亡。在国民最勇敢、最正直的时候,最是产生好诗的时候。我们国里从前曾有过诗人但丁。但丁是意大利的国粹。如果没有但丁,今日的意大利也许比现在更要堕落哩。但丁时代的意大利,真是兴隆,当时世界文明的中心就是意大利啊!

"安利柯,我国非再出一个伟大的诗人不可。伟大的诗人有伟大的精神,他能歌咏国民的心与力,使全世界的人都受到光辉。

"为甚么诗能兴国?就因为生命苟充满着希望,必定生出诗来的缘故。人为重负所苦,抬不起头来,而前途又没有希望,这就不产生诗了。

"但丁当时的意大利,破了中世纪的暗黑昏沈的时代之烦恼,替人类寻出一道光明来。这就是文艺复兴。现在的意大利,无论从精神方面看,从经济方面看,都是很萎靡的国家。但像从前意大利人从非常的苦恼中唤起了大的力,给世界人心以光明的样子,我们也须再放一次世界的光来救援。

"所以我嘱咐你:对于一切事都不要灰心,抱了希望,积极勇猛前进。如果遇有困难,当认为新胜利的豫告而期待其将来。又,在正当的事上,非做英雄豪杰不可。为了显现美的精神,当不畏一切。这样做去,你就会了悟诗能救国之故吧。"

舅父说到这里,就拱了手静默在沈思之中了。

第十二

一 伊普西隆耐的伟大行为

今日是与舅父约到谛诺岛去远足的日子。安利柯特别早起，五时就离了床。

因为还觉睡气朦胧，就伸头窗外去吸受清凉的空气。见有一老人驼了背在汲池水浇灌柠檬及柑橘等类的果木。他把上衣、麦秆帽、手杖都放在露天椅上，一任朝风吹拂雪白的头发，很愉快地劳动着。

"咦！好奇怪的老人！"

安利柯再去细看那老人：虽无力地闪动着细小的眼睛，鼻子、颚、颊却很有神气！最觉得滑稽的，是他的脸孔宛如地图模型：大皱纹、小皱纹、曲皱纹、直皱纹丛生在脸上，恰如用了山河把国境区划着一样。

"妙得很，那脸孔宛如用莫洛可皮制出的。"安利柯正自出神，恰好舅父由窗下通过，安利柯叫说：

"舅父，早安！"

"唔，早安！"

安利柯就向舅父询问：

"舅父，那老人是谁？"

"那么？那是每朝来替我浇灌庭园的。你起来太迟，所以还未见过他吧。他每日起来很早，我七时起床来看，他已就早回去了。每日黎明他就悄悄地开了篱门进来，浇灌毕了，仍悄悄地关了篱门回去。真是一个好老人啊！咿呀，这老人，说起来还是意大利独立史上中心的有功的人物哩！可是许多写《格里勃尔第传》的记者，都把这老人的名字忘怀了。关于老人的话，今日就在远足途上说给你吧。"

舅父这样说了，管自走到那方去。

* * *

半小时以后，安利柯与舅父乘了小舟，扬帆向谛诺岛进发。舅父衔

了古旧的烟斗,和安利柯谈关于老人的事:

"老人生于桑·德连寨,本名叫做亚查利尼,世人却加以伊普西隆耐的绰名。在这儿,人大概都有绰名,没有绰名,几乎认为是一种羞耻。老人的绰名,曾有过有趣的故事的:距今七十多年前,他在当时的蒙塾里,对于字母 X,不能正当地发音,读作'伊普赛'。于是先生、学生都揶揄他,替他取了一个'伊普西隆耐'的绰名。他颇以此绰名为辱,在最初曾以拳头对待,据说,有一次竟把同学的鼻子打伤过。

"即到现在,老人似乎还不忘这事,一提起绰名,常这样说哩:'船长,那时呼我绰名,我就要动怒! 现在倒是呼我本名,反而不快了。'

"伊普西隆耐自幼就捕鱼,据说,其祖先一向都是渔夫。祖父与父亲都非常长寿,祖父活到九十五岁,父亲至九十三才死。

"老人述及自己的家系时,常这样说:'自我出世以来,我家只遇过二次不幸。一是一八一七年祖父的死,一是父亲的熟果坠落似地死去。我家以后将不会再遇不幸了。如果有,那就只是我的如熟果落坠的死了。'老人这样说时,笑口上常浮起寂寞的微笑。

"伊普西隆耐今年八十四了,很强健。去年尚能在强风中漕船到斯配契。最近因为他老妻不放心,非天气好,便不许他上船。

"这伊普西隆耐就是救过爱国者格里勃尔第将军的生命的人哩! 如果没有他,意大利也许还未独立吧。赖有老人救了格里勃尔第,奥斯托利亚人因被击退,勃蓬王党才被从耐普利逐出,意大利始有今日。

"你已读过匪查尼或马利阿的《格里勃尔第传》了吧。人皆知格里勃尔第离罗马后曾屡经危难,而知道其曾被救于伊普西隆耐的事却很少。现在我就把伊普西隆耐救格里勃尔第的故事来说给你听吧。

"那时,格里勃尔第将军处境极危,如果一被奥斯托利亚人捉住,就要立遭枪毙的。警察、侦探、军队都在探访将军的匿身所在,故将军不能安居罗马,有时扮作农夫,有时扮作船员,有时扮作普通平民,在志士们保护之下逃生。每至一处,多则居五六日,少则只四五小时而已。

"及意大利的托斯卡那被奥斯托利亚军占领,将军就从那里逃出。可是不能到避难的目的地配蒙德,赖有少数志士的保护,匿身于蒯尔菲氏的别庄中。

"但这别庄也非安全之地，蒯尔菲氏为想在坡德·韦耐列方面找寻避难处，乃急急先往勿洛尼卡。

"到了勿洛尼卡，遇志士旅馆主人彼得·格乔利，就托他找觅到配蒙德去的小舟。

"格乔利急赴配诺辟诺，由那里乘小舟渡过海峡到了爱尔培岛，更进行到卡斯德洛岬。伊普西隆耐恰好和他老父与许多渔夫在那里曳网捕鱼。

"格乔利于许多渔夫之中见伊普西隆耐气宇不凡，就前去依赖了说：'请你救救格里勃尔第将军！'

"渔夫伊普西隆耐慨然承诺：'好，如果有用得着我之处，甚么都不辞。究竟要怎么才好？现在将军不是说在托斯卡那吗？'

"'是啊，那真是危险的地方，非快瞒了敌人秘密逃到海岸，陪护他往配蒙德不可。如何？你能够尽些力吗？如果能够，我们就把将军送至勿洛尼卡或海上来接头吧。'

"伊普西隆耐见格乔利这样说，就大喜承诺，约束了说：'好！那末后天星期日我在勿洛尼卡候着吧。'

"格乔利与伊普西隆耐再三约定，即回到本土。

"伊普西隆耐负了这大使命以后，自思将怎样才好。他觉得在没有鱼市的星期日出发，是容易招疑的，乃改于星期六前往。从卡斯德尔至勿洛尼卡有二十五哩路的距离。

"他于星期六由卡斯德尔扬帆至勿洛尼卡登岸。就走到奥斯托利亚的代理领主那里，请订立每周售卖鲜鱼二次的契约。代理领主承诺其请。伊普西隆耐私心窃喜，乃佯作不知，把谈话移向政治上去：

"'领主阁下，听说格里勃尔第将军已逃到培内伊了，你不知道吗？'这样布了疑阵说。

"'咿呀，这是你听错了。方才有一中尉骑马走过。据说格里勃尔第就出没在这附近一带，叫我要大大地防备呢。'领主说。

"伊普西隆耐佯作不知地：'啊！这样吗？那末将军似乎也已陷了穷

境了哩．'

"伊普西隆耐与领主定好了卖鱼的契约，自喜第一计已成，乃以渔夫而弄外交手腕，给一封信与格乔利说：'如要订立卖鱼的契约，明日请光降勿洛尼卡．'

"格乔利见信，第二日星期日就到勿洛尼卡．当晚，伊普西隆耐避了人眼，与爱国者格乔利同乘马车到蒯尔菲氏的别庄中．

"伊普西隆耐那时很饥，但以大任在身，只以一汤、一鸡蛋、一片面包及一杯葡萄酒忍耐过去．

"那是一个热闷的八月的晚上，别庄里蛰居着许多忧伤憔悴激昂慷慨的国士们．忽闻有马蹄声，以为格里勃尔第来了，出外看时，见只是一匹空马在逃行．

"明晨格里勃尔第与列奇洛大尉一同来到．大尉足已负伤，却说要伴送将军到配蒙德．

"不久，伊普西隆耐便被召唤到了别庄的一室里．格里勃尔第将军服着市民装，在青年们围绕中微笑着．将军见了伊普西隆耐的伟大的风采．亲切地说：

"'你就是肯载我去船上的头脑吗？'

"'呃，是的．阁下！'

"'别称阁下，请呼我为格里勃尔第或朋友．'

"'那末，朋友，是的．'伊普西隆耐改了口回答．

"'你是何处人？'将军问．

"'是桑・德连寨人．'

"将军大喜：'哦，那末和我同乡呢．钱是带着的吧．'

"'呃，少许带着些．'

"'那末出发是能够的吧．'

"'能够，阁下，不，朋友，我昨夜已在这里恭候了．今夜就出发吧，日间恐有不便．'

"'打算怎样走呢？'

"'今夜，请向卡拉・马尔谛那步行到海边．我当在那里像浮渔网的

浮标。请以此为标记走近拢来，我当在附近恭候，就由那里下船吧。'

"约束既定，伊普西隆耐渔事完毕，就下了浮标，自九时起专心静候着。

"将军由列奇洛大尉及二三十个的志士护送到海岸。这些都是决死之士，万一为敌所袭，宁愿自杀，不肯死于敌人之手的。他们所处的真是九死一生的危境。

"及格里勃尔第将军与列奇洛大尉安然下了小舟，送行的志士才慷慨激昂大呼将军万岁。那夜意大利的星辰，分外在他们头上晶亮有光。

"满帆孕着东风的小舟，冲破了夜色，早行抵爱尔培岛的卡斯德洛岬。在那里小泊，购入了面包，葡萄酒等类，未明又扬帆前进。恐防岸上有敌人追来，把船向了格勃拉耶对海岸取着四十五哩的距离行驶，在星期二日到了利鲍尔附近。于是伊普西隆耐问：

"'朋友，将怎样呢？'

"'一切全托付你，听你处置。'将军信赖了说。

"'我因恐有人追袭，故先驶舟到这里暂停。万一遇有危险，那末就护朋友上港中的美国汽船，美国人必会欢迎朋友的。如果无甚危险，夜间再开船吧。'

"将军赞成了伊普西隆耐的这意见，当夜开出的小舟，于九月五日午后三时安抵坡德·韦耐列，大家竟悠然上陆。啊！这小港在意大利的自由与文明上，真是值得纪念的土地啊！"

二　美的感谢

"安利柯！"舅父用了感慨无量的调子，仍把话继续下去。

"因了一渔夫的救助，在小港上陆了的爱国者格里勃尔第如何呢？将军抱住伊普西隆耐接吻，又伸手把袋中所有的金币取出，据说所有的金币只十个光景。

"'只这些了，请留作我感谢的纪念！'将军这样说着，把手中的金币交去。

"'不，朋友，请收着，因为你有需用的时候。'据说伊普西隆耐曾这样谢绝的。

"将军茫然了一会,既而说'那末,且请少留,'即在一纸片上把这次的功绩写了交付伊普西隆耐。

"我曾在伊普西隆耐那里见过这纸片,把文字录在杂记册上。"

舅父说到此,就从衣袋中取出杂记册来翻给安利柯看。文字是这样写着:

船主保罗·亚查利尼君! 你曾送我到安全的避难地。这不是为谋你自身的利益,完全为了我。

一八四九年九月五日

奇·格里勃尔第书于坡德·韦耐列

"如何? 安利柯!"舅父又继续说:"这是伊普西隆耐所得到的唯一的赏品哩。在日内瓦,曾有人愿以六百圆买取,伊普西隆耐坚不肯卖。这是伊普西隆耐一家的高贵的纪念品。

"啊,在大胆细心的渔夫伊普西隆耐,这纸片是多么意味深长的东西啊!

"据说,伊普西隆耐在船中曾作了盐渍鸡及鲉鱼等类的菜请将军吃,将军吃得很有滋味哩。

"'朋友,如何?'据说他请求菜的批评,将军啧着舌头曾这样回答呢:'真是难得的菜!'

"老伊普西隆耐对了一纸片追怀前事,其心情将怎样啊!

"我再告诉你,这一小纸片不但是纪念伊普西隆耐的大胆行为的东西。

"自那时起,他那向来繁昌着的产业,不久就全消损了。他的老父与船伙当做抵押品被人捉去,好久不能放回。最后他只留剩了一只小舟,过其穷苦的船头脑生活。那只小舟上记着'格里勃尔第的救助者,一八四九年九月五日'的文字。'格里勃尔第的救助者,一八四九年九月五日'! 这文字是何等伟大光荣啊!

"伊普西隆耐从不向意大利政府求偿自己的功绩。后来他也曾喜欢常到勿拉斯卡谛去访问格里勃尔第,但金钱上的救济,决不要求。

"但我见这可怜的老人气力渐衰,且有儿女须扶养,觉得非受补助金不可,就和格里勃尔第的弟子代勃列谛斯相商,在去年圣诞节给了三百元的补助金。不久代勃列谛斯死了,于是乃改与克里斯裨商议,请他继续给与补助金。

"关于伊普西隆耐,我还有非告诉你不可的事。

"伊普西隆耐现在每日早晨来替我浇灌庭园。这不是我托他如此,乃是他当作对于我些许好意与微劳的报答,来求我让他如此的。

"我最初原不敢答应,既而见他很是难过,就不去反对,如以承受了。伊普西隆耐非常高兴说:'多谢你! 我橹已不能再握了,至于田圃的整理或是浇灌,还很能担任。终日闲居,非常之苦,就请让我做做吧。'

"我想将伊普西隆耐每晨用喷筒浇灌的样儿再看二十年。他以感谢的态度行着劳动,那神态真是说不出的高尚。一个贫困老渔夫,抱了满腔的崇高的心情,无可发泄,不得已想借了浇灌来满足:这样深切的心情,如加以拒绝,那也未免太残酷了!"

第十三

一　不幸的少年

安利柯有时漕船,有时垂钓,身体的健康逐渐回复了。

钓鱼因了鱼的种类而异其饵的。钓鲻鱼与鲷鱼,则用面包屑干酪的混合物,钓别的鱼则用蚯蚓或海中的幼虫。

有一日,安利柯在崖石上独坐了钓着。浪颇高,潮水是浊浊的,钓着了四五尾的鲻鱼与二三尾的鲷鱼。

专心一意地注视了浮标继续钓着,忽闻背后有喧扰的声音。这里平常是总听不到人声的,今日似乎有些两样了。起初还以为是波浪冲击断崖的声音,既而细听,确是许多人的喧叫,一阵笑声,接着就是悲苦的泣音。

安利柯回转头去,见不着衬衣的那个残废少年美尼清,正被桑·德连寨的群孩侮弄着呢。

美尼清是个十二岁的残废的小孩。在三四岁时,样子曾是很可爱的,后来忽然带残疾了。父母从此就不爱他,一味加以叱骂。甚至于这样地恶口对他:"像你这样的家伙,活着也无用,还是快些给我死了好!"

美尼清不知道自己所以要受叱骂的理由,他尚未知世间和家庭的事情,看到他家的小孩的受父母的抚抱,或受邻人吻,不禁就想哭出来。

美尼清的父母不肯给食物给他,即使给他,那种东西也只有他肯流了泪去吃,如果是别的小孩,一定是唾弃不顾的。发花了的面包皮咧,快腐了的鱼咧,僵硬的无花果咧,谁要吃啊。

说起美尼清的衣服,那真不堪。可以说他的衣服全是破布片凑成的。并且没有人替他纫补,处处都是破洞,皮肉都可从破洞看见。

有一日,他的父母竟把他留下,离开桑·德连寨了。据说是到美洲谋生去的,将儿子留嘱伯母照管。

但父母的到美洲去,在美尼清也许反是一种幸福。因为他的伯母德阿特拉不会像他父母地打骂他。可是，父母去了以后，美尼清却常为恶少年们所欺侮了。

恶少年们为甚么欺侮美尼清的呢？因为他父母不在这里，可以欺侮吗？还是因为他的走相愈大愈可笑的缘故？这可不知道。不过，美尼清横穿过空地时，恶少年们常要追逐在他的后面来喧扰的：

"虾来了！捉虾啊！捉虾啊！"

的确，美尼清全像个虾。他那蹒跚的步走的样儿，既像虾的跳，又像蟹的横爬，其形状之奇怪，真是罕见。

美尼清见恶少年们嘲弄他，常沸红了脸，既怒且惭，咬紧了牙齿急走；走得愈急，他的样儿愈像虾蟹。恶少年们也愈得了兴头，追逐着他，围绕了拦阻咧，故意碰撞咧，把他的举动当作把戏来玩，任情玩弄，不肯休止，除非偶然正直的船员们路过，把他从这恶少年中救出。

今日美尼清又照例地作着恶少年们的玩弄物了。恰好为安利柯所见。美尼清不像往日地甘受玩弄，拾石来向恶少年们投掷，恶少年中的一首领，突然扑近美尼清去，美尼清"呀"地一声已被骑在胯下了。

安利柯目击这光景，不能自持了，乃放下钓竿，飞跑到空地上，英雄似地怒喝道：

"滚开！卑怯的东西！"

被这一喝丧胆了吧，群狼也似地围绕着的恶少年们把路开放了。安利柯蹴开了那首领者，亲和地拍着美尼清的肩，说：

"起来吧。"

一时吃了惊的恶少年们立即恢复了故态，齐声地叫喊：

"打！打！打这小家伙！"

安利柯扶起美尼清，捏了拳头，向周围怒目而视，喝说："来！"美尼清就在当儿抱头鼠窜而去了。

"打！打！打这像煞有介事的小家伙！"

忽然恶少年的党徒从四面集多来了。他们扑近安利柯去，把安利柯掀倒在地。安利柯翻起身来，捏了铁拳，左右冲打，恶少年有的被打倒了，有的逃了。

可是恶少年的党徒愈多,安利柯终于被扑倒了。安利柯倒在方才美尼清拾集着石块的地方,额碰在石块上,仍不屈不挠地翻起身来,额上簌簌流下血来。

这时,大人们也从四面奔跑拢来了。恶少年们这才蜘蛛似地散去。安利柯孑然立在中央,因为眼中渗入了额上留下来的血了,甚么都不能张眼来看。

不久,药剂师、医师都跑来了。安利柯经他们给洗好创口,包扎绷带以后,就淡然无事,仍想去钓鱼。

"毫没有甚么,请别向我舅父谈起。我仍钓鱼去了。"他向医生这样说。

"鱼请别去钓了。风很大呢,受了风,创伤要拖延的,还是我陪你回去吧。"医生劝阻他。

"那么,毫没有甚么。如果我不独自回去,舅父还以为我有了甚么了哩。"

安利柯这样说了,向医生道谢毕,径自到断崖上收了钓竿与鱼笼,然后向舅父的别庄回去。

舅父这时想去看看安利柯钓鱼的光景,正从门口出来。见到安利柯帽下的绷带,急问:"呀,甚么了?"

"没有甚么。不小心从崖上跌下把额碰伤了。"安利柯淡然地回答,可是声音却不禁发颤。

"究竟甚么了? 不要是大伤啊?"舅父很不安心地将安利柯的帽子除掉了看。

舅父取起帽子,即蹙了额道:"和谁打过架了吗? 啊,一定是那些恶少年。待我去对付他们,你快进屋子去。"虽断续地说,可是却似非常兴奋的样子,匆匆就走。

安利柯想去劝阻舅父,可是等他回转头喊"舅父"时,舅父早已走远,头也不回一回。

安利柯走进屋子,在自己房中休息了一回,把心的动悸镇定了以后,正在取镜自照,熟视雪白的绷带上渗出的紫色的血迹。恰好舅父足音高高地回来了。

舅父突然抱住了安利柯接吻,且用了感动的语调说:

"安利柯,你作了好的事了。你的血潮是第二次洗礼。你当为基督教信徒时曾在教会受过第一次的洗礼,这次的洗礼是你已成大人的证据。即使额上留了伤疤也不要紧。这是名誉的痕迹,是你崇高正直的行为的有名誉的纪念品。"

"舅父,我只做了非做不可的事罢咧。我只恨我勇气不足,力量不够。"安利柯这样说。

"好,你已做了正直的事了,用了全力做了正直的事了。别叹力量不够啊。最高尚的行为,是超越理性而沸燃的。不顾任何的牺牲,炽烈地尽全力的行为,才是人生最可尊贵的行动。成功或不成功,这些都不成问题。应做的时候,猛然勇往直前去做,这样的精神才是似神的崇高的力量。见利而动的人,决不知道这崇高。你做了好的事了,你曾对于绝对的善奋起过了。"

舅父说时老眼中闪铄着两滴银亮的水珠。

二　不知恩

这以后,没有经过几日,安利柯的伤已全愈了。

自从那日起,美尼清一次都未曾见到。"至少也应该来对我表示一句的谢辞吧。"安利柯这样私念着,空待过许多日子。

过了好久,安利柯在街上走着,见美尼清恰好从对面来。安利柯想看看他用甚么态度对付自己,走近前去,那里知道美尼清睬也不睬地管自走过了。"为甚么呢?"安利柯兀自觉得寂寞起来。

"我曾为他尽过勇敢的爱的义务,路上相见,抱了我哭泣了来表感谢,不是人的应有的至情吗?"安利柯自己这样私忖。可是美尼清却连目礼都不作,"谢谢"都不说,垂着头假作不曾看见似地过去了。

安利柯的自负心大大地被损伤了。他不但曾把美尼清由恶少年群中救出,从那次的事情以后,始终不忘记美尼清。如果有机会,还想把自己的果物、着旧的衣服去送给美尼清呢。可是美尼清竟像连这很好的亲切心也不值一顾,管自走开了。

有一日,安利柯问舅父:"美尼清一次都不到家里来吗?"

"那里会来。"舅父冷淡地说。

"但是,偶然……"舅父似已明白安利柯的心情了,呵呵地发出笑来。

安利柯怪了,只注视着舅父的脸孔。

"其实,连警察也该来向你道谢啰。"舅父说了又呵呵大笑。

"…………"

"你在那次以后,已遇到过美尼清了吧。他已向你道过谢意了吧?"舅父说。

"不,虽曾在路上见到他,他却装作不见,管自走过了。"安利柯回答。

"不要他道谢,不也好吗? 只要自己做过了好的事不就好了吗?"舅父这样说。

"不,舅父,我那时并不存要他道谢的意思的。从那时起,我觉得美尼清非常可爱,想有机会再帮帮他的忙。可是他竟完全不知道。为甚么他不肯与我要好呢?"安利柯说。

"哦,这样吗?"舅父回答说:"这是很明了的啰。且听我告诉你。你有慈爱的父母,幼小时听到深情的摇篮曲,一向在爱抚中长大来的。但是在美尼清,出世以后,不曾从人受过一句亲切的言语,也不曾听到过深情的摇篮曲,他所受过的只是虐待。所以美尼清的心就异常了,他不知道世间有所谓情的东西,总以为谁都不会用深情待他的。所以,虽然也许想对你道谢,却恐怕又遭到你的讥笑,就垂了头管自走避了。"

"那末,舅父,我就到美尼清家里去玩吧。我不知道为了甚么,总觉得那孩子可爱。"安利柯说。

"唔。"舅父点头。"但还是不去的好。你如果去访他,他会怕羞了不出来见你的。倒不如将他招到家里来玩,共作些残废者也能作的游戏。因为在家里,无论他的形状怎样可笑,也没有笑他的人呢。"

"是……"安利柯也点头。

舅父又对安利柯这样说:"说虽如此,美尼清也许是有着和那手足同样的不快的心情的。无论你待他怎样好,在他也许不但不觉得可感反而觉得可厌哩。所以,你决不可想从他得到感谢。但也不该对自己的行为失望。一件善行,能实行,在自己已是一种报酬了。望人感谢,等于放重利,是不好的根性啊。别人对于你有善行,原应感谢,但自己对于别的有善行,决不该望人家的报答。自己只要帮助了弱者,把人从困苦中救出,替苦痛着的人拭了眼泪就好了。如果在这以上还想要求甚么,那是有伤于自己的正义的。"

第十四

一 海波

安利柯熟览桑·德连寨的世间,看到了各种各样的人。而在近来,却常看见寂默了沈思着的人。有的茫然坐在崖上,看了海在默想;有的靠了崖坡死也似地卧了在忖甚么;有的困在沙滩上兀自沈想,不知日影的移动。

安利柯在寂默沈思的人们的脸上,感到奇异的悲哀味。如果他们是诗人或是画家,也许可以说他们在追求甚么无限的东西吧。可是他们都是龌龊的劳动者与老人,那当然是因为有着甚么烦恼的缘故。于是,安利柯有一日问舅父:

"舅父,我常在崖上、崖坡、沙滩上见到蹲卧了半日不响的默然想着的人。他们大概是因为没有糊口地方,才把光阴这样地消磨的吧。"

舅父现了深思的神情这样说:

"不,不是因为没有糊口的地方啰。人这东西,只劳动是不够的。有时非无目的地思考,或茫然地向海熟视不可。

"我屡次航行外洋,到过许多国土。见到处都有沈思默想着的人,无论在非洲,在欧洲,在澳洲,在亚洲,有的坐在崖上目视着海,有的伫立在湖边树下。其中有老年的,有年青的,有无学问的,也有诗人。

"无论是任何样的人,心里都不能无所思虑。不,与其说在思虑,倒不如说忘了自己在追求无限的东西。这在东洋叫做'瞑想'。在牧场上、葡萄园中、森林中,常有瞑想的人。可是,海更是把人诱入于无限的东西。"

"舅父,为甚么单调的海对于人有如此的引诱力呢?"安利柯问。

"这是有理由的。"舅父加以说明:"海是渺渺无边,始终摇动着吧。这就够引诱人了。只要熟视着海,那手不能触目不能见的无限之感,就会把我们捉住。这心情是人所憧憬的。因为人有着超越斯世、追恋永远无限的世界的心……”

“……”安利柯觉得不可思议了，很被舅父的话所吸引了。

舅父又继续说：

“人有着一个大要求。人不能满足于现在，对于无限，有着憧憬与畏惧敬虔之念的。换句话说，人不能满足于一生，想求人以上的价值。这价值就成了理想，成了宗教，使人心归依。”

“舅父，甚么叫宗教？我虽曾受过洗礼，但于宗教并未明白。宗教的种类很多哩，为甚么人要造出这许多的宗教？”安利柯不禁问起这样的事来了。

“唔，宗教有种种的种类，这恰和世界上有种种的国语一样啰。人的言语，因国土而不同。但人却用了不同的言语，说述着同一的真理，追求着同一的理想呢。不论是基督教，或是佛教，或是回回教，形式虽尽不同，其实，在教会或寺院所持行的赞美歌、祈祷或念佛，都是以到同一的天上为目的的。

“海也是一个寺院。在海的面前，谁也不禁要抛去了矜夸之念，感到空寂而屈膝的。因为海的彼岸似乎有万物之母住着的缘故，又似乎海是人的最后的故乡的缘故。

“如果把全世界咏海的诗搜集起来，就会成一册丰富的诗集吧。其中有杰出的伟大的诗，也有无知小孩在畏敬赞美之余所叫出的感伤的东西。因为在海的面前，人都成了诗人了啊。

“啊，这样的话不想再说了。说了不禁觉得寂寞起来。你还非做生活上活的实际学问不可呢。

“从这窗口望去，见到的不但是海波。俯视那空地上，还可见到熙来攘往的人波。你看，这人的波一日到晚不曾停止。以后，就以‘人生之波’为题，再来谈谈吧。”

二　人生之波

舅父就了“人生之波”的话题，说出这样的话来：

“由这窗口望去，从那空地一直到街上，一日中往来着几千几万的人波。其中有各样的人。有秃头,有时髦发,有长汉,有矮子,……还有喜乐的、笑着的、怒着的、悲哀着的。这许多人的喧声,随着风像森林的涛声似地阵阵吹来。

"他们之中,一个一个都不相同。你看,蓬了头的母亲拉着头发卷曲得如鸟巢的女儿才行过,接着旁边就现出白头老人与秃发者了。他们各有各的思想,各有各的希望,各有各的悲欢。仔细看去,不觉得像千波万波合汇了杂流着吗?在这人海之中,各个分子真所谓千差万别;但在日光之下,却都是同等俦伴哩。

"但是,看哪,在那边走着的可爱的小姑娘,到成为像在她旁边的满面皱纹的老媪,其间要经过许多的故事,演许多的悲剧与喜剧咧。我虽说着这话,现在到了七十岁的年龄,摇篮时代的旧梦,即使要回忆也回忆不来。七十年!我已在人生之波里游泳了七十年了。

"在街上走着的人,也都是在人生之波中游泳着的。其中,有游泳得乏力了在半途溺死的人,也有一生尽力游泳把力疲尽了的人,又有为不曾意料的怒涛所袭,冤枉把生命丧亡的人。

"这样,人人都一壁泳着人生之波,一壁各自制造其自己的价值咧。有的受了悲哀的打击,不能复抬起头来;有的却能从怒涛下冲出,巧捷地继续游泳。由此看来,人竟好似为了制造自己的价值,投入人生之波去游泳的。

"怎样的人才最有价值呢?读破了千万卷的人最有价值吗?不是,仅只读书,是不能冲破人生之波的。由书卷得来的知识,好比是行李一类的东西。如果头脑中塞满了这类的东西,反不能轻捷地在活的人生之波里游泳了。

"要在活的人生之波里游泳,第一要紧的是健康的身体。把自己的身体弄壮健,是一生的活学问。第二要紧的是用了自己的意志过活。世间尽有不用自己的意志,奴隶似地过其一生的人呢。第三要紧的是道德的价值。如果没有道德,到底不能排除人生的凶浪一直向前游泳的。在人的力中,最强的就是道德之力。身体的健康是一种的力,意志的生活也是一种的力,但是最伟大的是道德的力。无论身体怎样好,意志怎样强，如果这人无道德的力，他一遇到世间的凶浪，就会手足痉挛，不能左右游泳的。世上像这样的人很多。真可怜啊！此外，还有一件可以产生人的价值的事，这就是思考。不能思考的是白痴，白痴就是大大的不道德啊。白痴者自己无正确的意志，是一味做着错误的行动的。人遇到非做不可的时候，要思考，想打胜袭来的人世的困难，也要思考。自己思考了自己再把思考所得的用意志来坚持，人不如此，决不能得到活的知识。由道听途说或书本上得来的知识，在人世真正的实际竞争上，决不是活的力。知道了吗？外来的知慧，是不能生出人的价值的啊。"

三　知人

"但是，安利柯，还有更紧要的事。我方才说过关于人的价值的话了，可是我们应该像普通说'这人了不得'、'这人有些痴'、'这人是卑怯的家伙'、'这人是天才'……的样子，把人的价值，一一速断吗？"舅父说。

"是呢，世间尽有似小愚而实大智的人，也有似小智而实大愚的人咧。"安利柯回答。

"对呀，对呀。"舅父高兴地再把话继续："对呀，对呀。人这东西，是不能用一句话就断定其价值的。哪，如果说那人受过洗礼，是真实的基督教信徒；那人招呼很谦恭，是个好人。这样轻率地判断，就会陷于大错的。

"所以，对于人能知道其价值，是一种的活学问。没有这活学问的，结果就会被世间所欺，或竟至连累他人受亏。

"要使一家店铺发展，做主人的非知道伙计不可。

"做裁判官的要行正当的裁判，非知道被告不可。

"做教师的要善导学生，非知道学生不可。

"做将军的要指挥军队，非知道兵士不可。

"做政治家的要治国，非知道国民的心不可。

"亚历山大帝深知其部下，故不曾被部下背叛，成了大功业。奇利亚斯·希柴因为不知道其臣下的性质，故终于陷入悲运。

"拿破仑一时所以能支配欧洲者，不仅因为他善战，实因为他能知道人。

"可是,世上常有因为不知人的缘故,致引起种种的不幸与大问题,不能现出自己的真正的价值的。

"英国的商人,以金钱来定人的价值。如何？人的价值能视其所有的金钱之多寡而评定的吗？"

舅父说至此,提出质问,把谈话暂止。

"金钱与财富,不能定人的价值。"安利柯答。

"为甚么？"舅父反问。

"虽没有钱,高尚的人尽多,格里勃尔第贫穷得至于拿不出搭救自己的船头脑的谢礼,可是却不愧救援意大利的大人物。无论怎样有钱,如果徒行不义,不能救助一人,这种家伙是没有人的资格的。"安利柯答说。

"啊,你说得不错。但因此就说金钱可以不要,那是大错。人如果不能以劳动取得金钱,营独立的生活,就成了卑屈的人。生活不能独立的人一定有着何等的缺点：或是不竭力劳动,或是用钱太浪费,或是没有信用……甚么原不一定,总之是一定有着这种的缺点的。

"说虽如此,用金钱来定人的价值,却不能够。那末人的价值应该用甚么来定呢？

"舅父不是方才教过我了吗？"安利柯说。

"唔,我曾教过你甚么？"

"你说,人的价值,在乎用了健康的身体、自己的意志、道德及思考去生活。"

"唔,我曾这样地说过了。要知道人的价值,非看破其健康、精神与才能不可。可是,对于人,无论是谁,都容易犯一次见面就抱爱憎的毛病。最初的瞥见,有时原很准确,有时却会意外地错误,非留心不可啊。

"像我这样容易动感情的人,对于他人往往有时一见面就以为可爱,有时一见面就以为可憎的。我曾因此受到大大的失败。一见就以为这是个好人,把其价值速断,于是就并其道德才能也加以另眼的看待。结果呢,大遭失败,向来的亲切转为仇恨,友爱变成绝交了。反之,一见以为可憎的人,就只觉得他可憎,无论他有任何优点,也就都不复看见了。

我也常有这样事。那知过了若干时候,发见最初认为可憎者,竟是高尚的有手腕有才能的人物哩,但恨自己误认,致把好人交臂失之而已。

"所以,当评衡人的时候,要考虑了又考虑,静心地探索其真价啊。那人乐着或是悲着,在顺境或在逆境,名誉素好或素坏,不要用这些为条件,轻率地就判定其人价值,应该更加观察更加推究。知道人的价值,这事并可作为求知社会、求知历史的活练习。

"又,我们非把历史的深究批评,认识其人的真价值不可。在历史中,有把正人当作不正者而埋没的事;有把功劳者的功劳加以否认的事;也有把野心家不义者认作正人的事。完全理想的人物,原是没有的。理想的人物,只好插之于我们的心里。我们是把眼前的人和心内所插着理想人物比量,因其接近的程度来评定价值而已。所以我们又须有完全的理想。

"知道了吗?托里诺是你的先生,未曾教过你这样事吧。所谓先生,原是只会教理论,不能切近于实际的。

"说到实际的研究,种类很多。我今日所教你的是对于人的研究。从你那样的年龄起,把自己的朋友,附近的人们,好好地注意观察,将他们的长处短处以及隐藏的善或恶的性质行为,细细探索,那末就会发生对为人的兴味与深厚的同情,而且对于人也就有所防备了。这样做去,你自会成一个精密的人心的鉴赏家。凡能够了解活人生的尊贵的意味的人,能知道任何书本上所不曾载着的事。知人,真是高贵的事。世间能知人的人实在太少,我对此颇觉得有些寂寞哩。你要想具有诗人哲人及大人物的资格,非有能把人的长处善处锐敏感味的心不可。浅薄的独善者,只知图自己的利益,忽略人心的尊贵的处所,把人生弄成无趣味的东西。要得人生的大喜悦,知人是非常重要的事了。

"舅父所说的这话,你现在还未能切身体会吧。但等到舅父死去了,你成了大人的时候,仔细想去,必会恍然明白,觉得舅父的话的紧要吧。那时请对了死去的舅父,丁宁地表个谢意,……哪!"

第十五

一　真的职业须于儿时选择

有一日,舅父带了安利柯散步林间。舅父平常总是善谈说的,这日不知在想着甚么,默然不语,只时时吐露叹息,好像独自有所感触的样子。

"舅父,你为甚么这样叹息?"安利柯试问。

"唔,我正在想着一件重大的问题。"

"甚么事?"

"人类这东西,只有着一件的自由。任凭人类怎样夸大,究不能以自己的意志来处置自己的生死,人在甚么时候要死,无法自知。我原还不能算十分衰老,但从一方说来,也可说活到现在是侥幸的。不过,安利柯,人虽不能用自己的意志来支配自己的生死,但对于自己的职业,是有着选择的自由的啰。你将来想选择怎样的职业?"

"我的选择职业,须出了中学、出了大学以后。"安利柯回答。

"你父亲叫你将来干甚么?"舅父又问。

"我父亲并未明白地告诉我。大约以为我年纪尚小,还谈不到此吧。"

于是,舅父说:"咿呀,不是。小儿时代所想念的事,会影响于一生哩。职业只要选择就好,这话虽合理,其实太误。少年的时候,如果不先定有把握,年长以后,会没有真正去思考的力量的。有人问牛端:'何以能有如此的物理学上的大发见?'他天真烂缦地回答说:'因为我从儿时一向思考着的缘故。'哪,儿童时代所发露的心的光明,是任何学力都不能换得的宝物啊!因循寡断地待着,倏忽已成老大,就无力以旺盛的精神去勇猛前进了。啊,世间最没有易老如人的东西。如果要想一生不走错路,非从少年时定好进行的步骤不可。"

安利柯思忖了一会,突然向舅父这样说:"但是,舅父,所谓职业,不都是毫无趣味的东西吗？对于职业，没有一个不吃一行怨一行的。这样乏味的职业，我实不想选择。"

"你说没有一个不怨自己的职业？试问谁对于甚么职业在怨？"舅父不高兴了说。

"不是吗？我常从别人听到过。市上的医生也曾这样说：说忙得终日没有休息。说医生是奴隶中最苦的奴隶。说一天到晚，连安心吃饭的工夫都没有，为病人与受伤者尽了力，毫不感谢，略不小心，医坏了还要受杀人的恶名。

"还有，我母亲的哥哥，不是做律师的吗？那位舅父也叹说哩。说律师是窃盗样的职业，一元的金钱，也不能用了正当的手段去取得。

"此外，做船长的，做技师的，做经纪人的，也都说乏味乏味呢。"

"安利柯！对于说那种话的家伙要当心！那些人们，是没有真正思考的尊贵的精神的！"舅父沸红了脸，郑重地说："对于自己的职业抱怨的人们之中，决不会有好人。如果它能真地打量'人'的事，断不至鄙视自己的职业的。高尚的人都对于自己的职业感到兴味，尽了力快乐地干着的啊。凡是说自己的职业乏味可厌的人，已把生活的标准根本错误了。"

舅父说到这里就默然了。安利柯想听听舅父关于生活的标准的意见，于是试问说："所谓生活标准的错误，是甚么意思？"

二 错误的生活

安利柯问及错误的生活标准，舅父乃乘了机会，跃起身来说出下面的话：

"唔，对了，你好好地听着！世间无聊的误解的人，实在太多。他们一味思忖着干甚么才可成富翁，干甚么才可成名人，怎样才可不劳而成功。他们除了错误的事以外，甚么都做不出来。

"他们不是在那里做自己认为非做不可的愿做的事，乃在那里看着自己的朋友或周围的人们，羡慕他人生活的舒适。觉得医生可以赚钱了，就想作医生。觉得技师收入多了，就想作技师。觉得律师可以致富了，就想作律师。他们并不有甚么真见解，只是在那里看人学样，流垂馋涎而已。所以,作了医生,作了技师,作了律师以后,如果不能达到预期的欲望,就要吐露愚痴的怨言了。

"世间有种种的职业。有医生,也有教师,有画家,也有律师。可是,误解的人们,只打算医生、教师、画家与律师何者最为安乐易富,择其便利者为之。他们是不想自己的天分与使命的虚伪轻薄之徒。虚伪轻薄之徒,当然不会有对于自己职业的自信或矜夸的。对于自己的职业无自信与矜夸的的徒辈,不但破坏自己的价值,并且是破坏国家实力的国贼啰!

"我们真要成高尚的人,非对于自己的职业有喜悦与矜夸不可。要对于自己的职业有喜悦与矜夸,非有作合于自己的天分与趣味的事业的决心不可。如果对于自己所做的事,觉得无味可厌,那就是未曾仔细考虑去选择合于自己的职业的缘故。

"厌弃自己的职业,结果就会厌弃自己的生存;厌弃自己的生存的,是精神的病人,决不是健全者。可是,现在世间不健全的人实在太多,已成着所谓'病的世纪'了。这实就是养成人类不幸的一大原因啊。你非给人类以新的力与喜悦不可。要想给人类以新的力与喜悦,非先在自己的职业上自己找出无上的力与喜悦不可。

"这样看来,儿时的精神,在职业选择上,可知是很重要的了。"

三 须自知

"安利柯!关于职业的选择,我们尚有更重要的事情非知道不可的。"舅父继续了热心地开始说。

"世间有一种可恶的名叫虚伪的东西。所谓虚伪者,就是欺妄。把毫无价值的事作真实认着的有眼的盲者,就是虚伪的人。虚伪欺瞒的家伙,是不肯尽力尽心的寄生虫。

"可是,不自知的或不能作正直思考的人们,结果会成为欺瞒的虚伪者哩。他们不知道自己,全不知道自己有多少力;有何种天份,该干甚么。只是一味便利地模仿他人,当然做不出有意义的事来。

"所以,希腊的贤人曾在代尔甫维的亚普罗殿门揭了'须自知'的匾额,警戒国民。因为不知道自己的人,一切都不能真实的缘故。因为不知道自己的人,都要说谎作伪的缘故。

"动辄热中、易起空想的人们,全然忘了自己,以为他人所能干的,自己也必能干。于是见他人赚钱了,自己也想赚钱;见他人成名了,自己也想成名。因为他们不知道自己,愈热中愈露破绽,结果只是一无所成,陷入不幸的深渊而已。

"知道自己,这无论对于自己的幸福,对于他人的幸福,都很重要。要想依照了理想进行,非先知道自己不可。不知自己一味蛮干,犹之无舵而行舟,不识路径而乱窜。结果终至与自己冲突,不但破灭了自己,还要大大地累及世间。

"所以,我们须知道自己的长处与短处,知道自己的义务天分,决心去干与自己相应的事。我们要这样,就能为健全的人物,还可以使世间也健全。

"哪,安利柯！所以你为了选择一生应走的方向,非用了全智慧全力量去周详考虑使无错误不可。一经决定了方向,无论他人在干甚么,或是说甚么话,决不可怀疑,要信了自己勇猛前进。如果不能做到这地步,那就聪明人也成愚鲁,天才也无价值,猿猴也会从树下落坠下来。

"犹之登山或行远,到了某地方,路会有两条,有时且竟有分为三条或四条的。遇到了这种分歧点的时候,就该打量究竟该取何道。如果茫然地冒昧走去,结果会走入无路可走的绝境去,弄成进退维谷的。

"如果是登山行远,损失原不过如此。可是人生之路,是不能回覆的,因了路的选择,有的前途是绝望,有的前途是光荣,有的前途是贫困,有的前途是富裕,有的前途待着不德的恶名,有的前途待着美德的荣誉。我们该在其中选择那最好的走才是。但这要知道甚么是自己应走的路才可以,要知道自己所应走的路,非先知道自己不可。

"啊啊,已说了不少了,就此终止吧。可是,安利柯,我有一件东西想给你。待你要回到家里去的时候给你吧。那是我所写的东西。

"我啊,我把自己多年的经验写下了,预备等儿子大了给他读的。可是我还没有儿子,妻就死去了。我现在就把为儿子写下的东西,来送给你吧。一向好好地藏在抽屉里呢。这稿本一定可供你作参考吧。一读原就明白,将来到要决定职业的时候,请给我回头再去读一遍。"

　　"舅父,请把这稿本给我。我已把我的见解改变了,很想读了这稿本获得健全的见解。"安利柯说。

第十六

一　书信

有一日,舅父正小孩似地快活地看那各种变着色的柑橘类的果实,邮差递来了书信数封。

舅父坐在树下的石上,把书信一一开阅。顿时小孩似地快活着的舅父的脸色转成忧愁,老衰的脸面愈加老衰了。

舅父把读过的书信藏入衣袋,寂寞地在庭间步着,继而又无力似地回到原处,坐在柠檬树下,寂然不动。

时候已快正午了。舅父不知在想着甚么,只是默然地低着头。

安利柯想引诱舅父快乐,微笑地走近前去。

"舅父,午后去散散步好吗?"

"唔,唔,唔……"舅父发出颤动的语声,只是用了不快的眼光向安利柯注视。

"舅父,甚么了?"安利柯亲切地试问。

"唔,唔……"舅父只是这样说,好像很是伤感的样儿。安利柯不知道舅父为甚么如此悲哀,天真烂缦的再试诱说:"舅父,已正午了,吃了午餐就散步吧。"

舅父这才略舒了神情。"唔,唔,好。但怎么好呢? 我想倒不如明日与你同到赛尔拉散步半日。"说着立起身来,深深地叹息。

"……啊。秋天了,已到了深秋了!"

天空高爽,木叶在飘风中鸟也似地飞去。枯叶的气味夹在柠檬香息里,一起冲到鼻间来。

舅父又深深地叹息了说:

"安利柯,秋天好啊。但在有了年纪的人,秋会使他沈思。我想到种种的事,美的,可悲的,都集在一处,迸到我心上来。——呀,不错,安利柯,你父亲今日有信来了哩。你去把信读了,午后就写一篇比平日长些的日记如何？我今日不想散步，让我在庭间静思半日吧。"

安利柯虽觉到有些可怪，但当从舅父手中接到书信时，却是欢喜的。待舅父就食桌去以前，拆开来看，信中是这样说。

"安利柯：

"听说你自从住在舅父家里受舅父照拂以来，身体的健康已完全恢复，现在很强健了。舅父来信曾这样说，市上的医生也说你和数月前已判若两人，可以依旧用功了。

"父亲母亲都很欢喜着。你真做了一件难得的事了。人无论干甚么，第一要身体健康。你能争得这健康，就是一种大大的修业。

"舅父很爱着你。舅父没有舅母，也没有小孩，很欢喜你住在桑·德连寨。住在那里，在你原是叨扰，而在舅父则得了你，足以忘去长年来的寂寞，真是幼孩似地欢喜着呢。舅父又能把最好的事教给你。

"但是，你既已恢复了健康，就非和这好舅父作别，回到父母这里来不可。父母为了等候这日子，与你分别很是长久了。

"母亲听到你两三日内就可回来，真是高兴。我从未见到母亲有这样的高兴过。你要和舅父分别，原舍不得，但为了要使母亲快活，非回来不可。

"关于叫你回来的事，已曾通知舅父，得其允许。你可向舅父表出衷心的感谢，就此回来。还要好好告诉舅父，使这善良而聪明的舅父安心。你年已不小，应该学习学习用言语表出自己心情的能力了。

"要好好地与舅父道别，决不要使舅父失望啊。因为舅父来信嘱不要派人来接，你就独自回来吧。我们等你回来后，预备再到舅父那里道谢去。"

安利柯读了这封信，胸中悸动了。既喜且悲，喜的是快可与父母在一处，悲的是就要与舅父分别。

二 当日的日记

午餐后，安利柯徘徊庭间，与五六个月来看惯的花木作别。午后三时光景，乃写这日的日记。午后三时就写日记，这原是第一次，依了舅父的吩咐,执起笔来,就想起种种的事,差不多写也写不尽。安利柯就写出这样的日记来。

十一月十日

一想到桑·德连寨的日记就止有这一日,不禁依恋难堪。

真是突然,我总以为至少到圣诞可以与舅父在一处的,不料今日父亲信来叫我回去。

今晨睡醒的时候,不,就是到了午前,也还不曾想到要回去的事。所想到的只是在圣诞节前所要做的事而已。从现在到圣诞节的四十日光景的期内,我在桑·德连寨还有许多的事想做,还有许多事想请教舅父。我在小学校时,很喜欢读童话或历史故事等类的书,近来则转了兴趣,喜欢察植物与世间的事。很想在这四十日中最详细查察舅父庭间的植物与桑·德连寨的人物作一篇长文去寄给托里诺的先生看。如今中途停止,真是可惜。但我现在已知道准备是要经过许多的时日的,啊,真是一日都不能放松。每日每日逐渐注意了查察,我知道会有一日可以达到大大的研究的目的,从今日起,我就对于任何事物都去深加注意观察、仔细思考吧。

如果我把《桑·德连寨的社会》与《舅父庭间的植物》的二长文写了出来,将是怎样有趣味的东西啊。可是现在不及完成就要与舅父作别了。幸而我因了舅父的教导,已能够对于事物作种种的观察与思考,这是何等可感谢的事啊。

我见舅父今日样子有些与平日不同,只是寂然地坐在柠檬树下沈思,就晓得必有甚么不快的发生了,很为不安。果然,父亲来了叫我回去的一封信。

舅父既没有舅母,又没有孩子。寂寞的舅父,只把庭间的树木爱抚着。舅父的爱我,真是难以言语形容的了。舅父为了我不惜竭其全心全力。有一次,我因替美尼清抱不平受了伤,舅父那样地替我喜愤交集,至于眼中迸出泪来。我真幸福,有这样的好舅父。有着这样好的舅父的少年,除我以外,全世界恐再找不出第二个了吧。舅父比从前教我的任何先生都伟大,我从舅父听到了闻所未闻的教训。又,我听了舅父的教示,得知道人的可尊贵，此后非自己成了有尊贵精神的人使舅父欢喜不可。

今日正午，舅父从衣袋中把父亲的信递给我时，舅父的手曾颤着。舅父在海上生活过多年，他的手是经过海风锻炼过了的。我见到那顽健的手发颤的当儿，觉得舅父的柔爱的心将完全在手上颤动出来了。如果早知道那封信是父亲来叫我回去的，我会把舅父的手缒住了接吻吧。

我那时又看到舅父的眼睛。向来轮番流露威光与柔光的舅父的眼睛，那时曾昙暗着。如果我早知道了这理由，就会去抱住了舅父的项颈在那眼上接吻吧。

真就要与舅父离别了吗？一念及此，不觉流泪。但与爱我者分别的悲哀，可以唤起美的心情来的。我流了泪，断肠地觉到一种美的勇敢。同时在心中叫说：'舅父！我不得不别去了。但我将来必誓为正直的人，使舅父欢喜。舅父啊！请再活二十年！那时我三十五岁。在这期内，舅父会知道今日的悲哀是一种尊贵的悲哀吧。'

真的，我赖舅父的指导，知道人的尊贵的精神了。从今日起，我成个勇敢的人吧，成个正直的人吧，把心来弄聪明吧，每日把三件善事来实行吧。

今日午餐未曾多吃东西。我因为怕要流泪，就比舅父早从食桌离开到庭间去了。在庭间回绕了一周，把纪念很深的花木一一注视，和它们道'再会'。花木也似能领解人意，它们虽不说话，似乎也很惜别。它们并不哭泣，却似乎在对我说：'我们永远在这里，请你再来。'

绕毕了庭园，我再开了栅门走到农夫所住的那里去，我不曾对他们说我就要回去的话，我只把农夫夫妇及小孩的相貌熟视了好久，恐防后来记不清楚。

我又从庭间取了番红花，回到屋中，供到那在火炉棚上的舅母遗骨的坛旁，在那时，我不禁深深地向那坛儿下拜了。

现在到晚餐，还有一二小时，要想写的事尚很多，姑且当作临别纪念，到小丘上去看一会海上落日的景色吧。还有那些松树哩，也去和他们一别吧……"

三　临别的散步

到了离别的前一日，安利柯与舅父散步到赛尔拉村去。赛尔拉是个高原的村落，可以俯瞰莱列契的街市，又可以望见广大的意大利全境的大部分。

眼下从橄树或橄榄林间，可以看见莱列契的古城，远眺则桑·德连寨如画。桑泰·马里亚，化可那拉或配特沙拉等的港湾咧，大大的斯配契湾咧，中央耸着宫殿的斯配契街市咧，鸟巢似的造船所咧，林木葱郁的巴尔可里亚咧，都被收入在望中，真是好风景。

澄碧的海湾在日光中荡漾着，似在与累累结着葡萄的原野及壮丽的市街的色彩争美。远方沈静的绿海中，浮动着巨大的海龟似的军舰与轮船，各种式样的帆船则在其间滑走。

安利柯都对了这风景神往了，既而差不多和舅父同声地叹息着说：

"好风景啊！"

舅父非常感动，向安利柯这样说：

"看哪，围绕着我们的自然与艺术多丰富！山与海的范围内所收着的无数的东西，不是原被无限的水平线包围着吗？我们也应有大自然似的大气量才对。

"看哪，那里有橄榄林，有葡萄园，有结着谷物的田原……，那些都是我们生活上所不能缺的东西。意大利人要想独立，就非这样地自己制造面包不可。

"再看哪，向那里。那里不是有堡垒吗？堡垒上备有大炮。还有，哪，铁甲舰在冲了波浪行着吧。铁甲舰上的大炮如果一放，可以使整个市街化成灰烬。那堡垒与铁甲舰是守护祖国、防备敌人的袭来的。国家为了独立与正义，非与外国战争不可。你也该仿学国家，武装了去和不义或暴力抵抗。

"看哪，一直那面，不是朦胧地见到蛋白色的雾气吗？那就是所谓'水天仿佛青一发'的境界，是天与地连着的无限的彼岸了。啊，我们只靠面包与武器还不够，我们非向那无限的彼岸远望不可。使人崇高的就是这对于无限的憧憬。无限的憧憬，即是追求理想的心，即是求真、求善、求美、求神的心。如果人的事业只是面包与武器，那末人与动物相差也就有限了。

"你该追求伟大的理想。你该追求神而生存于高尚的信仰、希望与爱之中。生存于信仰、希望与爱的人，即是生存于正义、劳动与理想的人。怎样的人最伟大呢？最伟大的是生存于信仰、希望与爱的人即生存于正义、劳动与理想的人。

"哪，安利柯。你有着敏感的高贵的心与正确思考的头脑，所以，你该会求正义，爱劳动，望见高高在头上理想吧。"

安利柯默然听着舅父的话。舅父说话从未像今日的热烈过。一种莫可名状的力在安利柯心中俄然涌起了。

两人默然下了赛尔拉的高原，恰好，大炮的声音"蓬"地由斯配契那边传来。

"那是甚么声音？"安利柯试问舅父。

"那吗？……"舅父管自走着，既而提起了精神这样地教说：

"那是罗马的午炮。是正确的正午的号声。全意大利凡是有城寨的都会，到处都依了这午炮'蓬'地发声哩。每日由罗马把正确的正午知照各地的都会，全国都会放出那'蓬'地炮声来。罗马是永远的都城，是国家的心脏。这心脏的鼓动，把正确的时间传给国家全体的肢体。罗马的时间就是意大利全国的时间。我们的祖国只有一个心脏，但奉仕这心脏的肢体却无限地扩张着。

"安利柯，你该爱你的国家，你该爱意大利。意大利是世界最美的国土，我旅行过全世界，所以很知道。意大利在文艺复兴时，曾把灿烂的文化惠及全欧罗巴过。以后的意大利失去了可以教化全世界的东西了。但罗马的午炮在全国城市齐声轰鸣，好像在叫我们重新再来教化世界。'好，我们大家起来，为全人类再创造意大利的文化。'我们就这样地回答这永远的都城吧，我们每日向这永远的都城这样叫说吧。"

舅父说着，脱了帽子向都城方面行礼，安利柯也随了脱帽行礼。

第十七

安利柯与舅父离别时,就从舅父接受了预约的原稿,以为不知写着些什么,在归途中急急阅读。果然,里面写着很好的话。安利柯不知道将怎样有益于己。这原稿本是舅父写了留给自己未来的孩子读的,现在却给了安利柯以真正的大教训。

舅父的原稿里是这样地写着。

*

一　序言

这是"你须知自己"的歌。亚当因为不知道自己,触动神怒,被放逐出了乐园,与其妻夏娃踯躅于棕榈树下时,和了琴凄然歌出的,就是此歌。

二　关于职业

要正直!
须用了头脑想!
努力地劳动!
能正直,能好好地想,能努力地劳动,无论做什么职业,都不是可耻的。

*

无事不须劳力,
也无事没有利益。

*

但职业有好的也有坏的。所谓好的职业,就是适合于自己的职业;所谓坏的职业,就是不适合于自己的职业。

*

职业上有等级。
能使自己喜悦而于人有益的职业,等级最高。

＊

拙劣的工作,不会结实。

＊

无论任何职业中都潜藏着宝贝,执锄去掘,就能掘着。

＊

无能与完全的劳动之间,其差无限。

＊

能作出好鞋的鞋匠,比之于无能的律师,无智的大学教授,或拙劣的
医生,地位要高。

＊

官署的好书记比之低能的上议院议员,价值不止百倍。

＊

才能如不炼出,事业就无味,而且不能结出果来。

＊

任何职业都有诗与理想。
低能者或坏人,无论干甚么,会玷污其职业。

＊

职业犹之林木,愈向上升长,其职业愈崇高。

＊

好的见解,要热中于工作时才会发生。

＊

观看他人所作的好的作品,是有益的,但须自己用功夫磨炼自己的
手腕。

＊

有益于最大多数的职业,价值最高。

＊

勿就不喜欢的职业。
就了某种职业,如果觉得不喜欢,难以忍耐,那末不如停止了改就别
业的好。

*

错误的事，如果一味任它错误过去，错误就愈弄愈大，结果会弄到手足无所措。

错误可以变成悔恨。

*

最不幸的，是对于自己的职业抱着不平的人。

最幸福的，是对于自己的职业有兴味的人。

三　农夫

身体精神都染了病的人，快去做五六年的农夫啊。

人的堕落，与物的腐败一样。

物虽腐败，只要置诸土中，就能分解了成清洁的植物的养料。人亦然，虽已堕落，只要与土亲近，就成清洁健全的人。

*

与土亲近，握着锄犁的农民，在人们中最为健康。纵有医学博士若干万人，也无术使国民成健康者。农民实比医学博士牢握着健康的秘诀。

*

罗马人原在罗马种田的。那时罗马人虽极少数，因有着他国人不能及的健康，能伸展其势力于地中海沿岸，竟支配了亚细亚与欧罗巴。

后来，罗马人失掉了固有的健康，其大帝国也就陷入于灭亡之渊了。

*

健康的自耕农民，营着幸福的生活，……这样的国最强。

*

这样的人最美：

赤足踏土，皮肤给日光晒得赭黑，掘土下种，吸着从绿叶丛中吹来的风的农民。

这样的人最龌龊：

一天到晚，苍白了脸，坐在柜台旁，渴望有钱收入的神经衰弱的家伙！

*

乡下的土上,产生引导未来的哲人与诗人。
都会的尘埃中,产生使国家破灭的卖国奴。

*

美德与健康的农夫共生。
恶德随不健康的都会人运行。

*

大都会是人类的坟墓。
土是产生一切有用之物的母亲。

*

强烈的土的气息、麦叶的气息、森林的气息,是人的最好的药物。

*

绿野与青空,最有益于眼目的卫生。生活于绿野与青空之间者,其眼目自然好。
眼目好的人,有着望见永远的心。

*

我的孩子啊！
你该祝福大地,和祝福你自己的诞辰一样。

*

如果农民饥不得食至于诅咒人生了,国家就要灭亡。
农民的饥饿与病弱,其罪在国家。这罪与盗贼及杀人无异。

*

有两只手就可糊口,只有农民能如此。世间还有比农民更强的吗？

*

农民是人类社会最初的劳动者,农民有着一切人类祖先的心。

*

一切东西出于土,复归于土。
艺术、道德、哲学,以及宫殿、纸币、食物、衣服,都从土来,也非终归于土不可。

＊

朝阳最初的光，现在农民的头上；落日最后的微笑，映在农民的面上。

＊

露的真珠，在农民的足下笑颤。大空是为农民而设的大浴缸。森林的风涛，小鸟的叫声及小虫的微吟，是天为农民特设的音乐。

＊

农民虽不读诗集，却营着最好的诗人生活。

休憩在陇畔树下，无思无虑地不觉日影之移动：这心境就是大诗人的心境。在这时候，"自然"在农民的心里呼吸着。

＊

农民与最大的创造者亲近，朝夕与之共语。

天地的创造者亲把秘密告诉农民，对他们说：种子该在何时下，肥料该怎样下，今年收成必好，收获该在何时。

农民又与宇宙间最伟大的东西为友，就是：与太阳光为友，与大空中波动的风为友，与倾盆的大雨为友，与廉纤的春雨为友，与孕育一切的大地为友。像这样光荣的人，此外还找得出吗？

但农民却自忘了这光荣，遇见甚么伯爵、侯爵等类，竟至不敢说话。这是何等的矛盾啊。

＊

生活无忧的自耕农，最能享受自由与独立的幸福。

他们不必因为怕到办事处过了时刻，时时看表。

他们想休息一二日，也不必向上司提出请假书。

他们的主人是太阳与大地，太阳与大地，从未叱责他们。他们疲劳了或是不高兴了，就可不待主人的许可，横倒在草上，或回家去休息。想吸烟了，不论在陌头或在树下，都可以自由地吸，因为那里是没有悬着"不准吸烟"的禁牌的。

＊

农民终日劳动,但在劳动之间,天然有间隔的休息。这休息期间的快乐,农民以外的任何人们不能用钱买得的。

＊

劳动的所以神圣,实因其有着自由与独立的精神的缘故。

但在资本家的工场中服务的劳动者,无自由也无独立,故工场劳动者在劳动上无神圣的自觉。

有自由与独立的精神的劳动者,只是农民。

＊

只要一百日,不,只要十日已够。如果十日不从乡下送食物给都会,地球上若干亿的人们,会在一日间死灭。人口调节的最后的手段,就只这事。

＊

都会把农民从土中获得的东西消费。都会中人们的消费食物,恰和把辛苦所得的农作品投入火炉一样。

都会的人们不劳而食,只是计划出虚荣偏见或流行等种种恶事来欺骗农民。

＊

人类最后的大战争,就是农村与都会的战争。

＊

人类的希望由农民产生。人类最初的希望,是因了播种子的农民,发见金色的禾穗的农民,发见葡萄的花的农民才生出来的。

这希望生长起来,于是才现出了人类一切的希望。

无希望,就无理想,无宗教,也无神了。

＊

梨子四月开白的花,次第生长,遂成硕大的果实。农民把这摘下了在掌上估量着重量而喜悦。

这喜悦是不为农民的人所不能想像的。

＊

农民对了那庞然堆着新麦,莞尔地观看,何等快乐啊。

这样丰富而美的欢喜,非农民不知道。

收获的麦,每粒每粒都闪着汗的光。

*

农民的同辈中,有园艺家,有牧畜者。

他们耕土、剪枝、接木,或带了牛羊之群到空野去。他们的劳动,是国富的源泉。他们是国家的中队长与大队长。

*

果实犹之乎人。

果实累累地青青地悬在树上,好像内中潜伏着英雄的小学校学生的头。园艺家就像小学校的先生,眺着各个果实,施以培养,培养成功了,把它们送出世间去。接木咧,剪枝咧,施肥咧,一旦所费的苦心都生了效力,园艺家对了硕大的可爱的果实,心中真有说不出的欢喜。

*

园艺家用了自己的技俩与勤劳,收得了果实,把其中最良好的送给朋友与市场时,自己感到荣誉的矜夸。

他们把挑选剩下来的自己享用,……这是何等的谦让啊。

园艺家实有着这样的高尚的矜夸与谦让的美德。

*

园艺家由果树园走入菜园去,那里有生气蓬勃的菜蔬,行列整齐的生菜,深红如宝玉的番茄,从土中探首张望的芦笋,肚皮大大的南瓜。到处都呈出各自的形状与色彩,膨胀着生命力。

这个,那个,都满了水分,生意旺盛地吐放出特有的香味。在这样的园中走着的园艺家,比坐在王侯的食桌更幸福。

*

园艺家把自己种着的蔬菜,各当作人看着:

带苦味的苦瓜,犹之以警语来警戒世间的义人。

苣荬如优柔从顺的人。

石刁柏像早熟的少年,立时抽出鲜嫩的芽来,采取稍迟,就老硬不可口了。

番茄形状不甚好，香味也低劣，可是却富于滋养分，其情形宛如农民。那赭赤的颜色，就不是农民的康健表象吗？

牵牛花开出鲜丽的花来，可是花瓣见日即萎，且其种实毫无实用，恰似虚荣浪费把财产荡尽的女子。你把牵牛花的实剥出试嚼吧，气味真讨厌哩。虚荣的女子也如此，表面虽然漂亮，内部很是可鄙的。

南瓜如高慢的西班牙人。看去很庞大，其中只是水分与空洞。南瓜无论怎样地重，摆下水去总是浮的。并且，它又像个不能独立自尊的人。试看，它不能独立，只是系缠着附近的树木或棚架，伸张那与它有妨害的叶哩。它似乎很自慢地横行繁衍，但你只要用小刀在茎上轻轻一划，叶就立时萎死。庞然而大的南瓜，也毫无忍耐力，把其空虚的躯体堕落到地上来了。

甜瓜虽略似南瓜，但不妨害别人，也不作空架子，很谨愿地伏在地上，把富有香味的大实隐在沟畔间。用人来比喻，恰如一个寡言谨慎的人。

胡椒表面样子很可爱，但恰似个易怒而善作讽刺的人。

马铃薯一见如愚痴的哑子，但恰如一个在暗地里埋头营着平凡工作的劳动者。

莱菔原无甚么伟大处，其茎根中藏着甘味与辣味，恰如世上非存在不可的平凡男子。

芜菁与菠棱菜，非加糖与酱油，没有甚么味。恰似不知荣辱，不使人悲喜的平淡的人。

像这样地把植物一一与人比拟，其中还有像那挂起了博士官爵的头衔傲然俯临民众的向日葵。向日葵这家伙，其身分原是草类，却似乎俨然地装出了树的架子，戴了黄金的绶章，很高矜地立着。其情形宛如以猿猴冒充帝王。它那神气虽这样高慢，其果实却没有用处，只配做鹦鹉的饵。

*

园艺家不但能对于自己的果树园或菜园来享乐，如果意大利有多数人去从事园艺，意大利就会立刻成为富国了。

如果读了我这文章，就是一个人也好，有人想去从事园艺，我的文章就不枉费了。又假使这位园艺家自己赚得了钱，在死去以前把其经验很有趣地写为一书，人们读了这书，就立志去作园艺家，更于自己的一生中获到赢利，我就愈感到满足了。又如果永远陆续有这样的新的园艺家出而努力，我将怎样地欢喜啊。

我们意大利阳光充足，土地肥沃的地方能出果实。但意大利种不出像法国的莓与甜瓜那样好的东西来。梨也不及英国。马铃薯呢，又不及德国。我们在这上，对于法国，英国，德国，实有愧色。非一雪此耻不可。

*

农民的同辈中，又还有园丁。

较之于忘恩者，虚荣者或养成贪鄙的坏人的学校教师，培植出好花的园丁，不知要幸福多少。

园丁的工作在乎创造出美来。园丁日夜在想法使花开得美丽。园丁所最厌忌的是污物。园丁费了心力使人生美化。

像我这种在海上过着生涯的人，可怀恋的第一是美丽的花。见到有好花放着馥郁的香气，我几乎会对了地上的爱陶醉。造出这样好花的园丁，真是惠人不浅哩。

*

意大利可产全世界的美丽的花。

亚尔帕斯山有北极产的美花，东南部能产亚非利加的草花。又如冰河的龙胆，奥斯大利亚的“亚卡西亚”，喜望峰的“西斯”，都可在意大利种植。

如果我能施行一种魔术，使二分之一的意大利人成为农夫园艺家或园丁，那么意大利不知将怎样美，怎样健康，怎样幸福啊！

*

能兼操数人的工作的完全农民，大概都养着牛马或猪。

家畜专门的牧畜者，与农民幸福略有不同。以牧畜为业的人，在苍空之下，碧草原上，放饲着大群的牛羊，这对于健康上也是无上的职业。

牧畜者所需的知识技量不多，头脑不妨简单。到了积有经验，就能创造出优良马牛或羊来，获巨万之富。大牧畜家可以开拓国家的大富源。

意大利尚有许多适于牧畜的草原,何竟没有在这许多草原上去求无限之富的人。现在最优良的牛马或羊,不是在亚尔帕斯产生着吗?

*

古来牧者曾做过王者。现在印度地方,还把牧者一语作着最名誉的称呼。

*

如果想知道牧畜者的盛况,只要到南美洲去一看就明白。

在阿尔普丁共和国,有在广阔的牧场上,饲着数万匹牛马或羊的大牧畜家。那真可谓壮观了。说到大牧畜家的富,更是可惊。

*

可是,我的孩子啊!

如此快乐的农民,园艺家或园丁与牧畜者,也不能全没有烦恼与困难。任何职业,都有危险困难附带着的。

他们之间,有暴风与饥馑的烦恼。农民的大损害,是保险公司或拓殖银行所不能赔偿的。

又,如果害虫一起,更不得了。农民与园艺家非毕生与害虫奋斗不可。

此外还有一件,经济上的打击,往往能使农民与园艺家等受苦。如果市价暴落或是敌不过外国输入品,那末一年辛苦的收获,也不得不流了泪贱售给人家了。

咿呀,此外还有一件更大的灾难哩。这就是发生于农民间的都会病。如果农民觉得劳苦了得不到相当的利益,倦于耕种,梦想着繁华的都会生活,那就不堪设想。这时,颓废与疲敝会把农民的灵魂吞没了去。

能和此等的危险困难奋斗而得胜利者,是国家之宝。农民如果畏惧此等危险与困难而罹了都会病,那末国家就非灭亡不可了。

四　船夫

我的孩子啊,

我把好的事教给你吧。

上船去，

扬起了风帆，

行到无国境的大洋。

去！

这才是勇敢的男儿的事业。

去，把印度的金刚石，斯坎奇那维亚的毛皮与美洲的糖带了回来。

上帝把大海给与勇敢的男子，说"可以此为家"。

去，听各国国民的言语！

去，从五大洲携了纪念物来，把村中装饰成一宫殿！

要成船夫，先须有勇敢的心志与强健的手足。

要有与怒涛抗衡的勇气。

要有强大的腕臂。

要能耐饥渴。

要有抵抗潮风的皮肤。

要能永久的沈默。

要能与危险奋斗。

要甘于咬嚼咸硬的腌鱼，比食雏鸡的肉还有味。

要惯耐寂寞，在单调的生活里也能发见欢喜。

去作目穷无限的水平线的生活吧。

如果不愿为被人使役的水夫，那末去做船长就是。

做了船长，尽可领略发号施令的男性的喜悦。

只要部下爱戴，船长真是最崇高最荣誉的职位。坚毅勇敢，头脑正确的船长是船的王国中的理想的王。

愈是饱尝无限的孤独与寂寥的船员，愈有深刻的爱。

无限的苍空，无限的海波，能令人痛切地感到人生的微弱的悲哀。这悲哀才能引起沈默的瞑想，养成深切的悯怜心与幽邈的思想。

片尘不染的清洁的大气，唯有乘船的"海洋之子"才能吸受。

从长期的航海回来的人，才会用了从衷心的涌出的情爱去抚抱小孩。

海上生活能令人性格增强,品性加美,能令人养成勇气与宽大之德。

海上生活者才是真的现实主义者。因为他们所营的是不能豫知何时有危险的生活,故能把安宁的今日最愉快地度过。

人在一生间如果能轮番地作农夫与水夫的生活,那才能享受水陆二种的理想的悦乐。

我的孩子啊,你想:

在数年前,意大利的轮船数在欧洲是曾占第二位的。现在已突然不振,把许多海上权失去了。啊,意大利须从这不幸与耻辱中跃起,成一个联结东洋与西洋的大贸易国不可!

*

但海上生活者也有不能免的危险与烦恼。

不知何时要遭难的危险! 身体的过劳! 长久不能见亲爱的家属朋友与故国的苦痛!

但我们若无战胜这危险与烦恼的勇气,意大利是不能得救的。

五 商人

不论是谁,多少都不免有些商人的意味。譬如:农民把所收获的出卖,学者把知识换钱,艺术家把其所造出的美掉面包。

*

可是,世间还不可不有以商业为专门的商人。世间有许多人生产了各种物品待售,而在一方面世人又有各种的需要。有的要想得产自边鄙的东西,有的想得舶来的外国货物。所谓商人,就是把各种各样的生产品分配给一般人众,而在其劳力上取得利益的人们。

欲为一完全的好商人,须具有种种的德。

商人最要紧的是见机。商人要像猎犬一样具有锐敏的嗅觉,嗅到各方面的情形使良机勿失。

次之,商人须实行经济道德。不可贪不正的利益,不可疏忽大意致结果遭损失。

商人又须坚忍。因了市面的变动，甚么危险原都不能豫料的。但即使处到逆境，也非有忍耐奋斗的预备与决心不可。

想积钱的，喜作都会生活的，喜干事务的，……这样的人们，适于选择商业。虽然作了商人，在百忙之中也仍可有玩味那静的喜悦与诗的机会的。

*

能发见新的财源，是愉快的事，故商人一经嗅到新的赚钱的方案，就很兴奋，好像做将军的人感到必胜的豫算时一样。

但一味热中的赚钱，就容易流于专事投机，不能再作健实的买卖了。这却是一种不健全的事。

*

最初就投下大资本去干也好。但也须知道：今日的豪商，在当初大都是从小资本逐渐扩张的。如果你没有正确的头脑与机敏的手腕，大资本也会消蚀净尽。

*

全世界最能营商的要推英国人。英国人会把其精神生活应用到商业上去，真足佩服。他们的商业的能占到全世界第一位，就由于此。是商人同时也是诗人。像这样的商人，唯英国人才有。

*

我们常有贱视商人的倾向，但其实商业本身并不卑贱。无论甚么职业，从事的人的心情如果卑贱，那职业也就看去像卑贱了。正直高尚的商人所营的商业，实是高尚的职业。

*

我的孩子啊！

如果你自己觉得你的天职是商业，这是好的。你就好好地去作商人吧。

但，即使从事商业，至少每日要有一小时去追求诗歌艺术的理想啊！日夜孜孜于金钱，结果就会成了拜金狂，把心弄到干涸枯竭。没有情爱，也没有人所应有的感激，只认识金钱：像这样的人，才是可耻的东西。

*

商人还有一件非具备不可的,就是信用。商人无信用不能发展。正直营业,不卖劣货,是得信用的方法。

有一次,我在勃拉达遇到了非出手去营商不可了,那时替我筹划资本的某富豪,不问我资本的有无,只问我说:"你有信用吗?"

信用是如此重要的东西。

六 工业家

国家富强之源,在工业的发展。

全世界最富的美国,工业非常发达。又,德国的工业的隆盛,真是可惊。

记起一件事来了,我曾从科学者孟特克查教授听到这样的话。

教授充了意大利的特派员,于一八八五年之冬,出席于柏林的学术会议。据说:有一夜,被延招与德国皇太子的夜会,皇太子亲切地问教授道:

"到了柏林以后,有甚么感想?"

"我于三十年前曾到过柏林,那时的柏林与现在的柏林,真有云泥之差,柏林的进步,实在了不得!"教授答说。

"看得出有进步吗?"据说皇太子曾微笑了这样说。

"德国不但武力,在工业上也把法兰西征服了。"

皇太子见教授这样说,就说道:

"这胜利才是我们所用了全力期望着的。"

皇太子的话是对的。唯有工业最发达的国家,才能制服他国。

英国何尝不然,英国现在世界的一等国,拥有一等的军舰。但英国之所以能为今日的英国,实由于工业的发达。

就这点说,意大利还是一个贫国。有一次,辟克萧氏主张把意大利的商品输出于印度,我问他道:

"究竟意大利有甚么东西配卖给印度?"

我这样一问,氏似乎也穷于回答了。只说:

"是，今后原非大大地发展工业不可。在目下只不过是些蜡，火柴，油类与细粉面等类的东西罢了。"

试想，把火柴与油输贩于印度，能有若干的利益呢？这样幼稚的事，只等于骗小孩子而已。

我的孩子啊！

你如果能备了最进步的机械，经营一大大的工场，我就不惜从心底里对你赞美。

敏捷的机轮在大工场中各处疾转，无数的职工依了指挥拼命地劳作着！你如有一天处到这地位，你就是一大工场的王了。你可以成了生产与富的支配者，昂头阔步，还可以把面包与慰安惠给劳动者，叫劳动者依了你的意志尽力劳动。世间还有比这愉快的事吗？

说虽如此，工业上也难免有打击，非豫先觉悟不可的。

第一，工业的生产品非与外国货竞争不可。要战胜外国货，工场中自首领以至职工就须同心同德，用了健全的头脑精神与手腕，协力地劳动才行。一旦自己的出品不及外货，竞争就立刻失败，工场也就不能自存了。

次之要耽心的，是输出国的市价的暴落。这原是时运使然，无可如何的事，但能平日出品精良，资本上有所积贮，就可减少恐慌了。

要之，大工场的主人，须用了世界的知识，世界的精神，怀抱那制出世界首屈一指的出品的决心与努力才行。

七　艺术家

我的孩子啊！

你如果能成为一个艺术家，那是何等的幸福啊！

艺术家有的操了乐器，有的执了画笔，有的手执石膏或大理石，有的执了笔写小说或诗，都在找出自然与人生的秘密，与造物主相竞争。自然界把其秘密揭开于艺术家之前，使艺术家对了美生出狂喜，或笑或泣。人生也把其深的秘密报告给艺术家，使艺术家对之或奋，或笑，或泣。艺术家捕捉了自然与人生的秘密，写成绘画，作成音乐，或是作成文学，就会放永远之光,在人心中开出花来。"人生短促,艺术悠远。"诗人这话,确说得不错。

*

世界之中,有一种世界,是任你怎样考虑劳作都不能满足的。人都自知有这一种世界。为了医疗这渴想,非在这人间世中现出新的感动不可。又,人对于美的东西,天然有赞仰之心,如果所见所闻都是丑恶,人就将不堪生存了。

把这新的感动与美的欢喜赠给人的,只有少数的天才艺术家。少数的人创造,多数的人加以赞美。

*

在世间唤起新的感动,造出美的东西,使人心惊喜赞美者,谓之艺术家。

艺术家所给与民众的利益,迥与学者或大将军的功绩不同。俗众纪念学者或大将军的功绩,不惜为之造像,而大艺术家的功绩,则往往使未来的时代人心里迸出崇高的感激与赞叹。

艺术家所给与世间的美,高耀于义士所给与世间的正义。惊喜于美的叫声,愈胜过对于正义的嘈杂,人类才愈能向上。

我的孩子啊!

如果你能成为一个大艺术家,你会超越国境,被全人类祝福,为一切女性所礼赞吧。又,在你死后,仍会连续不断,在人心中发为不尽的光明而为人所喜悦吧。

*

我的孩子啊!

如果你想成一大艺术家,须具一大决心。

何以故?因为艺术家决不可流于凡庸。只是嗜好艺术,或仅有艺术上的天分,并不就可成艺术家的。艺术家非有伟大的感激与不屈不挠的大精神不可。不,大艺术家即在悲哀痛哭之际,也非能闻到天在他心里的呼声不可。天的呼声叫你作诗人,那末就作诗人;天的呼声叫你作雕刻家,那末就作雕刻家,又如果叫你作小说家或建筑家,那末你就作小说家或建筑家。你若不能排除一切艰难，向了燃烧似的美的爱好勇猛迈进，即从事了艺术，也无非只成为一个无聊画家，拙劣文士或江湖俳优而已。这样的人算不得艺术家，乃是最可怜的乞食艺人。

*

世间该有许多平凡的人，去各自埋头营一部分的工作。他们虽平凡，却幸福而有益于世。但艺术如果平凡，那就与无益有害的赘疣，无法救治的不幸者，徒然消费的乞丐无异了。

*

艺术品不是实用品，是人间所断不可少的奢侈品。故为艺术家者，虽身处任何穷场，仍须有奢侈逾王侯的气度。这所谓奢侈，并非卑贱不德的奢侈，乃是陶醉于自然人生的美的高尚的奢侈。

平凡的艺术家，恰如披金箔纸衣行乞的乞食者，或手无军队自以为王的夸大狂者。

亚当的子孙所罹的烦恼之中，最大的烦恼就在求享最大的奢侈，想得最优美的生活。

你须把这事加以深思。

*

有一个故事：

隆巴尔特曾有一个被大家期待为天才画家的青年。他往罗马学画，有一作品在罗马展览会当选。他自己及他的父母对于他的前途怀抱无限的希望。谁知他的作品的当选反成为他的不幸之源。

他想成就为一个大艺术家，把其一家从贫困中救出。不料，此后竟作不出比处女出品更以上的作品来。也曾屡次出品，结果都不当选，所得到的只是嘲笑而已。

他没奈何就只好回到故乡去。这时，青春的大志已渐销失，徒然郁郁不得志地把日子过着。社会大众已早无人顾及他的画了，大家都把他认作平凡无价值的画家。其实，把他认作平凡无价值的不但社会大众，他自身也早已全失了自信力了。他常暗地里自怨自伤。

他苦心又苦心，想一雪耻辱，曾几次变更画风，改变色彩，为新的尝试。可是愈努力,作品愈不为人所欢迎。

他结果怀疑自己,烦恼愈增,神经大受刺激,至于不能安眠。但却没有决然投去画笔改就别种职业的勇气。

他在欲望与绝望之苦痛间,转辗困闷,年纪也渐渐老大了。我对于他很知道一切,晚年境况的零落与道德的颓废,几乎令人目不忍睹。

他动辄悲哭或愤怒,结果至于失去朋友与领略清净的喜悦的能力,荒颓的精神渐次剥夺他的身体上的健康,终于患了长久的脑病而死。

*

我的孩子啊!

你可知道在美术之都的巴黎有多少画家?巴黎现拥挤着八千个作画家的人。其中女子三千,外国人三百。可是这八千人之中,能以自己的作品生活的只八十人。试看:巴黎现在的七千九百二十个画家,都是在恼恨与屈辱之中过活的天下的大不幸者。

*

你如果想投身于艺术,你须学习那在伟大的艺术品中所闪铄着的大精神。不过,第一,你须自觉你自身的价值。这是从事任何职业都必要的。

决不可信任他人的口头赞语。但是,把作品去求高明的先辈批评,是很要紧的。如果那先辈不点头嘉许,你就该怀疑自己的天分。不过,他人虽不称许你,倘你的自信命令你非从事艺术不可,那末你就该勇气百倍地更去努力制作。

如果鼓不起这勇气,那末你该自己断念于艺术家,速去寻觅适当于你的职业。世上尽有能力只配替碗店作花样,替商店绘广告,而徒然梦想着米吉郎奇罗或拉化尔,弄得一家难以糊口的人。你切不可像他们。那些家伙,原是玷污神圣的艺术殿堂的诈欺商人,一生非在羡望与怨恨之中苦闷不可的。

这种冒充的艺术家,世间很多。这些家伙,往往自衣服以至头发都要装出特别的样子,口衔了烟斗,只管悠然地吸烟。这样的家伙,何尝会知道正义人道。他们实是不知身分的天地间的废物。

*

我方才所说的是艺术家志望者的黑暗面。但既有黑暗面，一方必还有光明面，艺术家的喜悦就在这光明的一面。

在常人所认为平凡的事物，从艺术家的眼中看去，会看到不可思议的奇异的光辉。常人所绝望了的东西，艺术家能寻出无限的希望来。

真的艺术家能于黑暗中看出光明，于悲哀中看出力，于贫淡中看出人间的奇宝，对之生起喜悦来。

又，真的艺术家能找出学者与富豪所不及见到的高尚的喜悦，使悲哀者得安慰，使绝望者奋起。真的艺术家把头脑上所不能思考的真理，以心感得，表现之于诗或绘画与音乐。

大艺术家的功用，宛如使枯野开花，使沙漠生水，使死者苏甦。

大艺术家感到了常人所不能感到的尊贵的东西，表现成作品时，自己也会发生出无限的惊奇来。有一个名叫费迦斯的希腊大雕刻家，据说当他雕刻成一寇辟特的神像的时候，不禁自己跪下去礼拜了哩。对于自己所作的工作，能有如此高尚的喜悦与尊敬者，只有大艺术家啊。

所以，国家无论怎样富强，如果其国没有伟大的艺术家，不久国民就会堕落，终而至于亡国。因无艺术而亡的国，不能给后世的国以何等的光明。艺术的光是永远不亡的；产生这光的喜悦，为大艺术家所特有。

八　技师

技师也是有趣味的职业，能成就为一个相当的技师，就能过很舒服的生活，故想做技师的人很多。因之，平凡的技师，在世间也就指不胜屈了。

技师的专门学是工学。要做技师须有特别的天分，只是常识，是不够的；只是才能敏捷，也还不够，非天生有设计与数学等的优秀天才不可。好的技师，往往在幼时已能发挥其特长。他们在幼时，已喜在杂记本上作设计，喜模造大炮咧、机关车咧、机械等的玩具，而数学的成绩常列最优等。这样的孩子，如果再有着强健的身体与敏活的心，那么将来就不难成一技师了。

如果我能活到二三百岁,我颇想划出一世纪的四分之一就是二十五年来学成一个技师。

技师对于公众,不知有着多少的贡献。筑路,造桥,凿隧道,建工场,备机械,都要赖有技师。

技师能使地面的形状一变。平山,割裂大陆,除去岛屿,排除湖水,穿山成孔,都是技师的事。技师富于地理学与地质学的知识,故裂山开河,都能胸有成竹而无错误。

技师做这样的工作,不消污手流汗,只要有一支铅笔,就能完成大工程的设计。技师真是有趣味的职业,他能指挥许多的夫役,实现自己的计划,完成其大事业。

*

技师之中有种种的人。

有的造蒸汽机关。有的造了苏尼士运河,把亚非二洲分离,使欧洲与印度的距离缩短。有的把南北美洲用巴拿马运河分隔,使全世界的交通为之改观。还有飞行空中宛如乘船渡航大海的飞行机的技师。

*

说到优良的技师,意大利原不少于别国。在意大利,土木技师不十分必要,而机械技师与矿山技师还大大地不够。现在机械技师都仰给于阿尔帕斯山那面的诸国,矿山技师也非雇用外人不可。这足见意大利人才的缺乏,诚是可耻的事。

*

你看,那从赛尔奇尼亚等地方收了方铅矿,制造铅、银与锑的配得尔沙莱工场,不是用着英国的技师吗?

在古昔,意大利曾有过莱阿那德·特·文契,米吉朗奇罗等样的人,他们是世界最伟大的美术家雕刻家,同时也是世界最伟大的技师。现在的意大利已不复有这样的人了。但他们是我们的祖先,我们非在同胞之中再产出这样的伟大人物不可。

*

完善的道路,壮丽的铁桥,雄大的隧道,一经造成,公众将怎样喜悦啊！至于造成这种大工程的技师,喜悦更在民众之上。

*

但技师当担承这种设计与工程时,尽可暗中作人所不知的不正行为。所以,要做真正的高尚技师,非有严正的道德的精神不可。把设计马虎些,原可多得包工的余利,一旦所建的工程,因了暴风洪水或地震,一败涂地起来,技师就要从世人受到道德的诃责了。

*

技师到了晚年,享乐着闲散的生活,如果见到了自己所手成的桥梁、教会或公会堂,将怎样地喜悦啊。学者的学说,有时会不流行;政客的议论,有时会消灭;而因了技师的设计所成就的建筑物或桥梁,常永远存留着。设这些建筑物或桥梁再有着浓郁的艺术美,又是何等的可乐的事啊。

*

技师在其屋内生活与户外生活相均衡的一点上,亦较别种职业为优。技师的生活,才是身体健康与精神健康二者相调和的生活。

技师在室内则用点或线绘铁道的设计,或打建筑的图样。图案成就了,就到户外晒在日光下或作旅行生活。轮番着用脑的屋内生活与投身大自然界的生活的技师,真可谓是有着幸福的健全生活的人了。

九　法律家

法律家的任务,在拥护天下的正义,惩斥不义,建国家于健全的道德的基础上。

但是,我的孩子啊！

你在从事研究法律之前,须自己三思。

为甚么? 因为法律家志望者中,像下面所说样的人不少的缘故。

一般想从事学习法律的人,常误以为学法律不必要有特殊的才能与优秀的精神,只要有常识就够了。于是,不善数学的,不会绘画的,怕触着尸体的,没有为义而战的热情的家伙,都想去学法律。

*

法科大学,好比是只垃圾桶。其中有蠹物,有没干的东西,有热中于学位的没出息的纨绔子弟。咿呀,里面还夹有着那误认无聊职业为理想职业的愚鲁的优柔者。

学习法律的家伙中,大抵都是以月末取仅少的俸给为唯一希望的人,无才力胆量去营可以获利的商业的人,以及没有为自由正义而奋斗的勇气,却想钻营官僚的人。如果机会碰得凑巧,不消说也许可以占得相当的地位吧。

但垃圾桶中也许有可珍的东西,法律家中也会有好的少数的人物。这就是自觉了自己的尊严,以国民的先导自任,而投身于法律的人们。

我的孩子啊!

如果你要为法律家,非作这样的人物不可。倘你自问没有雄飞的天分,那么清洁芳香的田野安闲生活,比之逼人的沈闷与腐臭的官衙空气,不知要好到若干倍啊。

*

律师多的国家,决不是好国家。

国民如果强健活泼,那末,他们应把矿工的斧、农夫的锄、机械师的两脚规看得比恶讼师的短笔头更重。

社会颓废疲敝了,寄生虫乃蠕蠕繁殖。一切的坏律师、恶事务员以及似靠放屁理由捏造不平的下等人,就都是寄生虫。他们把明白的法律弄得乌烟瘴气,把一件纠葛弄成许多纠葛,酿出无谓的麻烦与混乱。

对了这样的社会,不禁令人要起这样的祈求:"安得再出一个美的正义的代表如亚力山大大王者,把人类的错综纠纷一刀两断啊!"

扰乱正义的恶讼师,一味想以蛛网来陷法律,用荆棘来刺正义。他们全然是蛇蝎,他们之中如果有一个生存在世,正义就永无出头的希望。

*

啊,我不觉言之过甚了。但这也就是我历来受过恶讼师的亏的报复啊。以下我还须平下气,就了法律学的正干——即是职业,来说述其长处与短处。

　　法律博士的文凭，可以诱你起卑贱的野心，也可授你辩护正义的最上的权利。

　　原来，法律家可以作任何的恶计画，也可以攀登任何的高官高位。

　　就是说，他可以做大理院长，在正邪的判决上取得王公与国会以上的威权；又可以做枢密院议长，握亚于国王的权力。

　　所以，你如果以爱护正义的精神，去做一个法学的名家，眼见世界可渐就光明了吧。又，既从法律学中知道了许多的方向，你的应取的方向也可明白无误了吧。

*

　　但法律上的方向，无论走那一条，都须有用了明白的知识与强固的意志去实行的道德。不屈不挠的精神，是主张正义的法律家的生命。

　　法律家是宣告正义的神之使者。惟有这神圣的正义，才配普施洗礼于国民。

　　正义如高耸接天的岭雪，融化了为潺湲，为泉水，为溪流，最后成了河水，润泽田野。如果这水源有了毒，对于汲饮的人将怎样有害啊。

*

　　你如果自信真正而且有凛凛的勇气，那末就去学法律。你如果自信替国家去作正义战斗的精神，那末就去学法律。

*

　　如果你有雄大的心与燃烧着的临危会爆裂的信实力，你就是高尚的人了。

　　你如果能这样，你就能无限地向上，恰如由平原登小丘，由小丘上山巅，再由山巅上天空的样子。

*

　　决不要相信所谓新思想的美国式的冒充的东西，那是假扮真理的思想上的歇斯式利。"因为是新的所以是真理"，"今日的东西比昨日的东西还正"。……你切不要信任这样的教义。

　　人的良心中，有战胜一切的神的叫声；良心的叫声，决不因任何理论而推翻，纵有恶魔的大军，也不敢在它的面前活动。

*

法政学中,有种种可走的路。

如果你不惯于生活的怒涛急浪,喜求平稳无事,那末你可去棹舟小河,作清闲的官吏吧。

但如果你不怕疾风雷雨的袭来,富于辩才,那末去做法律家好吧。

又,你如果对于正义觉到饥渴,对于正义的胜利,感到无上的兴奋,那末你就去做裁判官吧。

你如果热爱国家,崇仰国史上历代爱国者的热血,留心于国家的运命与发展,研究不怠,不自禁地奋然起为国而战的义气,那末你就去做政治家吧。

但,你既选定了这政治家的方向,就该摈除私心,牺牲自己的幸福,抛弃了一切,没入在自己的义务里。政敌来嘲骂你也好,来迫害你也好,你当全然不顾,一心去求良心的赞慰。凡是怕牺牲与殉教者,决不配作最伟大的政治家。

如果你想执了笔去论评政治上的问题,你不可不专心一念,坚守着下面的话。这话就是:"一曰正义!二曰正义!三曰正义!"

你如果能为代表正义发挥为热血的文字,那么你的笔就能胜过千万把刀剑。

十　医生

你爱人,喜触人的身体,能不嫌避尸体的气味、苦闷的呻吟与可怕的创痕吗?

你能牺牲了自己的快乐,至于一小时都不得安闲吗?你能对于无知者的无理的言语不动气吗?你能持续你救人痛苦的热心,不怕麻烦吗?

用得着你的时候,被人尊敬;到了用你不着的时候,就谁也不再来顾到你,你能不厌于这样的职业吗?

如果你对于这些质问,有摇头的勇气,那末,你去做医生时,就有了第一等的资格了。

＊

你如果想做医生,那末,可先去寻一个附近的不大出风头的医生,打听打听医生的修业与生活的情形看;打听了以后,你再去自己反省。

＊

医生对于你的质问,他会老老实实地这样回答你吧:

"在为医生以前,要切解尸体,解剖腐臭的内脏,还要目击人类的悲惨绝望的光景,耳闻凄苦的呻吟。

"出了医学校以后,要成医学博士,还须加多方的努力,毫无所得地继续作长时期的研究。

"即使成了医学博士,也不见得就有好饭吃。

"医生宛如奴隶或佣仆。遇有出诊,不论在严冬的深夜或炎暑的夏日,都非前往不可。

"富者要批评说不周到,贫者要怨恨说敲竹杠。劳苦到年,也只得侥幸勉强可以不亏欠而已。

"医生想过裕如的生活,先须忍耐许多年月。如果在这期内,一不小心,医错了病,就要破坏名誉至于无人请教。非换了码头,再去重新受苦静守不可。

"待到给许多无知的司阍、侍者或厨夫的妻子治好了病,信用传到富者耳中的时候,别的新医生又来附近开业,和你抢生意了。医生真不是好做的职业。"

＊

说虽如此,这却不是医生的全部真相。医生还有着别的一方面。

虽不有名,在乡下过着安闲生活的医生很多。而且这种医生,往往大家都爱护他、尊敬他。

患者之中,原有忘恩负义的,但安适的医生,常淡然若忘,因了别的患者的深情的报酬,可以慰藉自己。

这样的医生,常很快活,能安睡,能吃,能笑。他因为喜多与人谈话,村间的事,街上的事,都能明白。因之能对谁都亲切,能以深情去接待贫困的患者。

替人把病治好，原能被人欢喜。即遇到有不能治愈的患者，也可以真诚地与以慰安，减轻其苦痛。能如此好好地做去，决不会没有报偿的。

这样的善良的事，除了医生，还有谁能做啊。

*

性质善良，能作正确的诊断与最灵捷的治疗的医生，是世间最幸福的人。

这样的医生，恰和大诗人哥德所描写的博学者浮士德一样，能辩善恶，能退恶施善。

这样的医生，是一切病苦者的救主。无论任何伟大的人物，在病苦时都非在他前面低头不可。王侯、贵人、富豪、大臣，一为病魔所袭，所靠赖的就只有医生。富豪虽给金钱于医生，而医生却能给富豪以健康。健康的价值优于金钱百倍。

*

任凭你是王侯或富豪，在痛苦之下是一律平等的。在医生的面前，诚是可怜的人。故不得不拱手呻吟了求医生的救助。

*

这时，医生同情于人的悲苦，起了悯怜之情，把人的病苦引为自己唯一的责任。……这是何等崇高的精神啊。

*

遇到苦痛呻吟的垂死的病人时，善良的医生决不计较他人的忘恩与否，也决不会想及报酬与利害等事。

*

善良的医生，即对于临终的患者，也能寻出美的人生的花来。当天真烂缦的幼儿天使似地微笑而死时，当优美的女性表示美丽的感谢而瞑目时，在死者与生者之间，可参与那有永远之光的告别中去。

*

把富豪的病治愈了，令其多出谢资，再将这金钱用之于救济贫民，这就不失为高尚的人道的恩人了。

*

在自然科学的研究者中,最知道人的是医生。关于人的身心,还有许多未被发见。如果能把这秘藏揭露,人类的苦痛,不知还要减除多少啊。

*

我就从此搁笔吧。

我的孩子啊,你如果读了这篇文字,在其中感到了某物,须更自己反省,选择自己所应走的路,将来成一个对于自己的职业有矜夸的有用的人物啊。为了这祈愿,我才写下这篇文字的。

父白契记。

*　　　*　　　*

白契再记:

前面的文字,原是我为未出世的孩子豫先写下的,可是我却连一个孩子都不生,乃把这改给我的外甥安利柯。在上面的文字里,我还有几句话要附加。

我在这文中,未曾就了军人的职业说过甚么话。这并不是我忘记写进去,也并不是我轻视着军人。

关于军人,如果你要想知道,那末请把你读亚米契斯的《爱的教育》(《考莱》)时的感想回忆起来。在那本书上,就了军人曾怎样写着呢? 亚米契斯在那本书上,曾把"人类文化完全发展时军人就不必要"的理想描出着。

(开明书店,1930 年)